2013 国家社科基金青年项目结题成果:《1980 年代以来地域文化中的中国城市书写研究》(13CZW075);

杭州师范大学 2019 人文艺术社会科学优秀作品资助(1095C50319702);

杭州师范大学省优势特色学科教育学科建设经费资助;

杭州师范大学教育学院省优势特色学科培育项目成果(18JYXK043);

2019 年度杭州市哲学社会科学规划课题(Z20JC064)

国家社科基金丛书
GUOJIA SHEKE JIJIN CONGSHU

20世纪80年代以来中国文学中的城市研究

——以地域文化为考察中心

The City in Literatures since 1980s:
Studies from the Core of Regional Attributes

张惠苑 著

人民出版社

序　言

　　文学的变化,不仅表现在怎么写,也表现在写什么。文学的演变,有时怎么写和写什么的选择,是错位发展、单向突进的,而有时是齐头并进、全面提升的。城市问题与中国当代文学的关系,很长时间是单向性的、局部的、个别的,它仅仅是中国文学的一个问题、一种题材和一个领域,而不是全部。人们谈论文学中的城市问题,基本上是镶嵌在乡村审美的结构图谱之中。因为最为生动、出彩的文学形象大都来自乡村。但随着中国社会结构的改变,城市人口超越农村人口,文学的景观也逐渐发生了变化,写城市生活的人多起来了,而且越来越多,而熟悉和描写乡土生活的人,少起来了。这种变化已经突破了以往的问题样式,成为一种影响文学发展的结构性变化,也就是整个审美方式都开始位移和转变,甚至以新旧断裂的方式呈现于世。

　　如果说,在传统世界里,文学的书写基本是源于乡土经验和个人乡土记忆的话,那么城市化进程改变着这种审美方式。英国社会学家吉登斯在描述现代社会时空时,创造了很多的概念,诸如时空压缩、现代性和断裂等,意在说明以城市为代表的现代社会,像一块漂移的新大陆,从根部割断了与传统的联系。由此开端,乡村成为一种局部的、个别的问题。像文学上人们延续上千年传统的文学审美方式,被一个特殊的名称——乡土文学所囊括。似乎在现代性的汪洋大海之中,乡土仅仅是人们回头眺望过去的一块梦想飞地。相比之下,城市的文学表达成为一种时代潮流,一波又一波的文学青年迎头而上,以自己的文学书写刷新时代的纪录。在我的记忆中,20 世纪 80 年代"新时期"以来,与城市相关的文学记忆,有上海的"城市诗",有张辛欣的笔下的"孟加拉虎"的城市竞争,有张承志《北方的河》的城市倦怠,有王安忆的都市里弄中的小家碧玉,有贾平凹的"西京"文人的颓丧,有王朔的北京"痞子"的豪横,还有卫慧的"上海宝贝"的飞扬和虹影的重庆的"饥饿的女儿们"。随后的 21 世纪文学网站,基本上是城市写手的天下,写作的职业特征好似 20 世纪 30 年代上海小报专栏的灵光重现,只是媒介从报纸转到了虚拟空间。当然,格局和气象非以往所能够比肩。新的文学人物身份角色和新的活动场域的展现,都是需要有心人和研究者细心梳理和发现,予以系统地搜集、整理、思考和论述。

本书是专门研究 20 世纪 80 年代以来,中国文学中的城市问题。此前比较多的研究侧重于城市化对文学的影响,以及北京、上海这些中心城市在文学世界的展现。而随着文学书写的深入,人们已不再满足于标签式的城市景观的描写,而是希望对城市人的生活状态,尤其是精神状态和日常生活状态有一种更加细致、准确的描写。所以,张惠苑博士的探索目光,追溯到那些文学世界中对一些相对不那么注目但却是见证中国社会城市化进程有力步伐的一些边缘城市,或是边缘生活的描写和展示上。譬如她关注文学城市记忆中西北城市生活的描写,她也思考东北城市在文学表达中的地域特征。对于那些热门的国际化城市生活,如上海及其周边城市,她以江南城市的概念,追溯其前世今生,更清晰地凸显出中国城市生活的根基与文化脉络。

总之,本书是一部材料丰富、研究深入的学术专著,值得大家关注,我也愿意推荐给广大读者。

是为序。

杨 扬

2020 年 9 月于上戏仲彝楼

目　录

绪　论

　　20 世纪 80 年代以来,城市文学一直是当代中国文学研究中的热点。人们尝试着从各个角度对它进行深入阐释。其中对"城市中的文学"的研究成果斐然,但是关于"文学中的城市"的研究比较系统、全面的研究成果却寥寥。人们将目光都投向了城市这棵树上结出的诱人的果实,却忽视了能让果实长得如此丰盈的树的样子。

　　诚然,日常景观中当下的城市日趋同质化,①钢筋水泥的现代城市建筑已经渐渐抹去了城市曾经的历史记忆;民间口头相传的城市传奇也在消费时代的嘈杂中渐渐喑哑、失传。于是,城市在繁华中堕入了苍白的空虚,城市的想象在现代化的白日梦中日趋枯萎。库哈斯所说的"通用城市"②的寓言日渐变

---

　　① 有学者总结:"20 世纪初诞生的城市规划学很快就落进了现代主义或者说功能主义的窠臼中,城市种种合理化规划缺少对自身历史和文化的思考,缺乏市民的参与,建筑和城市变得苍白,正所谓'千城一面'。"详见章建刚:《通往城市批评的美学之路——当代城市景观美学的三种资源》,《世界哲学》2011 年第 4 期。

　　② 荷兰著名建筑师雷姆·库哈斯(Rem Koolhaas),提出了"通用城市"(Generic City)概念。库哈斯描述的"通用城市"摆脱了中心的羁绊,也摆脱了身份的束缚。它什么也不依靠,纯粹就是尽现实所能,应现实所需。它是一个没有历史的城市;可以包罗万象容纳每一个人,一切顺理成章,无须刻意保养。倘若哪一天显得过于狭小,它可以扩展;倘若哪一天它显得过于陈旧,可以自我毁灭,新生再造。他无所不在,令人兴奋又使人乏味。库哈斯以新加坡为例,指出通用城市成功消除了一切本土的地域特征,一切都是现代,一切都是当代。学者陆扬批评库哈斯的通用城市的设想,认为:"通用城市没有传统意义上的建筑,人人都是建筑家。它无须事先设计,它出

得真实而普遍。台湾大学教授廖咸浩曾提出这样的疑问:"城市的白日存在与它的鬼魂之间的冲突如何化解?"①文学以它独有的文学想象承载着对城市历史、现在和未来进行追忆、畅想的不可推卸的责任。正如理查德·利罕所说:"当口头的交流满足不了需要,或者老年成员无法传达信息给超出其年岁所及的子孙后代时,城市就需要一套记录系统,于是城市随着文字——刘易斯·芒福德称之为'永久性记写形式和符号'(City in History,1997)——发展而浮出历史地表。"②所以,相对于其他人文学科,文学能在感性与理性的融合中再现城市,并引导我们进入城市。就如陈平原强调用文学来记忆北京一样:"同一座城市,有好几种面貌:有用刀剑刻出来的,那是政治的城市;有用石头垒起来的,那是建筑的城市;有用金钱堆起来的,那是经济的城市;还有用文字描出来的,那是文学的城市。……有城而无人,那是不可想象的;有了城与人,就会有说不完的故事。……最好把文学带进来,把记忆与想象带进来,这样,这座城市才有可能'活起来'。……当我们努力用文字、用图像、用文化记忆来表现或阐释这座城市的前世与今生时,这座城市的精灵,便得以生生不息地延续下去。"③

　　无疑在众多角度中,以地域属性为中心来考察"文学中的城市"更能凸显

其不意地就拔地而起。一切都是随意的,一切都是随机的。这里没有历史,人人都是游客,人人都是匆匆过客。这样一幅城市图景真是让人悲哀又伤感",并且"通用城市"的结果就是:"好莱坞影片中展现的疯狂世界末日:人们穷嘶极喊。在买东西? 预言未来? 还是呼唤上帝? 钱包给偷了,大伙在追罪犯。牧师祈祷安静。孩子们拖着发育不良的双腿狂奔乱突。牲畜在嚎叫,雕像纷纷倒塌。女人在尖叫,不知是受了惊吓呢,还是到了性高潮? 芸芸众生如今已成一片混乱的乌合之众。海洋决堤。好,现在关掉声音。我们看到什么? 我们看到一片死寂中男男女女似幽灵在移动。幸好我们听不见他们的绝望呼号。安静,城市不复存在。我们可以离场了。"详见陆扬:《城市的体验》,《杭州师范大学学报》2011 年第 6 期。

　　① 廖咸浩:《城市文化研究的理念与实践》,华东师范大学思勉人文讲座第 11 讲(2008 年 6 月 18 日),http://www.si-mian.org/lectureDetail.asp? newsId=9。

　　② [美]理查德·利罕著:《文学中的城市——知识与文化的历史》,吴子枫译,上海人民出版社 2009 年版,第 14 页。

　　③ 陈平原:《想象北京城的前世今生——答新华社记者刘江问》,《北京师范大学学报》2005 年第 4 期。

"城市之于文学"和"文学之于城市"的独特意义。正如梁凤莲所说:"文学的地域性就是其根本属性。根的意蕴一旦在文学的时空里展开,它就会成为一种符号和喻指,是生命在此展开与合拢的证明和叙事,而这种本根属性的深浅与长短,又成了都市文学安身立命的基点和撑持,真相与常态就是这样展现开来的,在这种基质里,永恒性与深厚性才有可能得以被揭示、被还原。"①

一、　研究意义

"文学中的城市"研究是城市文学研究的一个新的研究范式。研究者可以从各种角度对这个问题进行阐释。在众多角度中,笔者认为以地域属性为中心,考察"文学中的城市"能够在中国语境中看到中国的城市在文学想象中的复杂性与丰富性。

它首先是一种勾连,勾连起传统与现代。在文学的想象里展现中国城市的特有气质。这种勾连也在回答一个文学研究中常常被忽视的问题:中国的城市在文学中的文化属性到底是什么? 要解答这个问题,就要了解在中国当代语境中文学中的"城市"的成长过程。在文学与城市相互作用的过程中,城市是如何从文学构图中的配角,逐渐面目清晰,进而具备了成为主角的资质。此外,还要从文学的角度更加深入地了解城市的复杂性和多样性。文学可以再现城市的历史、表现城市的现状,甚至畅想城市的未来。文学的再现可以发掘被日常景观遮蔽的城市,发现在人们想象之中,又在想象之外的城市,从而概括出城市的"常"与"变"。在"常"中,寻找城市之根;在"变"中,把脉城市的未来气象。

其次,这项研究可以对现代性指导下的城市文学研究进行反思。在现代性指导下文学为我们展现的城市景观日趋单一化和焦虑化。以地域属性为中心考察中国文学中的城市,可以摆脱长期以来在西方城市理论框架下的对城

---

① 梁凤莲:《关于血脉——谈都市文学的地域属性》,杨宏海主编:《全球化语境下的当代都市文学》,社会科学文献出版社 2007 年版,第 104 页。

市的想象,探索中国城市文学研究的本土化。中国的城市从起源、发展到日趋成熟的过程,除了受到西方城市发展进程的影响外,更为重要的是中国的城市有着自己的发展历史。这种历史是与中国的传统文化、历史进程和地域属性紧密相连的。所以从地域属性考察文学中城市的想象,更能贴近中国城市文学的实际,展现中国城市文学土壤的丰厚与独特。

最后,这项研究能够平衡文学研究中城市与文学之间的关系,这一点尤其重要。"文学—城市"与"城市—文学"是两种相互生成的动态过程。但是在实际研究中,研究者往往重视文学对城市的反映与再现,而忽视了文学中城市的独立性与可塑性。长期以来城市都是文学的陪衬。城市以城市性的方式来为文学服务。因此研究者也就忽略了城市是被文学塑造的对象的这一面。城市作为一个空间在文学中也有其独立性和生命力。大多数研究者要么将城市视为一个模糊、没有识别度的背景;要么就聚焦在几个典型的城市,如北京、上海等,忽视早已存在或者正在成熟的文学中的众多城市;要么城市作为一个"他者",成为文学谴责和排斥的对象。在笔者看来,"文学中的城市"研究可以为城市与文学这种失衡的状态作一些纠正和弥补,正如张鸿声所说:"在文学与城市的关系中,城市文学之于城市,也绝非只有'反映''再现'一种单纯的关系,而可能是一种超出经验与'写实'的复杂互动关系。……从概念上来说,'文学中的城市'这一概念,要比'城市文学'更能够揭示更多城市对文学的作用与两者的复杂关系。后者是立足于城市题材与形态自身,揭示城市文学的发生、发展、流变过程以及其内在的构成规律,基本上属于传统的文学研究领域或文学史研究;而前者并不局限于城市题材与城市文学形态,它更关心城市所造成于人的城市知识,带来的对城市的不同叙述,以印证于某一阶段、某一地域的精神诉求。"①以目前的城市文学的创作实绩来说,城市在文学中已经日渐清晰起来。其根源在于城市本身的地域属性,让其有了识别度,并具

---

① 张鸿声:《"文学中的城市"与"城市想象"研究》,《文学评论》2007 年第 1 期。

备再生与孕育的功能。从地域属性考察"文学中的城市",可以发掘中国城市文化品格的多样性和复杂性。其中文学中的新型城市的发现,可以为补充和丰富城市文学的表现领域,为孕育更具中国特色的城市文学提供理论借鉴。同时,也帮助一些创作上具有明显城市地域风格的作家,确立他们的话语权。

当然城市在文学中的呈现,绝对离不开文学对城市的哺育和塑造。迈克·克朗说过:"小说可能包含了对城市更深刻的理解。我们不能仅把它当做描述城市生活的资料而忽略它的启发性,城市不仅是故事发生的场地,对城市地理景观的描述同样表达了对社会和生活的认识。……因此,问题不是如实描述城市或城市生活,而是描写城市和城市景观的意义。"①也如陈平原所说:"城市成为整个的文学生产、传播、扩展的一个重要的核心。这是我们必须关注的,回过头来看,正是因为这种传播,使得城市有意义。城市之所以不显得苍白,城市不只是水泥森林,不只是上班下班,不只是地铁,不只是shopping mall,城市之所以有意义,是因为它有文学。"②

因此,城市与文学是一个双向互动的方式存在,文学对城市的塑造让城市能够有契机超越自我,在"词语"的世界里创造出一个建立在文学本体之上的独特城市景观。我们可以用理查德·利罕的话来总结文学与城市的关系,这种关系就是共生的关系:"当文学给予城市以想象性的现实的同时,城市的变化反过来也促进文学文本的转变。"③城市与文学、城市与作家、城市与人存在一种复杂的建构性关系,对这种关系的研究有利于"意义世界"的回归。

二、　研究理论框架

本书是以20世纪80年代以来为时间段,以城市文学中的城市书写为研

①　[英]迈克·克朗:《文化地理学》,南京大学出版社2005年版,第50页。
②　陈平原:《都市文学研究的可能》,华东师范大学讲座(2011年3月16日),详见http://ecnuzw.5d6d.com/thread-4373-1-1.html。
③　[美]理查德·利罕著,吴子枫译:《文学中的城市——知识与文化的历史》,上海人民出版社2009年版,第3页。

究对象,以地域属性为考察中心。之所以选择 20 世纪 80 年代以来这个时间段,是因为从文学创作的实际到文学理论的探索,这个时间段都是城市文学在文学中再出发,并日渐清晰,到逐渐成熟的一个完整合理的时间段。

首先我们先理清中国城市文学的发展脉络,再看看 20 世纪 80 年代在中国城市文学的发展中所占据的时间点的意义。城市文学在中国的发展是一个源远流长的过程。① 最早的关于城市文学的作品应该从汉代班固的《两都赋》、张衡的《二京赋》、左思的《三都赋》对长安和洛阳的描摹算起。唐代的传奇,宋代的话本以及柳永、周邦彦等人创作的通俗歌词,元代的杂剧,明代的拟话本小说都是中国古代城市文学的代表。其中宋代的话本作为典型的市民文学,主要是在"瓦子勾栏""酒楼"等地表演。它在城市文学发展中的意义更多在于,它的传播是在一个真正的城市公共空间,"尽管那时的文艺内容与封建时代的历史和意识形态关系密切,但承载它的空间形式已经发生重大变化,形成了一种独具特色的'市民空间'。"②明代的《金瓶梅》、"三言"系列让古代的城市文学达到了一个高潮。近代被称为"中国第一部城市小说"③的是 1883年申报馆出版的《风月梦》,以及分别于 1892 年部分连载、1894 年全书出版的韩庆邦的《海上花列传》。这两部小说被认为是近代城市小说的发轫之作,"这两部小说都给了我们城市中心的明白无误的路线指南,列出街巷名目,这是它们区别于前人小说的一个特征"。④ 特别是《风月梦》具有了较为清晰的城市意识,并在文学中打造扬州这座城市的文学想象,"与地理学家不同的是,小说家向读者展示一个城市,根据的往往是他笔下人物的观察和活动,可

① 关于城市文学的历史发展脉络笔者参阅了以下论文:王少杰:《文学的城市与城市的文学——中国现代都市文学研究之二》,《新疆大学学报》1992 年第 2 期;李洁非:《城市文学之崛起:社会和文学背景》,《当代作家评论》1998 年第 3 期;施战军:《论中国式的城市文学的生成》,《文艺研究》2006 年第 1 期;张柠:《城市与文学的恩怨》,《南方文坛》2008 年第 1 期;蒋述卓、王斌:《城市与文学关系初探》,《广东社会科学》2001 年第 1 期;等等。

② 张柠:《城市与文学的恩怨》,《南方文坛》2008 年第 1 期。

③ [美]韩南著,徐侠译:《中国近代小说的兴起》,教育出版社 2004 年版,第 40 页。

④ [美]韩南著,徐侠译:《中国近代小说的兴起》,教育出版社 2004 年版,第 42—43 页。

以说,也就是眼睛的城市和脚的城市。他更可以向我们展示人们对一个城市以及它的文化和传统的观感和理解,一句话,即对它的精神气质的观感和理解。就这两个方面来说,《风月梦》在中国小说中都堪称是一个新的发展"。①之后,邹弢的《海上尘天影》(1896年)、"鸳鸯蝴蝶派"等人的通俗小说都是近代城市文学的代表。到了20世纪三四十年代,上海和北京在作家和作品方面,都分别出现了城市文学的高潮。上海以刘呐鸥、施蛰存、穆时英为代表的"新感觉派小说",茅盾的《子夜》,张爱玲、苏青、徐讦、无名氏、丁玲、叶灵凤等人的作品都在以上海为中心营造着城市文学的高潮。京派作家创作出规模不大但也具有代表性的城市文学作品,如老舍的《骆驼祥子》、林徽因的《宴》《九十九度中》、废名的《李教授》、沈从文的《自杀》《绅士太太》《八骏图》,等等。

1949年后,城市文学的发展一直处于弱势。在这段时间,1958年周而复的《上海早晨》可以称得上是较为典型的城市文学的作品。但是小说主要讲述的是对资本家的改造,而不在于表现城市主题。之后,萧也牧的《我们夫妇之间》讲述的是两个来自城乡的不同生活背景的革命夫妇,在进入城市之后由于生活方式和生活态度不同而产生的矛盾。可惜的是,这个稍具城市意味的小说很快就受到了批判。可以说,十七年和"文化大革命"时期在城市文学的创作上出现了断层。② 这期间与城市相关的文学作品,落脚点都不是表现

① 　[美]韩南著,徐侠译:《中国近代小说的兴起》,教育出版社2004年版,第44页。

② 　一些研究也在探讨十七年文学中有关城市的书写问题,如黄道友的《现代性视阈下的17年城市文学》(《武汉理工大学学报》2009年第2期),张鸿声的《"十七年"与"文革"时期文学中的上海的城市空间叙述》(《文学评论》2010年第2期),王文胜的《城市隐匿:"十七年文学"的文化选择》(《粤海风》2004年第4期),等等。这些研究的结论是这段时间所创作的有关城市文学的作品,落脚点并不在于表现文学的城市性,而是表达政治意识上的阶级差别或者将城市与国家现代化想象等同起来。笔者认为,在这些研究成果中对城市文学的认定并不具备典型性。从城市意识上来看,这些创作不能称之为成熟的城市文学。正如洪子诚所说:"这样一种话语模式,这样想象城市的方式表达了政治激进派这样的意图:规范社会生活的观念方式和行为方式,赋予没有枪声,没有炮声的生存环境以严重的阶级斗争性质,提升日常生活的宏大政治含义,因而实现把个体的一切(生活行为的和情感心理的空间)都加以组织的设想。"详见洪子诚:《中国当代文学史》,北京大学出版社1999年版,第175页。

文学的城市性,而是将城市当成一种资产阶级生活方式的象征,或者将城市想象等同于国家的现代化想象。

城市文学创作的僵局在 20 世纪 80 年代有了转机。这个转机与当时中国的经济改革分不开。20 世纪 80 年代开始随着改革开放的推进,城市已经成为中国经济发展的重镇。城市在经济上逐渐成为中国人生活的主要活动空间。具体来说,时间要追溯到 1978 年,"城市建设"这个长期在中国政治和经济生活中被压抑的名词,开始作为经济改革的方向被提出,并放在中国经济发展的一个重要方向上。1978 年十一届三中全会,拨乱反正,中国抛弃了以阶级斗争为纲的思想路线,转向以经济建设为中心,确定了改革开放的政策。1984 年,中共十二届三中全会在北京举行,会议通过了《中共中央关于经济体制改革的决定》,决定中提出:"进一步贯彻执行对内搞活经济,对外实行开放的方针,加快以城市为重点的整个经济体制改革的步伐"。1984 年邓小平在《建设有中国特色的社会主义》中强调:"改革要从农村转到城市。"[1]1990 年随着经济的飞速发展,中国的城市化进程迅速加快。1993 年,经济学家杨帆发表的《市场经济一周年》的纪念性文章中,列举了实施市场经济以来中国的经济发展的变化:"证券交易网点 500 多个,外汇调剂市场 90 多个,期货公司发展到上千家";"1992 年,中国出现了第三次消费高潮,这是一次以一系列千元级商品为代表的,中间性、多元性消费高潮"[2]。经济的发展带动的是城市化进程的迅速加快,宣告着"中国进入了一个'城市时代':城市社会是当下中国社会的轴心,城市文化是当下中国文化的轴心"[3]。

人口比例的变化是评估城市化进程的一个重要参照尺度。按照这个尺度,在中国人口统计的数据中,我们可以看到 20 世纪 80 年代以来中国是如何

---

① 邓小平:《建设有中国特色的社会主义》,《保持共产党员先进性教育读本》,党建读物出版社 2005 年版,第 137 页。

② 杨帆:《市场经济一周年》,《战略与管理》,1993 年创刊号,第 25—26 页。

③ 李洁非:《城市文学之崛起:社会和文学背景》,《当代作家评论》1998 年第 3 期。

大跨步地进入城市化①时代。按照人口普查标准重新统一后的人口普查数据来看,1980 年中国的城镇人口占全国人口的 19.39%,1990 年城镇人口比例达到 26.4%,到了 2009 年中国城镇人口比重达到 46.59%。② 而据中国社会科学院社会学研究所 12 月 19 日发布的《2012 年中国社会形势分析与预测》中所说,2011 年中国城镇人口占总人口比重将首次超过 50%。这个数字已经达到了世界平均水平。

中国经济的发展和城市化进程的加速,带动了文学创作的转向。自五四文学革命以来中国文学版图上,乡土文学一直占据着巨大板块。20 世纪 80 年代开始,文学版图上也逐渐为城市文学挪出一定的位置。从 1979 年开始,很多作家开始创作具有城市意识的城市文学作品。如陈建功的《京西有个骚达子》(1979 年)、《丹凤眼》(1980 年)、《辘轳把胡同 9 号》(1981 年)等,刘心武的《钟鼓楼》(1985 年),蒋子龙的《乔厂长上任记》(1980 年),陆文夫的《美食家》(1982 年)、《井》(1987 年),范小青的《裤裆巷风流记》(1987 年),冯骥才的《神鞭》《雕花烟斗》,邓友梅的《那五》《索七的后人》《烟壶》,等等。尽管研究界在谈到这些作品时,将其中很多作品纳入市井小说、小巷文学来讨论,但是笔者认为在 20 世纪 80 年代初,当城市意识和定位在中国还没有清晰、明确起来的时候,这些作品中有的已经表现出较早的现代化城市想象,有的是在传统层面为城市寻根。所以不论从传统还是从现代的角度进行界定,它们都应当属于城市文学的先导。

20 世纪 80 年代是当代中国城市文学再出发的时间点。到了 20 世纪 90 年代以来城市文学的发展势头更加强劲,"今天,若翻开个文学杂志,上面所

---

① 城市化也称为城镇化、都市化,是以农业为主的传统乡村社会向以工业和服务业为主的现代城市社会逐渐转变的历史过程,具体包括人口职业的转变、产业结构的转变、土地及地域空间的变化,详见 http://baike.baidu.com/view/102584.htm。

② 2009 年发达国家城镇化比例是 80%,世界平均水平是 50%。本文数据出自《1994 年中国人口年鉴》,经济管理出版社 1994 年版,第 125 页;《2010 年中国人口年鉴》,《中国人口年鉴》杂志社 2010 年版,第 84 页。

载作品,十之六七要归在城市文学范围之内;若统计新生的作家,更是十之八九要归在城市文学作家的队列之内"。① 20 世纪 90 年代出现了邱华栋、王朔、王安忆、陈丹燕、池莉、方方、张欣等以城市为主要创作方向的作家。城市文学俨然已经成为中国文学创作的热点,并开始在文学版图上蚕食乡土文学的领地。

结合上面笔者阐述的从古代到现当代的中国城市文学的发展脉络,考察中国当代城市文学,选择 20 世纪 80 年代的理由在于:从经济发展上来看,20 世纪 80 年代以来是中国城市兴起、发展并日趋成熟的一个时间段。经济发展上的变化多少影响到作家对日常生活发掘的转向。基于这一点,从经济发展的景观上看,这个时间段为文学研究提供了一个完整的考察城市文学创作的语境。从文学创作实际来看,城市文学创作也是在这个时间段兴起、发展甚至成为文学创作的热点。② 从文学生产来说,这段时间文学与城市的关系愈发紧密,正如陈平原所说,文学生产和传播离不开城市,城市成为文学生产的核心。"我想说的是,城乡之间的分裂,以后文学呢,文学不一定诞生在城市,但是现代社会里面,都市确实诞生了好多好作品,而中外古今,文学的生产、传播,城市绝对是重心。生产不一定在城市生产、传播,写作不一定是在大城市,但他的印刷,发行等等,绝对是在城市。所以城市成为整个的文学生产、传播、扩展的一个重要核心"。③ 文学研究也是从 20 世纪 80 年代开始对城市文学的定义、创作现状和作家作品分析投入了更多的关注。综上所述,20 世纪 80 年代以来是一个非常恰当合理的时段选择。笔者认为这个时间段的选择有益

---

① 李洁非:《城市文学之崛起:社会和文学背景》,《当代作家评论》1998 年第 3 期。

② 从 20 世纪 80 年代以来的文学创作的走势上看,城市文学所占的文学创作的比重越来越大。80 年代初大型文学类刊物中城市文学还只是凤毛麟角。到了 90 年代就出现了《花城》《广州文艺》《特区文学》等以打造当代都市小说为办刊主导方向的文学类期刊。从 2010 年《上海文学》《收获》中短篇小说的发表情况来看,这一年发表的 80% 以上的作品都是城市文学作品。

③ 陈平原:《都市文化研究的可能性》,华东师范大学讲座(2011 年 3 月 16 日),详见 http://ecnuzw.5d6d.com/thread-4373-1-1.html。

于城市文学的各种研究。

　　本书研究的文本是城市文学,包括小说、诗歌、散文,等等。这里"城市文学"广义上讲是指反映城市生活,具有城市意识的文学。一方面,它以适应市民阶层的精神需求来形成文学标准,有着历史和传统的根系;另一方面,它又是"现代城市/工业文明的共生物"①。本书的城市文学没有切断传统与现代的联系,并力图将两者结合起来宏观把握。本书的研究对象是"文学中的城市",具体而言就是探讨文学对城市的想象和再现。这里我们要对"文学中的城市"与"城市中的文学"进行必要的辨义。首先这两个命题的内涵不一样。"文学中的城市"是以文学想象为手段,通过对文学文本的解读,强调"想象、再现、表述、话语对现实城市的塑形"②,从而完成对城市的审美认知。而"城市中的文学"指向的是文学,是指在城市中孕育的文学,具体而言是指"立足于城市题材与形态自身,揭示城市文学的发生、发展、流变及其内在的构成规律"③。虽然内涵不同,但是这两个命题又是相互联系、彼此印证的。"文学中的城市"是在"城市中的文学"中提炼和阐释出来的。同样我们对"文学中的城市"的想象,正是揭示了孕育城市中文学的母体的真实模样。所以本论文探讨"文学中的城市"问题,就必须植根于"城市中的文学",否则,就是无本之木、无源之水。

　　本书中涉及的城市概念是在文学中具有鲜明地域特征的城市,不仅包括大城市(或都市),如上海、北京、广州等,也包括中等城市,如武汉、南京、西安等。关键取决于这些城市能否用其特有的地域风格孕育文学,文学又反过来呈现这些城市的地域文化内涵。这也是本论文中选择城市文学和城

---

　　①　钱文亮:《都市文学:都市文化语境中的文学变革》,《求是学刊》2007 年第 3 期。城市文学的定义还参考幽渊:《城市文学理论笔谈会在北戴河举行》,《光明日报》1983 年 9 月 15 日。

　　②　陈晓兰:《文学中的城市巴黎与上海——以左拉和茅盾为例》,广西师范大学出版社 2006 年版,第 6 页。

　　③　张鸿声:《"文学中的城市"与"城市想象"研究》,《文学评论》2007 年第 1 期。

市的概念,而抛弃学界热捧的都市文学和都市的概念的缘由之一。另一个原因就在于在众多对城市与都市的理解上,很多论者都将它们放在这样一个递进概念序列当中:乡村—乡镇—城市—都市—国际大都市。显然,都市是完全将城市与乡土断裂开来的概念,是反地域性的现代性概念。它与乡土的断裂就像陈晓明所说:"'大都市'(mētropolis)的词源显然掩盖了历史真相……后世的文学表达总是以朴素的个人情绪表达对大都市的怀疑和敌视……在整个现代性文学书写的历史中,城市(结合原文上下文的语境,这里的城市实际指的是'都市'——笔者注)都若隐若现,即使它缺席,也总逃脱不了在场的乡村情绪的控诉。对城市的表达总是伴随着对城市的逃逸,城市像幽灵似的出现然后消失,现代性的文学奇怪地从整体上植根于乡村文明,于是对城市的表达就变成了驱魔。文学始终不能接受城市强大的外形和强烈夺取的精神。"①从陈晓明的分析中,我们一方面发现都市概念在文学的阐释中是存在争议的②;另一方面,作为现代性语境中的都市概念,是与乡村对立的,人们对都市的感情是排斥的、反抗的。相对于都市来说,城市的概念更能客观而融洽地被文学接受和考察,更能贴近中国城市文学的根本。

　　本书打算从以下几个方面展开论述。第一章解决的问题是,作为城市文学研究的新维度——从地域属性考察文学中的城市的可能与意义。这一章分析目前城市文学研究的总体现状以及存在的问题,以及从地域属性考察文学

---

　　① 陈晓明:《城市文学:无法现身的"大他者"》,杨宏海主编:《全球化语境下的当代都市文学》,社会科学文献出版社 2007 年版,第 3—4 页。

　　② 陈晓明曾考证"都市"的英语词源,认为"而我们理想的'都市文学',如果硬译,则是'metropolis literature'。Metropolis,即大都市、大城市,这个词来自受古希腊影响的晚期拉丁词mētropolis,其词源构成是 mētros+polis。meter 与 mētros 即母亲,polis 即城市,意即母亲城,也就是中心城市、主要城市、首府等。这个词显然是对历史的美化。"都市的英语本意是母亲城,但是后世对都市的认识却是:"以朴素的个人情绪表达对大都市的怀疑和敌视,那是代表被大都市排挤和吞并的乡村所发出的历史反抗。"所以,都市的概念在应用的过程中是存在争议的。详见陈晓明:《城市文学:无法现身的"大他者"》,杨宏海主编:《全球化语境下的当代都市文学》,社会科学文献出版社 2007 年版,第 3—5 页。

中城市的理论合理性。第二章从怀旧的视阈考察中国不同城市的文学书写中对城市的想象。第三章,从消费视阈考察不同的城市在文学中的想象。第四章,打破城市个案研究的局限,从共时性上考察城市在文学上的共同性。本章笔者将主要考察文学中城市的江南隐喻和空间隐喻。第五章,主要是对当下城市被文学如何被观照这一问题进行反思。此外,要说明的是在总体章节安排上从怀旧和消费视阈考察城市在文学中的想象,一方面能够切实地反映不同城市在文学的不同视阈中的地域属性,另一方面,也能在历时性的时间跨度上,对中国的城市进行全面的研究。因为这两种视阈分别从城市的历史、现在等方面呈现城市最为本质的风貌。城市的怀旧景观展现的是,不同的城市对历史与传统的记忆与展现;城市的消费景观透视出来的是,在城市化的浪潮中,消费的视阈下各个城市物质化、符号化的城市景象。这两种视阈相互区别又互相联系。城市的怀旧往往决定着城市人的世俗心理,而城市的消费中又孕育着城市的世俗趋向,在怀旧和消费中共同托起城市的世俗景象。这样,我们就可从这两种视阈中洞悉文学叙事呈现出来的城市的普遍而又深刻的文化特征。如果说第二、三章是对文学中的城市在地域属性上进行历时性的考察的话,那么,第四章从城市隐喻中发掘城市的符号性表达,则是在共时性上对不同地域属性的城市共有的审美特征进行研究。这三章的理论架构,可以让我们对地域属性中的"文学中的城市"进行多方位、全景式考察,从而让中国化的"文学中的城市"在文学研究中变得立体。

三、　研究综述

以地域属性为中心考察"文学中的城市"这一论题的研究现状,从目前的研究成果来说,呈现的是一个很松散的研究状态。如果要对这些研究进行综述,就要从三个方面入手:

1.理论探讨:"文学中的城市"与城市文学的地域属性问题的提出

作为城市文学研究的一个方向,"文学中的城市"是一个从西方引入的概念。关于这一点陈晓兰在《文学中的巴黎与上海——以左拉和茅盾为例》中介绍得很清楚。陈晓兰指出,从 20 世纪 70 年代开始西方出现了城市文学研究的热潮,但是与中国热衷于研究城市中的文学不同,"在西方城市文学的研究中,他们更加强调'文学城市'的层面,强调想象、再现、表述、话语对现实城市的塑形(configuration)。他们所关注的是城市被'观念化'的历史,不是'现实的城市'(real city),而是'非现实'(unreal city)的、虚构的城市。'文学中的城市'、'城市的文学形象'和'城市作为意象、象征',等等,是他们研究中十分关键的概念。"①可见"文学中的城市"是城市文学研究的一个重要方向。最为关键的是这个命题关注文学对城市的想象和塑造,始终是一个文学的命题。目前国外从事这一方向研究的主要著作②有:[美]理查德·利罕的《文学中的城市——知识与文化的历史》(英文版由 University of California Press1998 年出版,中文版由上海人民出版社 2009 年出版)、[美]博顿·帕克的《文学中的城市形象》(Burton Pike: The image of the City in Modern Literature,由 Princeton University Press 1981 年出版)以及威廉·夏普的《不真实的城市:华兹华斯》(William Sharp and Leonard Wallock: Visions of Modern City: Essay in History, art and Literature,由 The Johns Hopkins University Press 出版)、克里斯蒂·赛斯默(Christine Sinzemore)的《一个女人想象中的城市》(1989 年),等等。理查德·利罕的《文学中的城市》主要考察的是随着历史

---

① 陈晓兰:《文学中的巴黎与上海——以左拉和茅盾为例》,广西师范大学出版社 2006 年版,第 7 页。

② 本书中关于国外对"文学中城市"研究成果的梳理,主要参照了陈晓兰的《文学中的巴黎与上海——以左拉和茅盾为例》中的相关论述。详见陈晓兰:《文学中的巴黎与上海——以左拉和茅盾为例》,广西师范大学出版社 2006 年版,第 1—9 页。

与文化的发展,文学对城市的想象以及城市变化又如何促进文学文本的转变。博顿·帕克的《文学中的城市形象》是通过"勾勒欧洲文学中的早期神话、史诗、《圣经》和19、20世纪文学中的城市形象的大致轮廓。"①而威廉·夏普的《不真实的城市:华兹华斯》主要研究"城市是如何被生活在它们之中的诗人感受,这种感受的文学再现又如何受到了先前城市文本的影响……关注文学中城市的原始力量,文学如何把神话结构赋予城市。"②而克里斯蒂·赛斯默的《一个女人想象中的城市》则主要探讨"五位女小说家的观点,她们都把伦敦作为小说的场景和主要特点。她得出的结论是,我们可以超越当前男性统治的理论而达到一个没有等级、接受各种人、接受矛盾冲突和变化的理论。她认为一种多维的基本理论能最好地象征这种城市"③。从西方既有的有关文学中的城市的研究成果来看,作为一个城市文学研究的方向,"文学中的城市"可以从多种角度展开。本论文选择的是以地域属性为中心来考察这一问题。

　　回到中国当代语境,我们再看看"文学中的城市"问题的提出过程。"文学中的城市"理论探讨首先是从讨论文学与城市的关系开始的。主要是探讨城市与文学的关系,然后逐渐过渡到"文学中的城市"的理论探索。较早涉及城市与文学关系的文章是李彬勇的《历史、城市及城市诗》(《上海文学》1986年第9期)。这篇短小的文章从城市诗写作的角度出发,谈到诗歌观照城市的问题,文章没有进行理论的深入,只是感性地提出一个文学问题。王群的《一段十九年的对白》(《上海文学》,1986年第12期)则从城市心态谈起,指出文学要深入城市的心态当中。叶中强的《想象的都市和经济话语的都市——论当前文学文本中的一种"都市"及其元话语》(《上海社会科学院学术

① 陈晓兰:《文学中的巴黎与上海——以左拉和茅盾为例》,广西师范大学出版社2006年版,第7页。

② 陈晓兰:《文学中的巴黎与上海——以左拉和茅盾为例》,广西师范大学出版社2006年版,第8页。

③ [加]G.斯蒂尔特著,冷毅等译:《西方城市史的理论研究》,《史学理论研究》2003年第3期。

季刊》1998 年第 4 期)分析了文学中都市书写变成"反都市"书写的原因,从而考察文学都市想象上存在的内在价值机制。蒋述卓的《城市与文学关系初探》(《广东社会科学》2001 年第 1 期)探讨文学与城市之间的关系,在方向上还是探讨城市对文学创作的作用,并没有反向反思文学对城市的想象,但是在城市与文学的关系上这篇文章还是为笔者的研究提供了参考。

从时间上来说,较为明确地给出中国"文学中的城市"理论定义的是张英进 1996 年出版的博士论文《中国现代文学与电影中的城市》。在这本书中他提出:"城市存在于其'文本中',文本涵盖了心理体验、历史、文化价值,它们'形形色色的形象、外形,不是表明什么创造了城市,而是表明城市使什么成为可能'。就现代中国的语境来说,城市催生了大量新的构形,它们在传统中国是难以想象的。这些构形不应看作是孤立的现象,而是从属于一个更大的统一结构——'一整个文学文化,一种看和写的方式'。"①从这里可以看出,张英进对"文学中的城市"研究落脚点还是要找到文学文本对城市的构形。这本书最初是在国外出版的,近几年才翻译到中国,就理论探讨来说,在中国较早关注这一问题的是陈平原、张鸿声、陈晓兰等人。近些年陈平原也在倡导文学中城市的记忆与想象。他的研究是从"北京研究"生发到倡导"文学中的城市"研究。在 2002 年发表的《"五方杂处"说北京》中,陈平原说道:"略微了解北京作为都市研究的各个侧面,最后还是希望落实在'历史记忆'与'文学想象'上。其实,历史记忆很大程度必须依赖文学作品……作为现代都市人,我们在阅读关于城市生活的文学作品中成长;正是这一对城市历史的追忆与反省,使我们明白,城市的历史和文学文本的历史,二者之间不可分割。"②他这几年主编的《北京记忆与记忆北京》《西安:都市想象与文化记忆》都在倡导

---

① 转引自 Blanchard, Marc, *In Search of the City: Engels, Baudelaire, Rimbaud*, AnnaLibri, 1985, pp.30—31, p.24, 转引自张英进:《中国现代文学与电影中的城市》,江苏人民出版社 2007 年版,第 2 页。

② 陈平原:《北京记忆与记忆北京》,生活·读书·新知三联书店 2008 年版,第 25—28 页。

文学中城市的记忆。

　　之后张鸿声的《城市文化与城市文学》(《文艺报》2004 年 10 月 19 日)、《"文学中的城市"与城市想象》(《文学评论》2007 年 1 月)等一系列论文对这一问题在理论上进行了较为深入的探讨。这些文章中,论者指出了传统城市文学研究中城市的"城市性的表述"遮蔽了"文学再现城市"的问题,并指出鉴于城市与文学之间的复杂关系,"文学中的城市"研究更能揭示这种关系,"鉴于城市文学研究自身,逐渐以'城市性表述'涵盖了'文学再现城市',从概念上来说,'文学中的城市'这一概念,要比'城市文学能够揭示更多城市对文学的作用与两者的复杂关联。'"①论文还对"文学中的城市"研究内容和研究类别给予了概括。他认为"文学中的城市""更关心城市所造成于人的城市知识,带来的对城市的不同叙述,以印证于某一阶段、某一地域的精神诉求。从方法论的角度,它更接近文化研究。"②张鸿声的论文是目前比较全面和系统地力图建立"文学中的城市"这一研究范式的论文。但从他后期的很多研究来看,在研究路径上他对这一课题更倾向于文化研究。在这一问题上,笔者与他的观点有些不同,笔者始终认为尽管这项研究在学科上是与多种学科如社会学、历史学甚至文化学有交叉,但是它最终还是一个文学问题,应该回到文学的本位来探讨。

　　将中西"文学中的城市"概念结合起来,并系统地梳理和总结的是陈晓兰。她在其主要成果《城市意象——英国文学中的城市》(广西师范大学出版社 2006 年版)、《文学中的巴黎和上海》(广西师范大学出版社 2006 年版)中对"文学中的城市"这一概念作了经典论述。综合陈晓兰的梳理,我们大致可以给予"文学中的城市"这样一个定义:"文学中的城市"研究的对象是文学文本表现和创造的城市,重点考察文学中城市的再现。这里的城市不是现实的城市,而是通过文学的语言和符号表述,成为我们可以认知的

---

① 参见张鸿声:《"文学中的城市"与"城市想象"研究》,《文学评论》2007 年第 1 期。
② 张鸿声:《"文学中的城市"与"城市想象"研究》,《文学评论》2007 年第 1 期。

"词语城市"。

"文学中的城市"是城市文学研究的一个大方向,可以从多种角度展开研究。以地域属性为中心是其中的一个角度。就目前中国城市文学研究的现状来看,地域属性研究一直是城市文学研究的一个重要方面,但是这个方向并不是一开始就与"文学中的城市"联系起来的。在理论探讨中,地域属性研究首先是探讨城市文学的地域性问题。主要论文有1987年汪政、晓华的《一种文学两种文化——论城市和乡村两种文化意识》,该文首次提出城市文化之于文学应该包含地域属性在内的民族性,"城市从传统而来,因受其文化中民族、地域和时间的限制而五彩缤纷"。① 1995年《上海文学》刊载了邹平、杨扬等人的《城市化与转型期文学》的讨论,其中杨扬提出对城市文学的认识不要局限在城市的物质外壳上,应该注意到"文学、文化的这种地域分布情况,不要被城市的物质外观所迷惑,以为写城市的便是城市文学"②。到了1998年4月王干、刘立杆、韩东等人所做的《离我们身体最近的——关于"城市与城市文学"的对话》,在讨论文学与城市的关系时,谈到文学再现城市的独特性问题,并强调城市的地域属性之于文学的意义。

21世纪以来,越来越多的研究开始注意到城市文学的地域属性问题。一方面,有研究者们从地域属性考察城市文学的必要性,并已经预测由于地域属性的不同,必然造成中国城市文学的多样化。如梁凤莲在《都市文学的地域属性》(《文学自由谈》2005年第6期)中认为地域属性是城市的规定性和本质属性,唯有它才能让我们看到城市的本质,我们城市文学才能让人信服。陈竞在《当下城市文学:"看不见"的城市》(《文学报》2009年8月20日)提到了上海作为城市文学标志的衰落,多样化的城市文学正在蓬勃兴起的问题。施战军在《论中国式的城市文学的生成》中就这一问题的论述更为明确。他强

---

① 汪政、晓华:《一种文学两种文化——论城市和乡村两种文化意识》,《文艺争鸣》1987年第4期。

② 邹平、杨扬等:《城市化与转型期文学》,《上海文学》1995年第5期。

调:"'上海书写'一枝独秀的局面已经消解,'北京书写'的文学实绩应予以充分的研究,沪外的'城市文学'的兴起,为中国式的城市文学的生成提供了新的可能性。"①另一方面,一些研究者已经系统研究从地域属性来划分和打造城市文学的类型,如於可训的《地域文化与文学发展》(《湖北日报》2001年4月19日),樊星的《20世纪中国城市文学的风景》(《湖南城市学院学报》2004年第1期),以及蒋述卓、李凤亮、杨宏海等人近年来打造的岭南都市文学②等。虽然这些研究的落脚点不是文学中的城市,但却从地缘性特征入手对城市文学做了系统分类,将中国城市文学版图分为:新京派文学、新海派文学、苏州文学、天津文学、特区文学、岭南文学,等等。这种城市文学格局的重新划分表明了从地域属性来研究中国城市文学的可行性和可取性。

2011年4月,在《探索与争鸣》杂志社和华东师范大学文学研究所联合举办的"新世纪城市文学创作的问题与出路"研讨会上,杨扬、刘勇、黄发有等学者在发言中都谈到城市文学创作要反映中国城市特有的经验。这些经验包括中国城市历史与传统所孕育的城市地域属性的多样性与复杂性。其中杨扬提出文学创作要"从历史源头上寻找中国的城市经验。城市经验在中国作家的创作中呈现多样性"。刘勇和夏锦乾提出城市文学要关注城市的历史与传统。张永禄提出"在世界城市文学的大家族里,我们要保持中国元素和基因,获得城市文学的'中国制造'注册权"。何平提出了"我城"的概念,认为中国城市的差异性大得令人难以想象,所以城市文学创作要关注每座城市的历史与现实、问题与经验等问题,要警惕城市文学中的城市千人一面的景象。③

---

① 施战军:《论中国式的城市文学的生成》,《文艺研究》2006年第1期。

② 岭南都市文学研究近些年来研究成果比较突出,主要有《南方都市:专论与笔谈》(《学术研究》1998年第8期),叶从容《后现代城市背景下都市文学的困境与超越》(《海南师范学院学报》2006年第4期)和《岭南都市文学的后现代话语》(《广州大学学报》2007年第1期),蒋述卓《城市的想象与呈现》(中国社会科学出版社2003年版),《全球化语境下的当代都市文学》(杨宏海主编,社会科学文献出版社2007年版),等等。

③ 何平:《何为"我城",如何"文学"》;杨扬、谈瀛洲等:《新世纪城市文学创作的危机与出路》,《探索与争鸣》2011年第4期。

以上的研究都涉及"文学中的城市"的理论以及研究城市文学的地域属性问题,但没有明确地提出将这两者结合起来,成为一个整体性研究方向。最新的研究成果中,在理论上较为深入地谈论从地域属性考察"文学中的城市"问题的是朱大可、张柠等人的对话性文章《谁写当下城市》(《江南》2010 年第6 期)。这篇文章可以说是对 1998 年王干、刘立杆和韩东等人《离我们身体最近的——关于"城市与城市文学"的对话》讨论的当下呼应。相比前者,朱大可等人的对话对这一问题的看法有了进一步的深入,更集中于文学中的城市讨论。这个讨论主要针对的是,当下中国城市文学创作和研究中城市的同质性倾向,作家与当下城市疏离等问题。讨论的最终归结点就是要突破目前中国城市文学的困境,就是要创作出体现城市精神与魂魄的城市文学,挖掘城市的地域性特征。虽然这中间有许多困难,但是唯有真正了解我们的城市才能创作出有生命力的属于中国的城市文学。这篇论文指出了城市文学创作的软肋和城市文学研究的空白,为"文学中的城市研究"的现实意义和需求给予了有力的注释。

2. 文本研究:地域属性中的"文学中的城市"与城市文学

本论题是从文本出发,以地域属性为中心考察"文学中的城市",但目前学界在这一论域还没有系统、全面的研究成果。一些相关的研究多聚焦在个别典型城市,如上海、北京。更为重要的是,前期此类研究并没有鲜明地凸显地域属性中的"文学中的城市",有的研究甚至将城市文学的地域风格与从地域属性考察文学中的城市两种视角混杂起来进行考察。

首先,笔者想略述与本论题较为接近的从地域属性来考察"文学中的城市"的相关成果。1991 年赵园的《北京:城与人》(上海人民出版社 1991 年版)可以说是中国最早的考察"文学中的城市"的著作。这本书通过分析北京与文学之间的关系,为"文学中的北京"寻找定位。本书的最后一章通过梳理城市在新文学中的地位和作用,确立北京和上海在文学中的重要地位,从而指出城市在文学中的意义。研究"文学中的北京"的成果还有陈平原的《北京记忆与记忆北京》(三联书店 2008 年版)、刘勇和许江的《20 世纪中国文学进程中的"北京"》(《北京师范大学学报》2009 年第 3 期)、张胜群硕士论文《文化叙事中的北京想象——论当代京味小说》(2006 年)、张鸿声的《文学中的"新北京"城市形象——以"十七年"与"文革"诗歌为例》(《扬子江评论》2009 年第 5 期)和《传统城市性的延续和现代性的建立——老舍话剧中的"新北京"》(《福建论坛》2009 年第 7 期)等。

研究文学中的北京是最早关于文学中的城市研究的成果。之后研究界很快就将目光投向了关于上海地域风格在文学中的再现。陈诏在《写出有"上海味"的城市文学》(《上海文学》1985 年第 8 期)中最早提出要写出上海地域特色的城市文学。之后李欧梵的《上海摩登》(英文稿完稿于 1997 年)则是以上海作为都市文化的范本进行文化研究,从文学的角度探讨一种在中国的都市文化。张英进的《中国现代文学与电影中的城市》除了较为明确地指出"文学中的城市"的研究意义外,还以现代文学作品和电影为对象进行了阐释,但他的阐释仍旧集中在北京、上海两座城市,并没有扩展开。此外,还有陈惠芬的《想象上海的 N 种方式》(上海人民出版社 2006 年版)、张鸿声的《文学中的上海想象》(《文学评论》2005 年第 4 期)和《1950—1970 年代文学中上海政治身份的叙述》(《上海师范大学学报》2007 年版)、刘影的《城市文学的"上海怀旧"之旅》(《北方论丛》2006 年第 5 期)等等。还有研究其他城市在文学中呈现的论文如尹莹的博士学位论文《小说重庆——国统区小说研究的一个视角》和姜丽的硕士学位论文《小说中的武汉——论池莉和方方小说中的城市书写》(2009 年)、刘颖的硕士学位论文《池莉笔下的城市书写》(2004 年),等等。

以上研究主要集中在城市的个案研究,在研究的思路和范围上与笔者的研究差距还是很大的。贺桂梅的《三个女人与三座城市——世纪之交"怀旧"视野中的城市书写》(《南方文坛》2005 年第 4 期)探究的是在怀旧视野下王安忆、池莉、铁凝等女作家笔下的上海、武汉和北京。杨东平的《城市季风》从城市文化的角度对北京和上海两座城市的文化现象进行了较为深入的研究。比较全面地从地域属性考察文学中的城市书写的是张清华的《城市书写：在困境中展开》(《山花》2011 年第 5 期)。他从中国城市书写的先天劣势谈起，论述了北京、上海、广州等城市在城市书写上存在的困境。这篇文章并没有对各个城市的文学书写进行详细论述，而只是挖掘在这些城市书写上存在的问题。这些研究是近些年来城市文学研究中较少地能横向宏观把握和梳理文学中城市书写现状的论文。

其次，在城市文学的地域特征基础上所衍生的城市文学流派研究。在作家论方面，有些论者的话题集中在一些具有明显城市地域风格的几位作家的创作。如北京集中在老舍、汪曾祺、邓友梅、刘绍棠、王朔等主要描写北京风土人情的作家作品上。上海集中在新感觉派小说家刘呐鸥、施蛰存等现代作家，以及王安忆、陈丹燕等当代作家。其他城市的作家论还有苏州的陆文夫、范小青的创作，武汉的池莉、方方的创作等。此外，另一个方向就是集中在京派和海派的文学创作风格的探讨上。比如，综合研究京派和海派文学的著作有杨义的《京派海派综论》(中国社会科学出版社 2003 年版)、张鸿声的《都市文化与中国现代都市小说》(河南大学出版社 1997 年版)中涉及上海、北京这两座城市所代表的都市文化风格的探讨。以京派文学为研究对象的著作有刘进才的《京派小说诗学研究》(河南大学出版社 2005 年版)、周仁政的《京派文学与现代文化》(湖南师范大学出版社 2005 年版)、邵滢的《中国文学批评现代建构之反思》(湖北教育出版社 2006 年版)、黄键的《京派文学批评研究》(上海三联书店 2010 年版)等等。研究海派文学的成果有陈旭麓的《说海派》(《解放日报》1986 年 3 月 5 日)、吴福辉的《都市漩涡中的海派小说》(湖南教育出版社 1995 年版)、许明道的《海派文学论》(复旦大学出版社 1999 年版)、杨扬等《海派文学》(文汇出版社 2008 年版)、李今的博士学位论文《海派小说与现代都市文化》(1999 年)，等等。这些研究都是将京派和海派作为中国现当代文学史上很重要的两个流派来进行研究。此外，还有一些研究涉及重庆、深圳、武汉等地域性城市文学的研究,如彭斯远的《建设重庆城市文学的策略初探》(《重庆社会科学》2004 年第 1 期)、胡滨的《"新都市文学"与深圳文学的走向》(《文艺报》2004 年 12 月 9 日)、樊星的《新时期湖北文学的传统略论》(《扬子江评论》2008 年第 6 期)、汤中秋的硕士学位论文《武汉城市的风景画——从汉派作家看武汉都市文学》(2002 年),等等。

3.其他相关研究

目前完全与笔者研究思路一致的成果还没有,但有些有一定的相似性。首先,从怀旧视阈考察文学中的城市的研究成果,主要集中分析上海文学中的怀旧思潮,比较有代表性的成果有张鸿声的《上海怀旧与新的全球化想象》(《文艺争鸣》2010 年第 7 期)、金丹元的《怀旧与时尚所隐喻的影响上海及其文化悖论》(《社会科学》2010 年第 7 期)以及刘影的硕士学位论文《九十年代以来城市文学中的"上海怀旧"现象研究》(2003 年 4 月)。其次,从消费视阈关照文学的成果虽然很多,但是大多数成果是从理论上论述消费时代对文学的影响,而没有切实地从消费视阈考察文学中城市的呈像。其中焦雨虹的博士学位论文《消费文化与 20 世纪 90 年代以来的都市小说》(2007 年)、程箐的博士学位论文《20 世纪 90 年代女性都市小说与消费文化研究》(2004 年)、管宁的《都市消费文化与文学的时尚审美》(《学术界》2007 年第 4 期)、汪正云的《论文学空间及其消费形态》(《文学评论》2007 年第 4 期)、潘勇的《消费文化与都市精神的建立》(《美术观察》2007 年第 10 期)、包亚明的《消费文化与城市空间生产》(《学术月刊》2006 年第 5 期)等都是从理论角度阐述消费文化与文学和都市的关系,为笔者的研究提供了一定的理论参考。另外,蒋述卓的《城市的想象与呈现》(中国社会科学出版社 2003 年版)题目很接近笔者的研究题目,作为较早研究城市与文学关系的论著,对笔者的启发很大,但是在研究思路和方法上还是与笔者的论文相距较远。需要指出的是,这些研究虽然范围有限,但都力图展现文学中城市的多样性和丰富性。

最后,还有从城市想象变迁角度进行文学中的城市研究的成果。如曾一果的《论一种文学的"城市叙述史"》(《文学评论》2009 年第 1 期)就是从文学对城市想象的变迁历程来阐发的。其基本思路是:从现代化宏大想象到世俗化城市叙述,再到现在的"历史传奇"的城市叙述。虽然曾一果对文学中的城市的考察路径与笔者不同,但是他的研究却在为"文学中的城市"研究确立一种话语权,并提供了更多的研究可能。

总之,目前研究成果中,与笔者研究方向和研究思路完全一致的尚未出现。既有的相关学术成果存在诸多研究空白。首先,缺少宏观性对比研究,无法呈现中国城市在文学中的多样性和丰富性。其次,个别研究成果也不是完全从文学的问题出发,而是从文学、社会、历史等多种学科出发对这一研究题目进行观照。这样的研究纵然有百科全书的优势,但是严重削弱了文学视角下城市的独特性。还有一些研究成果仅处在提出构想的阶段,远没有成熟深入的成果问世。

第一章　城市文学研究的新维度

　　本章试图从中国城市文学研究存在的问题入手,探求从地域属性考察文学中的城市这一问题的可能与意义,并辨析一些与本论题相关的基本概念。

　　不可否认,关于城市文学的研究存在着众多的研究维度。正如陈晓兰所说,在众多研究维度中不同于西方强调"文学中的城市",中国的学者强调的是"城市中的文学"。这种强调也决定了中国学者的研究方向:"特别强调城市文化的地位和作用,都市文化对文学的影响,同时又把'城市文学'作为城市文化的反映和组成部分,通过文学来印证、丰富城市文化……"①用文学来反映和印证城市文化的研究思路是研究方向上的选择,本没有什么可以质疑的,但是就目前的城市文学研究现状来看,这种研究思路还是存在着问题的。

　　问题主要表现在以"城市中的文学"为研究方向的城市文学研究,由于深受现代性理论的影响,导致在我们讨论城市文学时都不自觉地将研究对象放在一个西方的理论框架中,以至于我们的文学研究被西方的城市理论牵着走,没有看到中国城市文学的独特性。可以说,在现代性的指导下解读中国的城市文学,在一定程度上遮蔽了中国城市文学的本土性。的确,现代化是城市发展的一个重要方面。它指导人们的生活日趋理性化、单一化。正如齐美尔所说:"大城市生活的复杂性和广泛性迫使生活要遵守时间,要精打细算,要准

---

　　① 陈晓兰:《文学中的巴黎与上海》,广西师范大学出版社 2006 年版,第 12 页。

确,这不仅与它的货币经济和理性主义的特点有密切的关系,而且也使生活的内容富有色彩,有利于克服那种要由自己来决定生活方式、拒不接受被认为是普普通通千篇一律的外界生活方式的非理性的、本能的、主观独断的性格特点和冲动。"①但同时现代性的城市生活也存在很多值得反思的方面。齐美尔曾经断言,大城市里人在情感上是彼此陌生、疏离甚至冷漠的,"他们之间的利害关系是无情的,他们的可以理解的经济利己主义不必害怕因个人关系上无法估计的情况而出现的分歧。……我们面对在短暂的接触中瞬息即逝的大城市生活特点所拥有怀疑权力,迫使我们矜持起来,于是,我们跟多年的老邻居往往也互不相见,互不认识,往往教小城市里的人认为我们冷漠,毫无感情"。②

正如文学史学家斯宾格勒曾经说:"'世界都市'的石像树立在每一个伟大的文化的生活进程的终点上。精神上由乡村所形成的文化人类被他的创造物、城市所掌握、所占有了,而且变成了城市的俘虏,成了它的执行工具,最后成为它的牺牲品。这种石料的堆积就是绝对的城市。它的影像,像它在人类眼前的光的世界中显得极尽美丽之能事那样,内中包含了确定性的已成的事物的全部崇高的死亡象征。"③最终以齐美尔和斯宾格勒为代表的西方思想家对现代性的反思也成为西方城市文学研究思路的主线。李洁非在《城市文学之崛起:社会和文学背景》中详细地梳理了现代性下西方城市文学的脉络。他认为:"以物化为城市文学的基本主题,在西方城市文学发展史上很明显形成了一条不断深化、不断清晰的线索。"④在他的梳理中,19 世纪的第一个城市文学浪潮中,城市的现代性对作家的冲击,还停留在城市表面的物化反应上:"对来势汹汹的物化现实的反应,多半表现为由金钱那不可思议的魔力而

---

① [德]G.齐美尔著,周涯鸿、陆莎等译:《桥与门——齐美尔随笔集》,上海三联书店 1991 年版,第 264 页。
② [德]G.齐美尔著,周涯鸿、陆莎等译:《桥与门——齐美尔随笔集》,上海三联书店 1991 年版,第 262—267 页。
③ [德]奥斯瓦尔德·斯宾格勒著,《西方的没落》,商务印书馆 1991 年版,第 213 页。
④ 李洁非:《城市文学之崛起:社会和文学背景》,《当代作家评论》1998 年第 3 期。

唤起的震惊、着迷或罪恶感,对精力旺盛、物欲奇强、贪婪攫取的资本主义人格的深刻印象与特别关注,对无所不可置于'交易'之下的社会状态的忧愤和嘲讽,对贫富两极的分化和巨大反差的不安,对在物的诱惑下社会颓坏、人心沦丧的直击现实的抨击……"①到了 20 世纪,城市文学对物化现实的表现有了超越,"不仅仅停留于社会写实的层面,而进入一种更抽象的层面,表现社会的结构性真实。……作家对物化力量及其形式的理解,越过了直接经济关系表现,深入到人的存在意识、心理、感觉等隐秘世界,由此开始了一个被称之为现代主义的文学阶段"。②

作为现代性的后果,城市化在人物质生存状态和精神空间上,造成了一些与乡村文明的宁静和谐相对的压抑和焦虑。但是如果从城市的起源考察,城市并不是一个现代性的产物。在中西方,城市的产生和发展有着不同的文化背景。直到西方的中世纪,中国的近代,当现代性作为一种与古典和传统断裂的理论被提出,人们才用现代性的理论来反观城市。因此,粗略地说,我们的城市不是现代性的后果,更不是现代性的恶果。现代性是城市发展的一个主要文化特征,但绝不能代表城市文化特征的全部。更何况,我们在文学的范畴中考察城市,与在经济、社会、政治学上考察城市的现代化进程是不一样的。可问题在于,很多研究者却将政治经济学意义上的城市化放到城市文学的研究中,甚至用文学的城市化遮蔽了城市在文学想象中的独特性,进而遮蔽了"文学中的城市"中所蕴含的传统与现代之间不可割断的联系。

质言之,笔者认为,在城市文学研究的多种维度中,我们应该开拓一种新的研究维度。准确地说,这个维度能够重新理清和发掘一种被研究者忽视的城市文学研究的新路径,能够真正贴近孕育中国城市文学的母体本身,展现中国城市文学的多样性和复杂性,因此,在笔者看来,选择以地域属性为中心来考察"文学中的城市"是一个非常好的尝试。

① 李洁非:《城市文学之崛起:社会和文学背景》,《当代作家评论》1998 年第 3 期。
② 李洁非:《城市文学之崛起:社会和文学背景》,《当代作家评论》1998 年第 3 期。

第一节　现代性下的禁锢:以城市文学
定义的争论为切入口

目前,城市文学研究的主流方向就是自觉地将研究纳入西方现代性的理论框架中进行,在现代性的理论指导下界定城市文学的关键概念,并以此阐释具体的城市文学创作。正像陈晓明在 1991 年对当代城市文学研究的理论来源所做的总结:"中国当代文学中出现的'都市意识'显然是受了西方现代主义思潮(尤其是存在主义)的影响,它与新时期文学中一直起支配作用的古典人道主义的'人'的主题合并而构成都市文学的哲学基础,其主题强调的重点在于:都市空间构筑的压抑感、孤独焦虑心理、个人与社会与他人的偏离、无处皈依的末世情调等等。……毋庸讳言,中国当代都市文学的写作一直笼罩着西方现代主义的阴影,这也许有双重原因:一方面,中国现代都市生活作为改革开放的产物,它不可避免要吸收西方现代文明的成果,因而它也会面临西方现代文明所遭遇的生存现实的问题;另一方面,中国当代文学 20 世纪 80 年代中期以来就深受西方现代文学的影响,都市文学更无例外。其写作范本超不出卡夫卡、索尔·贝娄、黑塞、F.司各特、菲茨杰拉德、J.D.塞林格、J.乔伊斯等人……"①陈晓明不仅认为城市文学②的创作是在现代性的影响下进行的,而且城市文学的研究无疑也

---

① 　陈晓明:《末路寻踪:在都市与历史之间—— 一九九〇年〈花城〉中篇小说综评》,《花城》1991 年第 5 期。

② 　这里用城市文学来替换陈晓明在文章中的都市文学,并不是偷换陈晓明的概念。而是他在论述都市文学与城市文学概念区别的时候,并不认为这两个概念有着决然的区别,两个概念在当前研究界的实际运用过程中是可以替换的。陈晓明是这样论述城市文学与都市文学的概念问题的:"准确地说,只有那些对城市的存在本身有着直接表现,建立城市的客体形象,并且表达作者对城市生活的明确反思,表现人物与城市的精神冲突的作品才能称之为典型的城市文学。……显然,按我们给出的定义来看,我们现在讨论的'城市文学'更侧重于关注那些表现大都市生活的作品,关于大都市的生活经验具有更强烈的城市感,而小城市与乡村相去不远,但其现代感并不强烈。正因为如此,城市文学也经常被称之为'都市文学'。"详见陈晓明:《城市文学:无法现身的"大他者"》,杨宏海主编:《全球化语境下的当代都市文学》,社会科学文献出版社 2007 年版,第 3 页。

是要按这种创作潮流的理论基础进行阐释。那么,西方现代性理论是如何进入 20 世纪 80 年代以来城市文学研究的领域呢? 笔者试图从城市文学的概念的争议入手,探求城市文学研究的思维方向是如何一步步进入现代性的框架中。

正如周宪所说:"现代性既是一个充满了矛盾和歧义的概念群,又是一个充满了张力的历史过程,它涉及许多不同层面的现代发展及其复杂的互动关系。"①面对如此复杂的概念,并要在这个概念之下探讨城市文学的研究,当然有必要对现代性进行概念的界定。笔者对现代性的界定,是建立在中国当代城市发展的语境下,针对的是大多数城市文学研究在借用现代性概念时基本认同的现代性的内涵。现代性是一个从西方引进的概念。在文学研究的领域对它的接受和推广应该始于 20 世纪 80 年代中期。② 它首先是一个与"传统"和"古代"相对的时间和历史概念。具体到城市现代化语境中,在文化上它是与乡村文明相区别的现代文明。对现代性的内涵界定主要是来自西方,主要是指与封建乡村文明相区别的现代城市文明。齐美尔对现代性的这一内涵的

---

① 周宪:《审美现代性批判》,商务印书馆 2005 年版,第 56 页。

② 关于现代性概念在当代中国引入的时间,周宪认为是在 90 年代以来,"90 年代以来随着中国现代化进程的加快,随着中国从传统社会向现代社会转型的诸多问题的凸显,现代性亦成为中国学术界的重要话题"。但是在文学领域,对现代性的接受和反思比经济领域对这一问题的感知更早一些。1985 年文学界在谈到改革文学的时候,虽然没有明确地提到文学中的现代性的问题,但是已经涉及文学要关注当前改革所代表的现代化发展现实的问题。吴亮在 1985 年到 1987 年发表的一系列论文和随笔中,谈到城市发展的现代化进程对文学的逼近。这些文章从文学的角度反思现代性之于城市生活和城市人的意义。所以本书就文学研究的角度对现代性接受的时间起点定在 1985 年。详见周宪:《审美现代性批判》,商务印书馆 2005 年版,第 4 页;胡永年:《与时代同步——城市改革题材创作座谈会侧记》,《清明》1985 年第 1 期;《文学如何适应经济改革的新形势——文学界经济界部分同志座谈会发言摘要》,《当代作家评论》1985 年第 1 期;吴亮:《空间:城市的魔匣——对城市生活的文学沉思(二)》,《文艺评论》1987 年第 2 期;吴亮:《缺乏耐心的城市人——对城市生活的文学沉思(三)》,《文艺评论》1987 年第 3 期;吴亮:《城市人精神上的徘徊者——对城市生活的文学沉思(四)》,《文艺评论》1987 年第 4 期;吴亮:《一个语言化了的世界——对城市生活的文学沉思(五)》,《文艺评论》1987 年第 5 期;吴亮:《城市人:他的生态与心态》,《上海文学》1986 年第 1 期;吴亮:《文学与消费》,《上海文学》1985 年第 2 期。

界定和解释更为具体。他认为现代性首先展现的是诸多层面的变化:社会分化加剧,社会关系越来越趋向于功能化,主体文化与客体文化的鸿沟越来越深,个人文化萎缩,但物质文化异常发达,人的文化最终沦为物的文化。① 在具体的大都市的生活中,现代性又表现为大都市与货币经济的双重紧张:在大都市生活中,一方面是死板的客观化形式,另一方面是动态变化的社会关系;在货币经济中,一方面是交换的社会关系的物化,另一方面是动态的商品流通。② 简单概括就是,中国当代城市文学研究所借鉴的现代性概念主要表现在现代性的工具理性指导下物化过程对城市的形塑。③

要具体谈现代性对城市文学研究的指导,就要深入 20 世纪 80 年代以来城市文学研究的基本概念的界定过程中。什么是城市文学,是城市文学研究的一个基本但又非常重要的问题。从这个概念的界定以及与之相关的一些争议,可以看到整个城市文学研究的理论导向和话语变迁。同时在这些争议中,也可以辨析出城市与文学,城市文学与都市文学之间的关系。

城市文学的定义演进经历了三个阶段,在这三个阶段中还夹杂着一些质疑和争论。

(1)第一个阶段是以题材作为城市文学定义的核心。1983 年北戴河召开了我国首届城市文学理论笔会。在这次会议中与会者给出了城市文学的初步定义:"凡以写城市人、城市生活为主,传达城市之风味,城市之意识的作品,都可以称做城市文学。"④之后,蒋守谦在《城市文学:一个有意义的文学命

---

① 参见周宪:《审美现代性批判》,商务印书馆 2005 年版,第 67 页。
② 周宪:《审美现代性批判》,商务印书馆 2005 年版,第 67 页。
③ 葛红兵曾经从以下两个方面对城市的现代概念予以界定:1. 以政治经济学意义上个体的人为经济活动的基本单位。这个思想在柏拉图的《理想国》中已经有了,虽然柏拉图主张集权控制,但柏拉图的城邦奠基于市场化的产品买卖,现代城市是经济自由人的联合体,这是现代城市区别于封建乡村的很重要的方面;2. 以伦理意义上的个体的人为文化活动的主体,这是现代城市在文化区别于封建乡村文明的方面,封建文明是不可能产生现代都市所必需的个体文化的。葛红兵的界定实际上也是在强调以工具理性为代表的现代性对城市物化的指导。葛红兵:《构建都市精神与发展城市文学》,《文艺报》2001 年 8 月 14 日,第 2 版。
④ 幽渊:《城市文学理论笔谈会在北戴河举行》,《光明日报》1983 年 9 月 15 日。

题》中沿用了 1983 年北戴河会议上的城市文学的概念:"广义地理解,在新时期文学中,凡是以城市生活为描写对象的作品,都可以名之曰'城市文学'。"①在 1983 年到 1988 年期间,学术界对城市文学的定义主要强调的是题材来自城市生活的文学作品。这个定义是广义的,同时也是富有弹性和生命力的定义。这个定义之下仍旧有很多的研究空间可供研究界探讨,比如什么是城市生活,城市生活所辐射的城市意识和城市风味又是什么。

很快研究界开始对从题材方面界定城市文学提出了质疑。最先提出质疑的是曾凡在《现代文明的自我意识——对"城市文学"的一种理解》中说到"现代意识其实不过是城市意识的变种,是被自觉到了的经过抽象与升华的城市意识。城市是现代意识的发源地。对于城市文学来说,梳理独立的城市意识,就是树立自觉的现代意识。"②这里曾凡将现代意识等同为城市意识。张韧在 1988 年《开拓》第 1 期上发表的文章《现代都市意识与城市文学》中,首次提出现代意识是城市文学的灵魂问题:"从创作方面来说,城市文学不仅是题材问题,关键在于是以陈腐的传统观念,还是以现代意识去观照正在蜕变中的城市生活和都市人的复杂心态。所以说,现代都市意识是城市文学的灵魂。"③这种质疑中,我们已经看到了现代意识在城市文学中的渗透,并且在 20 世纪 90 年代初很快得到了普遍响应甚至扩大。

(2)第二个阶段是以都市文学概念的引进为标志,20 世纪 90 年代中期以来现代性对城市文学研究的指导迅速蔓延。文学研究对城市文学内涵的阐释更多的是从城市现代化的角度展开,落脚点是城市现代化的运转法则物化——即市场化和商品化——对人们的生活和观念的影响。最先对张韧的现代意识给予响应、明确提出鉴别城市文学存在与否的唯一标准就是是否有现代意识的,

---

① 蒋守谦:《城市文学:一个有意义的文学命题》,《文学自由谈》1988 年第 1 期。

② 曾凡:《现代文明的自我意识——对"城市文学"的一种理解》,《文论报》1987 年 8 月 1 日。

③ 张韧:《现代都市意识与城市文学》,《开拓》1988 年第 1 期。

是陈辽的论文《城市文学的可能与选择》。这篇论文中陈辽认为:"所谓城市文学是指作家以现代城市意识反映、观照和描写城市现代化进程的文学作品。这样的城市文学,只有在九十年代才可能出现,而且已经出现了。"①陈辽强调反映城市现代化进程是鉴别城市文学与否的唯一标准,"为什么从五十年代起,我国不再有'城市文学'的说法了呢? 一则由于外国帝国主义的封锁,我们自己闭关,我国城市的现代化进程很慢很慢,与国际大都市的脱节越来越大;二则当时的文学以题材来划分,有工业题材的文学,有知识分子题材的文学,有对资本主义工商业进行改造写资产阶级的文学,但是,唯独没有写城市现代化进程的城市文学。总之,城市生活缺少现代化进程为城市文学提供可能性,文学自身也缺少反映城市生活现代化进程的可能性,于是就决定了我国有几十年时间不再出现城市文学。"②陈辽在以现代性作为评定城市文学存在与否的标准之外,还以此为标准认为新中国成立后到20世纪80年代以前没有出现城市文学。原因就在于那些伪城市文学没有符合城市文学的现代性要求。此时,研究界还在城市文学的概念下谈论现代性的问题。

研究界随后不再满足于城市文学这个概念,他们需要引进一个更为具体的概念,让城市文学与乡土文学彻底区别,并能完全地反映当下城市化进程对文学的影响。于是"都市文学"的概念很快就在城市化进程的浪潮下诞生了。早在20世纪80年代末90年代初"都市文学"就已经被文学界提及并应用。只是此时都市与城市之间的概念还没有被清晰地界定,都市在一定程度上就等同于城市,指以上海、广州等为代表的大城市。他们对都市文学的定义是:"所谓都市文学,是指反映都市生存情境及人在其中的生活状态的文学作品。这是以作品题材的地域范围加以界定的概念,也是一个极为宽泛的概念。"③将之与20世纪80年代初北戴河会议上确立的城市文学的概念相对比会发

---

① 陈辽:《城市文学的可能与选择》,《唯实》1994年第8期。
② 陈辽:《城市文学的可能与选择》,《唯实》1994年第8期。
③ 朱双一:《八十年代台湾都市文学》,《福建论坛》1991年第1期。

现,除了一个用都市、一个用城市以外,在概念的内涵上两者是没有区别的。由此可以看出,在 20 世纪 80 年代学界用的都市文学基本上就等同于城市文学。同时研究者主要用都市文学来阐释现代文学中的新感觉派、茅盾等的以上海为中心的城市文学创作,比如孙中田的《子夜与都市题材小说》(《文学评论》1985 年第 3 期)、余凤高的《穆时英的小说创作》(《浙江学刊》1986 年第 3 期)、李俊国的《都市陌生人——析施蛰存的小说视角兼谈现代都市文学的一种审美特征》(《湖北大学学报》1988 年第 4 期)、余清香的《大都市——在他笔下痉挛——论穆时英新感觉派都市小说》(《华中师范大学学报》1989 年第 4 期)等等;或者介绍域外或港台的都市文学作品,如李纯德的《物欲世界中的异化——日本“都市文学”剖析》(《世界博览》1989 年第 4 期)、朱双一的《80 年代台湾都市文学》(《福建论坛》1991 年第 1 期)、粟多贵的《试论香港当代都市女性文学的审美特征与变异》(《世界华文文学论坛》1991 年第 2 期)等。

从 1990 年开始,都市文学才以一种现代性的姿态呈现在城市文学当中。1993 年张颐武发表了《对“现代性”的追问——90 年代文学的一个趋向》,宣告“对‘现代性’的追问业已成为‘后新时期’文化的重要潮流之一”[1]。张颐武认为:“‘现代性’在汉语文化中究竟居于何种位置? ‘现代性’赋予我们的激情与诗意是如何作用于我们的身体/语言的? 我们如何跨出‘现代性’的门槛?”这些问题已经成为我们探索“后新时期”文化特性的重要方面。[2] 张颐武的这篇文章反映了文学界对现代性问题的热烈响应。此时文学界对现代性的理解就是面对经济的飞速发展,现代化进程的加快,文学要对这个日新月异的时代进行回应。

都市文学概念的引进不仅仅是一个以文学为本位的单纯学术探索,它

---

[1]　张颐武:《对“现代性”的追问——90 年代文学的一个趋向》,《天津社会科学》1993 年第 4 期。

[2]　张颐武:《对“现代性”的追问——90 年代文学的一个趋向》,《天津社会科学》1993 年第 4 期。

更具有文学在经济发展督促和压迫下适时应景的意味。1993 年至 1995 年《上海文学》和《特区文学》的编者按和卷首语可以很好地注释经济发展(主要表现为城市化进程的加快)对文学的逼迫。1993 年第 11 期《上海文学》中提到了物化时代到来对文学的挑战,"物化时代的文学其危机并不在于它承受着物的挤压,而是在于作家有没有能力对这一环境作出它所应有的反应"。1994 年第 2 期《特区文学》的卷首语说:"'新都市文学'是时代的产儿。她以改革开放为精髓,以经济体制的嬗变和生产力的发展为血肉。她是新时期的一个标志,是历史前进的见证者。"①在 1994 年第 5 期的《特区文学》中,编者还强调,倡导"新都市文学","是基于对新时势的审视,对'市场经济'条件下文学发展路向的一种探索"。② 1995 年第 1 期《上海文学》中写道:"我们看到人类居住的这个星球,全心全意只在为'经济'而转动了……'经济'对社会的笼罩,'经济'对人性的遮蔽所滋生的新问题已经产生。"③所以无论是"新都市文学"还是"新市民小说"等概念的提出,都有表现出文学界生怕被时代步伐落下的从众心理,就像李洁非所说父辈的那种稳定安详,以紧缺经济为特征的城市已经死去,现在的城市"充满不可测的因素……像一个丰满艳丽搔首弄姿的街头女人那样既富于诱惑又令人可疑"。所以面对这样的城市,我们要"熟悉一切新的东西来建立生存之道。"④

如果《上海文学》1994 年第 5 期提出的"新市民小说"还不能说是明确地提倡"都市文学"的话,1994 年《当代文坛》和《特区文学》则是旗帜鲜明地打出了"新都市文学"的旗帜。1994 年春《当代文坛》提出了"新都市小说"的概念,并于第 9 期推出了"新都市小说系列展"(《清明》1994 年第 4 期)。《当代

① 《特区文学》(卷首语)1994 年第 2 期。
② 《特区文学》(卷首语)1994 年第 5 期。
③ 《上海文学》(编者的话)1995 年第 1 期。
④ 以上论述详见李洁非:《初识城市》,《当代作家评论》1998 年第 4 期。

文坛》十分明确地表示这次策划的目的是:"意在倡导一种现代感的新都市小说。它呼吁作家以强烈的现代意识、自由的表达方式站在文化的高度观照富有历史前沿气息的现代都市文明,从深层结构把握现代文明和现代人的悖论与选择,摹写都市人的生存状态,展示都市人的心路历程,体验生命本体,寻找精神家园。"①1994 年《特区文学》也在第 1 期打出了"新都市文学"旗帜,整个1994 年《特区文学》从文学创作到理论探讨都围绕着"新都市文学"这个主题。虽然"新都市文学"的概念在这次探讨中并没有得出确切的结论,甚至还存在矛盾的地方。但是主办方打出"新都市文学"这面旗帜的初衷是很明确的,即主张"新都市文学"是改革开放的产物,是为了见证经济发展而宣告诞生,"新都市文学"的概念的核心内容就是要有"都市意识"。就像《特区文学》1994 年第 2 期的卷首语和何继青的《其实是一种文学精神》中所强调的"新都市文学"的"都市",是指"真正意义上的现代化城市"②,是"现代政治与现代经济的集中体现,是社会关系发生变革的先导"③一样,这个"都市意识"必然深深地打上现代性的烙印。

除此之外,这时期一些有关都市文学的研究性论文逐渐出现。戎东贵、陆跃文在《新时期都市文学的发展和走向》、黄伟宗、李红雨等在《拉开重构文学格局的序幕——关于"新都市文学"的对话》、胡良贵在《当代都市文学的形态》中分别提出了自己的都市文学的定义。④ 他们的界定都更加强调"都市文学"要表现现代化发展所带来的都市文明和都市意识,并强调"在文化的指谓上和建立在自然经济基础上的传统意识关照下的文学相区别"⑤。陈晓明还对都市文学中的都市意识的内涵进行了阐释,强调都市意识重点在于"都市

---

①　《当代文坛隆重推出"新都市小说"》,《清明》1994 年第 4 期。

②　《特区文学》(卷首语)1994 年第 2 期。

③　何继青:《其实是一种文学精神》,《特区文学》1994 年第 3 期。

④　参见戎东贵、陆跃文:《新时期都市文学的发展和走向》,《当代文坛》1995 年第 1 期;胡良贵:《当代都市文学的形态》,《小说评论》1996 年第 5 期。

⑤　司徒杰、钟晓毅:《圆梦都市文学》,《广州文艺》1995 年第 2 期。

空间构筑的压抑感、孤独焦虑心理、个人与社会与他人的偏离、无所皈依的末世情调等等"①。可以说 20 世纪 90 年代初都市文学的提出具有一种急迫性,这种急迫就像有人说的都市意识"必须从人类历史进程无法阻挡的角度首先投入对都市和工业化社会的都市化进程的热爱而非厌恶,对都市生活方式(如繁忙、喧嚣、复杂、流动等)的理解而非抗拒……而从恪守传统的农业社会和非都市社会的价值立场去评价当代的都市生活,则不是隔靴搔痒,就是盲人摸象"②。

伴随着 1994 年、1995 年《当代文坛》《特区文学》和《上海文学》推出的"新都市文学"和"新市民文学"的旗号,都市文学很快为研究者们所接受。笔者统计从 1994 年开始到今天,关于城市文学的大型学术研讨会基本上引用的概念都是都市文学。除 1994 年深圳《特区文学》开展的"都市文学讨论"外,1998 年 5 月 19 日华南师范大学中文系在该校组织了"南方都市文学"研讨会,并在同年《学术研究》第 8 期发表了一系列关于南方都市文学研究的论文。2004 年 12 月 7 日在湛江举行的"全国都市文化与都市文学"学术研讨会,2005 年深圳举办的"中国当代都市文学研讨会"等都是围绕"都市文学"展开讨论。但是很快学界不再满足于"都市文学"仅是"城市文学"衍生的一个概念,更希望用"都市文学"来替代城市文学,以期符合当下城市文化发展的现状。陈晓明将都市文学的这种指向表述得非常明确:"准确地说,只有那些对城市的存在本身有着直接表现,建立城市的客体形象,并且表达作者对城市生活的明确反思,表现人物与城市的精神冲突的作品才能称为典型的城市文学。……显然,按我们给出的定义来看,我们现在讨论的'城市文学'更侧重于关注那些表现大都市生活的作品,关于大都市的生活经验具有更强烈的城市感,而小城市与乡村相去不远,但其现代感并不强烈。正因为如此,城市文学也经常被称为'都市文学'……'都市文学'确实更接近关于城市文学的

---

① 陈晓明:《末路寻踪:在都市与历史之间》,《花城》1991 年第 5 期。
② 杨苗燕:《摇动的风景——都市文学与都市意识随想》,《特区文学》1996 年第 2 期。

理想性概念,只有那些描写大都市生活的作品才更能体现城市精神。"①这里陈晓明已经明确地表示都市文学是比"城市文学"更能接近城市文学理想状态的概念。这种"更能接近"的根源就在于它更具"现代性意识"。

可以说都市文学的引进一方面可以看作文学对当下经济发展的及时反映,就像2004年在湛江举行的"全国都市文化与都市文学"学术研讨会为"都市文学"定的基调一样:改革的深入,经济的发展,城市化进程的加快,特别是"一些中心城市更向着消费性大都市发展,由此产生了相应的文化和文学现象,都市文化与都市文学进入学界的视阈",并且都市文学已经归纳入当代都市文化建设的一部分。② 可以这么说,都市文学的提出,强调在一定程度上就是文学为赶上城市现代化进程的发展而应运而生。从1993年开始从深圳、广州等地积极打造岭南都市文学的亢奋劲头来看,打造都市文学背后的动机不排除是众多城市为跨入大都市所做的文化准备。另一方面也可以看到文学在经济面前的被动。这种被动隐含着城市文学研究的危机——过于急迫地想追上时代发展的步伐,缺少反思与沉淀,过于草率地在城市与乡村,现代与传统之间划清界限,结果让我们对城市文学的认识失之肤浅,流于表面。

本来都市文学应该从属于城市文学这个更大的概念,就是说,都市文学只不过是城市文学的子集,前者是后者衍生的一个文学概念。由于城市文学的"城市"中还涵盖着城镇这些与乡土文学相联系的模糊地带,导致学界对都市文学的概念赋予了过多的意蕴。在笔者看来,都市文学中的"都市"指向的是从城市的规模、人口密度等方面较为完善的现代化城市,都市化在一定意义上就是现代化。在文化姿态上它与共时性的乡村、历时性的传统实现了彻底断

---

① 陈晓明:《城市文学:无法现身的"大他者"》,杨宏海主编:《全球化语境下的当代都市文学》,社会科学文献出版社2007年版,第3—4页。

② 张景兰:《都市文化与文学:问题与阐释——全国"都市文化与都市文学学术研讨会综述"》,《文艺理论研究》2004年第1期。

裂。因此,都市文学概念的蔓延和广泛接受,也可以说标志着城市文学研究已全面纳入现代性理论指导之下,但是,笔者并不认为都市文学概念可以取代或涵盖城市文学这个概念。

(3)此外在城市文学定义衍生的两个阶段之间,还产生了一种质疑。这种质疑主要表现为研究者对城市文学的考察除了自觉地向都市文学靠拢以外,也开始对 20 世纪 90 年代以前中国是否有城市文学提出质疑,并试图以现代意识为标准重新厘定梳理城市文学的起点。

1998 年,李洁非开始对中国城市文学的发育状况提出疑问。他认为:"中国的城市文学之所以在过去一直没有发育起来,也恰恰在于中国城市社会尚不处在物化状态,商品经济因素虽非毫无,但却是在极低的水平上存在着,故而物的力量远未增长到足以令人压抑、反受其制的程度,相反,倒更多地领受的是物之匮乏。"①很明显,在他的论断中,在没有发达商品经济和物质发展的社会,城市文学是不可能发育起来的。如果李洁非的观点还是初步诊断的话,不久后,葛红兵从这个诊断出发,对中国城市文学的起点下了断语:"90 年代以前中国是没有真正的城市文学的,有的是反城市文学和拟城市文学。"②葛红兵否定了 20 世纪 90 年代以前城市文学的存在,并在 2001 年的文章中继续为这种判断论证:"20 世纪 80 年代以前的中国文学即使是城市人写的,写的也是城市里的事情,但不能算城市文学。它的突出标志是宣教,也就是说那时的文学不是体现了现代城市市民生活的自由主体性原则而是它的反面:文学是为了教育,是为了统一人们的思想,统一人们的行为。那时的'城市'文学不是产生于个体的自由创造,同时也不以个体的存在与可能为目的。"③与葛红兵一样,2002 年李洁非在《都市文学游走在中国现实中》认为新中国成立后三十年没有一部作品"真正是在演绎'城市'这个概念……完整地看,现代城市是由两种东西缔

---

① 李洁非:《城市文学之崛起:社会与文学背景》,《当代作家评论》1998 年第 3 期。
② 葛红兵:《在主流与非主流之间》,《广州文艺》1998 年第 5 期。
③ 葛红兵:《构建都市精神与发展城市文学》,《文艺报》2001 年 8 月 14 日,第 2 版。

造的,即工业化和市场经济,二者缺一不可。……一言以蔽之,只有在商品原则之下,现代城市才表达着它的意志,否则,它的存在是没有理由的。……也正是在此背景之下,九十年代有一种叫做城市文学的东西应运而生,来势强劲,一下跃升为我们最重要的文学景观"①。不难看出,李洁非和葛红兵对城市文学有无的评判标准是建立在当时社会现代性城市是否成熟的基础之上的,物质是否发达与丰富是是否产生城市的标志,文学有没有表达工业化和市场化所代表的自由主体的生命表征和体验也是城市文学是否出场的标识。

当现代意识取代城市意识成为城市文学内涵的本质,当有人开始断言没有物质丰厚的城市何来城市文学的时候,其实这种断言一下子就将现代城市文学阉割了 50 年。基于此,研究者解读下的城市文学就日趋苍白、令人厌弃。甚至文学的研究者开始将对城市化下的城市病的诅咒,扩散到对城市文学的作品的解读当中。当代城市文学研究的主要研究者李洁非甚至认同文学对城市物化的表现"描述在'物的挤压'中的生活状态的城市文学也没有罪过,更不是'污染'——我们很奇怪,当城市人正面对越来越现实的生存压力的时候,有人竟认为文学不应该谈论这一切,只应该谈论他心中认定却并没有向人们言明的'理想'和'永恒',似乎谁沾上货币和面包,谁就是应该被消灭的渣滓"②。笔者想要说明的是,物化作为城市现代性的一种表现,的确是城市文学不能忽视、必然要表现的方面,但是如果在文学观照下城市呈现出的仅仅是这么金灿灿、赤裸裸的一面,我们的城市文学还能走多远?

第二节　断裂中的反思:对现代性下城市文学的反思

正如周宪所说,倘若中国对现代性的认识缺乏中国式的问题意识,那就会

---

① 李洁非:《都市文学游走在中国现实中》,《社会科学报》2002 年 2 月 7 日,第 8 版。
② 李洁非:《初识城市》,《当代作家评论》1998 年第 4 期。

存在误区和危险。他说:"研究者很容易落入西方现代性理论所预设的种种思路和指向的窠臼,进而忘却了中国问题的差异性和特殊性,满足于以外来理论论证中国问题,最终导致遮蔽中国问题特性而虚假地证明了西方理论的普遍有效性。"①现代性指导下的城市文学存在这样的问题。现代性作为城市文学研究的一个重要思维方式,它所表现的特征不能代表城市文学的全部,而只能表现城市化进程飞速发展的今天,城市文学所呈现的一些特质。如果我们的研究局限在现代性的思维框架之中,以偏概全,就会让城市文学研究陷入自我禁锢的误区。

一、 时空的脱域:断裂的城市想象

在现代性指导下的城市文学研究首先要反思的就是,有没有在研究中将城市文学的创作和发展与传统和历史断裂开来,从而导致城市文学的创作和研究中呈现出时空"脱域"。笔者尝试借用吉登斯对"脱域"的界定来对这一问题进行说明。所谓"脱域"是指:"社会关系从彼此互动的地域性关联中,从通过不确定的时间的无限穿越而被重构的关联中'脱离出来'。"②从很多文献中不难看出,在当代城市文学的很多研究者眼中,城市文学是伴随着城市的现代化发展而产生的。在 20 世纪 90 年代以前的市场经济不成熟,商品经济原则没有被完全建立起来的背景下,城市都不是现代性语境下的城市,当然城市文学也就无从谈起了。显然这种观点是值得质疑的。它割断了城市,特别是中国城市的历史与传统,否定了中国城市文学从汉代班固的《两都赋》到唐传奇、宋话本、明代《金瓶梅》,到近代的《风月梦》《海上花列传》,到现代茅盾、张爱玲、新感觉派等的城市文学创作,甚至将当代萧也牧的《我们夫妇之间》,以及邓友梅、陈建功等人创作的城市文学作品都不算入城市文学的范

---

① 周宪:《审美现代性批判》,商务印书馆 2005 年版,第 49—50 页。
② [英]安东尼·吉登斯著,田禾译:《现代性的后果》,凤凰出版传媒集团 2011 年版,第 18 页。

畴,原因之一就在于这些作家描写的城市不是现代性意义上的城市。笔者认为这种以现代性来界定城市文学存在与否的观点,不符合中国城市的特征,也不符合城市文学创作的实际。

中国的城市是有历史和传统的,前现代时期就已经存在,不能简单地用西方的城市发展理论来框定。据傅崇兰等著的《中国城市发展史》中解释“城”的产生因素之一是作为防御设施,到了神农氏时代城市的前身“市”才产生,“‘市’最初是固定居民点的劳动者交换产品的地方,随后成为手工业者逐渐聚集、商人逐渐集中的场所。‘市’是城市最初的、最原始的雏形。它是城市一开始起源,就与乡村居民点相区别的主要标志。可以说,后来的城市就是由最初的‘市’逐渐发展而成的”。① 到了中国近代,“城市发展并不是资本主义因素自然增长的产物,而主要是殖民者侵略和依据不平等条约开埠的产物。”②由此可见中国的城市在起源上除了有商业交易的原因之外,还有政治基因。从起源上来讲,中国的城市具备双重功能:政治防御与商业交易。而西方的城市起源更多的源自宗教。芒福德在其经典著作中谈道:“从岩洞礼仪中我们就更能看出古代社会的社会性和宗教性推动力;正是在这两种推动力的协同作用之下,人类才最终形成了城市。”③基于两者的研究,我们可以得出结论,无论是中国的城市还是西方的城市,在起源与发展中都不能以简单的现代性的思维进行推论。

即使在当下,我们也不能完全斩断城市与历史和传统之间的关联。从文学创作中可以印证这一点。诚然,在20世纪80年代以来的城市文学作品中,城市,如邱华栋小说中所描述的一派现代性下的苍白和残酷的城市那样,“灰

---

① 傅崇兰、白晨曦、曹文明等著:《中国城市发展史》,社会科学文献出版社2009年版,第35页。

② 傅崇兰、白晨曦、曹文明等著:《中国城市发展史》,社会科学文献出版社2009年版,第181页。

③ [美]刘易斯·芒福德著:《城市发展史——起源、演变和前景》,中国建筑工业出版社2008年版,第7页。

色的尘埃浮起在那由楼厦组成的城市之海的上空,而且它仍在以令人瞠目结舌的、类似于肿瘤繁殖的速度扩张与膨胀。我们俩多少都有些担心和恐惧,害怕被这座像老虎机般的城市吞吃掉我们,把我们变成硬币一般更为简单的物质,然后无情地消耗掉"。不过,城市文学更为恒久而真实的景观是在城市日常生活的流动中的城市传统和历史。很难想象没有那五、索七(邓友梅小说中的人物)的老北京还有多少滋味可以回味;没有陆文夫和范小青的苏州小巷人家,苏州城的江南城市生活的底色还是否会鲜活恒远;没有王安忆在上海弄堂日常生活中再现的上海本色,程乃珊倒腾旧上海的 FASHION,上海的繁华离肤浅还有多远……因此,在笔者看来,从时间与空间中"脱域"而出的城市是没有生命力的,在传统和历史中断裂的城市文学或者说是都市文学研究最终会沦为一厢情愿的自说自话。

二、 同质化的城市:枯竭的城市想象

中国城市的复杂和多样性在全世界都是少见的。就像陈诏所说:"我们国家有星罗棋布般的众多城市,每个城市又有迥然不同的历史条件、地理条件和风俗习惯。如果我们的文学作品都能充分反映各个城市的特点和风貌,那么我们的文学园地将是一派多么令人欣喜的绚丽多彩的景象!"①可惜的是,目前城市文学的研究成果以及创作都呈现出,将本来绚烂多彩的城市描摹成"千城一面"的局面。有的学者将之总结为一种普遍的重复现象:"作家重复自己或互相重复。当读者翻开不同作家的作品,第一感觉是大多数作品似曾相识,从场景、主题、情节到人物都近于雷同。"②也有学者指出,"新世纪以来的中国城市文学千人一面,千人一腔的现象比比皆是。……与活生生的中国城市比较起来,文学想象的中国城市沦为种种观念覆盖着的'看不见

---

① 陈诏:《写出有"上海味"的城市文学》,《上海文学》1985 年第 8 期。
② 黄俊业:《当下城市文学发展面临的困境及出路》,《当代文坛》2004 年第 1 期。

的城市'"。①

究其原因,不得不归结为人们在理解城市文化内涵时观念过于单一,以现代性的特征概括其所有层面,丢弃了城市更丰富的内涵。现代性本身的内在逻辑就是理性和普遍性。理性容易偏向于用工具理性来衡量人类行为及其产物,一切都笼罩在效率的标准之下,自然让市场经济下孕育的物化和异化法则乘虚而入。而普遍性就是排斥多样性,用吉登斯的理论来说就是全球化,这个世界成为地球村,"地点变得令人捉摸不定,因为使地点得以建构起来的结构本身再也不是在地域意义上组织起来的"。② 这也造成了城市在文学中越来越堕入一个没有辨识度的时空背景,成为卡梅隆在《阿凡达》里诅咒的日趋麻木、溃烂的地球模样。正如汪民安所说:"现代城市空间的这种均质化和标准化倾向,无疑压制了个体的丰富性",③邱华栋将之形容得很形象:"在城市中,人群如同杂草一样茂盛生长在楼厦的峡谷间,不同的是这种杂草是行走的杂草,同时,从本质上看一棵和另一棵没有什么区别。每天,当太阳从天边跃升上来,活动的人群构成了杂草和喧哗的宏大场面,它们来来去去,生生灭灭,经年不息。而城市则如一个巨大的培养基,以它的庞大的下水道系统、供水系统、防灾防洪设施、取暖供电设备以及交通和警察管制系统来使养分源源不断地输入杂草般的人群。"④此外,城市里人的生活状态是被同质化的:"出口罐头一样的现代人,罐头一样大小整齐,罐头一样的包装美丽,罐头一样的定价。幼儿园学画画,小学学英语,中学学数学,大学学吸引异性。然后一起崇拜某个歌星影星,穿他们的服装,留一样的发式,然后每个人都在讨论品位,讲什么身世飘零。"⑤

---

① 何平:《何为"我城",如何"文学"》,《探索与争鸣》2011年第4期。
② [英]安东尼·吉登斯著,田禾译:《现代性的后果》,凤凰出版传媒集团2011年版,第95页。
③ 汪民安:《身体、空间与后现代性》,江苏人民出版社2006年版,第129—130页。
④ 邱华栋:《蝇眼》,长春出版社1998年版,第19页。
⑤ 张梅:《讲什么身世飘零》,海南出版社1999年版,第69页。

如前所述,在时空"脱域"下城市文学被观照成为斩断了历史与传统之根,只能在现代化的摆布下,让城市成为全球一体化流水线上的产品。城市失去了生命的温度,成为"交换的场所,是从一个生产分工领域向另一个生产分工领域移动的场所,是把这种移动和交换进行机械啮合的场所"①。由此,我们对城市的想象会日益匮乏、苍白。

同质化的城市想象对城市研究和文学的创作是一个危险的信号。它让我们对城市的理解停留在表面的日常景观——一种自绝于历史与传统的空乏描述。文学的想象如果只是沉湎于现象的描述,没有抽离和构建,那么这种文学想象的前途也是暗淡的。正如陈思和所说:"文学想象缺乏整体性和历史性,文学描写处处弥漫着卑污狭小的个人诉求。这就给都市文学研究带来了某种苦难。文学研究要弥合语词城市与现实城市之间的裂缝,就必须穿透各种虚荣和谎言设置起来的帷帐,直达城市精神本体。"②目前城市文学研究的问题也出在这里,它没有设法去弥合词语城市与现实城市之间的裂缝,反而在片面扩大这种裂缝。文学创作趋向也存在同样的问题,很多作者不再立足于城市本身——城市的地域特征,而是将城市想象为一个能吞噬一切真、善、美的现代性的怪兽。城市在这些研究者和作家的笔下成了一个现代性的符号,失去了其精神本体,成为一个物化的躯壳。

三、 城与人:焦虑的人群与不相容的城市

笔者想问一个问题,俯视当下的城市文学创作,还有哪部小说中的主人公是可爱的? 同样在文学研究中研究者们也好久没有解析出鲜活、健康的城市人了。不知从什么时候开始,在文学中生活的城市人,心理越来越孤单寂寞,

---

① Patrice Higonnet, *Paris, Capital of the World*, Cambridge：Harvard University Press, 2002, pp.185—186,转引自[加]G.斯蒂尔特著,冷毅等译:《西方城市史的理论研究》,《史学理论研究》2003 年第 3 期。

② 陈思和:《观念中的城市》,《中华新闻报》2007 年 1 月 17 日。

人格特征越来越畸形、单一化。人是城市生活的肉体承载者,但是在文学创作和研究中,城市里的人群却是最焦虑的。一句话,人与城市总是处在无法相容的尴尬状态。

我们可以将文学作品中人们生活在城市的状态概括为两类人和一种情绪。第一类,失去身份的城市边缘人。他们可能是涌入城市的民工,就像郑小琼诗歌中描绘的那样"他们来自河东或者河西,她站着坐着,编号,蓝色工衣/白色工帽,手指头上工位,姓名是 A234、A967、Q36……/或者是插中制的,装弹弓的,打螺丝的……/在流动的人与流动的产品中穿行着"①。他们也可能是徐则臣小说中那些流窜在北京大街小巷里倒卖假证和光碟的流浪诗人。第二类,是失去灵魂的城市动物。与第一类不同,他们在城市中拥有金钱、地位、美女等,唯独没有灵魂。像徐坤《春天的二十二个夜晚》中丢掉彼此最美好爱情的毛榛夫妇,慕容雪村《成都,今夜请将我忘记》,《天堂向左,深圳向右》中在成都与深圳丢失了自我的城市白领们,邱华栋笔下的时装人、广告人,等等。在物欲横流的大城市,他们在欲望中迷失了人性的真、善、美,最终成为没有灵魂的城市动物。这两类人都有着共同的城市情绪:焦虑、压抑、紧张,没有归属感。究其原因,就像研究者总结的那样:"现代性的引入和以现代性名义对中国社会进行的建构和改造,必然加剧社会矛盾,这要求中国人在道德伦理和价值观方面进行一系列的变更和调整。……1990 年代以来,中国社会的现代性调整一直都以非常激烈的形式首先在城市中表现出来,当代城市人在几乎毫无准备的情况下,骤然被抛入商品经济的大潮中,在体制变革、社会分层、贫富距离拉大的过程中,现代城市人感受到了前所未有的困顿、惶惑,甚至不知所措。"②现代性下以商品经济的原则来运转城市的每一个部件,人不自觉地都有着被异化为明码标价的商品的可能。当然,能有价可标,说明你还能被这个现代城市接受,只要顺应着商品经济的运转法则,你还能生存下去;当你无价

---

① 郑小琼:《流水线》,《黄麻岭》,长征出版社 2006 年版,第 110 页。

② 张卫中:《90 年代中国城市小说的现代性》,《华中师范大学学报》2004 年第 5 期。

可标的时候,只能成为城市边缘人,随时可能被城市抛弃。

对于现代性下人的生存窘境,文学批评界的总结很有见地。陈晓明就一直坚持在现代性下的当代城市文学中,城市作为"他者"是从未被无论是作家还是作品中的人物所接受。人和城始终处在一种紧张的排斥状态。① 黄发有甚至将 20 世纪 90 年代城市小说中小说家对城市的审美总结为:"即以道德批判为核心的背对城市的写作、建立在双重人格或调和主义立场上的灰色的城市表达、丧失独立自我的卷入城市的写作,概念化特征和非常化倾向是 90 年代小说的都市想象的根本性缺陷。"②在部分批评家眼中,城市与人在文学中关系被简化为一道选择题:抗拒抑或是顺从? 这是一个问题。要么是站在批判的立场上对城市进行道德谴责;要么是以零度情感的状态介入,在不动声色的写实中,表现人在城市异化中的麻木与无奈。

人与城之间的紧张关系的缘由,是与城市在现代性指导下与传统文化断根有关的。就像 C.怀特·米尔斯所说:"文化断根造就了这批无信仰、无历史的非英雄,私有财产与地位的脱节又促进了他们有关个人与社会关系的'虚假意识'。与以往阶级不同,新中产白领以没有统一的方向和'政治冷漠'自成一类。他们从旧的社会组织和思维模式中流离出来,被抛入新的存在形式,却找不到思想归宿,只能将就地'在失去意义的世界里不带信仰地生活'(韦伯语)——专注于技术完善、个人升迁和业余消遣,一次补偿精神懈怠与政治消极,犹如徘徊于美梦与梦魇之间的梦游人。"③

从以上三个方面我们发现,在现代性的牵引下,无论是文学创作还是文学研究,城市文学都呈现出一种苍白、灰暗的色调。这种色调是城市文学本来具有的色调,还是我们被现代性遮蔽了眼光,误入歧途、陷入黑暗? 就像张柠所说:"商业化的都市是文明风暴的中心,又是罪恶的渊薮;它催生着各门类的艺术,

---

① 详见陈晓明:《末路寻踪:在都市与历史之间》,《花城》1991 年第 5 期。

② 黄发有:《90 年代小说的城市焦虑》,《渤海大学学报》2008 年第 1 期。

③ 转引自王岳川:《迁徙的城市和变迁的文化》,《杭州师范学院学报》2004 年第 11 期。

又将它们埋葬;它培育着个人主义和自由精神,又无时不在将这些精神剥夺;在井然有序的街道背后,隐藏着无数混乱和诡秘的契机。"①城市有着复杂的两面性。它一面可以是现代文明的天堂,但是另一面又可以是人间的地狱。笔者认为,中国的城市文学本应该是丰富而多姿的,但是信奉现代性逻辑的作家和研究者们单纯强调了城市文学的消极面,戏剧化表达了城市和城市文学的恶魔性,这毫无疑问将会遮蔽城市更为丰富的内涵,也让城市文学的路越走越窄。

对于在现代性下对城市的禁锢批判得最为透彻的是乔世华。他中肯地指出:"我们需要看到,在不同体制下,不同文化习俗、生活体验、社会心理、道德教化等诸种综合因素制约下生活着的城市人呈现的精神风貌不可能千人一面,不同城市也不可能表露出千篇一律的面孔。过度去强调'物化',强调城市间'同'的一面,强调城市人性情中恶的一面,就无异于在以一种同一的标准(其实是西方的标准)去衡量城市、去规约文学、去掌控人性,其结果只能是描写上的以偏概全而导致表达上的偏离真实,只能是以同一的城市面孔和平面的城市人性特征取代了城市人和事实上的丰富性,限制了城市文学的多样性表达。那种以西方城市文学模式为是,并以之规范本民族文学的做法本身就是削足适履,就是忽视东方的城市和西方的城市、社会主义体制下的城市与资本主义体制下的城市以及东西方城市之间的思想观念上存在的巨大差异,这只能使本民族城市文学变为对西方文学的简单翻版和亦步亦趋的模仿。……在这个先入为主的西方理论思想的指导下,城市与文学不可避免地处在紧张的状态,这样就造成了城市在文学中的呈像的单一性。现代性成为城市文学创作和研究的牢笼,因为它将城市化等同于城市文学的现代化当中。要突破这个牢笼,并不是要否定它,毕竟现代性的确是城市文学中一个非常重要的特征。但是,并不能因此就忽视了中国城市文学的特殊性,隔断城市的血脉在文学中的呈像。"②出现这一倾向的原因固然很多,但是我们有必要建立

---

① 张柠:《睡眼惺忪的张梅和一座忧郁的城市》,《南方文坛》1998 年第 1 期。

② 乔世华:《摹写城市生活的多样性》,《文艺报》2002 年 4 月 23 日,第 2 版。

一种新的研究维度,既能展现中国城市文学在现代性下的当下特征,又能展现城市在中国语境中的本土性。

第三节　缝合断裂重回本质:地域属性中
"文学中的城市"

现代性下的城市文学研究,纵然对当下的城市文学有着十分犀利的批判性,但明显它不能囊括中国城市文学全貌。笔者认为,回到孕育城市文学的母体,才能发掘中国城市文学的根本所在,也会从此看到其未来的发展。基于此,笔者认为以地域属性为中心考察"文学中的城市",是一条切实合理的维度。它可以缝合现代性及其产物给城市文学研究造成的断裂,消弭城市与作家及其普通人之间的隔膜,从而回到城市文学再出发的地平线。这种回归对城市以及人的生活世界具有同样非凡的意义。

一、　回到母体:重新认识城市

前面我们分析了现代性指导下的城市文学研究的种种局限。这里要理清的是为什么研究界自觉或者不自觉地将自己的研究放在了现代性的框架下进行。笔者认为原因就在于对"什么是城市"这个看似简单实则复杂的问题还没有完全搞清楚。纵然从历史学、社会学、经济学等学科的角度对城市都各有自己的界定方式:比如城市是"一个相对永久性、高度组织起来的人口集中的地方,比城镇和村庄的规模更大,也更重要"①,按联合国建议的人口集中标准来界定 20,000 人以上的地方是城市②,更普遍应用的定义是:城市是"区别于乡村的一种相对永久性的大型聚落。是以非农业活动为主体,人口、经济、政

---

① 《简明大不列颠百科全书》(第 2 卷),中国大百科全书出版社 1985 年版,第 272 页。
② 参见北京市社会科学研究所城市研究室选编:《国外城市科学文选》,宋峻岭等译,贵州人民出版社 1984 年版,第 1 页。

治、文化高度集中的社会物质系统"。① 在这些众多定义中,文学界的研究者们不自觉地将城市的定义聚焦在城市的物质形态上而忽视了城市内涵中的文化和精神方面。

　　笔者认为,从文学的角度考察城市,城市的定义更应该是美国芝加哥城市学派的代表人物 R.E.帕克和著名城市理论家芒福德给予的解释。R.E.帕克在他的论文《城市:对于开展城市环境中人类行为研究几点意见》中强调指出,城市并不是许多个人的集合体,也不是各种社会设施的聚合体或各类民政机构的简单汇集,"城市,它是一种心理状态,是各种礼俗和传统构成的整体。换言之,城市绝非简单的物质现象,绝非简单的人工构筑物。城市已同其居民的各种重要活动密切地联系在一起,它是自然的产物,而尤其是人类属性的产物"。② 芒福德同样认为:"我们与人口统计学家们的意见相反,确定城市的因素是艺术、文化和政治目的,而不是居民数目……城市不只是建筑物的群体……不但是权力的集中,更是文化的归极。"③因此,要突破现代性指导下城市文学的困境,就要回到城市,而且这个城市的内涵绝对不是与传统彻底断裂的现代性下的城市。文学呈现的城市应该既有现代城市的日常景观,又有与传统一脉相连的文学想象。

　　由于城市的内涵如此丰富,城市文学的所有想象应该植根于此,自它体内生长出来。但是我们的研究却总是围绕浮现在城市之上的现象转圈,而不回到母体,寻找城市之根。文学失去了根基,无论长得多枝繁叶茂,最终都会枯萎。所以"文学中的城市"研究可以视为一种城市文学寻根,一种突破现代性禁锢的努力,更是一种新研究范式的开拓。

---

　　①　刘国光主编:《中国城市知识词典》,中国城市出版社 1991 年版,第 2 页。
　　②　[美]R.E.帕克等:《城市社会学——芝加哥学派城市研究文集》,宋峻岭等译,华夏出版社 1987 年版,第 1 页。
　　③　[美]刘易斯·芒福德:《城市发展史——起源、演变和前景》,中国建筑工业出版社 2005 年版,第 132、91 页。

当然如笔者在绪论中总结的,"文学中的城市"研究是一个在国外城市文学研究中比较成熟和宽泛的研究路径。最近几年,这个研究范式才引入国内。在现有的"文学中的城市"研究中如理查德·利罕的《文学中的城市——知识与文化的历史》主要从知识与文化的历史角度来考察文学中的城市。博顿·帕克的《文学中的城市形象》勾勒的是欧洲早期文学作品中的城市形象。而威廉·夏普的《不真实的城市:华兹华斯》则是在诗歌中考察城市的原始力量。国内的陈晓兰是从比较文学的角度来阐释这一研究,其《城市意象:英国文学中的城市》的表述是:"从文学与城市的关系这一视角,考察作为英国政治乃至世界性经济、文化中心的伦敦,其地理、空间和人文景观对于英国人的民族想象、地理意识、城乡观念的影响。"①她的《文学中的巴黎与上海》则是考察左拉小说和茅盾小说中的巴黎、上海想象。倘若"文学中的城市"具有如此丰富的面孔,那么其研究也应该是一个开放性的范式,我们可以从多种角度来对它进行阐释。

二、 地域属性:考察城市的文学视角

如果突破现代性的思维模式,摆脱那些以现代性为标准,认为 20 世纪 90 年代中国才有真正的城市文学的观点,笔者认为从地域属性的角度考察"文学中的城市"是一个可行的方式。首先我们要对"地域""地域文化""地域属性"三个概念作出界定。其实关于地域概念有很多种解说,白欲晓曾经将"地域"解释为包括地理空间和人化空间两层内涵,是一个具有人文属性的概念:"'地域'作为一个概念首先是某种地理环境所构成的空间。"②此外更为重要的是,地域还指:"'自然的人化'对自然地理空间加以塑造的结果,也即'地域'意指一种'人化'的地理空间。"③关于"地域文化"的概念凤媛在综合以往研究的基础上,将之定义为:"地域文化指的是某一特定区域长期以来形成较

---

① 陈晓兰:《城市意象:英国文学中的城市》,广西师范大学出版社 2006 年版,第 5 页。
② 白欲晓:《"地域文化"内涵及划分标准探析》,《江苏社会科学》2011 年第 1 期。
③ 白欲晓:《"地域文化"内涵及划分标准探析》,《江苏社会科学》2011 年第 1 期。

为稳定的文化形态,大致包括物质层面的自然地理、建筑器物,制度层面的风俗习惯、宗教法律以及精神层面的价值取向、审美趣味等。"①由此可见,虽然白欲晓将"地域"分为地理空间和人化空间两个方面,但是落脚点地域还是一个基于地理环境基础上的空间概念。而在众多的解释中地域文化始终有一个内核就是文化,是在文化上考察地域的不同特性。

基于以上分析,在本论文中所用的"地域属性"概念,既包含地域概念中的地理空间内涵,也包含地域文化概念中地域所孕育的文化内涵。这种建立在自然和人化的地理空间以及稳定的文化形态之上的地域属性概念,会提供更具张力的意义内涵和更具生命力的阐释空间。因为在地域属性中考察文学中的城市,首先要看到不同地理位置的城市对文学的影响,同时也要看到这些城市在地域文化上的特殊性,就如樊星所说:"在地域文化的丰富多彩中,蕴含着中国传统文化多元化的基因"②,"相对于变幻的时代风云,地域文化显然具有更长久的(有时甚至是永恒的)意义"。③ 所以笔者认为从地域属性更能看到"文学中的城市"的真实面貌。

其实20世纪80年代以来中国城市文学的创作一开始就是从具有地域属性的城市文学作品出发的。1980年陆文夫创作了"小巷人物志系列";范小青的《裤裆巷风流记》描绘苏州城小巷人家的悲欢人生;1980年开始陈建功创作了《京西有个骚达子》《丹凤眼》《辘轳把胡同9号》等系列京城小说;1985年邓友梅出版了《京城内外》,都是专门描写北京市民生活的小说;1985年程乃珊创作的《女儿经》(《文汇月刊》1985年第3期);1988年俞天白的《大上海

---

① 详见凤媛:《作为一种"地方性知识"的地域文化》,《文艺理论研究》2011年第5期。关于地域文化的概念还可以参见张伟琦:《"地域文化"概念及其研究路径分析》,《浙江社会科学》2008年第4期;许嘉璐:《什么是文化—— 一个不能思考的问题》,《中国社会报》2006年6月2日,第2版;李建平:《关于地域文化研究的几个问题》,人民网,http://theroy.people.com.cn/GB/49157/49/65/49198898.htm/2006年3月14日;等等。
② 樊星:《当代文学与多维文化》,武汉大学出版社2005年版,第12页。
③ 樊星:《当代文学与多维文化》,武汉大学出版社2005年版,第13页。

沉没》等写的是上海的生活景象;创作于 20 世纪 80 年代早期的冯骥才的《神鞭》描写了天津卫的城市传奇。虽然研究界很乐意将这些作品纳入市民小说来考察,或者称之为京派、海派之类等,但是不可否认他们书写的都是这些城市特有的城市景观。小说中的人物过活的都是典型的城市生活。在他们的作品中城市不再是文学可有可无的背景,而是所塑造的作品中人物和故事必不可少的地域空间。只是人们把他们当作特定的人群或者与地域相关的流派来研究,而没有思考文本中的城市的文学形象。到了王安忆、程乃珊、刘一达、贾平凹、池莉、方方等作家一路创作下来,文学中的城市已经有了明确的地域属性。

在文学研究中,很早就有理论家谈及城市文学的地域属性问题,并对现代性下的城市文学提出了质疑,只是对这一问题的论述一直比较零散,没有一个切实的研究方向将之树立起来。1985 年陈诏的《写出有"上海味"的城市文学》是当代最早提出在城市文学中要确立上海风格的文章。文章提出:"这种地方色彩,光靠书面资料,光靠方言土语做表面文章,也是远远不够的。关键在于要写出上海人特有的禀赋、气质、风度、教养等内在的东西,以及与此有关的环境氛围、生活节奏、风土人情和艺术境界。"①陈诏虽然只是强调上海城市的地域风格在文学中的再现问题,但是也认为应从地域属性来考察城市文学,从而为文学研究开创了一个新的切入口。到了 1987 年,汪政、晓华在《一种文学两种文化——论城市和乡村两种文化意识》中首次提出了中国城市的地域特色应该在文学中有所显示的问题:"中国人的城市观念应具有自己的色彩,它不会因城市的现代性而失去民族性的差异。……城市从传统而来,因受其文化中民族、地域和时间的限制而五彩缤纷;同时,城市又向未来走去,因发展速度的制约而参差不齐。于是,当今中国城市文学以展示都市风俗画而开始自己的崛起。"②汪政、晓华的这篇文章强调的城市民族性,实

---

① 陈诏:《写出有"上海味"的城市文学》,《上海文学》1985 年第 8 期。
② 汪政、晓华:《一种文学两种文化——论城市和乡村两种文化意识》,《文艺争鸣》1987 年第 4 期。

际上就是建立在城市地域属性之上的历史与传统。但在汪政和晓华的分析中城市文化的根相对的应该是乡村文化,他们反对用域外哲学文化思潮中移植而来的现代意识来遮蔽城市文化中的乡村文化因子。可以说这篇文章质疑了现代性对城市文学的主导,提出了中国的城市文学理应包含的民族性问题。

1988 年蒋守谦在《城市文学:一个有意义的文学命题》中提到城市应该具有"历史政治经济文化地位、社会心理特征、风俗习惯等等",但是这些问题却往往被忽略了。① 1993 年张旭东在谈到都市文学的时候也提到了都市文学不能完全以西方都市经济形态为参照:"我们所要论及的现代都市小说只是基于这样一种界定:即具有较为鲜明的都市地域特色和较为鲜明的都市文化意识",并强调都市文学不能抛弃传统都市小说,它是一个文化概念而不是一个物质、经济概念。② 到了 1995 年,邹平、杨扬、杨文虎等人的讨论《城市化与转型期文学》开始思考现代性对城市文学定义的可靠性,并涉及城市文学的地域属性的问题。张国安对现代性下的城市文学提出质疑:"现实生活的城市化(现代化、工业化)和文学的城市化是否安全可靠,是否能在终极意义上开辟出为人栖居的家园,使人的身心都能真正各得其所。"③ 杨扬提出要注意文学、文化的地域分布情况:"我注意到中国当代文学中,相当一部分城市文学与以往乡土文学差距不大。不要以为作品中出现了高楼大厦,现代交通及金钱观念,便意味着城市文学了。……我想我们谈到城市文学倒是应该注意到文学、文化的这种地域分布情况,不要被城市的物质外观所迷惑,以为写城市的便是城市文学。"④

21 世纪以来,对于城市文学的地域属性问题有了更多的研究者加以重

---

① 蒋守谦:《城市文学:一个有意义的文学命题》,《文学自由谈》1988 年第 1 期。
② 张旭东:《文化中的都市与都市小说——论中国现代都市小说的文化品性》,《湖北大学学报》1993 年第 2 期。
③ 邹平、杨扬、杨文虎等:《城市化与转型期文学》,《上海文学》1995 年第 5 期。
④ 邹平、杨扬、杨文虎等:《城市化与转型期文学》,《上海文学》1995 年第 5 期。

视。梁凤莲在《关于血脉——谈都市文学的地域属性》中将都市的地域属性问题提升到"根"的意识上来,地域才是城市文学的本质,而浮现在城市表面的只是现象,并认为本质比现象更为重要。只有认识到文学的本质(即地域属性):"文学才可以让地域的灵魂之旅,在都市的时间与空间里无限延伸。"①刘士林在《文学:从文化研究到都市文化研究》(《学术研究》2007 年 10 月)中就强调地缘性是都市文化研究的显著特点之一。贺绍俊也断言"随着全球化的深入,地域性的意义反而更为彰显……一定行政地理领域的作家会对本地域形成某种归属感,地域的机制特征和动态走势也会影响到作家的文学活动"②。施战军在《论中国式城市文学的生成》(《文艺研究》2006 年第 1 期)中更强调以地域属性为标志的中国式城市文学正在生成。

除此之外,很多城市也打出了打造本地区和城市的文学的旗号,来为自己的城市树立文化形象。这也为地域属性在城市文学中的发展起了一定的推动作用,如 1994 年年初深圳《特区文学》打出"新都市文学"旗号;接着《广州文艺》则打出"新岭南文学"大旗,并开辟"新生代作家"专栏;1998 年 5 月 19 日,华南师范大学组织了"南方都市文学"研讨会;2005 年,在深圳,由中国作协创研部、人民文学杂志社、深圳市文联联合举办"中国当代都市文学研讨会"。只是在从地域属性考察"文学中的城市"这一课题中,目前全面综合的研究成果还没有,或者说才刚刚开始。

笔者认为,以地域属性为中心考察"文学中的城市"意义就在于可以对目前较为僵化和单一的城市文学研究进行突破,在缝合断裂中重建城市文学的血脉。首先,地域属性是一种可靠文化背景,可以让研究者以"文化持有者的内部眼光"③去阐释和重建城市的本土特性。正如吉尔兹所说:"地方性不只

---

① 梁凤莲:《关于血脉——谈都市文学的地域属性》,杨宏海主编:《全球化语境下的当代都市文学》,社会科学文献出版社 2007 年版,第 107 页。

② 贺绍俊:《新世纪文学的社区共同性》,《文艺争鸣》2007 年第 2 期。

③ 详见[美]克利福德·吉尔兹著,王海龙等译:《地方性知识——阐释人类学论文集》,中央编译出版社 2000 年版,第 18 页。

是一种出发点和姿态,而是一种方法论的缘起。他的着眼点不在于仅仅对异与同(difference and similarity)的逆向探讨,而是在于从发生学的渊源去追溯其命名学甚至在思维论上的歧义。"①同样,在地域属性下对文学中的城市进行考察,可以让我们回到城市原初的文化形态,在其中看到城市最为本质的文化属性和演变历程。在其中研究者通过"搜求和析验当地的语言、想象、社会制度、人的行为等这类有象征意义的形式,从中去把握一个社会中人们如何在他们之间表现自己,以及他们如何向外人表现自己"②。从地域属性考察城市也是如此,可以看到不同地域城市在本地域文化特征中向内和向外所展现的文学想象。其次,中国城市的丰富性与多元性已经为文学想象中的城市提供了大量的创作资源。在北京文学、上海文学、武汉文学,乃至西安、哈尔滨、广州的文学中,我们已经看到了具有地域识别度的文化特性在文学中的渗透和生长。不同城市文化孕育着具有典型特性的城市人与事。而这些城市中人与事也在丰满着他们各自城市的文学形象。所以,选择以地域属性为中心考察文学中的城市,不仅可靠而且颇具生命力。

---

① 〔美〕克利福德·吉尔兹著,王海龙等译:《地方性知识——阐释人类学论文集》,中央编译出版社 2000 年版,第 18 页。

② 〔美〕克利福德·吉尔兹:《地方性知识——阐释人类学论文集》,中央编译出版社 2000 年版,第 75 页。

第二章 怀旧视阈下文学中的城市：
记忆中修复的城市

第一节 怀旧作为一种视阈考察城市的意义

的确，现实中的城市在大踏步地挺进现代化的过程中逐渐地失去了原有的模样。随着外在形象的日趋同质，现代化的城市逐渐被撕裂为时间和历史的碎片(本雅明语)。吉登斯提醒我们："时间和空间不是随着现代性的发展而来的空洞无物的维度，而是脉络相连地存在于活生生的行动本身之中。"①城市一方面被撕裂，另一方面又可以成为将这些脉络连接起来的载体，正如芒福德所说城市是一个"容器"，好的容器是"不会随着其中所进行的反应而改变自身的性状的"，它能"把老一代任意抛弃的思想意识保存给将来；但是，从另一个方面来看，它却将一些不适应的东西留传给后代——就像身体本身会以伤疤或定时发作的痈肿等形式把过去受过的创伤或打击留传下来一样"。②也就是说，现代化无论怎样发展，城市的时空维度不会被彻底断裂。如果城市的结构和组织是延续历史与传统的载体，那么怀旧就是在文学中延续城市时

---

① [英]安东尼·吉登斯著，田禾译：《现代性的后果》，凤凰出版传媒集团2011年版，第92页。
② [美]刘易斯·芒福德著，宋俊岭、倪文彦译：《城市发展史——起源、演变和前景》，中国建筑出版社2005年版，第105页。

空流转的最有效方式。

就像本雅明在分析普鲁斯特作品中的意象时所说:要抓住那些孤立、自由涌动的视觉意象,就必须"置身其无意识记忆,特殊的、最深的底层",在那儿,记忆会作为一个"整体","难以归类,且不具任何形式、含糊不清"地向我们倾诉曾经过去的历史经验。① 也如小彦在短文《怀旧的权力》中所说的:"怀旧是一种记忆,更是一种权力。……每当人们看到不锈钢和玻璃幕墙的反光在冷酷地吞噬各种陈迹时,每当人们兴高采烈地欢呼冒着废气的轿车缓慢而坚定地行驶在冷硬的水泥路面上时,现代化'进步'的含义真的只有依赖记忆的质感来抗衡了。"②怀旧是一个很好的视角,我们借助文学的想象回到过去,将城市的历史在碎片中拾回。

在词源上,怀旧(nostalgia)源于两希腊词根 nostos 和 algia,nostos,是回家、返乡的意思,algia 则指一种痛苦的状态,即思慕回家的焦灼感。从意义沿革上来说,自 17 世纪晚期到 21 世纪初,怀旧经历了一个由生理病症转变为心理情绪再变为文化情怀的过程。在如此复杂的演变中,"怀旧"的意蕴包括以下五点:一是怀旧必定是一种人的意识行为或心理现象,也即体验活动。二是怀旧必定把过去当做未来挺进的原料。三是怀旧不单单是一种历史感,还是一种价值论。四是怀旧必定是在特定情境中才能发生的。五是怀旧带有审美体验的性质。③ 之所以罗列怀旧的解释,笔者想说明:怀旧是一个复杂的概念,它的含义随语境的变迁而变化。本书中的"怀旧"一定是在与"文学中的城市"这个研究对象相关的特定语境中加以解释的,就是指通过作品中的人物和情节对过去回忆或者直接的再现,表现城市历史和传统,从而对城市的形象

---

① 详见[德]本雅明:《本雅明:作品与画像·论历史哲学》,孙冰编,文汇出版社 1999 年版,第 100 页。
② 小彦:《怀旧的权力》,《花城》1996 年第 1 期。转引自戴锦华:《隐形书写——90 年代中国文化研究》,江苏人民出版社 1999 年版,第 107 页。
③ 对怀旧的词源和意义考察参考的是赵静蓉:《怀旧——永恒的文化乡愁》,商务印书馆 2009 年版,第 11—43 页。

进行修复和反思。

此外,还要从怀旧的内涵和怀旧方式上进一步解释怀旧视阈的构成。尽管"怀旧"在不同的著作者那里有不同的用法,而且个人的用法都有其合理性。笔者对怀旧的理解基本上与斯维特兰娜·博伊姆对怀旧的解释一致。后者将怀旧分为修复型怀旧和反思型怀旧两种类型①:"修复型的怀旧强调返乡,尝试超历史地重建失去的家园。反思型的怀旧多限于怀想本身,推迟返乡——有惆怅、嘲讽和绝望之感。修复型的怀旧自视并非怀旧,而是真实与传统。反思型的怀旧关注人类怀想和归属的模糊含义,不避讳现代性的种种矛盾。修复型的怀旧维护绝对的真实,而反思型的怀旧对它提出疑问。"②从中国大陆目前城市文学对城市的怀旧来看,与20世纪五六十年代中文学将城市作为资产阶级的温床,而给予妖魔化的描述相比,20世纪80年代以来的城市的怀旧大多属于修复型的怀旧。比如北京文学中邓友梅的《烟壶》《那五》,天津文学中冯骥才的《三寸金莲》、林希的京味系列,对北京和天津城的怀旧都是充满感情的。更不用说上海、哈尔滨乃至西安的怀旧,前者对自家华洋交错的历史早已是优越感十足,而后两者更是表现出要为被文学忽略的城市样态重塑形象的诉求。

其次,20世纪80年代以来城市文学的怀旧在方式上两种形式并存,隐性怀旧和显性怀旧。③ 作品中人物、情节都在当下,但是人物在言行和思想上时

---

① 赵静蓉将怀旧分为回归式、反思式和认同式。从内涵上来说博伊姆的修复型怀旧其实包含了回归式和认同式怀旧的内涵,而且从城市文学中怀旧的内容上看,博伊姆对怀旧的分类更符合文学对城市怀旧的表达,所以笔者采用博伊姆的分类方式。赵静蓉:《现代怀旧的三张面孔》,《文艺理论研究》2003年第1期。

② [美]斯维特兰娜·博伊姆著,杨德友译:《怀旧的未来》,凤凰出版集团译林出版社2010年版,第7页。

③ 本文中对显性怀旧和隐性怀旧的解释,参照了魏李梅对王安忆小说中怀旧的解释,但是更多的是就城市文学中怀旧的具体表达方式,所作的重新解释。在魏李梅的论文中认为,所谓显性怀旧就是指作品中人物和情节明显地书写一种有浓郁的忆旧情节,作者通过作品中人物的怀旧来表达一己之思想。所谓隐性怀旧是指小说中人物本身并不怀旧,作者只是描摹一种她曾经经历的一种生活方式,通过审美的口吻传达给读者微妙的忆旧情感。详见魏李梅:《飞向记忆的花园——浅谈王安忆小说中的怀旧母体》,《当代文坛》2002年第3期。

不时会回忆过去,并以过去作为现在的参照,这种怀旧笔者称之为隐性怀旧。隐性怀旧一直都存在于城市的文学叙事中,如刘心武的《钟鼓楼》、冯骥才的《神鞭》、范小青的《裤裆巷风流记》、迟子建的《起舞》以及俞天白的《大上海的沉没》,等等。所谓显性怀旧就是"作品中人物和情节明显地书写着一种浓郁的忆旧情节"①,或者作者通过作品中的人物回到历史的现场,通过想象重现城市历史的模样。显性怀旧的作品主要有邓友梅的《那五》《烟壶》、王安忆的《长恨歌》《天香》、陈丹燕的《上海的金枝玉叶》、迟子建的《白雪乌鸦》,等等。当然显性与隐性怀旧在具体的文本中是不能决然分开的,往往交织、并存。笔者在这里作出区分,是为了强调以怀旧视阈考察文学中的城市时筛选文本的依据,并以此确定其范围。

正如安吉拉·麦克罗比(Angela Mcrobbie)所说:"怀旧也暗示了一种在某个特定时期、在某种装饰过的戏剧性的情境下的企图。"②怀旧的发生是有一定文化背景。虽然本章节对城市文学中怀旧的考察以 20 世纪 80 年代以来相关文本为研究对象,但是怀旧作为一种思潮对文学接受和创作产生影响,是在 20 世纪90 年代特别是在 90 年代中后期开始的。③ 可以说文学中对城市的怀旧早在 20 世纪 80 年代就有了,可是从怀旧视阈来解读这些文本是从 20 世纪 90 年代中后期才开始的。在这里我们还要简单交代一下,20 世纪 90 年代以来城市文学

---

① 魏李梅:《飞向记忆的花园——浅谈王安忆小说中的怀旧母体》,《当代文坛》2002 年第3 期。

② Angela Mcrobbie,Postmodernism and Popular Culture.London:Routledge,1994,p.147,转引自赵静蓉:《怀旧——永恒的文化乡愁》,商务印书馆 2009 年版,第 40 页。

③ 戴锦华曾较为详细地论述怀旧如何成为 90 年代中国文化上的一种选择,并形成文化市场的热点:"尽管 90 年代的中国精英文化试图全力抵抗的,是无所不在的市场化的狂浪,但优雅的怀旧迅速成就的却正是一个文化市场的热销卖点",并且在城市文化上江南和上海率先以怀旧的方式将自己的地域经济发展的需要呈现出来,"如果说,在 80 年代文化中,西北苍茫、枯竭的土地,用以指称中国历史,深圳、珠海、海口等新兴城市,用来象喻中国的未来,那么此间似乎被疏漏、被越过的江南、上海,则突然为 90 年代文化所'发现'并钟爱,用以书写历史并负载一份怀旧的怅惘与闲情。显而易见,江南、上海的文化浮现无疑联系着八九十年代上海经济的腾飞与长江三角洲经济的繁荣,它无疑是与地域经济发展相适应的地域文化要求的呈现"。详见戴锦华:《隐形书写——90 年代中国文化研究》,江苏人民出版社 1999 年版,第 112、124 页。

中对城市怀旧的文化背景。

首先是宏观上的背景。这一领域的作者明显受到了西风东渐、全球化浪潮的影响。有研究者将全球化在世界蔓延的时间点梳理如下：全球化起源于20 世纪 80 年代，由英国首相撒切尔夫人和美国总统里根为克服经济滞涨而开始的新自由主义改革。到了 20 世纪 90 年代随着东欧剧变、苏联解体，冷战结束，全球化得到了迅猛的发展。① 与影响这个星球上几乎每一个角落一样，全球化浪潮影响到了当时正处在改革开放、现代化建设如火如荼的中国。约翰·奈斯比特曾说，中国"进入 90 年代，尽管我们的生活方式日趋类同，但是显而易见地有一股强有力的反趋向：反对统一，维护某种文化和语言的独特性的愿望，抵制外来的影响"②。怀旧就是在被罗伯逊所说的由全球化造成的"人性处于疏离状态"而导致的"无家可归"中产生的。③ 就城市而言，全球化下的城市化运动构建了一个失去方位感、地域归属感的城市空间，从而使人们在心理上产生并相互传染了一种无家可归感。正是这种无家可归感，让怀旧成为针对全球化的一种思想应对。这正如研究者所分析的："社会学意义的'无家可归'是现代化的一种心理后果，在这个全新的失去方位的全球空间里，普遍存在着各种疏离与异化现象，容易导致人在心理上产生无家可归和'失根'的感觉，使得人们渴望曾经拥有过的那种舒适且安全的'在家'（being at home）的感觉，而'在家'的落脚点就是地域，地域象征着稳定、安全、生命意义与价值。人们通过重新寻找地方特色及意义，可以获得一种'在家'的感觉。"④

其次，国内在 20 世纪 90 年代兴起的文化保守主义也对文学的怀旧产生

---

① 详见张晓红、张海涛：《揭开全球化的真实面纱——透过西方文化视角》，《河北师范大学学报》2010 年第 1 期。

② ［美］约翰·奈斯比特、［美］帕特里丽亚·阿伯丹：《90 年代世界十大发展趋势》，中国人民大学出版社 1991 年版，第 108 页。

③ 原载 Roberton R. Mapping the global condition: globalization as the central concept［J］. Theory, Culture & Society, 1990, (7)，转载自周利敏：《"全球地域化"思想对区域发展的意义》，《人文地理》2011 年第 1 期。

④ 周利敏：《"全球地域化"思想对区域发展的意义》，《人文地理》2011 年第 1 期。

了重要的影响。有学者指出文化保守主义在 90 年代的兴起与片面地总结 20 世纪 80 年代的"文化热"有直接关系。蒋旭东认为："这种新保守精神构成了对'现代性'的激进追求所造成的结果的新的反思，是对 80 年代以来启蒙话语的过分强调'整体性'和终极性解决的态度并未带来知识及文化上有效的运作模式的怀疑。"①不管其兴起的原因是什么，中国文化保守主义兴起之后形成的特征之一就是："主张回归'传统'，带有明显'守'的特征和民族主义色彩。"②

最后，国内与国外思潮的变化也影响到了文学创作和人们对文学的接受和阐释。尽管作家们十分反感批评者将他们的作品归类，或者将他们的创作动机与各种思潮扯上联系，但不可否认的是，20 世纪 90 年代以来大量有关城市文学的创作都有对城市怀旧的书写。譬如，从王安忆 1995 年创作的《长恨歌》、2011 年创作的《天香》中就能很明显地看到王安忆有意识地从现代到古代(明朝)重新为上海的前生今世著书立传的企图。而对一些被忽视的城市所进行的言说也是在 20 世纪 90 年代开始滥觞。很多创作者选择的视角经常性地从怀旧开始。1999 年贾平凹创作的长篇散文《老西安》，还有 21 世纪以来表现哈尔滨历史的小说系列，如阿成的《哈尔滨的故事》、殊娟的《摇曳的教堂》、迟子建的《起舞》和《白雪乌鸦》等。当然我们不能说这些作家是有意识地选择怀旧来言说城市，但毋庸置疑的是，他们的创作暗合了 20 世纪 90 年代怀旧思潮在中国的兴起，让读者对他们的小说的接受顺其自然地朝城市的历史纵深方向展开。这种"暗合"用王安忆的话来解释，笔者认为是最有说服力的："《长恨歌》是一个特别容易引起误会的东西，偏偏又是在这个时候——上海成为一个话题，怀旧也成了一个话题，如果早十年的话不至于。你想 80 年

---

① 蒋旭东：《世纪末的怀旧情绪——当代中国文化保守主义的再思考》，《人文杂志》1999 年第 6 期。

② 蒋旭东：《世纪末的怀旧情绪——当代中国文化保守主义的再思考》，《人文杂志》1999 年第 6 期。

代初写《流逝》,谁都不会想到它是写上海,好像和上海是没有关系的。"①这种被动的"暗合"所产生的效应(从《长恨歌》获得茅盾文学奖,其被改编的影视剧备受热捧可见其效应),多少刺激了作家在创作上的转向。还是以王安忆为例,不再以求变为创作方向的她,以更加成熟的姿态开始着力挖掘她所熟悉的上海故事,如《长恨歌》。她说:"但事实上这个女人只不过是城市的代言人,我要写的其实是一个城市的故事……城市的街道,城市的氛围,城市的思想和精神。"②《长恨歌》之后,王安忆的作品,无论是 2011 年最新的长篇小说《天香》,还是 21 世纪以来的短篇小说《后窗》《厨房》《弄堂里的白马》《黑弄堂》等,整个创作思路都是在宏大和细小两种叙事中,通过怀旧来追溯和构建上海作为一个特别之城的历史经验。同样,阿成和迟子建一直在努力打造历史中哈尔滨与众不同的城市风景。刘一达在他的作品如《画虫儿》《人虫儿》等中,着力于老北京的城市传统在当代的传承与延续。他们都在或明或暗地透露如下消息:如果说 20 世纪 80 年代冯骥才、邓友梅对天津、北京旧闻轶事的描摹,没有任何为城市著书立传的预设的话,90 年代在城市怀旧中这些作家的作品,已经可以被读者和研究者在建构城市文学想象的方向上接受和研读。

总之,作为一种视阈,无论是从怀旧本身所蕴含的文化内涵,还是文学作品中呈现的文本内容审视,它都是在文学的语境中回顾城市的传统积淀与历史经验的最佳角度。虽然仍有各种理论对怀旧所再现的历史的真实性表示怀疑(这一点在后面的论述中会展开),但是怀旧本身所暗含的建构性为这一视阈注入了生命力。戴锦华说:"怀旧的涌现作为一种文化需求,它试图提供的不仅是在日渐多元、酷烈的现实面前的规避与想象的庇护空间,而且更重要的是一种建构。"③笔者深以为然。文学的魅力就在于,它能够用历史真实多样

---

① 王安忆、栾梅健:《谈话录(六):写作历程》,《西部》2008 年第 1 期。
② 王安忆:《重建象牙塔》,上海远东出版社 1997 年版,第 192 页。
③ 戴锦华:《隐形书写——90 年代中国文化研究》,江苏人民出版社 1999 年版,第 112 页。

性的展现,来穿越对真假的判断,从而在城市的多种可能中建构城市审美体验。

第二节　北京:跌落在世俗中的传奇

相对于上海的华洋交错,文学还是厚爱北京的。也许老舍的话最能真切地表达文人们对北京的情感:"我所爱的北平不是枝枝节节的一些什么,而是整个儿与我的心灵相黏合的一段历史,一大块地方,多少风景名胜,从雨后什刹海的蜻蜓一直到我梦里的玉泉山的塔影,都积凑到一块儿,每一小的事件中有个我,我的每一思念中有个北平,这只有说不出而已。……它是在我的血里,我的性格与脾气里有许多地方是这古城所赐给的。"①北京以其独有的历史经历、文化传统牢牢地抓住了每一个在这个城市生活过的人的记忆。这种记忆最终演化为一代一代传承下去不需要解释的集体认同。这种集体认同让北京的怀旧没有太多虚构和想象空间。它就是实实在在融入土生土长或者长期生活在北京的人的血液中。正如赵园所说:"如果说哪一个城市,由于深厚的历史原因,本身即拥有一种'精神品质',能施加无形然而重大的影响于居住、一度居住以至过往的人们的,这就是北京。北京属于那种城市,它使人们强烈地感受到它的文化吸引——正是那种浑然一体不能辨析不易描述的感受,那种只能以'情调''氛围'等等来作笼统描述的感受——从而全身心地体验到它无所不在的魅力:它亲切地鼓励审美创造,不但经由自身的文化蕴蓄塑造出富于美感的心灵,而且自身俨若有着'心灵',对于创造者以其'心灵'来感应和感召;它永远古老而又恒久新鲜,同时是历史又是现实,有无穷的历史容量且不乏生机,诱使人们探究,却又永远无望穷尽……"②

文学中对北京的怀旧除了源于对传统的自觉认同以外,还源于当下北京

---

① 老舍:《想北平》,姜德明编:《梦回北京——现代作家笔下的北京(1919—1949)》,生活·读书·新知三联书店 2009 年版,第 163—164 页。

② 赵园:《北京:城与人》,上海人民出版社 1991 年版,第 3 页。

的集体认同所面临的挑战。正像有人所说:"对民族来说,怀旧意味着对传统的集体记忆,它防止了人类整体历史的突然中断的可能……当人类在面临因社会急剧变革而引发的认同危机时,怀旧发挥了重要的作用。"①当现代性的改造一点点抹去城市个体的印记,取而代之的是千人一面的城市 LOGO——办公楼写字间、酒吧、高档公寓、私人会所、城市广场……的时候,北京开始通过怀旧来反扑现代性对城市历史和传统的吞食,从而力挺老北京的神圣不可侵犯,展现北京的历史和传统在现代社会中的超稳定性。

那么,在当代北京文学中,怀旧中的北京又呈现出怎样的魅力呢? 笔者认为,传奇性是怀旧中的北京最为核心的文化特征。值得注意的是,如弗莱所说:"神话诗人的题材是传统赋予他们的,而传奇诗人则自由地选择情节和人物。"②北京的传奇性已经不再是简单地从历朝更替的皇家历史中,以自上而下的姿态剥离出来的神话叙事,而是转入了由世俗民间建构和解构的传奇叙事中来。在笔者看来,20 世纪 80 年代以来怀旧中的北京是跌落在世俗中的传奇。

一、 丰腴的传统: 营造传奇的取之不竭的资源

美国人保罗・S.芮恩施在《一个美国外交官使华记》一书中说过:"内城中央的城门(前门)仍旧保持原来的样子。穿过这座城门或站在城门下面时,人们就会产生一种难忘的印象,感到这个独一无二的首都所特有的了不起的威严高贵。"③正是这不言而喻的代表至高无上、让人顶礼膜拜的权势和它雍容华贵的历史传统,让这座城市成为一个传奇。历史传统也成为营造这座城市传奇的取之不竭的资源。就像刘心武所说,北京的故事有太多"从周口店

---

① 胡铁强:《中国文学中的怀旧情结及其价值评判》,《文学理论与批评》2006 年第 3 期。

② [加]诺斯洛普・弗莱著,孟祥春译:《世俗的经典——传奇故事结构研究》,上海人民出版社 2010 年版,第 11 页。

③ [美]保罗・S.芮恩施:《一个美国外交官使华记》,商务印书馆 1982 年版,第 21—22 页。

的北京猿人说起，缕叙城市沿革变迁，是讲史的侃法；从故宫天坛、胡同四合院讲起，是梳理人文景观的侃法；从五四运动的'红楼'，一路说到1949年举行开国大典的天安门，以至改革开放后城区天际轮廓线的跃动，是政治角度的侃法；把烤鸭子、涮羊肉、冰糖葫芦、景泰蓝、京剧、大鼓书、抖空竹、摔跤中幡……一一道来，是强调民俗风情的侃法；从北京话与普通话的不同说及北京人的性格共性，也许可以构成更具学术性的侃法；还可以设计出若干更独特以至更令人有匪夷所思之叹的怪侃法"①。随便从这讲史、民俗、学术的侃法中挑选几条，都可以打造一个北京传奇故事，也能够看到一个在传奇中代代相传的北京。

希尔斯在《论传统》中对"传统"的解释："传统——代代相传的事物——包括物质实体，包括人们对各种事物的信仰，关于人和事件的形象，也包括惯例和制度。它可以是建筑物、纪念碑、景物、雕塑、绘画、书籍、工具和机器。它涵括一个特定时期内某个社会所拥有的一切事物，而这一切在其拥有者发现之前已经存在。"②质言之，传统在内涵上涵盖广泛，包含着具象的物质实体、抽象的信仰、惯例和制度。其中能成为北京传奇酵母的传统内容更加广泛。首先，发酵传奇的土壤是北京在城市空间设计上的历史渗透造就了威严、高贵的无穷形貌，为作家们对城市传奇的构建提供了丰厚的想象空间。传统的土壤可能是流落在一条胡同、一座宅院，那不起眼的红砖绿瓦中。它们处处都有可能隐藏着一个传奇。就像邓友梅在《四合院"入门儿"》中细细道来的四合院里的讲究，每排房子有几间，门上钉多少钉子，屋顶用多少瓦，都是有着皇帝过问后定下的制度。制度是不允许篡改的，"大门用房别说七开间、五开间，连三开间也不允许。归里包堆只准用一间房，更没资格用琉璃瓦"。③ 如果盖

---

① 刘心武：《侃北京》，邹仲之编：《抚摸北京》，生活·读书·新知三联书店2006年版，第7页。
② [美]爱德华·希尔斯：《论传统》，上海人民出版社2009年版，第12页。
③ 邓友梅：《四合院"入门儿"》，见邹仲之编：《抚摸北京——当代作家笔下的北京》，生活·读书·新知三联书店2005年版，第91页。

了一间房,门上少钉了一个钉子,都叫"逾制"。甚至从颇有用心的门口、街道那"层次分明、等级繁复的石头台阶"的安排中,也能体会到"里边人出来一站,有居高临下之势,外来人要进门,有步步登高之感"的高贵与威严。①

北京在空间设计中所渗透的传统文化,也为西川这样的现代作家留下充分的想象空间,只有在老北京城的建筑面前他们才能"通过对历史进行追认、重建,对记忆进行遴选和改写,为现实的缺憾与失落提供一种想象性的满足与精神抚慰"②。正因为如此,他会在大雨滂沱的午夜到午门幻想见到"一队清兵或宫女显现"③,每次经过正阳门时目光会瞬间停留在那高大灰暗的建筑上,幻想北京之下还有个北京。可以说,老北京城旧时的雄伟与蕴涵的气质是他从中汲取生活力量的源泉之一。北京城的老建筑对每一个生活在北京、爱北京的人来说都是这个城市的根,是他们精神的最终归宿。北京的"贵气"已经化作每个北京人的精神力量。洪烛《风吹白纸坊》中的"我"住在女友家那正宗的老北京四合院里,听到园中石榴树的沙沙声就仿佛听到了一曲古风。这稍显颓败的院落的一砖一瓦都流露出昔日的庄严与华贵,在与祖上是正红旗的女友的家人接触中"我逐渐体察到北京老市民阶层生活的轮廓,他们呼吸在一种陈旧的氛围里——背负着博大的传统的影子。……他们属于有心理坐标的老市民,下意识地以主人自居,一口一个'咱北京'……"④

其次,北京的传奇性还表现在人物的传奇性。北京城与其他城市的不同在于"不像西安等等过早辉煌过的城市,北京所有的历史都是鲜活的或者根本没有死过"⑤,因此,它藏在每一座建筑物中的历史都在不断地被重现、阐

---

① 邓友梅:《四合院"入门儿"》,见邹仲之编:《抚摸北京——当代作家笔下的北京》,生活·读书·新知三联书店 2005 年版,第 92 页。
② 魏耀武、毕娟:《20 世纪 90 年代中国城市小说中的怀旧书写》,《文史博览》(理论)2007年第 4 期。
③ 西川:《想象我居住的城市》,《人民文学》2000 年第 9 期。
④ 洪烛:《风吹白纸坊》,《北京的梦影星尘》,海南出版社 2000 年版,第 221—222 页。
⑤ 冯唐:《浩浩荡荡的北京》,《人民文学》2005 年第 10 期。

释、发掘。在不断的发掘中你会发现原来这里生活的都不是凡人，不经意拎一个出来就能说，即使不上正史，至少在野史上也可以留个名。正像有人所描绘的："古都北京，你不仅仅是诸侯挥戈逐鹿的场地，不仅仅是宫廷权谋斗争的庭院，不仅仅是帝国炫耀文治武功的殿宇，不仅仅是王公显宦挥霍的厅堂，不仅仅是军阀飞扬跋扈的演兵厅，不仅仅是政客追蝇逐臭的客房。……你还讲述着窦娥的冤情，叙说着贾宝玉和林黛玉的爱情故事，感叹着菜市口的血迹，高举着五·四的火炬，回响着'一二·九'的呐喊。"①北京的传奇是形形色色的人物演绎的。在刘心武的《如意》中，有谁会想到学校义工石义海与贝勒府的格格金绮纹会有那么一段荡气回肠、缠绵悱恻的传奇爱情故事？《城门开》中北岛回忆当年自家住的"三不老胡同"，普通的北京保险公司宿舍里，433住着的曹家其父亲曾是1940年代国大代表、434住着的原来是武汉交通银行经理的庞家、421住着孙中山侍卫官马湘的儿子。在他度过高中时光的北京四中里，那群热血沸腾、顽皮不羁的中学生们见证并参与了多少"文化大革命"时期的血雨腥风。高二二创办的《中学文革报》刊登的《出身论》，让遇罗克因此献出了生命。还有刘源中学时代的落寞，华北地区总分第二名之成绩的钱元凯（科学家钱伟长的儿子），因为出身问题竟没有被任何高校录取。18岁的哲学家赵京兴石破天惊的言论招致的牢狱之灾……更不用说黄永玉回忆的"大雅宝胡同甲二号"的四合院里来来去去住着的李苦禅、李可染、董希文、张仃、祝大年等著名艺术家，还有时常来找自己学生的齐白石先生（黄永玉《大雅宝胡同甲二号安魂祭》）。北京有太多有故事的人，生活在这座城市的角角落落，他们的传奇等待着一个机遇，重现在人们的眼前。

最后，文学记忆中对北京传奇的世俗接受。北京有着如此多说不尽道不完的故事，但是在文学的记忆中，北京城贯穿南北的中轴线上的正阳门、天安门、紫禁城、鼓楼、钟楼的威严建筑，金、红色调打造的皇家气势，唯有在灰、绿

---

①　刘孝存：《皇城子民》，方方、叶兆言等著，《闲说中国人》，中国文联出版社2001年版，第2页。

四合院和胡同的静谧映衬中才能得以呈现,才能给人以震撼的审美感受。①
很多作家俗世沉浮多年,回忆起北京时他们不是炫耀它金碧辉煌的皇家气势,
就是念念不忘它在世俗喧哗中沉淀出的平凡人生的淡定与静谧。就像陈凯歌
在《天国》中回忆北京:"在我儿时,北京没有那么多人,没有那么多车辆。更
容易看到的是四个轮的小车,竹做的,里头坐着咿咿呀呀的娃娃,后头推车的
是一样咿咿呀呀的老太太。临街的学校书声琅琅,忽而又安静了。老人们坐
在中药铺前的台阶上晒太阳,手里捏着两个核桃,转着,虚着眼望着天上飞远
了的鸽群。哨音像是云的回声,淡淡的。热闹的地方是庙会。我还记得是怎
样欠着屁股坐在拉'洋片'的老式镜箱前,盯着一张张画面闪过,不敢眨眼,画
面有山水、人物、神话中的故事。拉'洋片'的人一边摇着镜箱上的手柄,一边
'嘭嘭'地敲着一面小鼓,被敲乱了心的孩子就交出最后一分钱。——更不用
说庙会中的玩意儿和吃食了。"②从 1988 年离开中国,到 2011 年才提笔回忆
北京的北岛,在《城门开》中开篇就声明自己要用文字重建一座我的北京:"在
我的城市里,时间倒流,枯木逢春,消失的气味儿、声音和光线被召回,被拆除
的四合院、胡同和寺庙恢复原貌,瓦顶排浪般涌向低低的天际线,鸽哨响彻深
深的蓝天,孩子熟知四季变化,居民们胸有方向感。"③

　　作家们青睐于北京平凡的一面。这种平凡的气度是在这座城市久经世事
的沧海桑田中,锤炼出来的眼界和胸怀。就如西川所说,北京虽然是一座有着
一千二百万人口的拥挤城市,但是它的中心地带是空的,紫禁城九千九百九十
九间房屋是寂寞无声的。④ 北京的大气磅礴中是有些虚张声势的,谁来填补
这威严下的冷清、雍容高贵下的寂寞。唯有普通百姓的世俗生活,才能填满北

　　① 　参见王军:《城记》,生活・读书・新知三联书店 2003 年版,第 41 页。
　　② 　陈凯歌:《天国》,邹仲之主编:《抚摸北京——当代作家笔下的北京》,生活・读书・新
知三联书店 2005 年版,第 227 页。
　　③ 　北岛:《城门开》,生活・读书・新知三联书店 2011 年版,第 1 页。
　　④ 　西川:《想象我居住的城市》,见邹仲之编:《抚摸北京——当代作家笔下的北京》,生
活・读书・新知三联书店 2005 年版,第 31 页。

京城的虚空。就如张承志所说:"平民社会就是一切之母胎;正义和朴素的平民精神,一直是北京的防腐剂,也应该是它的灵魂。"①所以北京的历史人文传统与世俗民间传统共同成为孕育北京传奇的肥沃土壤。

北京有着如此多的传奇资源,这些资源又是按照怎样的逻辑一代代传承下来的呢?笔者以为大小传统的相互交融与汇通,不仅建构了北京传奇的丰厚性,而且让这种资源具有了丰富立体的生命力。美国人类学家雷德菲尔德(Robert Redfield)在1956年出版的《农民社会与文化》中,将传统划分为"大传统"和"小传统"两类,"'大传统'是指一种体现在上层社会和精英文化上的高层次元文化,而'小传统'指一种地方性的乡土文化,体现为民间社会中的低次元文化"。② 那么作为北京传奇性的核心内容的传统就是大传统。这个传统有着历史的底蕴和来历,并由少数精英和上层社会来代表。而以民间信仰为代表的小传统,是"作为一种在中国社会民众中长久流行并信奉的传统,民间信仰以其对'超自然神秘力量'的信仰而具有独特的宗教内涵,同时,它又形成传统、融入民俗,成为人们日常生活的一部分"③。正如韩秉方所说,以民间信仰、民俗文化为代表的小传统有极强的生命力,能够"孕育塑造形成中国人的文化心理、道德面貌、民族性格。这种草根文化具有极强的稳定性、保守性、适应性和再生性,即使发生重大的社会变革,乃至文化断裂,仍然能够延续再生保存下来"④。无论大传统如何高高在上,最终承载和延续它的母体仍是世俗民间。在世俗中成长的小传统与上层文化中养育的大传统在世俗接受的过程中会呈现为一种互渗的动态关系。

---

① 张承志:《都市的表情》,见邹仲之编:《抚摸北京——当代作家笔下的北京》,生活·读书·新知三联书店2005年版,第28页。

② 转引自沈小勇:《传统叙事与文化认同——基于世俗人文主义的阐释》,《当代文坛》2011年第3期。

③ 转引自沈小勇:《传统叙事与文化认同——基于世俗人文主义的阐释》,《当代文坛》2011年第3期。

④ 韩秉方:《民间信仰的和谐因素》,《中国宗教》2010年第2期。

希尔斯曾说:"一连串象征符号和形象被人们继承之后都发生了变化。人们对所接受的传统进行解释,因此,这些符号和形象在其延传过程中就起了变化;同样,它们在被人们接受之后也会改变其原貌。这种传统的延传变体链(chain of transmitted variants of a tradition)也被称作传统……作为时间链,传统式围绕被接受和相传的主体的一系列变体。"①希尔斯这句话告诉我们,随着时间的变化,接受对象的改变,人们对传统的接受和阐释也会发生变化。传统是动态的,以延传变体链的形式,不断地被演绎。希尔斯对传统的解释是按照后现代的逻辑,让传统具有了建构性。北京的大小传统在文学的接受过程中也必然存在着延传变体链。它的变体就是大传统如何在民间世俗社会中被接受,其中就有传统接受者的建构性在发挥作用。而生长在世俗民间的小传统,又慢慢在传统和主体的互动建构中从一种底层文化衍生为最具生命力的,被普遍认同的源文化。大小传统的丰富内涵以及内在复杂的互动关系,也构成了北京传奇的丰富性。

既然历史的纵深感为北京传奇提供了想象的深度,传统的礼制和习俗为传奇的演绎定制了内在的逻辑,风云突变的人事变迁为它的演绎早已储备好了它的主角,北京的世俗人间又为传奇的延续提供了培育的母体,剩下的问题就是传奇以什么样的方式在这个城市世俗世界中上演。

二、 传统的互渗: 世俗对传奇的消解与呈现

笔者认为传奇北京是在世俗的消解和建构中完成的。一方面,北京特有的世俗空间承载着北京的传奇,然后又将这种大传统延续下去;另一方面,作为小传统的民间世俗性,又让北京民间的传奇能够具有在其本身自生为传奇的功能。小传统通过世俗性赋予,来消解传奇神圣的因子,让它具有普遍性特征。

---

① [美]爱德华·希尔斯:《论传统》,上海人民出版社 2009 年版,第 14 页。

1. 在世俗中拯救的传奇

在中国的语境中，"世俗"一方面具有西方世俗概念中与宗教相对的内涵，如陶东风所说，"中国世俗化所消解的不是典型的宗教神权，而是准宗教性的集政治权威与道德权威于一身的专制王权"。① 另一方面，中国的世俗是尊重人本身的欲求，"必然凸显出大众对于生活幸福本身的强烈欲求，凸显出文化活动解神圣化以后的多元化、商品化、消费化的趋势以及相关的消遣娱乐功能的强化，文化成为对于人的世俗欲望的肯定"。② 作为以民众为现实基础而建立起来的一种人文关怀的价值体系，世俗是以民间的价值观来引导和塑造历史。在北京文学③中，很多城市传奇也是在世俗民间的人文关怀和价值观的引导下重新得以塑造和拯救的。

邓友梅的《那五》和《烟壶》中就典型地呈现了城市传奇如何在世俗民间得以拯救。那五（《那五》）和乌世保（《烟壶》）都是祖上有名有姓的京城人物。那五的祖父做过内务府堂官，到那五爸爸福大爷那会儿门上也不缺清客相公。福大爷是会玩鸽子、能走马，也能玩洋玩意儿，能捅台球、会糊风筝，还给涛贝勒配过戏的主儿。那五小时候的玩伴不是三贝子、索中堂的少爷，就是袁宫保的嫡孙。而乌世保出身武职世家，火器营正白旗人，祖上封过"骁骑校"，祖上留下的地产和珍玩也让他家混过几代。那五和乌世保所代表的特

① 陶东风：《世俗化时代文艺的消遣娱乐性》，《文艺争鸣》1996 年第 3 期。
② 陶东风：《世俗化时代文艺的消遣娱乐性》，《文艺争鸣》1996 年第 3 期。
③ 笔者认为，在城市怀旧中北京文学和天津文学中城市传奇的塑造都表现出世俗拯救传奇的叙事套路。陈平原就认为北平（北京）和天津在历史文化命脉上是一体的，曾说"从晚清到40 年代，平津是一体的，北平和天津是放在一起讨论，你才知道，那个历史文化命脉。"（陈平原：《都市文化研究的可能性》，华东师范大学思勉讲座，2011 年 3 月 16 日，详见 http://ecnuzw.5d6d.com/thread-4373-1-1.html）所以在北京文学的怀旧作品如邓友梅的《那五》《索七的后人》、刘心武的《如意》、陈建功的《辘轳把胡同 9 号》与天津文学林希的《天津闲人》《相士无非子》、冯骥才的《三寸金莲》《神鞭》等无论从人物塑造、语言风格，还是从城市空间的铺陈上来看，都是同源一体的城市想象。笔者认为在城市怀旧中，至少在世俗拯救传奇一点上，两座城市在文化认同上是具有同一性的。

权阶层的生活传统是对大传统的沿袭。但像那五、乌世保这样的满清贵胄遗留下来的破落子弟,改朝换代之后的破落,本应让他们早早退出历史的舞台。那五倒卖瓷器被人暗算,到《紫罗兰画报》当记者惹了一身官司,最后给人家清音茶社捧角,被人当街扒光了衣裳。《烟壶》中的乌世保因为得罪了当年的旗奴徐焕章,被设套进了大牢,后被徐焕章骗尽了家产直到家破人亡。那五和乌世保的破落,证明了北京城一代皇家传奇的破灭。就像弗莱所说:"神话诗人的题材是传统赋予他们的。"①祖上的荣耀积淀的特有阶层的传统,让他们所代表的阶层的生活方式、行为举止在民间都具有神圣的光环,但是当时代变迁,曾经的神圣都褪去的时候,这个传奇又该如何延续?

那五靠着自家人脉底子倒腾古董反而被行家玩于股掌,仗着从祖上继承下来的那点王孙贵气去捧角挣钱,结果被人识穿。那五不仅将北京城皇家贵胄的最后一点尊贵在讨生活中彻底倒卖干净,而且还丢掉了自己最后一点身份和尊严。乌世保从主子的位置上跌下,被自己的奴才摆了一道,甚至倾家荡产、无家可归。那五和乌世保的落魄正式宣告了他们的时代已经在正史中翻了页。但是在民间,人们还是在拯救和延续着这种传奇。落魄的那五每次走投无路的关键时刻都被市井中的普通人所收留。曾经的那五爷爷的收房丫头紫云奶奶对那五的拯救是对那家后人的不离不弃,用自己的卑微和勤劳来小心呵护以往主子的生活做派,反复叮嘱那五:"不要跟那些嘎杂子打连连,咱们是有名有姓的人家。"②云奶奶以为自己弱小的呵护可以保存那五最后的尊严,这种做法虽然天真但却感情真挚。民间的拯救除了像紫云奶奶这样的呵护,还有像武存忠、《烟壶》中的寿明和聂小轩的启蒙。那五欺世盗名地花钱买稿子赚取名声,武存忠帮他化解了危机,并且劝告他,祖上的挥霍、凭胡诌乱扯过日子终究不是生活的正道,劝那五换换口味,做些务实的工作吃吃庄稼

---

① [加]诺斯洛普·弗莱著,孟祥春译:《世俗的经典——传奇故事结构研究》,上海人民出版社 2010 年版,第 11 页。

② 邓友梅:《邓友梅小说选》,人民文学出版社 2008 年版,第 115 页。

饭。那五与人合伙设圈套捧角，被人当街扒光衣裳，也是武存忠危难中救急。在武存忠打草绳的作坊里，那五见识到了与自己以往生活完全不同的一种生活场景："那五生长在北京几十年，真没想到北京城里还有这样的地方，这样的人家，过这样的日子。他们说穷不穷，说富不富，既不估衣凭衣裳装阔大爷，也不假叫苦怕人来借钱；不盛气凌人，也不趋炎附势。嘴上不说，心里觉得这么过一辈子可也舒心痛快。"①虽然那五终究没有成为一个自食其力的人，但是他作为北京贵胄的破落子弟的荒唐象征，经常幸运地被民间接纳和保护，最终还能在新中国成立后专管通俗文艺的单位找到自己的位置。

《烟壶》中的乌世保一直对自己的旗人身份念念不忘，当自己落难狱中的时候，为自己指明生活道路的人却是像聂小轩、库兵这样生活在底层的人们。乌世保比那五要进步，就在于他继承了聂小轩的烟壶内壁绘画的手法，并将古月轩这门工艺在民间保存下来。刘心武的《如意》中，作为贝勒府的郡主多罗格格金绮纹就是一个流落在胡同里的传奇人物。当年贝勒府剥落了油漆的亭榭、干涸的池塘、倒圮的石栏、锈满绿苔的井台都在讲述着金绮纹不平凡的人生经历。当教会学校买下贝勒府最后一处房产，马车拉走家中最后的家什，丈夫挥霍掉家中所有家当离家之后，金绮纹流落到竹业胡同 14 号的小杂院里。是当年教会学校小厮石义海在生活中无微不至、不留痕迹地照顾她。他帮金绮纹留下贝勒府里的硬木茶几，买下她典当的细瓷盖碗，还十几年如一日地每天后半夜帮她清扫胡同，只留下三十来步让她善后。石义海对金绮纹的呵护，保护了她人生的最后尊严，也让她看到了生活的希望。

那五、金绮纹和乌世保这样的北京文学中代表城市大传统的传奇人物，本来应该随着时代的更替，消逝在灰飞烟灭的尘世中，可是他们并没有那么容易退出历史舞台，可能是世俗民间的仁厚与包容承载了他们命运中的不平凡，同时也将这种不平凡命运的传奇性消解在普通人的生活中。让他们和他们的故

① 邓友梅：《那五》，《邓友梅小说选》，人民文学出版社 2008 年版，第 127 页。

事在退出历史舞台之后,在世俗民间得以保存、流传,成为这座城市最古老,也是最具魅力的记忆之一。

2. 世俗构建的平凡人生的传奇

除了大传统所代表的特有阶层具有传奇性以外,北京的传奇性更表现在民间社会所孕育的小传统中。以小传统为核心的城市传奇,让北京这个城市的传奇性更具有生命力。正如前面韩秉方所说,民俗文化、民间信仰,具有极强的稳定性、保守性、适应性和再生性,能在发生重大的社会变革,乃至文化断裂时,仍旧延续再生保存下来。①

与上海弄堂里的闺阁、公寓的私密与不动声色不同,北京的世俗生活空间是开放与喧闹的。这种开放与喧闹也表现了这座城市世俗性上的大气与包容。北京大气磅礴的雄浑建筑构筑的城市气象,是一个浮在城市表面的北京。这表面之下,北京城还有更为喧闹、生动的世俗场景:如不定点设摊,不分商品种类的鬼市,上至王母娘娘的扎头绳,下到要饭花子的打狗棒,什么都有人买,也有人卖。在这里用买醋瓶子的钱买了青花玉壶春,用买铜痰桶的钱买了商朝的铜尊,或用买缎子薄底靴的钱买了纸糊的蒙古靴,大家都会得了便宜到处显摆,吃了亏多半闷在肚子里。天桥上的风景更是热闹:从福长街北口,沿天桥南北,摆满十里长街。……五尺长的床子上,居中立起一块二尺多高的大月饼,饼上雕了嫦娥月桂、玉兔杵药。……卖兔儿爷摊儿上的兔儿爷有长耳裂唇,有长袍短打,有穿长靠、扎背旗。还有天桥的茶馆,门面小,房舍低。房檐一长形灶上摆着小口大底长嘴壶,碎砖砌的茶座,本身白茬的宽大条凳(邓友梅《烟壶》)。更不用说刘心武在《钟鼓楼》中描写的银锭桥畔的豆汁小铺的浓香,叫卖酸梅汤和炒红果的小贩的吆喝,还有哪家婆亲的墩鼓、号筒、唢呐、海笛的乐器和鸣声……这些构成了典型北京市民生活的世俗空间。这个空间有

---

① 详见韩秉方:《民间信仰的和谐因素》,《中国宗教》2010 年第 2 期。

足够的容量与底气来吸收、接纳、补充、陪衬着北京雍容大气的皇家气派,同时又繁衍、生息着北京底层市民特有的小传统。

小说《如意》在表层意义上塑造了金绮纹这位满清最后的格格的人生传奇,但在更深层的意义中,它完成的是以石义海为代表的城市平民传奇。石义海的传奇是对金绮纹的传奇的延续和深化。当年金绮纹在废园里救下正在忍受神父侮辱性的"苏秦背剑"式的惩罚的石义海时说"不能那么糟践人"。金绮纹没有意识到她对人的尊重启蒙了当时卑微的石义海,让他一生为人处事的信念都是人的尊严不可侵犯。"文化大革命"时期被打死的走资派暴尸街头,石义海为他盖上了塑料布,事后他说"他也是人,人对人不能狠过了限。"①当学校曹书记被批斗,让他来控诉的时候,他在众目睽睽中取下了曹书记脖子上的铁饼。他还为被批判的"五·一六"分子送绿豆汤,只是认为人虽然有罪,但要把人当人,得到善待。在人性最为压抑和扭曲的时代,石义海却能秉持对人的尊严的最基本的尊重。他的平凡甚至让人看不上眼,但正是这平凡、卑微之人演绎的传奇,蕴含着可贵的人文关怀。这种底层的人文关怀比蕴含在大传统中的权势下的高贵更让人感动。《烟壶》中,聂小轩作为一个底层的民间艺人,精心钻研和虔诚继承着古月轩的传统技艺,让古月轩技艺成为北京民间的一个传奇。同时围绕烧制古月轩烟壶的纠纷,让乌世保所代表的满清旗人的大传统与民间的小传统彻底融合,从而延续了这一门技艺。奇妙的是,这种融合是从巧合开始的。乌世保被陷害入狱,聂小轩狱中命运难测。情急之下,聂小轩将烟壶内壁绘画的技法传给了他。乌世保本无意学会人家的祖传技艺,可偏偏他因为受旗人附庸风雅的熏陶有着绘画烟壶的天分,很快就学会了。出狱后,乌世保家破人亡,并被开除了旗籍。走投无路中得到聂小轩父女收留。聂小轩为了保住自己作为中国人的尊严,坚决不烧八国联军侵占北京图样的烟壶,结果自断手臂。聂小轩的舍生取义,乌世保的末路投奔,库兵

① 刘心武:《如意》,中国青年出版社2008年版,第32页。

的临终遗愿都促成了古月轩技艺的传奇。最后,乌世保迎娶聂小轩女儿柳娘,并带着残疾的聂小轩出走北京。乌世保与古月轩烟壶技艺的结缘是北京上等阶层大传统与民间底层文化小传统偶然又必然的融合,并且大传统是被小传统吸纳并合为一体。

就像有人所说:"传统人文资源的世俗化,其核心理念乃是强调传统精神信仰与现代世俗社会的对话,既'释放传统'又'激活传统',既'回归传统'又'超越传统',力求以本土化的实践和作用为根本,超越现代与传统二元对立,真正达到世俗社会这一'共同体'的伦理自觉和文化认同,在此基础上建构起当代中国的精神家园。"①北京文学中世俗对传奇的构建是多层次的。对于北京传奇内核中的大小传统,无论是石义海这样的延续还是乌世保这样的融合,最终让北京的文化传统突破了等级、贵贱的界限,在传统精神信仰与现代世俗社会的对话中,达成了世俗社会这一"共同体"的文化认同,并赋予这座城市传奇性的生命力。

三、 北京传奇背后的反思

怀旧中的北京传奇,构建了记忆中北京最为主要的文学特征,看到北京与众不同的城市品格,有人曾经用茶壶比喻北京,"就像一把茶壶,茶叶在茶壶里泡过一段时间,即使茶水被喝光了,即使茶叶被倒出来,茶气还是在的"。②这散不去的茶气经过世事沧桑,融在普通人身上酿成了北京特有的人文品格。笔者将之总结为"仁义"。没有这种城市品格就不可能成就北京城市的传奇性。也可以说,北京的传奇性之所以没有流于猎奇,而具有耐人寻味的文化品格,就在于"仁义"在传奇性中得到了认同。这种认同是对传统儒家文化的继承与自觉的遵守,从而上升为对城市品格的认同。

---

① 沈小勇:《传统叙事与文化认同——基于世俗人文主义的阐释》,《当代文坛》2011 年第 3 期。

② 冯唐:《浩浩荡荡的北京》,《人民文学》2005 年第 10 期。

可以说,没有人与人之间的仁爱与义气,北京的传奇性就无从构成。《如意》中当年金绮纹废园中对石义海的解救,出发点就是人与人之间的仁慈与尊重,这是仁爱。石义海在金绮纹落难民间的时候,无怨无悔地一生守候。就在两人已经下定决心,抛开身份、地位、舆论的障碍,走入婚姻的时候,金绮纹的丈夫在海外荣归。当人们谣传金绮纹因此可以随夫到加拿大去享福时,石义海面临挑战。与一般人不同的是,石义海依然放弃了自己最后的机会,希望格格好好想一想,然后自己决定。这是石义海对金绮纹的"情义"。《烟壶》中乌世保在狱中得到了聂小轩家传技艺的真传,但是出狱后,他从未想过用古月轩的技艺谋生或者将之据为己有。就连大牢中的库兵临终前将三百两银票转交给乌世保,也是因为他与乌世保和聂小轩在狱中结下了深厚的情谊,支持乌世保将聂小轩的技艺经营下去,让自己没有白来世上一遭。乌世保和库兵身上体现的是人与人之间萍水相逢的信任与理解。更不用说聂小轩宁可断腕,也要保护国家的尊严和手艺人的品格。这是大义。《寻访画儿韩》中画儿韩当众烧掉花重金买来的仿制张择端的《寒食图》,从而戳穿了那五和甘子千的谎言,维护了书画业的诚信。正如赵园所说,即使在书写赤裸裸的商业交易,北京文学注重的也是"传统社会的人情信诧而非现代社会中的商业契约和赤裸裸的利益原则。……传统道德明于义、利之辨,这使得孜孜以逐利的商业活动不能不在道德上处于窘迫境地。而上述道德传统确也造成重义(信义,信誉)轻利的诗意文化"①。所以无论是两情相悦的恋人、萍水相逢的陌生人还是生意场上的商人,北京文学通过这些形形色色的传奇故事打造了北京人文景观中秉承"仁义"的城市品格。

反思北京的传奇性,除了看到它内在的城市品格,还要看到这种传奇性本身所存在的问题。就像上海的怀旧中看似华洋交错的浮华景象背后陷入的是身份认同上的误区,也让这座城市的怀旧罹患了割断血脉、在现代性的想象中

---

① 赵园:《京味小说的北京商业文化建筑文化》,《中国文学研究》1988 年第 4 期。

迷失自我的隐疾。北京的怀旧也有值得反思的地方。心理学家埃里克森（Erik Erikson）在"统一性危机"理论中这样界定"同一性"，即"一种熟悉自身的感觉，一种从他信赖的人群中获得所期待的认可的内在自信"。① 作为北京怀旧的内核"同一性"，就有一种过于熟悉自我的自信。但是这种自信让其在传奇性的打造上表现出了封闭与保守性的倾向。这也让北京的怀旧止步于自得其乐的城市民俗传奇想象，给人以陈旧、重复的印象，而缺少可持续发展性。回想起来，北京怀旧的代表性作品，如 20 世纪 80 年代邓友梅的《那五》《烟壶》、20 世纪 90 年代刘心武的《如意》，到了 21 世纪，还有刘一达的《画虫儿》《人虫儿》等，情节设计、人物语言、主题内涵上都有一种趋同的倾向。这种倾向让记忆中的北京变得脸谱化："北京大爷"们都是"喜闲散，好游逛，心高气盛……胆子大，主意多，事急不怵动拳脚"②，"北京姑奶奶"都是骄狂、自信、大方、热情、浪漫。③ 好像在作家的笔下北京男男女女都有着前清的贝勒、格格的范儿。这种对城市传统的保守与强烈认同的自信让北京的怀旧给人以虚张声势之感。用张承志的话来说："若是相个面，如今北京的相貌是大而空，目无神。一半官僚般的摆大架子，一半兵营般保甲森严。"④

怀旧中的北京其封闭性与强烈的自信，也阻碍了北京的历史以开放性的姿态来接受文学的开拓，这也是北京文学对城市塑造落后于上海文学的主要原因之一。笔者以为，北京有着得天独厚的历史文化底蕴，这是上海和其他城市所无法比拟的。不过，北京作家对怀旧题材的表现在方式上没有上海作家那样放得开。比如王安忆的《长恨歌》可以用一个女人的历史来隐喻一座城市的历史，这种切入和表现城市的角度与方法，在北京文学中是很少见的。因此，笔者以为记忆可以停留在过去，但是在思维上却应该与时俱进地

---

① ［美］B.R.赫根汉：《人格心理学导论》，海南人民出版社 1988 年版，第 162 页。

② 刘孝存：《皇城子民》，《闲说中国人》，中国文联出版社 2001 年版，第 8 页。

③ 刘孝存：《皇城子民》，《闲说中国人》，中国文联出版社 2001 年版，第 10 页。

④ 张承志：《都市的表情》，邹仲之编：《抚摸北京——当代作家笔下的北京》，生活·读书·新知三联书店 2005 年版，第 23 页。

引入现代性或后现代性的文学创作方式。这样,我们才可以在北京厚重的城墙、四方的四合院中看到一个扎根历史、面向未来的、想象之中又是想象之外的北京。

第三节　上海:建构的记忆与还原的历史

　　在怀旧的视阈下,北京在文学中呈现的是沉稳大气的包容。内在传奇性的打造让北京所怀的那个"旧"的真实性变得确实可证。相比之下,上海的怀旧多少是有些让人揣度的可疑。就像詹明信所说:"'怀旧'的模式成为'现在'的殖民工具,它的效果是难以叫人信服的。……我们正身处'文本互涉'的架构之中……它赋予'过去特性'的新的内涵,新的'虚构历史'的深度。在这种崭新的美感构成之下,美感风格的历史也就轻易地取代了'真正'历史的地位了。"①上海怀旧中的历史是经过过滤和修饰过的具有"美感风格"的历史。这种美感包含着对现代文明(特指对西方文明)的向往,对中国性的背离。这也是上海怀旧最让人诟病的地方。在记忆的建构与想象中,上海具有崇洋、自恋的西崽性格。就如上海学者朱学勤说的"那个虚幻的上海是故意把自己做旧,似乎生活在历史中,生活在旧上海,其实是历史被消费,被观赏"②。如果探究怀旧中的北京和上海为什么会给人如此大的差别,原因之一就在于它们在建立自己城市文化的集体认同中,前者是立足于心理学家埃里克森(Erik Erikson)提出了"同一性"认同,即"一种熟悉自身的感觉,一种从他信赖的人群中获得所期待的认可的内在自信"③,解决的是"我是谁"的问题;而后者在怀旧中所寻找的认同是建构的,正像霍尔所说的认同:"不是我问是

---

　　①　[美]詹明信著,陈清侨译:《晚期资本主义的文化逻辑》,生活·读书·新知三联书店2003年版,第459页。

　　②　李欧梵:《上海的摩登与怀旧》,《中国图书评论》2007年第4期。

　　③　赫根汉:《人格心理学导论》,海南人民出版社1988年版,第162页。

谁或我们从哪儿来的问题,更多的是我们将会成为谁、我们如何重现、如何影响到我们去怎样重现我们自己的问题。"①由此可以看出,上海的怀旧更关注的是"我们会成为谁"的问题,它面对的不是自己的历史,而是未来自己的模样。这也让怀旧中的上海有了更多的理由为自己缝合各种西方的想象。

当然,这一点也不能概括上海怀旧的全部,只是它的表面。在文学中上海的怀旧还有一种倾向就是对上海历史的寻根。虽然这种寻根不能完全摆脱西方想象的影子,但是却在尽力摆脱对上海华洋交错影像的肤浅描绘,力求在城市历史深处寻找城市的真实景观,打造城市的品格。在王安忆的《长恨歌》《天香》以及有关上海的短篇小说《厨房》《黑弄堂》中都能看到这种努力。在王安忆等作家的作品中,真实的上海是多层面的,一种层面为我们展现了想象中理所当然的华洋交错的殖民上海,另一种层面是深入上海的肌理,建构了一个想象之中又是想象之外的中国式的上海,两者共同构成了在怀旧中上海的"真实"。很显然上海的真实是怀旧的目的之一。

一、 畸形的资本之花:面向世界背后的虚空

正如霍尔所说:"作为'变化着的同一'来解读:这并不是所谓的回到根源,而是逐渐接纳我们的'路径'。……那种'缝合'进认同藉以出现的'传说'部分是想象性的(也是象征性的),因此,它们也是部分地在幻想中的,构成或至少是在幻想的领域中构成的。"②怀旧中的上海对自我的认同不是"同一性"的认同,而是建构性的。它所关注的必然是通过怀旧如何重现自己的问题。这种建构有着面向未来的后现代的气质,让西方的想象很自然地进入文学追忆中,置换上海本土记忆,从而造成上海在文化身份认同上的混乱。这

---

① Stuart Hall and Pall de Gey, eds., *Questions of Cultural Identity*. London: Sage, 1996, p.4, 转引自周宪:《文学与认同》,《文学评论》2006 年第 6 期。

② Stuart Hall and Pall de Gey, eds., *Questions of Cultural Identity*. London: Sage, 1996, p.4, 转引自周宪:《文学与认同》,《文学评论》2006 年第 6 期。

也是文学中的上海能成为一朵"畸形"的资本之花的原因。

1. 从西方想象到西方殖民的上海

人们也许会疑惑,上海的西方想象为何变成了西方的殖民,霍米·巴巴的理论也许可以用来帮助理解这一过程:"殖民戏拟就是对一个变了形但可辨认的他者的欲望,他基本上,但又不完全就是那个差异的主体……这种欲望,通过复制部分存在……表达了文化、种族和历史差异所引起的骚乱。"①在文学书写中,很多上海怀旧所怀的客体带有西方想象的色彩。这种色彩本来是配色,结果却转化为主色调。它甚至篡改了怀旧的内容,将西方想象变成西方文明的殖民,篡改了人们对城市文化的认知,造成了怀旧主体身份的混乱。

20世纪80年代俞天白的《大上海的沉没》中的"西方想象"是以吉庆里各色人家的陈年旧事与他们遭遇改革开放时的焦虑形成一种对比的方式呈现的。张家老克腊张汝衡的西式派头与致力于上海冶金设备改革的符锡九和努力进行金融改革的裴鸿翔的主流形象相比是多么的肤浅。此时,西方的文化在上海的怀旧中还处在被压抑的状态。到了陈丹燕和程乃珊笔下,在对旧闻旧事的追忆中已经明显认同并推崇上海底色中的西方印记。西方想象已经以殖民者的姿态在文学中蔓延开来。这种殖民首先表现为对"上海记忆"的删减,就像研究者所形容的"'上海记忆'显然经过了删减。在'建筑博物馆'和买办家族的巍峨华丽后面,《建国方略》和《新青年》的悠远回声被过滤掉了;类殖民地的'繁华'掩去了民族主义志士的鲜血和呐喊;正在上演的暧昧的'双城记'里似乎已没有了'尴尬和耻辱'的角色"②。这种删减最集中地表现在文学对上海中产阶级家庭及其家族史的挖掘时所表现出来的"精心考量"。

---

① 原载霍米·巴巴(Homi K.Bhabba)《论戏拟和人:殖民话语的矛盾性》,《文化定位》(Location of Culture),伦敦和纽约儒特爵父子公司1994年版,第86—90页。转引自李欧梵著:《上海摩登——一种新都市文化在中国》,人民文学出版社2010年版,第307页。

② 朱晶、旷新年:《九十年代的"上海怀旧"》,《读书》2010年第4期。

不可否认,在众多的上海文学作品中,作家乐于挖掘,且表现得最为得心应手的是那些旧上海中产阶级家庭或者家族的生活。陈丹燕的《上海的金枝玉叶》图文并茂地再现原上海永安百货公司郭家四小姐的一生。在《慢船去中国》中她又挖出了上海最早的买办家族之一王家的家族历史。俞天白的《大上海的沉没》中在吉庆里 36 号一式连接的石库门公房里,也能挖出当年"上海新时代绸布商店"张家的家史,以及住在"罗格住宅"中深藏不露的符氏家族的历史。更不用说,程乃珊在她的《金融家》《上海先生》中喋喋不休地讲述着自己程家也曾是金融世家的往日风光,以及铜仁路 333 号绿屋上海颜料大王的吴同文家族的风花雪月。王安忆的《长恨歌》里虽然讲述的是弄堂人家的女儿王琦瑶的一生,但是不要忘记,王琦瑶可有着当年"上海小姐"的显赫来历,她勾连的是上海上层社会的繁华。

不仅如此,通过对这些特定对象的描写,文学还使得这一特定人群及其生活修改了上海的历史和记忆。作家的叙事让这些人物的生活成为上海生活的摹本,并以他们的审美和格调奠定上海的底色。以中产阶级家庭和家族史的修复为核心的上海怀旧,展现出来的上海景象又是什么样的呢? 首先,从城市空间的营造看西方影像是如何吞噬我们对上海的空间想象的。陈丹燕在《黑白马赛克》中描绘着这种被西方文明洗礼后的沉醉状态:"在外滩,当你走进一栋建筑,堤岸上的嘈杂之声被门切断,门厅里的光线照耀你,大楼里的空气包裹你,你顿时落入另一个时空,落入丧失自己方位的恍惚中。也许只是一种令人感到舒服的恍惚,假扮成另一个人的可能,像迅速上涨的水一般令身体浮起,划动四肢是这时的本能,它令你开始漂浮。"①这段描写的背后是什么? 即使时光倒转到 20 世纪三四十年代,上海也是与普遍贫瘠的中国大地完全不同的世界。读到这里,你在恍惚间以为自己身处纽约曼哈顿,甚至可以摆脱自己的身份,成为西方文明的一分子。时空倒错中作者没有感到任何不妥,而是心甘

---

① 陈丹燕:《黑白马赛克》,《上海文学》2006 年第 12 期。

情愿地沉醉其中。

上海文学中西方影像肆意吞噬上海形象的不动声色,还在于它不只满足将外滩上的万国建筑当作上海地标,还表现在他们在空间的细节之处精心雕刻。通过对西方审美意趣的大肆渲染,来树立中产阶级的审美标准,并将之定位为上海的本色。在《绿屋》中程乃珊毫不掩饰自己从小对这上海第一豪宅的艳羡:"常见在她三楼、四楼的露台上,有着洋派时髦的男女在俯栏眺望,露台上花卉层层,放着精致的帆布沙滩椅,虽然是六十年代,仍有解放前的感觉。"①在这个代表上海私人建筑最高水平的豪宅里,处处显露的都是它超前、时尚、西化的审美风格。这里有鸭蛋形的大理石餐桌,装有上海首家私人电梯,有在法国著名家具店 Arts & Craft 定做的家具,更有专门用来娱乐的弹簧地板和弹子房。程乃珊描摹的是绿屋的奢侈生活,树立的是上海中产阶级的生活模式。《长恨歌》中在王琦瑶的弄堂人家的局促而狭小的空间里,也可以看到西方想象渗透的痕迹。西区公寓弄堂的建构俨然依照的是欧美风:"西区的公寓弄堂是严加防范的,房间都是成套,一扇门关死,一夫当关万夫莫开的架势,墙是隔音的墙,鸡犬声不相闻的。房子和房子是隔着宽阔的,老死不相见的。"②

其次,时尚的西方生活方式成为上海人追求文明的风向标。当西方想象以它的文明和前卫占据了人们对未来美好生活的所有想象时,上海人那种"天生的不照搬任何东西,天生的改良所有的文化,使它们最终变成自己喜爱的"③习性自然会将这些他们最喜爱的改良的文化融入自己最美好的回忆中,最终成为一种生活的习惯。《慢船去中国》中即使被流放在新疆阿克苏,简妮一家仍旧用烧漏的大铁锅和旧海绵做成的阿克苏最时髦的沙发。在孩子睡前,父母会讲述上海红房子西餐厅、蓝堂皮鞋店、比利翁舞曲的故事,以对曾经

①　程乃珊:《上海探戈》,学林出版社 2002 年版,第 202 页。
②　王安忆:《长恨歌》,人民文学出版社 2010 年版,第 4 页。
③　陈丹燕:《上海色拉》,作家出版社 2001 年版,第 17 页。

的上海的时髦生活进行追忆。这种时髦生活自然是由程乃珊打造的上海先生和上海太太们所演绎的。程乃珊笔下,上海先生"比专业人士海派,比离休干部洋派,比暴发户气派,他们必受过高等教育或有过一段得意的过去,能讲几句美国口音的流利英文"①。上海太太们要从"中西、圣玛利亚、稗文、启秀等教会贵族女校高中毕业……她们的专业通常是教育、英国文学、社会学等很软性、很文化、很合适女性的专业"。② 他们共同树立上海人洋派的生活模式:上海先生出门要有着 3R 或 4R③ 的装备,到哪都不会忘了要穿美国南部棉花做的 ARROW 衬衫,脚上一双英国 SAXON 的皮鞋,鞋子里面必备一双叫做英国 INTERWOOLEN 牌子的袜子。上海太太们一定是有家世、教养的女性中的佼佼者,出入的不是 DDS、喜德式这样的咖啡厅,就是更高档的社交会所。当然百乐门这样的舞厅是有失她们身份的,跳舞是要去国际饭店 14 楼;购物当然是永安、先施这样的百货公司;住的虽不能都是花园洋房,但也要住在有厨房、卫生间、保姆间的高档公寓里。她们上得厅堂,下得厨房。在家里她们能"两元的菜金一天,六菜一汤,二大荤,二小荤,剩下一个蛋壳都烩汤"④地将家里的生活安排得井井有条,而在外面能为先生挣足面子。时髦的上海先生与女士们构成了上海的活历史,是引领上海怀旧时尚的活标本。

这样的崇洋沉淀下来的就是上海品位的标准,就像《慢船去中国》中所描绘的,去希尔顿一楼扒房里高级法国餐厅吃饭的是猖狂的暴发户,付再多美金,也遮挡不了他们吃西餐时的狼狈,"拿了吃鱼的刀用力割牛肉,力气用的连指甲都发白",而真正洋派的上海人会去红房子,会准确地点出:烙蛤蜊、红酒鸡、红烩小牛肉、牛尾汤这样的红房子的看家菜。面对"洋盘"绝不会失去

① 程乃珊:《上海探戈》,学林出版社 2002 年版,第 36 页。
② 程乃珊:《上海 TASTE》,上海辞书出版社 2008 年版,第 140 页。
③ 所谓 3R,即为雷朋太阳镜、朗生打火机和兰苓脚踏车。4R 就是在 3R 上再上一个档次,即劳力士手表和劳莱克斯相机。80 年代以前这些都是上海先生身份和家底的标志。详见程乃珊:《上海 TASTE》,上海辞书出版社 2008 年版,第 82—84 页。
④ 参见程乃珊:《上海 TASTE》,上海辞书出版社 2008 年版,第 12 页。

体面,"一张猪排吃下来,刀叉在盘子上不会发出一点过分的声音,嘴上桌上都干干净净,吃完了,懂得将刀叉好好地顺向一边"。① 上海的时髦是跟着西方现代文明风向变化的时髦,它从城市的空间,渗透到城市的生活,在改变着人们的生活方式,最后沉淀为上海怀的那个"旧"。

2. 怀旧的隐疾:西方想象下的虚张声势

不要忘记建构在对西方的崇拜下被改良的上海的精致、时尚的生活,跟着的是西洋的文明范,斩断的却是中国的本土根。它漠视、遮蔽的是上海的贫瘠和动荡,张扬了虚荣和浮夸。在虚张声势的怀旧背后,暴露了它的自私和投机性。

让怀旧中的上海展现出如此浅薄一面的原因不外乎两种。首先,创作主体本身要为自己的身份证明所激荡起来的言说欲望。以程乃珊为例,她出生在一个祖上曾经是香港中国银行经理,家中往来无白丁的家庭。只是旧时王谢堂前燕,如今都已飞入了寻常百姓家。历经政治动荡,家族往昔的繁荣早已不见,唯一剩下的就是老一辈人聊以自慰的回忆,以及他们举手投足间透露出来的生活品位,可以证实他们曾经有过"那样"的生活。程乃珊对家族昔日辉煌的眷恋和急于言说是溢于言表的:"我可谓银行世家出身。……这里的'世家',绝无半点奢贵之意,只是那早在我出生前已注入我血液中的浓浓中行情。"②可想而知的是,她的字里行间中表现出来的让贫下中农们看不惯的矫情,正是对家族以往荣光的强烈认同。正如张爱玲所说:"为了要证实自己的存在,抓住一点真实的,最基本的东西,不能不求助于古老的记忆,人类在一切时代之中生活过的记忆,这比瞭望将来要明晰、亲切。"③所以这位在《海上文坛》开辟过"上海 FASHION"专栏,在《上海文学》上拥有"上海 LADY""上海

---

①　陈丹燕:《慢船去中国:范妮》,上海辞书出版社 2007 年版,第 26—27 页。

②　程乃珊:《上海先生》,文汇出版社 2008 年版,第 3 页。

③　张爱玲:《自己的文章》,《流言》,北京十月文艺出版社 2009 年版,第 187 页。

词典"等专栏的女作家,可以说把生活在她父辈们时代的上海上层社会的生活挖掘得不仅是"面面俱到",而且还是在每一"面"上都做足了文章。她通过自己的作品完成了人们对上海光怪陆离、华洋交错景象的文学想象,更重要的是将这种很可能变得庸俗、堕落的景象优雅化,形成上海的符号,渐而演化为一种时尚。

程乃珊将上海的怀旧作为一种商品在运作的同时,也恰恰暴露了她做旧上海的过程中对自我的美化,对历史的蒙蔽。她有意将自己的生活纳入旧上海小开、老克腊、大亨们的生活等级中,并毫不心虚地为他们对以往生活的留恋做辩解:"世界上本来就有各种各样的人,而我,恰恰就属于这种活得不深刻、想得不深刻的人。很庆幸,那段不愉快的时光我们居然还打发得丰富多彩的。"① 对于生活在上海弄堂里的普罗大众,她是看不上眼的,弄堂里的后街少年在她眼中是被都市遗忘的群体。在她眼中后街少年是属于上海"下只角"的,"对代表都会心脏区的'上只角'的上海咖啡馆和大光明电影院,在她们心目中,已是可望而不可即的上流社会。……她们嘴上哼着:'上海咖啡馆大光明',杀气腾腾似的,脚步还是在自己的后街窄巷地盘兜圈子,根本绝少涉足那样的地方——口袋里没有铜钿"。② 在对战乱时代上海的描写上,程乃珊表现出了"商女不知亡国恨,隔江犹唱后庭花"的浅薄:"上海人真有点本事:就是沦陷时期外头和日本人打得你死我活,上海照样灯红酒绿,上海女人仍旧打扮得山清水秀;那种中日飞机在上面格斗,下面车水马龙的大马路上,行人抬头看热闹的场面,全世界也只有上海滩才有。"③

其次,这种为早已不在的浮华生活建立话语权的动机背后,表现了创作者自我认同的错位。这也是笔者强调在西方想象之下上海作为一朵畸形的资本之花,其畸形之所在。正如陈惠芬所说:"如果历史的'在场'相当程度上不过

① 程乃珊:《上海萨克斯风》,文汇出版社 2004 年版,第 233 页。
② 程乃珊:《上海探戈》,学林出版社 2002 年版,第 24 页。
③ 程乃珊:《上海探戈》,学林出版社 2002 年版,第 241 页。

是'焦虑症'和消费主义的产物,本已是水中月、镜中花,那么以此折射的'未来',岂不更为虚幻,成了柏拉图所谓的'镜子的镜子'。"①上海的西方想象是有隐疾的,根源就是当西方的文明成为一种向往甚至是信仰,这种带有强烈消费意识的文化很快会让主体迷失在虚幻的追求中,更何况它是以抛弃自己本土文化为代价的,最终当然会带来身份认同的危机。

文化认同上的错位在陈丹燕的《慢船去中国》中表现得尤为深刻。《慢船去中国》中讲述一个祖上靠贩卖鸦片和人口发家的王姓买办家族后代,从寻找家族认同到寻找西方认同的过程。范妮和简妮以及他们的父辈哈尼、维尼和朗尼们对家族曾经的繁荣史充满好奇,对家族的罪恶却讳莫如深。在 20 世纪 80 年代的中国,他们对自己买办家族的身份,不敢也无从得到证实与认可。于是王家后代们将对家族的认同转向对美国的疯狂向往。因为他们的买办家族是旧中国通往西方的桥梁,家族烙有深深的西方印记。他们认为只有在美国才能找到家族历史中的荣耀和过去生活的印记。去美国对王家来说是生命的动力、生活的希望。王家曾经是美国电影式的时髦家庭。爷爷、叔公分别是美国纽约大学和麻省理工学院的硕士,美国储存着他们一生最美好的记忆。爷爷王甄展告诉即将出国的范妮,一看到纽约的蓝天,你就会精神起来,他一辈子再没有见到比纽约还蓝的天。当自己的抽象画因为没有中国人的感情而无缘参加外国画展时,叔叔维尼选择自杀,但临死前他还要亲手拨一个美国号码。当范妮在美国得了产后忧郁症,不能完成王家的美国梦时,父亲哈尼以制造交通事故,让自己残废的方式为自己的小女儿简妮争取来到美国的机会。

他们对美国的认同甚至不惜以厌恶自己的同类和侮辱自己的同胞为代价,以此抹掉自己身上中国人的印记。当范妮一坐上飞往美国的飞机,她就自动地与同机的中国人划清界限。她讨厌唐人街里形容猥琐,面目宽大、黄色的中国人,甚至讨厌镜子中自己稍显宽大的脸。在美国国庆日,当男友 RAY 以

---

① 　陈惠芬:《"文学上海"与城市文化身份建构》,《文学评论》2003 年第 3 期。

为简妮是思念祖国而流泪的时候,可实际上让躺在 ABC 男友怀抱中的简妮伤心不已的原因却是自己不会唱美国国歌。以美国雇员的身份回到上海的简妮,一下飞机就强调自己"was chinese"。在谈判桌上,她将美方的意见非但没有委婉地传达给中方雇员,反而把自己认为最能堵住中方雇员嘴的话凌厉地翻译给他们。当她将美国老板侮辱性的扫除头屑的刷子分派到自己的同胞办公室的时候,面对中方雇员的质问"他只送给中国人吗",简妮十分自然地回答:"我们身上没有头屑!"

对家族历史的留恋以及对现在的落魄境况的不甘心,成为巨大的压力,积压、滞留在上海的王家人的心上,让他们备受煎熬。不能放弃过去,又不能接受现实的精神压抑,只有在午夜维尼房间发出的"像咬牛皮似的坚韧声音"一样的磨牙声,朗尼发出的夹杂着老人吹起的扑扑声等怪异的呻吟声中才能得到些许宣泄。他们为自己的身份不明而苦苦追寻,以为有了美国的身份,就可以彻底斩断自己中国人的根,重拾当年买办家族的荣耀。可结果却是这种一厢情愿的认同,不仅让他们的身份没有被西方所接受,同时自己再也找不到本该拥有的文化认同。正是这样的认同错位,让王家的人最后走向绝路。范妮的疯狂表面上是被美国男友抛弃,实际上是被美国文化抛弃。她正印证了东西方文化的不兼容性。范妮放弃自己的尊严,希望在美国男友的身体上找到美国梦的实现,但她在爱情上的整套想法和逻辑却是中国人最传统的思维方式,以为自己的处女之身、自己的温顺和退让可以拴住一个自私的美国男孩,结果却是西方文化的自大与冷酷彻底玩弄了东方文化的痴情与忠贞。范妮的被抛弃验证了"文化资格论"的狭隘与偏执。范妮单纯地以为"西方文化被认为既能够解释他者又能够解释自身,所以是普遍的知识体系"①。她不明白,其实每种文化都有自己的缺陷。范妮的疯狂是必然的,她疯狂于对西方文化的误解以及对中国文化的质疑。而简妮的失败,则失败在对中国文化的背叛。

---

① 赵汀阳:《认同与文化自身认同》,《哲学研究》2003 年第 7 期。

简妮以为自己是最适应美国文化，并从心底里将自己当作美国人，结果还是被美国老板毫不留情地解聘，原因却是老板不明白简妮为什么跟自己的同胞搞不好关系。

《慢船去中国》除了表现上海人在文化认同上的焦虑，还表现这种焦虑引发的残忍。苦苦寻找身份认同的王家后代，在没有寻找到理想的身份之前，已经早早开始剔除自己身边的人。姐姐的疯狂，父亲的残疾，让简妮获得了美国身份，但当她回到中国首先做的事情就是斩断自己与家庭的一切联系。上海一切与自己历史相关的记忆都深深地刺激了她，让她避之不及。范妮一家先是用上海人的身份鄙视了哈尼夫妇带有的新疆人的身份，接着用美国人的身份鄙视、否定了上海人乃至中国人的身份。可是最后他们一心巴望的美国又没有接受他们中的任何人，反而是自尊自强的湖南女孩倪鹰不仅得到了合法的美国身份，而且真正地得到了美国人的尊重与认同，只因为她没有抛弃自己中国人的身份。范妮的疯狂，简妮在上海的落败，维尼的自杀，朗尼的变态是必然的，他们败于对自己本土文化的不信任，败于崇洋背后的自我背叛。《慢船去中国》从一定意义上来说是一个寓言，它从一个买办之家后代的败落，寓言上海怀旧中西方想象中的虚幻与残忍。

从程乃珊到陈丹燕，他们精心营造的上海怀旧中西方想象的精致景观，让上海文化中的西方因子成为上海想象的全部，并且这种"美感风格的历史"很快时尚化，并得到了上海本地人和那些仰望上海光鲜背后故事的人的认同。不可否认，这种迎合大众口味的上海怀旧呈现的上海景观的确满足了人们对上海的预期，但它是存在隐疾的。在它的话语背后，隐藏的是中产阶级怀旧的自恋与谄媚。这朵畸形的资本之花是带有媚骨的。它呈现了上海现代、开放的历史姿态，却逃避了上海本土的粗糙与朴实。这就不可避免地造成了一副拥抱全球虚张声势的姿态下的上海，在历史的纵深处的孤独与寂寞。这样怀旧中的上海早晚一天会成为打着 MADE IN CHINA 标记的 LV 和 PRADA，偏离文学求真、求实的根本，成为无根的粗制滥造的仿造品，自然上海这座城市在文学中的形象也会越来越模糊起来。从这个意义上说,王安忆笔下的上海算是为上海的怀旧注入了一些实实在在的东西。

二、 本土性的再造:阴柔与坚韧的城市心灵

如前所述,上海的西方想象是有隐疾的。隐疾就是让上海在文学的想象中处于无根的状态,失去本土的地域性特征。① 这种建筑在身份错位基础之上的西方崇拜,总是经不住时间的打磨。就像一本时尚杂志,翻过就翻过,里面的符号,很快会被下一期的内容所取代。时间流转,社会变迁,当上海的"西餐厅里大师傅的白衣衫也至少二十年没洗,油腻染了颜色,火车座的皮面换了人造革,瓶里的鲜花换了塑料花,西式糕点师泄了秘诀,一下子到处都是,全都串了种的。中餐馆是靠猪油和味精当家,鲜得你掉眉毛。热手巾是要打在菜价里的,女招待脸上的笑也是打进菜价"②的时候,你会不会认为这就不是上海了呢? 当然不会,时间流转掉的是浮在表面上做给人看的上海,那是上海光灿灿的壳。真正的上海是不动声色的,有着大隐隐于市的含蓄与沉静。它背后蕴含的上海本色,唯有时间才能甄别它的价值。王安忆近些年的长短篇小说创作就在打磨这样的上海。她笔下的上海愈发的沉静起来,从《妹头》淮海路上的风景转向《富萍》《长恨歌》弄堂人家的风情,从现代上海工业现代化的历史转向《天香》里明代上海的历史寻根。这种转变背后是对城市文化熟稔后的成熟与老练,以及她从纵深处开掘城市文化的创作雄心。没有新天地的灯红酒绿,没有花园洋房的时髦气息,王安忆在上海弄堂里甜腻的生活气息中寻找深入城市肌理的真实。

1. 弄堂真相:不动声色的潜规则与暴力

毫无疑问,熟悉上海的人都会说淮海路、外滩上的上海是给人看的,弄堂

---

① 参考应光耀:《论海派文学的弄堂文化景观》,《当代文坛》1994 年第 5 期。

② 王安忆:《长恨歌》,人民文学出版社 2010 年版,第 258 页。

里的上海是给人生活的。这一点,陈丹燕的解释最生动。她曾经说上海人有两种生活:一种是向着大街的生活,就像是向着大街的那一面霓虹闪烁,专门接受别人目光的考验,所以他们"每个人都收拾得体体面面,纹丝不乱,丰衣足食的样子,看上去,生活得真是得意而幸福";另一种就是藏在弄堂里后门的风景:里面"堆着没有拆包的货物,走过来上班的店员,窄小的过道上墙都是黑的,被人的衣服擦得发亮。小姐还没有梳妆好,吃到一半的菜馒头上留着擦上去的口红印子"。① 陈丹燕笔下永安公司四小姐家的洋房,程乃珊笔下"绿屋"的风情都是敞开来,向着大街上专门给人看的上海,那是上海风光。它们就像超市里的蔬菜瓜果摆得好看,但不新鲜。而王安忆笔下的弄堂里的上海才是菜市场的早市,人声鼎沸中洋溢的都是生鲜活泼的景象。从1996年《长恨歌》的创作开始,王安忆就在遍布上海大街小巷的"弄堂"里开始寻找隐藏在粗糙一面中的上海灵魂。正如她所说:"上海过去是一个比较粗糙的城市,它没有贵族,有的是资本家、平民、流氓,其前身也就是农民。现在年轻人热衷于去酒吧、咖啡馆、茶坊寻访旧上海的灵魂,在于千家万户那种仔细的生活中,任何时尚都是表面的,而且不断循环,旧翻新是时尚的老戏。"②

弄堂是被高楼和大厦逐渐掩盖的建筑空间,是上海人最普遍也是最重要的共同生存空间。就像有人统计的"以石库门住宅为主要样式和连结的上海弄堂始于19世纪中后期,虽然在上世纪的二三十年代已占据了上海市区住宅的六成以上"③。王安忆在《长恨歌》的一开篇就为我们展现了一幅气势宏大的弄堂景观:"站一个制高点看上海,上海的弄堂是壮观的景象。它是这城市背景一样的东西。街道和楼房凸现在它之上,是一些点和线,而它则是中国画中称为皴法的那类笔触,是将空白填满的。当天黑下来,灯亮起来的时分,这

① 陈丹燕:《上海的风花雪月》,作家出版社2008年版,第4页。
② 王安忆:《我不是张爱玲》,《语文世界》(初中版)2003年第Z1期。
③ 陈惠芬:《空间、性别与认同——女性写作的"地理学"转向》,《社会科学》2007年第10期。

些点和线都是有光的,在那光后面,大片大片的暗,便是上海的弄堂了。那暗看上去几乎是波涛汹涌,几乎要将那几点几线的光推着走似的。它是有体积而存在的,是文章里标点一类的东西,断行断句的。那暗像是深渊一样,扔一座山下去,也悄无声息地沉了底。那暗里还像是藏着许多礁石,一不小心就会翻了船的。上海的几点几线的光,全是叫那暗作底铺陈开,一铺便是几十年。"① 弄堂是上海人的私密空间,藏着他们最不愿意让人看到的真实生活,"弄堂作为上海普通市民主要的生存环境,明显地制约着上海人的日常起居,饮食男女的基本生活方式。弄堂的环境与花园洋房、公寓大楼截然不同。这个差别不仅是物质条件上的,更是文化心理上的……弄堂作为上海最悠久、稳固的社会形态,凝聚着上海人的共同精神品格特征,从中可以看到一幅最逼真的上海生态图"。② 可以说,王安忆对弄堂的全景展示,修补了上海怀旧中世俗一面的缺失,在流水般的日常生活中表现上海独有的人文风貌。

这一铺就几十年的以暗作底的上海弄堂,隐藏着上海最真实的生活场景以及城市品格。作为生活的空间,弄堂的粗糙是不可回避的,就像有人所说:"狭小的活动空间,庸常的人际关系,紧张的生存较量。就像有限的舞台,集中了社会的众生相,生活环境如此窘迫,弄堂居民哪还有什么豁达潇洒、慷慨激昂、意气风发?"③ 王安忆巧妙地用孩子和保姆的视角来展现弄堂里的粗鄙。因为儿童是一个没有社会阅历的群体,他们观照世界的方式完全不同于成人世界,通过儿童的视角可以"使作家站在一个新的角度与立场建构自己的艺术世界,借助于这一视角,作家主体还原到逼真的儿童心态和视界,重新体验了对世界的认识,在陌生化的体验中重构一个区别于成人理性的艺术世界"。④ 在弄堂

---

① 王安忆:《长恨歌》,人民文学出版社 2010 年版,第 3 页。
② 应光耀:《论海派文学的弄堂文化景观》,《当代文坛》1994 年第 5 期。
③ 应光耀:《论海派文学的弄堂文化景观》,《当代文坛》1994 年第 5 期。
④ 沈杏培:《论儿童视角小说的文体意义与文化意味》,《当代作家评论》2009 年第 4 期。

的狭小空间里,作家通过孩子的眼睛建构的世界更能逼近现实的真实。由于孩子的心理还不至于成熟到可以对眼前的不同空间的隔阂作价值判断,只能通过直觉来判别一切,从本能反应中感知浮在现象表面的不同弄堂之间,家与家、人与人的不同。孩子的视角是用蒙昧的感性透视现实的真相,更可以看出弄堂积习的牢固。

而从保姆的视角切入则是用成人和旁观者的理性来分辨混沌弄堂生活之下的真相,因而也更具穿透力。保姆是弄堂里真正掌控各家生活的人,他们为各种背景的人家做活,体验着上海各色人家的生活规矩,从而也积累、辨别和淘洗着上海人真正的生活智慧。就像《富萍》中的吕凤仙,因为老东家家底丰厚,随便露出她过去生活经验的一只角来,便可以成为整个弄堂生活的模板。从请客要弄的鱼翅羹或奶油布丁,嫁女儿要置办的嫁妆、绣品,发送老人的装裹规矩、大殓程序,到孩子出疹子的忌讳,弄堂人家都需要在保姆吕凤仙的指导下才能做得合适妥帖。唯有保姆才能窥视到弄堂里私密的空间。因为她们的流动性,让她们有机会深入各个家庭内部,也锻炼了她们对弄堂家庭的底细一望而知的本领。就像《富萍》中的奶奶一眼看出外国侨民公寓里的越剧女老生家里的没人气,洋行做事人家的日子的糟践,医院院长家里的势利以及南下干部家庭军营作风中的包容与慷慨。通过孩子与保姆的视角,王安忆将弄堂空间的私密性铺展开来,揭示了这个城市最真实的生活场景,人性的张弛亦在此暴露无遗。

弄堂里的真相是在它不动声色的潜规则与暴力中彰显出来的。首先,弄堂潜规则:身份等级中的人性疏离。弄堂里人以群分,是泾渭分明又不动声色的。就像《长恨歌》中严师母第一眼见到王琦瑶时就暗暗惊讶并断定王琦瑶背后有着来自繁华场上的隐情,并将之视为在平安里与自己唯一能匹配的可亲可近的人。这种人以群分,在成人的第一眼的不动神色中就可以早早划分好的。但是在孩子的游戏中都能赤裸裸地将成人的心机暴露出来。成人隐而不宣的心机就是身份、家庭、教养不同而造成的人与人之间的疏离。这种等级会是孩子们在游戏中圈定的弄堂之间的界限,或是只有孩子的敏感才能捕捉到的成人身上微妙的暗示。如在《后窗》中孩子之间的纠纷终于引来了从不进入"我们"弄堂里的小老鼠兄弟的母亲。这个身材高大,没有笑容,眉头紧蹙,十分堂正的女人在跨进"我们"弄堂的一刹那,就展现了那个弄堂里的女人对我们这个弄堂里的人的戒备和隔阂,"这妇人从她的顶楼下来,并且跨过两条弄堂间的墙基——那象征性的边界,来到我们弄堂,虽然是屈尊,却威仪忆旧",她举动中的细节泄露了弄堂里成人之间的微妙:"我家保姆此时打开院门,犹如外交升级,那妇人并未理睬。她看都不看我一眼……只是注意地朝门里,我们家的房间看了一眼,转身走了"。① 弄堂人家之间身份、地位的窥视与比较,在这个由于孩子之间的争执所引起的成人之间的交涉中展露无遗。潜规则还会展现在自己与邻家弄堂里撞进的孩子身上与众不同的气质的比较中。如《桃之夭夭》中从街上公寓弄堂里闯入我们后弄的那个孩子。她的出现与后弄孩子形成一种截然不同的对比:"她的衣裤都相当的合体,不像这条弄里的孩子,因都承上启下,所以不是大就是小,或是拼接与缝补过的。这小外来客的短外套样式很新颖,灰色薄呢质料,袖口很宽,齐腰,像一口小钟,里面是细绒线衣。"②一时的好奇并没有让她与后弄孩子的友谊维持多久,最终她还是知道了"住在后弄里的人都是低下的"③。

其次,弄堂的暴力:游戏与流言。这种暴力会是孩子游戏中的残酷。《黑弄堂》中弄堂里安静的疯子"皮带",总是横卧在楼梯上,让弄堂里的孩子从他身上跨过去。尽管是恶作剧的游戏,竟成了幼年的我梦中永远的恐惧。《黑弄堂》里因为孩子们中间的禁忌与玩笑,剥夺了还称不上女生的小女孩对男孩单纯的友谊和依赖。弄堂的暴力还在于流散在弄堂空气中的流言对人造成

---

① 王安忆:《后窗》,《王安忆短篇小说编年编》(卷四)(2001—2007),人民文学出版社 2009 年版,第 252 页。
② 王安忆:《桃之夭夭》,云南人民出版社 2009 年版,第 54 页。
③ 王安忆:《桃之夭夭》,云南人民出版社 2009 年版,第 60 页。

的伤害。王安忆曾说:"无论这个城市外表有多华美,心却是一颗粗鄙的心,那心是寄在流言里的,流言是寄在上海弄堂里的。"①弄堂的残酷往往是通过流言来呈现的。《桃之夭夭》中郁晓秋这个在流言中长大的女孩,由于私生子的出身,让她还未成人就被人们打上了生性风流的印记。流言让她从小就生活在别人异样的眼光中,让她在孤独寂寞中长大,甚至悄无声息地夺取了她本该拥有的幸福。正像有人所说:"弄堂是个隐秘的地方,是流言滋生地。流言是弄堂的精神实质,是隐秘的痛处。"②无论时过境迁多少年,留言仍旧会在最恰当的机会被重新提及,在你最隐秘的痛处深剜一刀。《长恨歌》中曾经的上海小姐、爱丽丝公寓的隐情演化的流言,成为王琦瑶的梦魇和伤疤。以为躲到邬桥,可以让上海忘记自己为一时虚荣所付出的代价。殊不知,它会在你逐渐忘记并准备重新开始的时候阴魂不散地给你致命一击。康明逊在大妈、二妈的聊天中证实了王琦瑶曾经是上海小姐的往事以及有关她在爱丽丝公寓的流言。流言让王琦瑶在康明逊心中成为一个残缺,"这缺又不是月有圆缺的那个缺,那个缺是圆缺因循,循环往复。而这缺,却是一缺再缺,缺缺相承,最后是一座废墟"。③　这也决定了王琦瑶与康明逊的感情无疾而终。王琦瑶一生注定要献祭给渐将逝去的上海的繁华旧影。有故事的她就是躲在平安里,青灯孤影,也躲避不了如影随形的流言。

2. 弄堂的浪漫:弄堂深处的人情与人性

作为公共空间的弄堂,在局促与狭小空间中压迫着人,展现着它的阴暗所在,但这并不代表弄堂里上海风情的全部。在狭长的狭弄、黑暗的弄底、斑驳的山墙的弄堂的粗鄙外表之下,在孩子们的游戏与流言的弥散之中,弄堂深处如平安里三十九号三楼王琦瑶的房间里、《闺中》母女生活的亭子间里,沉淀

①　王安忆:《长恨歌》,人民文学出版社 2010 年版,第 9 页。
②　高磊:《〈家与弄堂〉〈传奇〉与〈长恨歌〉意象生成比较》,《文艺争鸣》2005 年第 1 期。
③　王安忆:《长恨歌》,人民文学出版社 2010 年版,第 179 页。

的是上海平实生活的另一处风景。这处风景里的时空是停滞的。它自绝于历史大叙事框架,躲藏在私人的生活空间中,隐藏和享用着精致生活中提炼的浪漫。这处风景是一种曾经沧海的波澜不兴,虽没有海纳百川的气度,但也有久经世事的大气与沉着。这处风景还带有女性的自尊与坚韧。这些都沉淀为上海这座城市市民生活的本色,也是这座城市的文化心灵。虽然格局仍然小了一些,但就是这种远离宏观的微观格局,在细节处打造自身的文化品格,才是上海保持自己城市心灵应有的姿态。如下篇幅,笔者将从三个方面来展开论述。

第一,城市的私人空间:私人生活的浪漫演绎。王安忆在《长恨歌》《富萍》《黑弄堂》中钻进弄堂里倾力打造一个上海民间,又在《天香》中将上海的历史向前推进 500 多年,即在明朝历史中创造一个没有被西方浸染过的上海景观。她一方面用城市的质朴澄清以往上海书写中的轻佻、浮躁、崇洋的城市形象,另一方面通过对城市私人生活景观的细节刻画,将这种轻佻、浮躁、崇洋的城市气质转型为雅致、精细的城市浪漫情怀。这种私人生活的浪漫演绎首先表现为私人空间的隐秘性与大的历史叙事相隔绝的姿态。《长恨歌》中故事发生的背景是横跨 40 年代到 80 年代的历史,从解放战争、"文化大革命"到改革开放,这个时间跨度承载了太多的历史变迁。但是,王琦瑶从爱丽丝公寓到平安里的生活,并没有与这些历史大叙事发生直接的关系。王琦瑶像一个封闭在 40 年代旧上海的木乃伊,无论外面世事如何变迁,她的生活一如既往。她的与世隔绝正印证了上海市民的生存智慧:"上海弄堂里做人,是悉心悉意,全神贯注地做人,眼睛只盯着自己,没有旁骛的,不想创造历史,只想创造自己的,没有大志气,却用尽了实力的那种。这实力也是平均分配的实力,各人名下都有一份。"①《闺中》的母女,精心维系着十二三平方米的亭子间里的闺阁生活,时间的流动不会影响生活的节奏和习惯,反而让她们用磋磨生活

---

① 王安忆:《长恨歌》,人民文学出版社 2010 年版,第 11 页。

的那份用心来抵御时间留下的痕迹。所以"生活,也像温和的水流一样,从她身上滑过去了。所有能够激起冲力的漩涡、暗流,都绕过去,兀自向前去"。①

在《天香》中从明朝嘉靖年间开始横跨天香园申氏家族四代,到清顺治十三年结束。这期间有海瑞主持的黄浦江清淤、严嵩制造的东林党事件、李自成的起义、明清的改朝换代,但是这些历史的痕迹只是让天香园在外部气象上由兴盛转向颓败,可是天香园女眷们的生活并没有因此颓败下来。尽管生活一天天由奢靡转向拮据,但是园子里雅致与尊贵却融汇在女眷们的绣品中,成为天香园百年世家精神气质的符号,永久流传。所以上海看似走在时代前端,但是骨子里却没有创造、参与历史的兴趣。它的执着只在精致生活中打磨。就像王安忆安排了王琦瑶和程先生的懵懂无知与蒋丽莉的革命狂热症形成对比,阐释了上海的民间伦理对政治话语的消解,"他们又都是生活在社会的芯子里的人,埋头于各自的柴米生计,对自己都谈不上什么看法,何况是对国家,对政权。也难怪他们眼界小,这城市像一架大机器,按机械的原理结构运转,只在它的细部,是有血有肉的质地,抓住它们人才有依傍,不致陷入抽象的虚空。所以,上海市民都是把人生往小处做的。对于政治,都是边缘人。你再对他们说,共产党是人民政府,他们也还是敬而远之,是自卑自谦,也是有些妄自尊大,觉得他们才是城市的真正主人"。②

所以看真正上海人的生活要深入弄堂深处,在闺阁、顶楼、亭子间这样的地方窥视上海民间景观。这种景观是一种精雕细作的人间快乐。就像《闺中》母女俩精心维系的在污糟弄堂里的闺阁生活:永远定时打蜡的梨花木家什披挂着镂花纱巾,电冰箱的手上套着豆绿色、红莓花布饰,金边细瓷碗里盛着简单清淡的早饭,就是夏天用的蒲扇也用细麻绳滚的边,热水袋也套上零花碎布的套子,巧克力铁盒里装着各色各样用空的香水瓶和难得的贺年卡。女

① 王安忆:《闺中》,《王安忆短篇小说编年》(卷四)(2001—2007),人民文学出版社2009年版,第37页。
② 王安忆:《长恨歌》,人民文学出版社2010年版,第210页。

儿下乡劳动,母亲会按着天数给她带上一包内裤和别针,宁可将每天换下的内裤,裆在里面,四边裹起,别上别针带回来洗,也不让乡下的细菌和腌臜污秽了。这种景观还蕴藏着生活的智慧,就像严师母、康明逊在平安里王琦瑶家里回味的吃穿道理。虽然他们变着花样地在吃上做足了文章:一个炉子一边能用来烤朝鲜鱼干、烤年糕片,还能做一个开水锅涮羊肉,下面条,将上海传统的小吃炸春卷、做蛋饺、黑洋酥翻着花样做出来。但这只是上海人生活智慧的表面,用严师母的话来说:"要说做人,最是体现在穿衣上的,它是做人的兴趣和精神,是最要紧的……吃是做人的里子,虽也是重要,却不是像面子那样,支撑起全局,作宣言一般,让人信服和器重的,当然里子有它实惠的一面,是做人做给自己看,可是假如完全不为别人看地做人,又有什么味道呢?"①

上海人的私人生活空间里演绎的浪漫是一种不愿同流的清高与自信。虽然摆脱不了虚荣的因子,格局之小可算得上是"螺蛳壳"里的人生,但是却那么有味道、有魅力,能让王琦瑶这样的人一生守候,让萨沙这样带有红色和异族血液的人也能从中体味到一种从未有过的新奇与快乐。

第二,城市的心理:装得下故事的包容与沉稳。这个城市几经时代变迁,它为轰轰烈烈的历史大事提供了展示的平台,同样历史的痕迹也会深入每个人的故事中。所以,这个城市为每个人的故事提供了太多不平凡,传奇想象的机遇与空间。文学更好地将这些隐藏在颓败花园中的洋房、弄堂角落,甚至一个人的表情和动作后面的教养中的故事整合起来,装进上海的话匣匣里。这也因此构建了这个城市包容、沉稳的心理。《长恨歌》平安里一身素色旗袍,守着燃着蓝色火苗的酒精灯,煮着一盒注射针头的王琦瑶,藏着当年上海小姐的风光,与沪上政界风云人物的私情,与康明逊未婚生子的秘密。谁会知道一生郁郁不得志的船舶工程师王甄展,不仅有着纽约大学机电系硕士毕业的学术背景,身上还背负着在上海源远流长的买办家族的荣辱(《慢船去中国》)。

---

① 王安忆:《长恨歌》,人民文学出版社 2010 年版,第 171 页。

有谁会知道在3×2.4平方的亭子间里住的是当年永安公司四小姐一家。这位金枝玉叶曾经有着锦衣玉食般的生活:当年她的姐姐玩新进口的美国汽车,哥哥喜欢跳舞,而她玩的是时装,在国际饭店里与国民党元老张静江的女公子创立中国第一家现代女子时装沙龙。可如今,她却在外贸公司下属的小水果店里卖西瓜、桃子和鸡蛋(《上海的金枝玉叶》)。

这些散落在弄堂深处,人们背后的隐情,被这个城市斑驳的历史所吞没,也许故事太多,人们见识的也太多,弄堂里人员的流动频繁,而且上海人习惯全神贯注地关注自己的生活,反而消磨了人们对这些故事的猎奇心理。就像《长恨歌》中所说,唯有那些与弄堂里同龄的老住户,才能用富有历史感的眼睛,在审视后来住户藏头藏尾的行迹中,看出他们背后的秘密。尽管看得出,猜得着几分模样,但是大家还是心照不宣的。就像平安里的王琦瑶:"程先生出入王琦瑶处,并没有给平安里增添新话题。康明逊与萨沙相继光顾此处,又相继退出;再接着,她的腹中一日一日地显山露水,都看在平安里人的眼中。平安里也是蛮开通的,而且经验丰富,它将王琦瑶归进那类女人,好奇心便得到了解释。这类女人,大约每一条平安里平均都有一个,她们本应当集中在'爱丽丝'的公寓里,因时代变迁,才成了散兵游勇。……以此可见,平安里的内心其实是并不轻视王琦瑶的,甚至还藏有几分艳羡。"[1]即使像薇薇这样没有来历的孩子出世,平安里的人们也没有为难王琦瑶母女,甚至还有怜惜和照顾的打算。这些压在每个人心头的隐私,如果当事人不说,是很少有人专门去戳人家的痛处。它们只有在夜晚出现在人们的梦魇里。就像《慢船去中国》中午夜王家屋里朗尼与维尼睡梦中发出的怪异的呼噜与磨牙声,泄露的是他们对当下处境的不甘与反抗;就像《长恨歌》中平安里夜里王琦瑶和康明逊在噩梦中发出的"压抑的惊叫",隐藏着不伦之恋的恐惧。这些在夜间才敢闹出来的声音,是不甘退出历史舞台的上海旧影,是最后的挣扎与无望的呻吟。

---

① 王安忆:《长恨歌》,人民文学出版社2010年版,第208页。

　　作为一个有故事的城市,上海不像北京四处宣扬那些沾染皇亲贵胄气息的传奇故事,似乎将之流传下去是文学的责任与义务。上海的故事有太多的私密与暧昧,让这个城市变得深不可测。

　　第三,城市的女性气质:自尊而坚韧。在上海文学中,经营上海弄堂私人空间的浪漫情怀的是女性,承担隐藏在弄堂里隐秘故事的也是女性。可以说演绎上海城市气质的最佳主角就是那些活跃在文本中的上海女人。她们是《长恨歌》中王琦瑶这样的旧上海繁华场上的化身,是《富萍》中奶奶、吕凤仙这样生活在底层但对上海各阶层的人生活了如指掌的旁观者(当然她们也是参与者),是《天香》中申家女眷、《上海金枝玉叶》中郭婉莹这样的锦衣玉食生活的见证者……这些女性本身立身做人的自尊与坚韧成就了上海这座城市的气质。

　　这种自尊与坚韧的女性气质首先表现在女性之间的闺阁情谊。这种闺阁情谊甚至升华为一种肝胆相照,超越和牺牲了异性之爱的同性之爱。王安忆对这种小姊妹的情谊做了如下注释:"这情谊有时可伴随她们一生。无论如何,她们到了一起,闺阁生活便扑面而来。她们彼此都是闺阁岁月的一个标记,纪念碑似的东西;还是一个见证,能挽留时光似的。她们这一生有许多东西都是更替取代的,唯有小姊妹情谊,可说是从一而终。小姊妹情谊说来也怪,它其实并不是患难与共的一种,也不是相濡以沫的一种,它无恩也无怨的,没那么多的纠缠。它又是无家无业,没什么羁绊与保障。"①闺阁中的同伴可以是同学、邻居、亲戚,等等。这种情感是她们狭窄的社交生活之中的必需,她们全力以赴地维系这种情谊。这其中有着肝胆相照的坦荡与无畏。《天香》中小绸、镇海媳妇计氏与闵女儿之间的情谊是最好的例证。因为纳了闵女儿为妾,让小绸与柯海之间感情破裂。在计氏的撮合之下,小绸与闵女儿成为姐妹并共创"天香园绣"。小绸与计氏是割头不换的情谊。计氏去世以后,小绸

────────────

　　① 王安忆:《长恨歌》,人民文学出版社 2010 年版,第 21 页。

将其子视为己出，并将自己精心调教的女儿嫁给了康桥计氏家，为的就是让彼此的情谊得以延续。闵女儿对小绸的情谊是一种依赖与托付，甚至觉得自己与柯海太好，会对不起小绸，为此她竟然斩断了与柯海之间本来就不深厚的感情，将所有的心思都用在与小绸的情谊上。闵女儿与小绸的情感正是闺阁情谊中肝胆相照的最好注释。在《长恨歌》中王琦瑶与吴佩珍的闺阁情感在吴佩珍的一厢情愿的痴傻中表现得淋漓尽致。尽管王琦瑶的优点无时无刻不衬托着吴佩珍的缺点，但是吴佩珍却全然压得起。她像母亲一样包容、推崇着王琦瑶。为了王琦瑶她什么都可以做，甚至在梦中都为王琦瑶水银灯下的回眸一笑而感动不已。最终王琦瑶还是辜负了吴佩珍的友谊。但当王琦瑶被李主任抛弃的时候，吴佩珍是唯一没有鄙视王琦瑶当初选择的人，甚至要带她去香港。可以说，如果王琦瑶注定要成为上海旧影的一个符号或代言，那么吴佩珍就是成全王琦瑶的人。在吴佩珍的身上展现了闺阁之间的友谊的单纯与无私。

其次，上海女性的自尊与自立的气度。上海女性可能是中国所有城市中最早表现出职业女性的自尊与自强的。相比《长恨歌》里一去不回的李主任，犹豫、自私的康明逊以及老克腊，王琦瑶还是充分展现了一个女人如何坚守自尊的底线。李主任离开后，她依靠在护士教习所学来的注射技术，养活了自己。在与康明逊的情感周旋中，面对自己怀孕的事实，康明逊的手足无措泄露了他的自私与怯懦。王琦瑶很快决定用自己的牺牲来保护康明逊脆弱的自尊。当程先生发现了康明逊与王琦瑶之间的秘密，放弃了与王琦瑶在一起的最后机会。王琦瑶也是平静地接受，没有失去自己的风度，也给别人留下充分退出的空间。王琦瑶依靠自己的生存智慧，不仅养活了薇薇，维持了清贫但体面的生活，而且依旧保持自己作为上海小姐以往的风度，没有让它在岁月中蹉跎。她的一生祭奠了上海的过去，她一生的自尊与自立，也成就了旧上海城市的柔韧的一面。《富萍》中奶奶与吕凤仙虽然生活在上海底层，但是有工作、有上海户口地过着靠劳动吃饭的无愧于心的生活。所以她们放弃自己的婚姻,没有依靠男人,选择有尊严地生活。就连《上海的金枝玉叶》中的永安公司郭家四小姐郭婉莹,被从豪门家族中抛入社会的底层,她也能秉持着"要是生活真的要给我什么,我就收下它们"①的信念,坦然地在青浦挖过鱼塘,在市场卖过鸡蛋,每天倒盛满粪水的马桶。她以自己吃的所有的苦来证明自己工作过。从曾经风光无限的郭婉莹,到弄堂家女孩王琦瑶,再到弄堂底层保姆奶奶和吕凤仙,她们都是上海女性的缩影。即使时间倒退许多年,她们身上也已经有了当下职业女性的骄傲与坚持。这正是上海文学青睐用女性的人生来书写城市的原因。

笔者以为上海的西方想象的确成功置换了人们对上海最深刻的想象,但是这种西方殖民化的想象仅仅是浮在上海表面上的,满足人们消费心理的表象。真正怀旧中的上海,还是要回到上海的弄堂、石库门,在市民的喧哗嘈杂、粗糙鄙陋的生活景观中,发现上海的精致与韵味。唯有如此,方能保持真实的底色,让女性气息展现山和海一般的坚韧与自尊。

第四节　在文学中复活的城市之一：
乡土本色中的西安

一直以来,在中国的城市文学中能立得起来的城市形象就是北京和上海这两大都市。其他城市在城市文学中的影像多是模糊的城市背景,没有鲜明的地域文化特色。正像贺绍俊所说:"随着全球化的深入,地域性的意义反而更为彰显……一定行政地理领域的作家会对本地域形成某种归属感,地域的机制特征和动态走势也会影响到作家的文学活动。"②随着城市文学的发展,北京、上海城市文学独霸文坛的局面正在被打破,更多的具有鲜明地域特色的

---

① 陈丹燕:《上海的金枝玉叶》,作家出版社 2000 年版,第 296 页。
② 贺绍俊:《"新世纪文学"的社区共同性——以湖北文学为例》,《文艺争鸣》2007 年第 2 期。

新兴城市正借助文学的舞台出现在我们的阅读视野中。其中最有代表性的就是西安和哈尔滨。西安土里土气下的古朴和厚重，哈尔滨华洋交错下的伤感，都为中国的城市文学增添了独具魅力的城市新形象。

如果说文学中刮起的各式各样的怀旧风：有的怀旧承袭的是传承的责任，有的怀旧是建立在个人直接或间接经验上的想象与重构，还有的怀旧是对城市历史与传统的重新确立，从目前的创作实绩来看，西安和哈尔滨的城市书写不约而同地选择后者，在怀旧中重现自己城市的历史。它们通过对集体记忆的认同与追忆，来完成对城市的寻根，从而寻找确立中国城市文化内核的另外可能。从怀旧的角度来探讨西安、哈尔滨这两个在文学中脱颖而出的城市，不仅可以拓展城市文学的表现空间，而且有助于反思当下城市文学的发展现状。

一、"土"：西安在城市想象中的定位

像有的研究者所说，"多数西部小说家对于城市都持一种谨慎的态度。他们一方面承认城市正在成为人们日常生活中必不可少的一部分，同时又极力淡化着城市在人们生活中的决定作用。他们竭力找寻着乡村的原始美和自然美，并以一种决绝的姿态实现着乡村文化与城市文化的对抗"。① 西部作家在创作走向上偏于乡土，这是不争的事实。客观地说，在城市文学中关于西安的城市书写就像山东和河南一样乏善可陈。但是不能否认，在城市的怀旧中陕西作家们也在悄然地打造属于自己的城市文学。西安在文学中的呈现就是西部城市文学创作的一个突破。其实在文学中已经有不少作品在描写西安，如潘向黎的《有所思，所思在西安》、陈忠实的《活在西安》和《俏西安》、伊沙的《西安女孩》、穆涛的《小吃》，等等。但笔者以为其中将西安写得最为鲜活、真实的要数贾平凹。贾平凹 1993 年创作的《废都》是西部最早也是最有争议的描写西安城的人与事的作品。"《废都》当之无愧是第一部最为详尽、完整

---

① 赵学勇、孟绍勇著：《革命·乡土·地域——中国当代西部小说史论》，中国人民大学出版社、山西教育出版社 2009 年版，第 193 页。

的有关西安城市以及城市文化叙述的文学作品。废都、废人是作家对西安这座城市的隐喻,也是其所理解的人与城的关系,它的出现激活了都市的文化记忆与文学想象。"①紧接着 1999 年贾平凹的长篇散文《老西安》和 2007 年创作的小说《高兴》的出现,决定了至少在城市怀旧这一块,西安是不得不提的。因为在这些作品中贾平凹从一个完全不同的角度为文学中的城市研究增添了一个独具特色的城市形象。本节中笔者着重分析在《废都》和《老西安》这两部作品中,贾平凹对西安城的想象。

在城市怀旧中,当别人都在卖弄皇城根的富贵、上海滩的洋气的时候,陕西人贾平凹则反其道而行之,捣弄起了西安城的"土气"。贾平凹关于西安的城市怀旧与记忆,扣住了西安的"土气",这种把握是非常准确的,让人印象深刻。需要强调的是"土"并不是指土气,也不是对城市文化风格的贬低,更不像有人所说的"这些西部小说家们正在享受着城市文明所带来的快捷与便利,可是他们却一再醉心于乡土情结中而不愿聆听'城市化'的脚步"②,是作家们对城市现代化的排拒。首先要肯定的是,贾平凹对西安这座古老城市怀有深厚的情感。他认为从历史上追溯西安的城市文明历史与北京和上海相比毫不逊色,"世界对于中国的认识都源起于陕西和陕西的西安,历史的坐标就这样竖起了,如果不错的话,我以为要了解中国近代的文明就得去北京,要了解中国的现代文明得去上海,而要了解中国的古代文明却只有去西安了"。③其次,之所以将西安定位在"土"上,源于贾平凹对西安城市历史、文化品格的深刻理解。贾平凹对西安城市的精神内涵有着准确的定位:"它具有了浑然的厚重的苍凉的独特风格,正是这样的灵魂支撑着它,氤氲笼绕着它,散发着

① 刘宁、李继凯:《文化名人与西安城市文化发展初探——以当代三位西安作家为中心》,《人文杂志》2009 年第 6 期。
② 赵学勇、孟绍勇著:《革命·乡土·地域——中国当代西部小说史论》,中国人民大学出版社、山西教育出版社 2009 年版,第 193 页。
③ 贾平凹:《老西安》,《贾平凹长篇散文精选》,陕西人民出版社 2003 年版,第 205 页。

魅力,强迫得天下人为之瞩目。"①因为有这样的城市底蕴和格调,所以贾平凹毫不自卑,分外从容地将西安的城市风格定位在"土"上。西安的"土"是一种贴近乡土的亲近,是与自然对话的天人合一的和谐,是一种回归历史的厚重。这种定位自然与现代化下城市与乡土的两极分化乃至断裂是背道而驰的。这种背道而驰的文学想象也表现了以贾平凹为代表的西部作家独有的城市想象。这种想象也可以作为城市文学对城市打造的一种偶然,但是谁又能否定这种偶然中不会蕴含着必然?

以贾平凹为例,西部作家对西安城市的打造,不存在不愿聆听"城市化"步伐,或者是跟不上"城市化"步伐的问题;而是在他们心中对城市有着另外一种想象。这种想象与北京和上海文学中还能在现实城市的物质外观上寻找到怀旧的痕迹不一样,西安的文学想象是偏离在城市现代化统一步伐之外的,就像卡尔维诺的《看不见的城市》中所说的"我的书在幸福城市的图画上打开并合上,这些幸运城市不断地形成并消失,藏在不幸的城市之中"②一样,是作家记忆与虚构的城市。在作家想象中,西安城是植根在西北特有的人文地理环境中的乡土城市。尽管这样的城市与城市的现代化形象相去甚远,也渐渐在日常的城市景观中消失,但是其乡土精神仍旧藏身于城市人文精神当中。所以贾平凹对城市的书写类似于卡尔维诺描写的记忆中不存在的城市,只是卡尔维诺凭借历史的只言片语将对城市的美好想象定格在没有实体的城市虚构中,而贾平凹的虚构是在原型城市之上架构城市想象。这种城市想象建立在西安城市历史文化传统当中,是他为这座城市写的一首爱情诗。

贾平凹对西安城市的塑造是通过两种路径来实现的,这两条路径的选择也与贾平凹文学创作中对城市的态度转变有关。一条路径是以《废都》为代表,通过对城市的逃离来否定现代化语境下的城市文明,从而表现乡土文明对

---

① 贾平凹:《老西安》,《贾平凹长篇散文精选》,陕西人民出版社 2003 年版,第 205 页。
② [意]伊塔洛·卡尔维诺著,张宓译:《看不见的城市》,译林出版社 2006 年版,第 7 页。

城市的挽救,表明乡土文明为城市之根的寓意,另一条路径是以《老西安》为代表正面塑造西安城的人文精神。

二、 逃离中的建构:《废都》中的城市

在《废都》的后记里贾平凹这样表白:"我在城里已经住满二十年,但还未写出一部关于城的小说。……要在这本书里写这个城了,这个城里却已没有了供我写这本书的一张桌子。"①正如贾平凹自己所说,1993 年写《废都》时他的情绪是复杂的,想写一部关于西安城的故事,但是因为个人的遭遇,"这些年里,灾难接踵而来"②,身患乙肝,母亲手术,父亲、妹夫去世,自己又深陷流言蜚语当中,结果让他写的城变成了一座"废都",一座跟他身心俱疲的精神状态一样的颓废的城市。不可否认的是《废都》的原型城市就是西安,"'废都'两字最早起源于我对西安的认识。西安是历史名城,文化古都,但已在很早很早的时代里这里就不再成为国都了,作为西安人所处的城市早就败落,但潜意识里其曾是 13 个王朝之都的自豪得意并未消尽,甚至更强烈,随着时代的前进,别的城市突飞猛进,西安在政治、军事、经济诸方面已无什么优势,这对西安人是一个悲哀,由此滋生出了一种自卑性的自尊,一种无奈的旷达和一种尴尬的焦虑"。③ 但大多数研究者都认为贾平凹的《废都》是用一座颓废的城市隐喻 20 世纪 90 年代转型期知识分子的精神困境,而没有看到就是这种有心栽花花不开的写作,反而让读者看到了贾平凹对西安城最为原始和本能的态度。

1. 现代文明中城市的颓废

《废都》中通过庄之蝶在西京城的种种描写,表现了西京(就是指西

---

① 贾平凹:《废都》"后记",作家出版社 2009 年版,第 460—461 页。
② 贾平凹:《废都》"后记",作家出版社 2009 年版,第 461 页。
③ 治玲:《〈废都〉几乎废了贾平凹》,《今日名流》1994 年第 4 期。

安——笔者注)这座城市在现代文明中腐败、堕落。小说的一开始就展现了
现代化进程在这座古老城市展开时所造成的混乱,作为十二朝古都——西京,
文化积淀深厚,干部群众思维趋于保守,经济发展长期滞后于沿海省会城市。
当市长准备避重就轻,采取短期见政绩的方法修复城墙,疏通城河,将沿城河
区域建成极富地方特色的娱乐场时,结果西京城变成了外地人所谓的"贼城、
烟城、暗娼城"。这仅仅是西京城物质层面上的倾覆,西京城四大能人作家庄
之蝶、画家汪希眠、书法家龚靖元、西部乐团团长阮知非,他们是西京城精神生
活的偶像。他们在这个日渐走入现代化的城市中又是如何生活的呢? 主人公
庄之蝶处在创作的瓶颈时期,已经浪得虚名的他忙于应酬市长交代的文字任
务,疲于参加各种名目的研讨会,甚至沉湎于与唐婉儿、柳月、阿灿等女性的身
体诱惑中不能自拔。汪希眠忙于为画廊仿制古画谋利。龚靖元死于神经错
乱,死时身上连被子都没有,盖的是宣纸,穿着旧鞋。唯一留下的是吸毒,败尽
自己一生珍藏的儿子。开着歌舞厅的阮知非更是被人打瞎了眼睛。

　　在市场经济化浪潮中的西京城,每个人都在面对物质的诱惑,在物质的诱
惑面前迷失了自己。他们和庄之蝶一样都知道自己"坏了",可是不知道自己
为什么坏,坏在哪里。也许只有小说中游走在城市里先知先觉的奶牛,才看得
到一片虚假繁荣的城市景象背后的腐烂和危机:"什么都现代化了,瞧瞧呀,
吃的穿的,可是一只蚊子就咬得人一个整夜不能睡着;吃一碗未煮烂的面,就
闹肚子;街上的小吃摊上,碗筷消了毒再消毒;下雨打伞;刮风包纱巾;……人
一整个地退化了,个头再没有秦兵俑的个头高,腰也没有秦兵俑的腰粗。可现
在还要苗条。人退化只剩下个机灵脑袋,正是这机灵脑袋使人越来越退
化。"①可惜的是作为唯一的清醒者奶牛,在看尽了城市的丑态,为城里人奉献
了最后一滴奶之后,终究被牛黄夺去了生命。

　　可以说,贾平凹并没有将现代化的城市看作是西安城应有的模样。现代

──────────

①　贾平凹:《废都》,作家出版社 2009 年版,第 224—225 页。

化的城市与他想象中的城市是格格不入的。因此,在《废都》中庄之蝶在城市里惶惶不可终日,始终处在时刻准备逃离的状态。那么在贾平凹的心目中西安城该是怎样的呢?

2. 农业文明对城市的挽救

《废都》中贾平凹并没有正面给出对城市的整体想象,但是可以看到他将城市的希望寄托在对农业文明的回归当中。当庄之蝶浑浑噩噩于西京城的声色犬马当中时,象征农业文明的神秘主义和原始主义是唯一能让他看到希望的曙光。

尽管神秘主义从希腊文 mysterion 演化到我们广泛接受的神秘主义,这个概念的内涵是丰富而复杂的。但是在中国语境中,神秘主义首先具有对现实的超越性。就像研究者给予神秘主义的定义:"神秘主义是一种超越理性的体验,它的最高目标是追求与神的合一或消融于最高神圣者之中。"[1]在这种超越性中能够让我们看到现实中所看不到的真相。就像在《废都》中有很多神秘主义的启示一再告诫这个城市中人们面对的生活危机。伴随着四个太阳同时出现的奇异天象而出场的老叫花子,每次脱口而出的歌谣都在讲述着城里黑白颠倒、是非混淆的寓言,也在预示着西京城日益倾倒的危机。其次,正像谭桂林所说:"它是人的无所不知神话的自我摧毁,是人对宇宙无穷奥秘的卑谦沉默,也是人与大地之间联系的重新修复。"[2]在中国当代文学的语境中神秘主义讲求的是天人合一,人与自然的对话。这种对话重建着人与自然的联系,并在自然的神秘召唤中得到警示与启示。《废都》中这个城市里能与自然形成对话的是庄之蝶的神叨叨的以棺材为床的丈母娘以及那头有了思想的奶牛。庄之蝶的丈母娘每一次在与死去的丈夫的对话和驱除小鬼的疯癫举动

---

① 详见王瑞鸿:《试探神秘主义的不衰之谜》,《社会科学》1999 年第 2 期。

② 谭桂林:《从脱魅力到迷魅——20 世纪中国神秘主义文学思潮的演变》,《社会科学辑刊》1999 年第 3 期。

中,都能预知庄之蝶的谎言与虚伪。柳月进门做保姆时,她就半夜说话训斥小鬼搋着自己女婿的腿,警示着柳月与庄之蝶之间会有不寻常的关系发生。老太太听到门外打雷闪电就说:"一群魔鬼和一群魔鬼打仗哩,打得好凶哟!满城的人都在看,缺德的只是看热闹,没有人去祷告的。"老太太的胡言乱语正道出了庄之蝶身处的文人圈里的尔虞我诈。庄之蝶在外出轨,老太太说自己过世的老公会用鞭子抽打女婿,并预测庄之蝶身上的疮是他大伯抽出来的。果然庄之蝶身上长出七斗星勺一样的疮疖,这是对庄之蝶沉湎于女色的警告。而那头奶牛的牛言牛语竟然能够彻悟城市到底是什么,"是退化了的人太不适应自然宇宙,怕风怕晒怕冷怕热而集合起来的地方"①,也就是说,现代城市是与自然彻底断裂的地方。

《废都》中的神秘主义的隐喻预示着西安城在现代文明中的颓废,警告在城市中纵情声色、物欲横流的人们终究会成为这座颓废城市的祭品。那么唯一能够拯救这座城市的是什么呢?阅读《废都》会发现,这个在古老与现代中博弈的城市,面向现代展现的是一片颓败的阴霾之气,生活在这个城市中的风云人物庄之蝶之流,早已变成了这个城市的行尸走肉;反而唯一真实的是飘荡在城中叫花子的歌谣,疯癫老太的疯言疯语和女人们鲜活的肉体。前者应该是这座城市的真实,后者是这座城市的虚幻。但是读者接受的真实是后者,虚幻的是前者。在真实与虚幻的置换中,贾平凹已经为西安城的真实寻找到了定位,那就是活在现代的西安是废都,回归乡土才是这座城市的正道。

三、 回归乡土的城市本色

如果说《废都》中贾平凹对西安城还是寓言式的隐喻,到了长篇散文《老西安》,他已经明确要用自己的乡土想象来塑造这座城市。贾平凹从从容容、不卑不亢地用乡下老农一样的朴素、诚实的笔触为读者描摹了一个土渣渣的

---

① 贾平凹:《废都》,作家出版社 2009 年版,第 225 页。

但却分外可爱、亲切的"老西安"。

西安"土"的历史可以追溯到近代。西安的现代化进程从一开始就晚于其他城市。"北京、上海已经有洋人的租界了,蹬着高跟鞋拎着小坤包的摩登女郎和穿了西服挂了怀表的先生们生活里充斥了洋货,语言里也不时夹杂了'密司特'之类的英文,而西安街头的墙上,一大片卖大力丸、治花柳病、售虎头万金油的广告里偶尔有一张两张蝴蝶的、阮玲玉的烫发影照,普遍地把火柴称做洋火,把肥皂叫做洋碱,充其量有了名为'大芳'的一间照相馆。去馆子里照相,这是多么时髦的事。"①西安的"土"表现在城市气象上,人家描绘自己的城市尽往好里说,古香古韵那是用烂的词儿,写到他们家砖头缝里都透着历史和文化的气息那才叫到位。可是到西安,第一印象就是尘土多:"西安的尘土永远难以清除,一年数日里的昏天灰地令人窒息,皮鞋晌晌得擦,晌晌得脏,落小雨落下来是泥点,下大雨路面积潭,车漂如船。"②尘土蒙面的西安,往日如日中天的大唐盛世的景象只剩下护城河里的臭水、楼垛上栖落了将粪便白花花拉淋在墙砖和箭楼梁柱的成群的乌鸦③,以及厚重的城墙犹可记忆。西安的平民和北京人家一样住的是四合院,但在文学中的再现就完全不一样:西安的四合院"路面坑坑洼洼不平,四合院的土坯墙上斑斑驳驳,墙头上有长着松塔子草的,时常有猫卧在那里打盹,而墙上空是蜘蛛网般的陈旧电线和从这一棵树到那一棵树拉就的铁丝,晾挂了被褥、衣裳、裤衩,树是伤痕累累,拴系的铁丝已深深地陷在树皮之内。……最难为情的是巷道里往往也有一个公用厕所,又都是污水肆流,进去要小心地踩着垫着的砖块。早晨的厕所门口排起长队,全是披怀提裤蓬头垢面的形象,经常是儿子给老子排队的,也有做娘的在蹲坑上要结束了,叫喊着站在外边的女儿快进来,惹得一阵吵骂声"④。

① 贾平凹:《老西安》,《贾平凹长篇散文精选》,陕西人民出版社 2003 年版,第 201 页。
② 贾平凹:《老西安》,《贾平凹长篇散文精选》,陕西人民出版社 2003 年版,第 251 页。
③ 贾平凹:《老西安》,《贾平凹长篇散文精选》,陕西人民出版社 2003 年版,第 230 页。
④ 贾平凹:《老西安》,《贾平凹长篇散文精选》,陕西人民出版社 2003 年版,第 220—221 页。

而北京的四合院有着文人的雅号"中国盒子"，人在里面住，那是一种历史感。从美学上讲里面有"一种颓废而令人心痛的美"。四合院的造型繁复、豪华而讲究，不仅分内外两院，内院有正房、耳房及东西厢房，外院是门房、客厅和客房，里面有影壁、垂花门、抄手廊、南山墙、后罩楼等装饰。① 在北京文学中住在四合院里享受的是老祖宗积攒下来的福气，而在西安的四合院里看到的是平凡人家生活的狼狈。

西安的"土"也表现在西安城里西安人的形象、性格、生活习惯，以及西安城回荡的各种声音中。贾平凹举了几个西安有名文人的形象概括，很是能窥一斑而知全豹。西安的书圣于右任，年轻时就是"硕大的脑袋，忠厚的面孔，穿一件臃肿不堪的黑粗布棉衣裤"；旷世天才石鲁虽然能歌善舞，精通西洋美术，但也是"终年长发，衣着不整"；懂三四种外语的柳青则是"光头，穿老式对襟衣裤"；西安人最引以为荣的杨虎城长得却是"典型的关中人形象，头大面宽，肉厚身沉，颇有几分像秦始皇墓出土的兵马俑"。② 西安人的性格很鲜明："生、冷、硬、倔"。这样的性格让西安人不合时宜，"缺少应付和周旋的能力而常常吃亏，但执着和坚韧却往往完成了外人难以完成的物事"。③ 西安人饮食跟它的气候相得益彰，颇具特色，吃的是海碗里盛的腰带般长面，辣油汪红，锅盖一样的锅盔，当菜吃的线线辣子，还有一疙瘩紫皮大蒜，喝的是最暴烈的"西凤酒"。回荡在西安城里的声音最让人敬畏的就是雄伟的鼓楼钟楼里传来的"惊天动地的金属声"。④ 听的最多的陕西话，西安人咬字"硬、重、浊"，透着西安人的"自大性和保守性"⑤；唱的最出名的是那听起来就像"死狼声

---

① 烘烛：《小院与大院》，《北京的梦影星尘》，海南出版社2000年版，第90—92页。
② 贾平凹：《老西安》，《贾平凹长篇散文精选》，陕西人民出版社2003年版，第210—213页。
③ 贾平凹：《老西安》，《贾平凹长篇散文精选》，陕西人民出版社2003年版，第225页。
④ 贾平凹：《老西安》，《贾平凹长篇散文精选》，陕西人民出版社2003年版，第224页。
⑤ 贾平凹：《老西安》，《贾平凹长篇散文精选》，陕西人民出版社2003年版，第234页。

吼叫……高亢激越的怒吼之中撕不断扯不尽的是幽怨沉缓的哭音慢板"①的秦腔。

西安的"土气"渗透在它衣、食、住、行等各个方面,成为这个城市与众不同的城市个性所在。这个城市太古老,又太容易被现代化进程如此剧烈的社会所遗忘。西安城的土气让它总表现得慢一拍,但在这慢一拍的背后是西安的古朴、厚重与执着。这也是西安保留的作为中国最早城市发源地之一的城市精神之所在。时代的步伐走得太快、太急,当我们模仿照搬纽约、巴黎的国际性大都市的繁华,羡慕希腊、罗马、雅典的欧洲文明,在追随与抄袭中迷茫,不知我们的城市该何去何从的时候,是否还记得西安城市的"土气"。这种贴近乡土的城市想象,也许才是最早、最根本的中国城市元素。这也是在西安这个城市进行怀旧的最大意义所在,更是为什么单单就贾平凹的《废都》和《老西安》就能让孤零零的西安城稳稳地在文学的众多城市形象中脱颖而出的原因所在。找到了西安的本色,也就发现了文学中西安的意义。

第五节　在文学中复活的城市之二:
无根之城哈尔滨

文学中的城市,除了"土渣渣"的西安让人眼前一亮以外,另一个让人印象深刻的城市形象就是哈尔滨。声名并不显赫的哈尔滨有了阿成的《哈尔滨的故事》《和上帝一起流浪》、迟子建的《起舞》《白雪乌鸦》、姝娟的《摇曳的教堂》等作品之后,一个中西方文化荟萃与交融的哈尔滨才呈现在我们眼前。

一、包容之城:华洋交错下的城市影像

哈尔滨相比于上海同样是中西交融、华洋交错的城市,但是哈尔滨对外来

---

① 贾平凹:《老西安》,《贾平凹长篇散文精选》,陕西人民出版社 2003 年版,第 209 页。

文化表现的包容性是一种建立在博爱基础之上的融合。与上海对西方文明的模仿和移植相比，西方文明在哈尔滨是扎根和生长。异域文化元素，无论是俄罗斯文化还是犹太文化，都在哈尔滨被十分宽容地接纳下来。像阿成所说："哈尔滨的'宽容'是非常广泛的，包括文化、宗教（也包括迷信活动）、饮食习惯、语言、婚丧嫁娶等，几乎无所不'宽容'。一切都随你便，没人愤怒，没人翻白眼儿，没人觉得可笑，也没人觉得不可思议，匪夷所思。一切都各是各的，彼此都相安无事，有点原始的'和平共处五项原则'的味道。"①在哈尔滨，人们不会像程乃珊所形容的上海人那样对西方文明赶潮流似的向往，"上海人就这直脾气，门给关上，就千方百计，比全国哪个省市的人，都饥渴着西方讯息，门打开了，一句'什么稀奇，阿拉上海老早就……'表现出一脸不屑！今日连美国在上海人心目中也失却六十年前的光环，上海人推崇的，还是欧陆风情"。② 当年生活在哈尔滨的外国人，不像生活在上海租界的洋人，拥有那么多的优越感，就像陈丹燕在《黑白马赛克》中描绘的外国职员（他们也许只是来自波兰这样的欧洲小国）不仅"常常有晚会，不用考虑柴米油盐，还有数目可观的海外补贴"，节假日也会开着苏联产的小汽车到精致的江南小镇去旅行，到处受人瞩目，不得不感到自己高人一等。一路上到处都有中国人目不转睛地观看，让他们不由自主地像欧洲皇室成员一样格外注意自己的举手投足中的礼仪问题。③ 而在哈尔滨，外国人远点说像 1620 年乘坐五月花号来到北美新大陆的欧洲人，近点他们就像是生活在旧金山、纽约唐人街的中国人。他们是失去家园的人，只想找个能收留自己的地方，那点西方大国的骄傲早就在四处流浪中颠簸殆尽了。

更进一步地了解哈尔滨的包容性，就要从它的历史谈起。哈尔滨是随着 1898 年中东铁路的修建才逐渐兴起的一个年轻的城市。因各种原因进入哈

① 阿成：《和上帝一起流浪》，重庆出版社 2008 年版，第 5 页。
② 程乃珊：《上海探戈》，学林出版社 2003 年版，第 29 页。
③ 陈丹燕：《黑白马赛克》，《上海文学》2006 年第 12 期。

尔滨的外来人络绎不绝。有报告指出："1920 年,居住在哈尔滨的外国人的数量已经占全市人口的 51.7%。"①不仅如此,哈尔滨还涌入了流亡到这里的来自山东、河南、河北以及云贵一代来这里谋生的中国人。② 在中国是没有哪个城市能像哈尔滨这样能够承载这么多、这么杂的不同省份和国家的人们的。外国人涌入这个城市,不像程乃珊笔下那些以"二战"英雄的姿态从冲绳、关岛和昆明涌进上海的美国大兵,开着 B-29、DC3 空降上海滩,驻扎在南京路上的国际大饭店。正像迟子建的《白雪乌鸦》中所描绘的,这里有逐出紫禁城的太监,胡匪的老婆,妓院的头牌,剧院的俄国歌者,还有开着酱油店的日本人,中东铁路上的俄国人。除此之外,阿成的小说中还增添了躲避法西斯种族屠杀的犹太人、躲避战乱的难民,甚至还有作奸犯科的逃犯。一言以蔽之,这些人都是流民。正是这些流民成为当年的傅家甸③到今天的"东方小巴黎""远东莫斯科"——哈尔滨的第一批市民。这些人不是哈尔滨的过客,他们实实在在地是这个城市的历史见证人。

岁月流逝,许多哈尔滨的流亡者可能都已不在人世,但是哈尔滨的老建筑将永远记住活在哈尔滨城市历史里的人们。被称为"世界建筑博物馆"的哈尔滨,它的每一幢被保留下来的老建筑都在见证哈尔滨城市的包容性。这个城市"有许多世界著名建筑风格的建筑,像浪漫主义建筑、罗马式建筑、哥特式建筑、折中主义建筑等等"④。历史上哈尔滨满大街都是白皮肤、高鼻梁、黄头发、蓝眼睛的外国人,在这样的哈尔滨,中国元素反而成了稀有的东西,"中央大街上的建筑绝大多数是欧式建筑,偶尔夹上一幢'火柴盒'样的中式建

---

① 阿成:《和上帝一起流浪》,重庆出版社 2008 年版,第 4 页。
② 阿成:《和上帝一起流浪》,重庆出版社 2008 年版,第 16 页。
③ 咸丰年间,哈尔滨原是一个叫"香坊"的渔村,1890 年闯关东的山东籍傅氏兄弟在这里建起了一座大车店,并让此地得名为傅家甸,这就是最早的哈尔滨市道外区。加上最早的定居于此地的韩、辛、刘、庄"四大家族"的人口,这个城市才在历史的页面上逐渐清晰起来。详见卢国惠、陈明:《百年哈尔滨剪影》,《人民文学》2003 年第 6 期。
④ 阿成:《和上帝一起流浪》,重庆出版社 2008 年版,第 292 页。

筑,反而感到不协调"。① 在《城与人》中,曾一智就详细介绍了哈尔滨存在的和已经不存在的各式老建筑以及哈尔滨人对老建筑的抢救。哈尔滨是教堂之国,这里有圣尼古拉教堂、圣母报喜教堂、犹太老会堂,等等。每一座教堂都曾经给流亡在哈尔滨的人们无以寄托的灵魂以安慰。北京有四合院,上海有弄堂,哈尔滨的民居则是被人们称为"铁路房"俄式单体住宅,它是"砖砌墙、板加泥墙、毛石外砌和那种加锯末子的双面抹灰墙,单层、木房架、红瓦房顶或铁皮房盖,外立面大都粉刷成米黄色"②。哈尔滨的豪宅格瓦里斯基私邸不仅有着像上海的"绿屋"一样可以夸耀的奢华,这幢折中主义的典型之作更蕴含多元文化,"有装饰华丽的女儿墙、古典主义的科林斯高大廊柱、法国梦沙式屋顶、阁楼上梦幻般的老虎窗、屋檐口装饰着漂亮的山花……都显现出整个建筑的那种巴洛克式的奢华气派"③。最让人动容的建筑是哈尔滨东郊的犹太人墓地,这些造型各异、刻有大卫星标的陵墓中安放的犹太人终于得到了安息,但是再也回不到故乡。

二、 无根之城：放逐的灵魂，孤独的温情

哈尔滨的包容性承载的是这个城市无数无处安放的灵魂。他们有被家乡放逐的俄罗斯人,有找不到家乡的犹太人,以及由于各种原因回不了家乡的不同国籍的人。哈尔滨因而成为无根城市。无根性决定了他们永远处于渴望被认同的焦虑之中。在犹太人流亡者社区里的看尸人,为什么有时说自己是中国人,有时说自己是俄国人,就是因为他渴望自己是一个有出处的人④;乞丐乌汉诺夫和英国绅士只有"凭着神圣的音乐才得到一个如同海市蜃楼般的故乡"⑤;

① 阿成:《和上帝一起流浪》,重庆出版社 2008 年版,第 161 页。
② 阿成:《和上帝一起流浪》,重庆出版社 2008 年版,第 239 页。
③ 阿成:《和上帝一起流浪》,重庆出版社 2008 年版,第 264 页。
④ 阿成:《和上帝一起流浪》,重庆出版社 2008 年版,第 49—50 页。
⑤ 阿成:《和上帝一起流浪》,重庆出版社 2008 年版,第 76 页。

在涅克拉索夫大街上那个自称巴黎人的白俄裁缝,虽然在巴黎只是一个流浪汉,但是他还是会把法国的一切当作自己的生活样板。① 流亡者中的第一代是如此,混血的第二代、第三代更是如此。在迟子建的《起舞》中,齐耶夫是中国女人和苏联专家因一次跳舞的冲动而生出的二毛子,从小就在欺辱和伤害中长大,因为没有父亲,没有周围人一样的长相,所以他是老八杂里来历不明的人,只有看到教堂,他才像回了趟故乡。"能在那深沉的呼吸中隐约看到父亲的形影。教堂在他眼里,就是祖宗的坟墓",一看到火车,"他本已安定下来的心就会骚动起来,有背起行囊上路的欲望,可却又不知目的地在哪里"。② 就是这种隐藏在内心深处为自己寻根溯源的渴望让他背叛妻子,爱上来自故乡的姑娘罗琴科娃。因为在她的身上齐耶夫找到了自己的家乡,"齐耶夫拥抱着她光滑柔韧的身体的时候,感动得哭了。她的脸是那么光洁,就像俄罗斯的白夜;她的腿是那么灵动如流淌在山谷间的河流。齐耶夫突然有了回家的感觉,他这些年所经受的委屈,在那个瞬间,涣然冰释。他俯在罗琴科娃身上,就像匍匐在故乡的大地上一样踏实"。③

在这个无根的城市,人与人惺惺相惜、彼此理解。那些居住在流亡者社区的外国人,深深了解彼此内心深处的忧伤,这些相互理解诱发了许多动人的故事。在流亡者社区神秘死亡的英国绅士,喜欢与不同的流亡者社区中不幸的女人谈情说爱,让他们暂时忘掉远离祖国、亲人的悲伤与寂寞(阿成《银怀表》)。敖德萨餐馆里的那个风骚但又善良的女老板娜达莎,虽然遭到了还是孩子的达尼的强暴,但是面对病倒的达尼,她还是对他的父母隐瞒了事情的真相。因为娜达莎看出了这个孩子内心深处有着和自己一样的忧伤:"上帝呀,他还是一个孩子呀,他也有他自己的祖国呀"。④《城市与人》中记录的那些

---

① 阿成:《哈尔滨的故事》,昆仑出版社 2004 年版,第 15—17 页。
② 迟子建:《起舞》,《收获》2007 年第 5 期。
③ 迟子建:《起舞》,《收获》2007 年第 5 期。
④ 阿成:《和上帝一起流浪》,重庆出版社 2008 年版,第 69 页。

平凡、善良的俄侨们,譬如米莎叔叔、妮娜阿姨,他们一直生活在这个城市被人忽视的角落,但是他们互相关心爱护。不仅是流亡者之间有这样的温情,流亡者与中国人之间也是这样的。第二次世界大战结束前的哈尔滨,中国人和外国人平等地拥有这座城市。他们之间在情感上彼此理解,在血缘上相互融合。来自山东博平的擦鞋匠与德国助产士的爱情,就源于鞋匠看出了这位犹太女人所穿的德国靴子,是一九××年十月慕尼黑啤酒节上奖励给啤酒小姐的奖品之一(阿成《问吧,亲爱的》)。老胡木匠与他那个出身贵族的犹太老婆相濡以沫。虽然他在山东有老婆孩子,但是最终还是回到了犹太女人的家,这才是他最终选择的根。

三、 悲伤之城：沉重记忆吟唱的悲伤挽歌

哈尔滨这座在历史上无根的城市蕴含的是宽容、博爱的城市精神。这种精神没有丝毫的矫揉造作,因为支撑这种精神的是无数无处安放的灵魂和这座城市曾经的忧郁与悲伤。哈尔滨的城市文学的情感色调是悲伤的。

这个城市聚集了如此多而复杂的人群,悲伤是每一个人背负着个人和民族的原罪与苦难。《白雪乌鸦》中被鼠疫笼罩的哈尔滨弥漫着对死亡的恐惧。1910—1911 年秋冬之季的东北大鼠疫,夺走了傅家甸 5000 多个生命,正如迟子建所说:"写过《白雪乌鸦》,感觉每天都在送葬,耳畔似乎总萦绕着哭声。……我感觉自己走在没有月亮的冬夜,被无边无际的寒冷和黑暗裹挟了,有一种要落入深渊的感觉。"[1]在《和上帝一起流浪》中每一个在流亡者社区生活的人都经过第二次世界大战的洗礼,他们的故事连上帝听了都会掉眼泪。他们中有被四处驱逐和屠杀的犹太人,有失去国家四处避难的落魄俄国贵族,还有在国内作奸犯科的逃犯。悲伤不是挂在脸上的泪水,而是郁结在他们心灵深处的疤痕。在欧洲战场上曾经一天给一百多具阵亡的将士穿衣服的看

---

① 迟子建:《白雪乌鸦》,人民文学出版社 2010 年版,第 260 页。

尸老头的悲伤,是他对死亡的麻木;他在这个城市留下的永远都是一个令人毛骨悚然的眼神和寂寞的身影。《起舞》中齐如云一生都在背负十字架,因为生下了一个有着俄罗斯血统的私生子,她不仅要忍受旁人的冷眼,而且还要儿子与她一起分担自己偷吃禁果后的惩罚。齐如云的悲伤是用一生去怀念一段因舞而起的孽缘。哈尔滨多元、复杂的历史为这个城市演绎不幸的故事提供了一个广阔的舞台,沉重的历史留卜悲伤的挽歌,在这个城市世世代代咏唱。

文学中演绎的哈尔滨还表现为人对生死的悲观探视。你会发现这个城市中的人对生死十分淡然,没有对生的极度渴望,也没有对死的恐慌逃避。作家们喜欢将它当作受过宗教洗礼的城市来描摹。这种描摹可以理解为用宗教教义来消解郁积在人们心中的恐惧与伤感,就像殊娟《摇曳的教堂》中所描绘的"在冰城,当你漫无目的地走过一座又一座教堂之后,你所感到的不是疲倦,而是一种平静、淡淡的哀愁。你能感觉到,这里的人都已经理解死亡"。① 小说中这种悲观探视表现得较为突出,成功地将特定历史背景下哈尔滨各种新奇、玄幻的元素搬上小说的舞台,上演生死、富贵轮回的戏码。不管小说形式是多么的奇幻、怪异,小说的所指却是很明确的:在无可把握的乱世中,人对生命的悲观与超然。昔日沙皇俄国的将军、总督、主教、上校如今只能困在哈尔滨的教堂中寻找怜恤;昨日清廷里政治家、顾问、操纵家、权谋家、皇宫的龟奴和茅舍的绞刑吏现在只能被发配在寒冷北方的退隐所里与世隔绝;陈苏儿即使在面对与安德烈干柴烈火般的情感时也能瞬间嗅到苍凉的味道,幸福不能永恒,再炽热的激情也会有变为忧伤的一刻。哈尔滨,为我们提供了展现人生如此复杂、多面的可能。因为在这个有故事的城市里,每一次悲伤都能沉淀为人生顿悟。

---

① 殊娟:《摇曳的教堂》,作家出版社 2002 年版,第 3 页。

小结:在文学中复活的城市的启示

西安、哈尔滨在文学中的复活不仅给文学中的城市书写树立了一个榜样,同时也给我们带来了反思。首先要反思的是,在中国众多的城市中,除了北京和上海外,其他城市是如何在文学中死去的? 原因之一是城市文学创作的"趋中心性"。这与人们对城市的认知有关。中国自古就是一个农业大国,城市发展一直滞后。近代以来能够称得上成熟的城市也就北京、上海等少数城市。乡土文学一直是文学的重镇,城市文学在中国的发展一直处在压抑和断裂状态。当代作家对城市文学创作的自觉也始于新时期。无论在政治还是经济上,北京和上海都有先天优势。城市文学的再出发自然会将目光首先投向这里。这种"趋中心性"导向一种创作误区,认为只有政治经济发达的城市才能孕育丰厚的城市文学,从而忽视了作为大多数从乡土过渡而来的城市,其不可摆脱的乡土气质也会塑造另一类的城市形象。贾平凹的《废都》《老西安》就是最好的例证。另一方面与作家创作心态有关。笔者认为这一点尤其要探讨。从创作现状来看,很多致力于城市文学创作的作家都有一种媚俗心态。他们跻身于大都市,宁可怀着将别人的城市当做自己家乡的虔诚去挖掘别人的故事,也不愿意眼光向下,扎扎实实写生养他的城市。结果在别人的都市里他们水土不服,写出的自然是水土不服的作品。等到回首故乡,他们蓦然发现自己早已生疏了故土。浮躁的心态注定了这些作家尴尬地游走于他人的城市之间。相对而言,贾平凹、阿成、迟子建等作家树立了较好的榜样。他们的创作历程告诉我们,作为有理想、敢担当的作家应该拥有耐得住寂寞的心态。作家们应清楚地认识到自己的文学自留地何在。笔者认为,作家们只有将根深深地扎于自己熟悉的城市,真正地了解城市古往今来、风土人情,才能发掘这座城市鲜活的创作元素。

其次,中国城市文化的延续性在城市化进程中出现了断裂。这种断裂导致许多城市的独特性被抹杀,从而让这些城市在文学中仅能充当一个模糊的城市背景。这种断裂表现为以现代化的统一模式所进行的城市建设正在抹去各个城市历史的印记,妨碍了文学对城市多样性的认同。比如对城市历史建筑的破坏,像曾一智对哈尔滨日渐稀少的老建筑的呼救,冯骥才为了天津民间文化的保存和延续而四处奔走。在这些保卫城市历史痕迹的努力中,我们可以看到现在的城市正面临的危机:城市像是放在现代化大生产线上的模具,几道工序下来就成为抹去个性、烙有现代印记的产品。这种断裂还表现为城市化导致的地域共同体的解体。城市化不仅从表面上抹去城市的历史印记,更从纵深处割断城市与地域共同体的联系。诚如陈立旭所说:"'本地生活在场的有效性',从而使地域文化开始解除与特定地域共同体的固有联系,而可能从中游离出来成为不具有'在场性'的其他主题文化的消费品。"①城市成为生存地区的孤岛,看似繁荣,但是在文化精神上已经被割断了与地域共同体的联系。它们只是一个个被消费时代牵着鼻子走的消费品,而不是人们精神皈依的文化家园。在这种境遇下,城市自然孕育不出有血有肉的文学作品,有的只是经过格式化的文学产品。

有了反思,我们才能珍惜现在新兴城市在文学中复活的态势。中国城市的多样性和复杂性可以说在世界任何一个国家都是不多见的。每一个城市都拥有自己的文化、习俗,它们的演变史都是孕育城市文学的丰厚土壤。很多城市都力图在城市文学的地图中确立自己的地位,西安、哈尔滨是其中的翘楚。值得期待的是,21 世纪以来城市文学还出现了许多新鲜的城市面孔。比如,以成都为城市背景的作品有慕容雪村的《成都,今夜请将我忘记》、罗国雄的《成都痛》、赵剑锋的《成都的桥》以及尘洁关于成都的专栏散文;描

---

① 　陈立旭:《论现代城市的文化品性》,胡惠林、陈昕、王方华主编:《中国都市文化研究》,上海人民出版社 2009 年版,第 68 页。

写昆明的作品有祝勇的《昆明：最后的顺义街》、泉溪的《我与昆明》。从数量和质量上来看，这些作品并没有能够让这些城市成为文学中的典型城市，但是它们至少让我们看到了未来城市文学发展的新空间和新元素。以地域属性为中心，研究中国文学中的被忽略的城市，不仅能向世界文学展现一幅丰富变幻的中国城市影像，也能为城市文学的发展开拓更为广阔的创作和研究空间。

本章中笔者从创作实绩出发，梳理了在文学怀旧视阈下的城市的文学再现。北京、上海是文学特别青睐的描写对象。它们的成熟与自信让作家们对这两座城市的过去充满了好奇与创作的冲动。西安、哈尔滨是在城市文学中颇具潜力的城市原型，个性鲜明的地域文化风格，让这两座城市在文学中如此与众不同。正如博伊姆所说："'怀旧'中的'旧'（或'乡愁'中的'乡'）本身就是地点时间，一个地点的潜在内涵，一个地方没有完全表现出来的气质。城市为了找到一种新的未来而发明了潜在的过往时代"。① 怀旧面向的是城市的历史与传统，但是发掘的却是城市未来的可能，甚至为我们正在轰轰烈烈展开的现代城市建设提供一种参照：城市的现在与城市的过去能否心灵相通，如何心有灵犀。

需要指出的是中国文学中对城市的怀旧都具有"修复性"。上海美化着华洋交错的上海历史，北京在帝王之气的历史记忆中沉醉而不自拔，西安和哈尔滨好不容易为自己的历史在文学中找到了具有识别度的定位。所以，这些城市的怀旧是欠缺反思性的。正如赵静蓉所说的，修复性的怀旧"导致怀旧作为一种心理体验和文化体验，它所指向并始终受其引导和支配的是一种完满的、理想化的、美的状态……与平庸的、凡俗的、琐碎的现实生活相比，它带有浓烈的诗意化倾向；与真实发生的、面面俱到的现实生活相比，它又经过了主体的选择和过滤，带有虚构和创造的意味。"②而诗意化的虚构与创造会让

---

① ［美］斯维特兰娜·博伊姆：《怀旧的未来》，译林出版社2010年版，第181页。

② 赵静蓉：《怀旧文化事件的社会学分析》，《社会学研究》2005年第3期。

城市的怀旧存在偏离根本的危险,所以上海的怀旧越发被人指责在缝合西方想象①中的空洞与虚假。怀旧中的北京也陷入了后继寥寥、创新不足的窘境。而哈尔滨、西安的怀旧也不能总是处在前现代的阶段。怀旧有很多张面孔,文学要做的虽然不是辨析这些面孔的真假虚伪,但至少要展现它的多面而不是一面。

---

① 参见罗慧林:《都市景观:西方想象和现实消费的缝合体——中国当代文学"都市怀旧"现象反思》,《天津社会科学》2008 年第 4 期。

第三章　消费视阈下文学中的城市：
迎合与扭曲的现代想象

　　无论是外在的物质表象还是内在的城市心理,中国的城市正处在消费社会的发展阶段。如果要观照当下文学中的城市,笔者认为没有什么视角能够比消费视阈更能囊括城市在现代生活中的文化呈像。就像鲍德里亚所说:"正如中世纪社会通过上帝和魔鬼来建立平衡一样,我们的社会是通过消费及其揭示来建立平衡的。"①消费社会所蕴含的消费逻辑,衍生的消费文化不仅冲击着,甚至试图掌控着当下城市的方方面面。第二章笔者从怀旧视阈考察沉淀在历史和传统中的城市在文学记忆中的呈像。那是还原与面向过去的城市,是对城市的寻根。正如陈晓明所说:"文学只有融合到消费文化中去,成为其中的一部分,才能与城市文化打成一片,成为当代城市文化激进的表达部分,而不是站在其对立面来表达反思性。"②所以当我们回到当下,唯有在消费视阈中我们才能真切地看到文学中城市在现代性和后现代性想象中的样态。本章要从消费视阈来展现不同地域的城市,在面对城市现代想象时所展现的姿态。

----

① ［法］让·鲍德里亚:《消费社会》(前言),刘成富、全志刚译,南京大学出版社 2001 年版。
② 陈晓明:《城市无法现身的"他者"》,《文艺研究》2006 年第 1 期。

第一节　消费视阈:展现现代城市
姿态的视阈

鲍德里亚在《消费社会》的开篇这样形容我们当下的社会:"今天,在我们的周围,存在着一种由不断增长的物、服务和物质财富所构成的消费和丰盛现象。它构成了人类自然环境中的一种根本变化。……我们生活在物的时代:我是说,我们根据它们的节奏和不断替代的现实而生活着。在以往所有文明中,能够在一代一代人之后存在下来的物,是经久不衰的工具或建筑物,而今天,我们看到物的产生、完善,消亡的却是我们自己。"①这个由物质财富堆积起来的社会正在宣告一个新的时代的到来,那就是我们社会正从前工业时代的生产型社会转向后工业时代的消费型社会,简称消费社会。

我们该如何界定消费社会在中国的时间起点呢? 如果就消费作为一种社会现象来说,罗钢在《探索消费的斯芬克斯之谜》中认为消费社会始于"1913年福特公司设在密西根德尔朋的生产流水线隆隆下第一辆汽车之时"。② 这一时间是由福特主义为代表的资本主义大规模工业生产方式所带动的社会转型的起点。以福特主义为代表的生产方式的转变只是消费社会发端的一个起点,真正宣告消费社会到来的时间是二战后,或者准确地说是 20 世纪 60 年代以后。列斐伏尔(Henei Lefevre)和他的学生鲍德里亚分别在他们的著作《现代世界的日常生活》《物系列》《消费社会》《符号政治经济学批判》中非常明确地指出了 60 年代以来西方社会进入了消费社会。③

---

① [法]让·鲍德里亚:《消费社会》(前言),刘成富、全志刚译,南京大学出版社 2001 年版,第 1—2 页。

② 罗钢:《探索消费的斯蒂芬克斯之谜》,罗钢、王中忱主编:《消费文化读本》,中国社会科学出版社 2003 年版,第 3 页。

③ 关于消费社会概念的产生与演变脉络参照的是蒋道超:《消费社会》,《外国文学》2005年第 7 期。

　　回到中国,一种比较流行的观点,是自 20 世纪 90 年代开始,中国进入了消费社会。像研究者所说:"相对于西方社会,中国进入消费社会则要晚得多。大致在 20 世纪 90 年代中后期,随着市场经济体制的逐步建立、日用商品生产日益丰富多样,以及大众传媒的迅速发展,中国开始步入消费社会。"①这里笔者要对这个论断持保留意见。虽然西方社会在 20 世纪 60 年代已经进入了建立在物质丰盛基础上的消费社会,但是以中国客观现实来说,中国在 20 世纪 90 年代是否已经完成了生产型社会向消费型社会转变,这是一个值得探讨的问题。中国与西方很多发达国家的国情不一样,中国的地域差别,城乡差别都导致不能一概而论地用西方消费社会的理论统一概括任何地域的社会转型特征。正如陶东风所说:"消费主义应该说不是整个中国的社会文化的普遍性概括,因为在西方意义上的消费主义与整个社会的变革(比如生产方式的变化),是联系在一起的。中国的地区差别很大,很多地方还是小农经济,因此与消费社会差别很大。"②

　　虽然从经济与文化上来说我们不能肯定中国是否进入了消费社会,但是可以肯定的是,我们的城市已经在各个方面特别是文化上提早完成了这种转型。正如管宁所说:"消费社会中以符号消费的不断转换与迁徙为特征的消费文化,通常要依托于商品经济发达的大城市,并以不断变换的时尚为表现形式。……在消费社会中,城市的生活场景往往最能体现各种时尚行为和时尚精神,不论是流行的物质商品,还是流行的文化商品,甚至时髦的生活方式,都会借助城市的生活场景呈现出来。城市生活场景事实上成为后现代消费文化最丰厚的土壤。"③陶东风也认为:"与西方意义上的消费社会比较接近的是中国的几个大城市,特别是这些城市中的中产阶层与青年学生。"④与此同时,我

①　管宁、巍然:《后现代消费文化及其对文学的影响》,《文艺理论研究》2005 年第 5 期。
②　陶东风、朱国华:《关于消费主义与身体问题的对话》,《文艺争鸣》2011 年第 3 期。
③　管宁:《都市消费文化与文学的时尚审美》,《学术界》2007 年第 4 期。
④　陶东风、朱国华:《关于消费主义与身体问题的对话》,《文艺争鸣》2011 年第 3 期。

们的时代从思想到文化都深深受到了消费文化的影响。特别是在城市,这种影响已经在潜移默化中成为一种运转法则,深深地左右着我们的生活。根据陶东风的观点,新时期文学活动有两次"祛魅",第一次发生在 20 世纪 80 年代,以精英知识分子为主力。它所祛的是"文革"和"无产阶级革命文学"等为代表的"魅",为精英知识分子和新时期文学的出场提供了合法性的依据,而且还产生了新的知识分子文学/文化之"魅";第二次祛魅发生在 20 世纪 90 年代,所谓文学世俗化时代,起于文学和文化活动的市场化,现代传播工具的兴起和普及以及大众消费文化的兴起。① 陶东风所说的市场经济是指经济上中国进入全球化经济发展轨道,预示着中国正在步入消费社会,而大众文化正是消费文化主导型的后现代性最显著的特征之一。"艺术与日常生活之间的界限被消解了,高雅文化与大众文化之间层次分明的差异消弭了;人们沉溺于折中主义与符码混合之繁杂风格之中;赝品、东拼西凑的大杂烩、反讽、戏谑充斥于市,对文化表面的'无深度'感到欢欣鼓舞;艺术生产者的原创性特征衰微了。"②20 世纪 90 年代文学创作也越来越集中地反映消费文化对人的冲击和影响,"90 年代以来的文学创作越来越服膺于消费文化的逻辑,把心灵、社会、价值、信仰、情感等深刻社会主题——消解为欲望消费的商品,取消了我们通过文学来建构意义的可能性,阻碍了文学进入历史和展现真实的通道"。③

　　无论从社会、经济还是文化的角度来看,从消费视阈考察不同地域的城市在文学中的呈像是一个非常恰当的角度。正如英国社会学家鲍曼(Zygmunt Bauman)所说:"消费主义是理解当代社会的一个非常中心的范畴。消费不只是一种满足物质欲求的简单行为,它同时也是一种出于各种目的需要对象征物进行操纵的行为,在生活层面上消费构建自我以及与他人身份的关系,在社

---

① 　详见陶东风:《文学的祛魅》,《文艺争鸣》2006 年第 1 期。
② 　[英]迈克·费瑟斯通:《消费文化与后现代主义》,译林出版社 2000 年版,第 8 页。
③ 　郑崇选:《文学叙事的"非消费性"》,《文艺理论研究》2006 年第 5 期。

会层面上它支撑各种体制、机构等的运作，在制度层面上，它又保证种种条件的再生产。"①作为一个中心范畴，消费操纵了当下各个方面的生活，无论是体制、机构、制度，还是人与人之间的情感与认知关系。它的掌控性让其成为一个非常恰当的视角，可以用来透视当下社会文化所独有的文化内涵。其中，城市生活中所反映的消费时代的文化气息最为典型，因而从消费的视阈来考察文学中的城市，不仅最为贴切地反映了城市在面对当下、迎接未来的姿态，而且可以更好地反思在消费棱镜中折射的城市疾病。

消费视阈是一个非常恰当的角度，但在这个角度之下文学中呈现的城市又具有怎样的总体性特征呢？按照鲍德里亚的理论，消费时代最重要的特征就是消费社会中消费价值取代使用价值，消费通过对影像和符号的操纵，让人们陷入真实与虚假需求的混沌中，最终现实生活呈现的不是真实的现实，而是居伊·德波所说的景观社会。在这样的社会中"符号胜于事物、副本胜于原本、表象胜于现实、现象胜于本质"。② 回到城市，体现消费的这种操纵作用的是人，正如罗钢所说："消费所体现的并不是简单的人与物之间的关系，而是人与人之间的社会关系。"③由此考察消费视阈中城市的文学呈现，最终落脚点不仅是要考察人与城的关系，更要考察人与人之间的关系。毕竟人才是城市的灵魂。按照这个思路，笔者认为消费视阈下文学中的城市的总体呈像就是：在符号影像堆积的城市景观中，人们在真实与虚假需求之中迷惑、彷徨、困顿、挣扎。具体而言可以从以下几个方面来分析。

首先，符号与影像下的城市：真实与虚假需求之间的自我迷失。虽然在文学中不同的城市有着不同的地域文化特色，但是在消费时代它们都遭遇着共

---

① 原出自 Richard Kilminster and Varcoe, *Sociology*, *Postmodernity and Exile*: *an Interview with Zygmunt Bauman*, *Intimations of Postmodernity*, Routledge, 1992, p.222, 转引自包亚明：《消费文化与城市空间的生产》，《学术月刊》2006 年第 5 期。

② ［法］居伊·德波著，王昭凤译：《景观社会》，南京大学出版社 2007 年版。

③ 罗钢：《探索消费的斯芬克斯之谜》，罗钢、王中忱主编：《消费文化读本》，中国社会科学出版社 2003 年版，第 33 页。

同的困惑,那就是城市的真实与虚假的错位。就像卫慧《上海宝贝》中描绘的那个生殖崇拜的上海:"站在顶楼看黄浦江两岸的灯火楼影,特别是有亚洲第一塔之称的东方明珠塔,长长的钢柱像阴茎直刺云霄,是这座城市生殖崇拜的一个明证。轮船、水波、黑黝黝的草地、刺眼的霓虹、惊人的建筑,这种植根于物质文明基础上的繁华只是城市用以自我陶醉的催情剂。"①如此情欲膨胀的上海,充满着"东方块宝似的黑发"②,神秘镶有霸道牡丹的黑缎旗袍、纤弱的小蛮腰的东方符号,德国男人强悍性爱的西方诱惑。但这些能概括这座城市的所有真实吗?COCO 这样的上海宝贝不也恍惚着,一方面沉溺在孱弱、单纯的天天的纯爱中,另一方面迎合着上海的西方想象以及德国情人迷茫的性爱之中吗?这种迷茫是个人情感上的迷茫,更是这座城市进入消费时代的迷茫。符号下的虚幻最终带来的是城市的自我迷失。

池莉笔下那个花钱就能买个"随便"的吉庆街中映衬的武汉,尽管代表的是世俗的自由与狂欢,"是一个大自由,是一个大解放,是一个大杂烩,一个大混乱,一个可以睁眼睛做梦的长夜,一个大家心照不宣表演的生活秀"。③ 这座享受世俗快乐的城市,内心深处是否如它的代言人来双扬一样充满矛盾。在与嫂子大打出手中搞定了房产,解决妥当了弟弟的毒瘾和未来的生活,剪断了与卓雄州的情感纠葛后,在亲情、友情、爱情的银货两讫中,武汉偶像来双扬在曲终人尽后也会有些许落寞。更不要说邱华栋笔下的北京。邱华栋最为旗帜鲜明地、毫不留情地批判了被消费欲望吞噬了的北京。他认为,北京已经成为假面城市,随时准备吞噬在商品拜物教运行法则中落败的人们。"我确信这一刻听到了这座轮盘一样的城市吱吱转动的声音,这种声音在呼唤着人们下注。城市在大地之上旋转着,把机会和成功顺便抛给一些幸运的人。城市

---

① 卫慧:《上海宝贝》,春风文艺出版社 1999 年版,第 14 页。
② 卫慧:《上海宝贝》,春风文艺出版社 1999 年版,第 71 页。
③ 池莉:《生活秀》,江苏文艺出版社 2006 年版,第 22 页。

同时也是一个磨盘,把那些失败的人的梦想一点点碾得粉碎。"①城市在消费时代中被剥离为一片片浮现在上空的虚幻影像符号,城中的人沉迷、困惑于这些符号的虚幻性。看似被消费的符号左右,背后的真实是被解禁的欲望圈禁了人的本身。正如费瑟斯通所说:"消费绝不仅仅是为了满足特定需要的商品使用价值的消费。相反,通过广告、大众传媒和商品展陈技巧,消费文化动摇了原来商品的使用或产品意义的观念,并赋予其新的影像与记号,全面激发人们广泛的感觉联想和欲望。"②消费的符号刺激着人无法控制的欲望,在真实与虚假中不能自拔,也让城市在欲望的摆布下,在光彩中品味苍白,在繁华中体味落寞。

其次,城市的焦虑:物化城市演绎的人性的异化与疏离。如上所说,城市的景观还是需要人来演绎。正如鲍德里亚所说:"在作为使用价值的物品面前人人平等,但在作为符号和差异的那些深刻等级化的物品面前没有丝毫平等可言。"③消费社会以消费价值取代使用价值,消费能力成为划分阶层和等级的价值尺度。因而也造成了人们对金钱的贪欲,对欲望的放纵,人与人之间的疏离,人性的异化就此而产生。这也导致了消费视阈下城市的普遍焦虑。在邱华栋《手上星光》中无论是我、杨哭,还是林薇都在演绎着城市的焦虑。作为记者的我在理想与现实的夹缝中无奈地徘徊。杨哭虽然早已适应城市节奏,并游刃有余地在城市森林中生存,但当他认定自己与廖静茹是物欲之外的爱情时,却挡不住出国、办画展的诱惑,最终拐走了自己最单纯的爱情。林薇通过出卖肉体,终于不用再成为"在路上流浪的一只猫"时,得来的是失去真爱,远走他乡。徐坤的《春天的二十二个夜晚》中作为知识型中产阶层的毛榛夫妇十几年的坚贞爱情,解体于城市生活紧张的挤压下,彼此之间残存的情感也日渐淡化。离婚让毛榛夫妇痛不欲生,但是他们夫妻双方竟然说不出为什

---

① 邱华栋:《手上的星光》,华文出版社 2001 年版,第 35 页。
② [英]迈克·费瑟斯通:《消费文化与后现代主义》,译林出版社 2000 年版,第 166 页。
③ [法]让·鲍德里亚:《消费社会》,南京大学出版社 2000 年版,第 85 页。

么要离婚。这种无法言说的彼此情感陌生化,加剧了城市人情感疏离的悲剧性。王安忆的《我爱比尔》中阿三的焦虑是自己总也摆不正人生方向。为了比尔的爱情她放弃过自己的学业,遭到抛弃后,她成为流连在外国人出入场合的"白做",并锒铛入狱。城市的诱惑让阿三的爱情从纯真美好的记忆堕落为西方想象下的自我迷失。还有漂在北京的吴茂盛(李师江《吴茂盛在北京的日子》)、倒腾假证的敦煌(徐则臣《跑步穿过中关村》)匍匐在这个城市的底层,忍受着压抑,同时也在寻找着改变自己命运的种种机遇。他们的焦虑兑换成对城市的怨怼,永远飘浮在城市的呼吸中。

最后,消费视阈下不同地域的城市在文学中呈现出不同的城市文化心理。历史学家陈旭麓曾经说过:"京派是传统文化的正宗,海派是对传统的标新,是中西文化结合的产物。"①中西文化交融,汇合的城市文化风气,让上海城市文化本身就具有浓厚的消费文化气息。无论是消费引导下对时尚的疯狂追逐,还是在消费分化下对品位和阶层的敏感,都让这座城市心甘情愿地拥抱着消费时代带来的种种惊喜与刺激。可以说,在文学上,上海非常乐于表现自己精于消费、乐于消费的一面。就像陈丹燕说的:"上海人,从小在这样冲突、对比和斑驳的环境里成长,将五花八门,生机勃勃,鱼龙混杂的东西融化成为自己的基调,天生的不照搬任何东西,天生的改良所有的文化,使它们最终变成自己喜爱的。"②这种心态让上海人面对消费时代从容不迫,甚至顺风顺水。这种倾向性和稳定性是上海驳杂的文化历史、天生的迎合与融合的文化气质造就出来的。因而,程乃珊打造的上海怀旧时尚、王安忆《妹头》里淮海路上的女孩妹头、卫慧笔下的上海宝贝,无不从里到外地在述说着这座城市消费文化的精髓。

相比之下,遭遇消费时代冲击的北京就略显尴尬。这座城市是如此老成持重,面对当下,它能实现华丽转身吗?无论是徐则臣、邱华栋、铁凝,还是徐

---

① 陈旭麓:《说"海派"》,载《解放日报》1986 年 3 月 5 日。
② 陈丹燕:《上海色拉》,作家出版社 2001 年版,第 17 页。

坤,都在用细腻的笔触渲染着京华。在他们笔下,浸泡在消费洗澡水中的北京城显得如此尴尬而笨拙。打个比方,消费时代中的上海像是王安忆笔下的王琦瑶,早有了明星的资质,给她一个舞台,就能成为光彩夺目的"上海小姐"。无论世事如何变化,消费时代的讯息一到来,只需一个华丽转身,上海就是消费时代的宠儿。而北京作为一个承载了太多历史和传统的城市,更像一位正处在叛逆期的少年或者思想已经定型的老人,面对消费时代所营造的物质的丰盛、欲望无限膨胀的城市景象,表现出的不是赶不上时代的迟钝和不适应,就是十分向往但又手足无措的迟钝。此外,面对消费,广州和深圳等南方文学中,呈现的是异化之城的罪恶与悲凉。而武汉在世俗中消化着消费时代的庸常与疲沓。

虽然总结了在消费时代我们的城市呈现的总体特征,但是回到消费这个概念本身时,我们会发现在文学中我们对这个消费时代带来的生活景象还是存在着误解。正如鲍德里亚曾经说的:"消费社会宛如被围困的、富饶而又受威胁的耶路撒冷。"①消费视阈下文学中的城市也是鲍德里亚所说的耶路撒冷,在那里存在着太多矛盾与悖论。马克思曾经说消费"是人的实现或现实"②,从这层意义上来说消费本来是人的自我实现。它的积极意义在于,人们可以拥有更多的自由和平等,合理的消费可以促进社会进步。但是为什么在消费视阈下文学中的城市却不能消化消费时代所蕴含的积极内涵,反而呈现出如此苍白的面目,甚至令人生厌。在作家的笔下消费时代带来的仅是人性的堕落与欲望的无可遏制吗? 物质的丰盛下人们精神上的危机;符号性的消费导致的意义深度模式的消解,让人们脱离身体的真实,追寻浮在表面上的虚假需求,精神上更容易沦丧。当然这些理论都可以来帮助回答这个疑问。但是让我们的城市在文学中充满如此多的愤怒与怨怼的原因,绝不会如此简

---

① [法]让·鲍德里亚:《消费社会》,刘成富、全志钢译,南京大学出版社 2001 年版,第15 页。

② 《马克思恩格斯全集》第 42 卷,人民出版社 1982 年版,第 121 页。

单。以上都是需要我们好好思考的问题,希望有一天我们的城市能正确地面对人性的欲望,坦然面对消费。

第二节　北京:遭遇消费时代的尴尬

20 世纪 90 年代以来,城市正经历着消费时代的形塑,"消费主义文化共同完成了对当代城市文化的重铸与改造,并形成了新的占主流地位的以消费为表征的城市文化形态,与传统的城市文化构成了一种断裂关系"。① 消费视阈下的城市表现出与以往城市所不一样的文化特征。都市森林中鳞次栉比的高楼大厦、国际品牌的橱窗里日日更新的时尚潮流讯息正在宣告:生活在当下,任何城市和人都毫无例外地被消费时代拥入怀中,制造着、享受着或真实或虚假的消费需求。② 没有任何城市能够逃离大势所趋的时代潮流,但是不同的城市对潮流接受的样态又是不一样的:有的城市欣然接受着以消费为表征的城市文化形态,有的城市则在以消费为表征的现代城市文化形态和传统的城市文化形态之间表现尴尬,后者最为典型的代表就是北京。

如前所述在消费景观下,北京作为一个承载了太多历史和传统的城市,更像一位正处在叛逆期的少年或者思想已经定型的老人,面对消费时代表现出的是迟钝与手足无措的尴尬。文学中城市的复杂性就在于此,在同一个角度下,不同的城市会有它固有的城市品性熏陶出来的不同的城市文学。无论是邱华栋的《手上星空》《环境戏剧人》《城市中的马群》、铁凝的《永远有多远》、

---

① 杜云南:《城市·消费·文学·欲望》,《理论与创作》2009 年第 2 期。
② 所谓虚假的需求的解释可参考:"当代西方资本主义国家正是通过消费主义文化输出其意识形态,其方法就是通过大众媒体倡导一种消费主义的生存方式和价值观念,通过广告、社会舆论等控制和改变人的消费选择,使人产生了一种和生存无关的'虚假需求',人们被这种'虚假需求'所牵引着、支配着,而体现为'自由'、'生命价值和意义'的作为人的'真实需求'却被人淡忘了。"详见刘启春:《略论法兰克福学派消费主义文化批判理论》,《马克思主义哲学研究》年刊,2004 年,第 248 页。

刘恒的《贫嘴张大民的幸福生活》、徐则臣的《跑步穿过中关村》,还是徐坤、李师江、格非等人的作品,从城市消费景观下考察北京在文学书写中的呈像,可以给予的概括就是"尴尬"。这种尴尬表现为城市固有的历史积淀和文化心理对消费时代冲击的排拒,物质丰盛下的精神匮乏与个体认同的危机。

一、 城市固有文化品格对消费的排拒

北京有着与其他城市一样的现代化大都市的繁荣表象,但与其他城市不同的是,一方面这个城市有着鲜明的历史和文化积淀,那是永远鲜活的皇城古都的历史与凝固在城市中的传统文化记忆;另一方面,随着消费时代的到来,物质的不断丰富刺激着人们膨胀的欲望。这下无底线上不封顶的需求欲望像现代化的战车,推动着这座古老城市向现代化大都市挺进,并横扫着这个城市古老的历史痕迹。这就形成一种对峙。这种对峙在其他城市也会存在,大多数城市的应对是城市的历史和传统在现代化都市景观的压迫下退守到人们的记忆中。北京不同,它的历史是鲜活的,有着老骥伏枥的坚决和雄心。古老的紫禁城要与现代化的 CBD 中心区在城市中形成对峙,老北京的四合院要和现代化的高楼大厦对峙。他们就像"线装书一样孤零零地横插在城市的书架上"①,就是周围的钢筋水泥的城市森林吞噬掉这座城市最后一块绿地,闪耀的霓虹灯遮蔽掉它最后一丝月光,也遮盖不了这本线装书孤单背后的清高与自信。这是古老与现代的对峙,是常与变的对峙。因此,在消费时代,消费文化在侵入这个城市时遭遇到尴尬是不可避免的。

首先,这种尴尬源自北京城蕴含了超稳定性的元素,让北京的城市文学中仍多少保持着雍容、大气的传统文化心理。正像希尔斯所说:"人们难以脱离今天的世界为他们提供的享乐和强加给他们的义务,除此之外,人们不能完全抛弃已在他们心理上打上了烙印的传统。他们无法改变自己,因为他们接受

①　烘烛:《小院与大院》,海南出版社 2000 年版,第 92 页。

的传统和他们已对其作出反应的当代生活环境已将他们塑造成形。"①消费时代北京人在应对日新月异的当下生活的同时,在文化心理上仍旧会倔强自觉地认同传统文化。无论北京城市文学再怎样描绘现代大都市的繁华,老北京城和老北京人特有的大气与镇定总让这种浮躁的繁华不能随心所欲地猖狂起来。它们就像定心丸,决定着这座城市几千年不变的气象。不管北京高楼盖得有多高,世界名牌在这个城市开了多少家连锁店,胡同里的人们还是过着老北京的生活。"那些老房子里的人家,日子过得精细,好容易攒下了报纸瓶子,自己就上废品收购站卖钱,哪怕是一根钉子,也别指望老头老太会扔出门去。"②如有人评价京沪的流行一样,"上海是一个不玩古董的城市,如果她要复古,她也是复欧式的情调;而北京不同,她喜欢从紫禁城里出来的豪华和胡同里的灰色质朴"。③ 占据北京记忆的是中国传统文化所孕育的生活与审美习惯。王小妮在诗歌中曾描绘:"据说宽敞的街道/再三折叠成为弯曲不明的胡同/一把打不开的折扇。/北京城因为他/而滴水不泻/成了一件高不可取的神器。/所有的故事都蒙上密密的天鹅绒。"④北京的城墙、胡同以及这些建筑中藏着的几千年说不完的故事,让它成了一个滴水不泻、高不可取的神器。这些积淀,造就了北京的超稳定性,不会随波逐流地为一时时尚所诱惑,改变它固有的生活节奏。

其次,北京的历史沧桑和大气磅礴构建了这座城市超稳定性的历史空间,而北京人趋于保守和自尊的文化心理决定了这座城市心态的稳定性。将这种超稳定的城市文化心态,表现得最为淋漓尽致的是刘恒的《贫嘴张大民的幸福生活》和铁凝的《永远有多远》。张大民的底层贫民的城市文化心态正应和着北京保守、自尊、宽容的超稳定性。这种城市心态首先表现在张大民对生活

① [美]爱德华·希尔斯著:《论传统》,上海人民出版社 2009 年版,第 58 页。
② 张抗抗:《北京的金山上》,《小说月报》2006 年第 1 期。
③ 于是:《戏说京沪流行地带》,《海上文坛》2000 年第 7 期。
④ 王小妮:《我就在水火之间》,《星星》2003 年第 7 期。

苦难的承受与自我消解。相对于正常城市生活，张大民一家无论是在精神上还是在物质上都属于赤贫。算起来张大民一家属于生活得最不如意的城市人群。张大民下岗、老妈得了老年痴呆症，大妹张二民在山西养猪，年年是先进工作者的张四民得了白血病，等等。因为住房困难，张大民一家7口挤在像火车卧铺车厢一样16平方米的房子里。而这房子无论是外观还是内部结构都像是掉进北京城的灰尘里的多层汉堡包，又难看又牙碜。张大民夫妇忍受弟弟结婚后双人床摆在自己的旁边，老妈睡箱子，弟弟妹妹尽管年龄已经很大，还要挤在一间房子里睡上下铺的尴尬。张大民为儿子买不起奶粉，更无法满足坐月子的老婆想吃鸡腿的愿望而苦恼。面对生活的困境，张大民的解决办法不是怨天尤人，而是一张贫嘴将生活的不幸转化为口头的快乐，用无私的付出来化解家庭的危机。张大民的一张贫嘴说笑着并娶回了当年被出国的技术员抛弃的李云芳。他的一张嘴化解了弟弟的婚姻危机，妹妹一家不能生育而造成的家庭矛盾，更帮自己卖掉了800个开水瓶，缓解了自己下岗以后一家入不敷出的窘境。为了盖自己的房子，他用被邻居开了瓢的脑袋，争取了原本与邻居共用的地盘。为了补贴家里的生活，他到工资高但更危险的喷漆车间工作。

有人提出异议，当生活已经把张大民一家挤兑得无处藏身的时候，张大民的幽默是化解生活苦难的良药，还是对现实逆来顺受的自我麻痹。笔者以为，张大民的幽默正体现了北京保守、沉稳的城市文化心态。张大民面对生活的压力，没有怨天尤人，而是像按公分计算如何在16平方米的家里摆下7口人的方法，在生活的艰难夹缝中算计种种生存的可能。每当张大民化解了生活中的各种困难后，小说中都会重复：扎扎实实的幸福生活又要开始了。张大民所代表的北京一般老百姓所要的生活就是"扎扎实实"这四个字。正是这种对生活态度的执着与保守，才会孕育出北京文化中的自尊与宽容。尽管在底层疲于挣扎的生活让张大民早已体味到顾首不顾尾的糊弄生活的窘态，但是他还是一针见血地揭穿迷恋仕途的张五民所谓仕途的虚伪：仕途就是"场子中间戳一根杆儿,一敲锣,一群猴儿抢着往上爬,中间那根杆儿就叫仕途"。①
他也用这种朴实的生活道理,劝慰弟弟释怀弟媳的出轨,"你要么放了她,爱
飞哪儿飞哪儿,要么就给她拔拔毛,告诉她不老实,拔光了算,别让她不知道你
是谁!"②同样面对妹夫的一枚金戒指,云芳旧日情人的 888 美金,张大民仍能
接受考验,体面地坚持自己的自尊。

　　铁凝说:"北京若是一片树叶,胡同便是这树叶上蜿蜒密布的叶脉。要是
你在阳光下观察这树叶,会发现它是那么晶莹透亮,因为那些女孩子就在叶脉
里穿行,她们是一座城市的液汁。胡同为北京城输送着她们,她们使北京这座
精神的城市肌理清明,面庞润泽,充满着温暖而可靠的肉感。"③白大省(铁凝
《永远有多远》)就是这样一个让北京城温暖、可靠的胡同女孩。张大民用一
张贫嘴缓解着生活的窘迫,展现了北京人的包容与坚持;白大省则用在爱情上
的无私与善良,来展现北京女性的仁义。用九号院赵奶奶的话说:"这孩子仁
义着呐!"④白大省仁义到能够宽容自己的男朋友与表妹出轨。白大省的单纯
与仁义到让人无法不相信。如白吃白住,连工作都没有的夏欣,面对无论工作
还是学历都高他一大截的白大省,竟然无法接受,原因是他不敢相信一个女人
可以好成这样。当年为了出国抛弃他的大学同学,最后,离婚后抱着孩子来找
她复合,原因不是出于爱她,而是觉得唯有白大省这样的"好人"才适合做老
婆。面对如此难堪的求婚,白大省愤怒了,但终究还是接受了。原因是看见那
孩子脏兮兮的没人洗的手帕,她动了恻隐之心。白大省、张大民身上展现的仁
义与包容与这个物欲横行的时代是如此格格不入,但它们又与北京城的文化
如此契合。

　　北京城稳定的城市心态还表现在城市文化品格对消费文化的纠偏。希尔

---

①　刘恒:《贫嘴张大民的幸福生活》,北京燕山出版社 2006 年版,第 248 页。
②　刘恒:《贫嘴张大民的幸福生活》,北京燕山出版社 2006 年版,第 247 页。
③　铁凝:《永远有多远》,解放军文艺出版社 2000 年版,第 3—4 页。
④　铁凝:《永远有多远》,解放军文艺出版社 2000 年版,第 9 页。

斯曾经说:"人们已经依恋于既定事物,既定事物对他们来说成了行事的'自然方式'。一旦一种范式被当作'自然的'而接受,'自然的'几乎就相当于规范的和强制性的。人们可以合理地举荐其他方式,甚或将它们强加给人们,但对传统的行动和信仰范的依恋并不能轻易地消除。"①北京人的传统文化心理决定了其"稳定"的保守心态的牢不可破。这种保守心态表现在对有悖于传统价值理念的逾矩行为的忌讳,甚至挺身而出。最为典型的就是刘一达的小说《画虫儿》的主人公冯爷身上所表现出来的北京大爷的心气和做派,用作品里的话说就是"爷气"。他的"爷气"还表现在他的行侠仗义。"文化大革命"时冯爷用板车将被造反派打得奄奄一息、子女避而不见的收藏家钱颢老人推到医院抢救。看到被人欺负的流浪女孩石榴,他能在自己已经深陷险境的情况下出手相助。他还将自己收藏的价值连城的齐白石的名画拱手送还给画作原来的主人。冯爷的"爷气"还表现在作为名声响遍京城书画界"画虫儿"玩画玩出的品格,当钱大江等人在书画界沽名钓誉,以假乱真,扰乱书画市场的时候,他却能见到假画就一把火烧掉,为的就是不让赝品再次欺世。他凭借着自己的深沉老辣,在卖画风波中不仅保全了作为钱颢老人收藏的合法继承人小湄的权益,而且在众目睽睽之下揭掉了被金钱引诱而丧失了学者品格和骨肉亲情的钱大江的假面具。冯爷对书画的沉迷表现了北京人对传统文化的强烈认同,他用北京人特有的做派反抗古玩市场上的金钱本位与道德沦丧。刘一达在《画虫儿》中为我们塑造了一个真正的、活在当下的北京人形象。在冯爷身上我们看到了沉稳、大气的城市心态。

在徐坤的《午夜广场最后的探戈》中,我们通过旁观一对男女在广场上三次舞蹈,管窥了北京人保守、固执的文化心态。小说虽然展现的是男女之间细腻微妙的情感博弈,但是通过周围人对这对男女好奇又复杂的猜测,北京人特有的文化心理在此一览无余。那对男女无论是穿着还是舞姿都在广场上显得

---

① 〔美〕爱德华·希尔斯:《论传统》,上海人民出版社 2009 年版,第 214 页。

太与众不同了:那个女的穿着时兴的劲爆天鹅裙,超短、飘逸,人一转起来,裙子下摆"沙啦""沙啦"绽开,露出修长的白腿,随着舞姿闪动还会露出里边平角螺纹镶有蕾丝花边的猩红色的真丝底裤;男的干练、精瘦,浑身哪儿都绷得紧紧的,殷勤环绕她的裙裾伸手抬腿,扭胯耸腰。这样一对男女要是被上海人撞到,他们一定就会像看到一件在电影上才见到的新奇衣服:"一眼一眼地瞟着,吃那裙子的冰激凌,等那人走过去,才转过头去看。那时的眼睛里,飞快地生出一只手,拉开裙子,检查它的裁法与做工;捏一捏布料,了解它的质地;摸一把腰头,看看有没有秘密可以揭短。"①上海人的眼睛里透着的是对新奇、时尚的羡慕与挑剔。可是当北京人面对这些新奇、出位的事物,多半会消化不了。因为他们出了格。老北京人不会这样跳舞,他们都是穿着松松垮垮的背心、大裤衩前来跳舞的正派居民。跳舞的风格也该是三三两两、搂搂抱抱、踢踢踏踏,懒散地挪动着脚底下的'北京平四'舞步。对于这样一对出位的跳舞男女,北京人会毫不掩饰地眼光乜斜,态度倨傲地瞟向那对妖冶俗艳跳舞的陌生人,而且把身体的距离拉得与他俩远远的,让他们在明晃晃的灯光下单独显眼出洋相。② 北京人看跳舞,显露的是其中庸自傲的文化性格,对自己文化和品位的自觉维护及防御心理。这也是北京超稳定性的根源所在。一般流行与新奇是入不了北京人的法眼的。特有的城市文化特性使这个城市的文学书写与消费时代保持着若即若离的距离。在这个距离之内才能让北京无论是追忆过去还是面对现在,都能将自己的历史和传统延续下去。

因为这个城市有着稳固的城市文化品格和文化心理,所以对周围的文化具有吸附和辐射作用。从历史上说北京就是一个包容、汇合各种文化的地域。黄仲文的《大都赋》中曾经这样描绘北京:"天生地产,鬼宝神爱,人造物化,山奇海怪,不求而自至,不集而自萃。"③这种文化历史渊源决定了"北京的京师

---

① 陈丹燕:《上海的风花雪月》,作家出版社 1998 年版,第 159—160 页。
② 详见徐坤:《午夜广场最后的探戈》,《小说月报》2005 年第 11 期。
③ (明)沈榜:《宛署杂记》(民风一),北京古籍书店出版社 1983 年版,第 189 页。

文化是在农耕文化和牧猎文化的撞击与融会、京师文化和地区文化的辐辏与辐射、中华文化和外来文化的排斥与吸纳的过程中,不断地汲取消化各民族、各地区、各异国的文化养分,逐渐地得到丰富、提高、发展和繁荣"。① 这种作用决定了作家以北京作为背景进行文学创作时的特殊心态。北京吸引人们的不仅仅是这个城市的商业气息,更多的是这个城市特有的文化气息。这是一个文化聚集和交汇的城市,集中了"全中国百分之五十以上顶尖的文学家、画家、雕塑家、音乐家、歌手、地下乐队、演员、摄影师、建筑设计师"。② 他们当中既有北京文学的创作者,也有北京文学的主人公。北京对一些怀有人文理想的文化人是极具吸引力的,就像他们所说:"被北京这神奇的土地所吸引,北京的文化魅力,使他宁愿'流浪京都',也要写出北京的伟大、深厚、丰富。有的人认为,北京不仅伟大,而且生活层面十分丰富,其他外省市的城市在生活层面上均无法与北京相媲美,生活层面的丰富多样,十分有益于创作,他们要努力创作出自己熟悉的北京各阶层的人物和生活。"③比如从外地移居北京的作家邱华栋、徐则臣、白连春、李师江等在北京扎下根前,都或多或少品尝过在北京打拼的艰辛。他们笔下的主人公如莫力(邱华栋的《城市战车》《乐队》)、我(李师江的《刀刃上》)、敦煌、边红旗(徐则臣的《跑步穿过中关村》《啊,北京》)、民生(徐坤的《杏林春暖》)、我(白连春的《我爱北京》)等,都带有自身的投影。这些有着诗人气质的文人、艺术家成为北京的一个群落:"他们埋伏在伟大祖国首都北京的角角落落,像沙尘、扬花、空气污染和负氧离子一样,生命力强劲,时而有形,时而无形。……秋分过后,他们又纷纷飘落于北京西山大觉寺的红叶诗歌节里,踏着纷纷落叶,吃酒念咒,搅碎一地寺庙的清幽。这些人的人数之众,叹为观止。"④对于漂在北京的文人来说,到北京是一

---

① 阎崇年:《北京文化的历史特点》,《北京师范大学学报》2004 年第 5 期。
② 冯唐:《浩浩荡荡的北京》,《人民文学》2005 年第 10 期。
③ 舒敏:《北京新生代作家正在崛起》,《北京社会科学》1996 年第 1 期。
④ 徐坤:《杏林春暖》,《小说月报》(原创版)2007 年第 1 期。

种皈依。这种皈依有着理想主义的色彩，是对精神的追求，对物欲横流现实的反拨。像邱华栋所说："北京是一种抵达，一种投奔。每当我走在北京的大街小巷中，看到斑驳的阳光凝聚在那些陈旧的胡同中的老墙上时，一种快感立即就会笼罩我的全身。"①

由此，我们可以理解为什么北京文学不会像上海文学一样容易受到消费文化的蛊惑和影响。因为在人们心目中北京就是一个承载传统、可以存放人文理想的城市。所以在邱华栋的《城市战车》中会有诗人、摇滚乐队主唱、美术评论家、行为艺术家聚居在这座城市，成为一个圈子。会有那么多在城市中傻傻寻找自己马群的我（《城市中马群》）；还有莫力这样为了寻找真正属于自己的天空不顾一切投奔而来的摇滚青年（《乐队》）；更有边红旗这样一面拉着板车做着城市流民，另一面是出入在诗人聚会中，心怀理想的诗人。北京城市文学的创作和文本主角儿不是消费时代的宠儿和艳羡者，对文学的向往和对精神圣土的追随，让他们和他们的作品自觉地与城市物欲化的一面保持着一定的距离，他们"像是一条流动的河流，构成了这个时代的中国人最有想象力的一部分，他们像是某种生命力极其顽强的细菌生存在城市的肌体上，一旦这座城市没有了想象力，那么他们就会让这座城市局部发炎、红肿，他们活着，有些人死了，而立刻又有新的力量从城市的外围突进，重新加入这一个长长的行列中，在城市黑暗的河流上，飘远"。②

二、 丰盛下的匮乏：富足与空虚的悖论

回到文本内，可以看到在北京的城市文学中上演的城市故事与这个大都市的繁华是隔了一层的。与上海不同，上海的城市文学中多少炫耀着海派的物质富足与对时尚永不疲倦的追求，而在北京文学中大多数人都在这个城市苦苦挣扎，很少有人真正享受到在这个城市消费的快乐。不能完全沉浸到消

① 邱华栋：《北京的驳杂》，《海上文坛》2005 年第 7 期。
② 邱华栋：《城市战车》，作家出版社 1997 年版，第 253 页。

费的快乐之中,但又没有批判的自觉。这一点让它与南方的城市文学也不同。广州、深圳等地的城市文学会站在批判的立场上,批判城市消费景观下的暴力。所以北京文学陷入了一种尴尬,他们没有批判的自觉和勇气,更多的是没有分享到这个城市繁荣与富足后的牢骚和怨气。这种矛盾的情感映射在城市与人的关系上,就像邱华栋所描绘的"我和城市就像是两个大骗子一样互相提防,而又不得不互相信任"①。

悖论主要表现在北京文学中消费时代物质丰盛带来的不是人们精神上的满足而是人精神上的匮乏,甚至自戕。正像研究者所说:"'堆积的物品''丰盛的社会'形成了'灾难的完美诱惑',奢华的消费背后是人的精神的丧失。"②作品中的主人公们没有谁能在城市丰盛场景中过得如鱼得水,他们总是患得患失,在金钱带来的富足与空虚的悖论中煎熬。就像刘震云的《我叫刘跃进》中的瞿莉,身为身价十几个亿的 CEO 的老婆越是有钱就越没了安全感。自从有了钱,瞿莉就开始与周围的生活格格不入,在家与老公不断争执,就是做头发,也和周围的美容店吵了个遍。她总是处在无止境的担心之中,担心老公变心,担心门口钉皮鞋的换了,担心国家领导人变了,整个世界她都担心。生活的富裕非但没有带给她精神上的安全感,反而成为她对这个世界不信任的导火线。

而对于格非小说《不过是垃圾》中的李家杰来说,金钱带给他的只是对这个世界的彻底绝望。他大学时代不惜用三年的时间苦追苏眉,因为当年苏眉的纯洁是"维持着我们这肮脏世界仅有的一丝信心"③。为了追求苏眉,李家杰不惜追查一切与她有过亲密交往的异性,听说她崇拜运动员,就疯狂练健美,在身上各处弄出十几块硬邦邦的腱子肉;她喜欢加缪,就搜罗所有加缪的

①　邱华栋:《手上星光》,华文出版社 2001 年版,第 58 页。
②　魏晓燕:《早期鲍德里亚生产——消费伦理思想解读及评析》,《江苏社会科学》2011 年第 3 期。
③　格非:《不过是垃圾》,《小说月报》2006 年第 4 期。

书籍并做了一千四百张读书卡,连带还听上了法语课。可十几年后,身为千万富翁的李家杰,身患绝症后的最后愿望就是再见一次苏眉,把自己在这个世界上唯一没有弄到手的东西弄到。结果,当年的纯洁女神竟在 300 万的诱惑下轻易地委身于他。一切都解构了,李家杰觉得这个世界上仅存的,自己最留恋的,唯一用金钱买不到的东西,也是一堆垃圾。发迹之后一掷千金的富豪生活,并没有让李家杰在金钱、美女中找到精神的慰藉,相反,物质的挥霍和享受带给他的只是更清楚地认识到现实的丑陋和自己在精神上的绝望。当纯洁的苏眉也成了他用金钱可以轻易买到手的货品时,李家杰对这个世界最后的幻想也崩溃了,所以"他不让家人在墓碑上刻下他的名字,因为他是在厌倦中死去,不想在这个世界留下任何痕迹"[1]。格非在他的小说中再现了城市人的精神危机,物质的丰盛不仅不能阻挡人们的精神匮乏,反而会加速人们的彻底绝望。

探究北京文学中北京在丰盛下匮乏的悖论的原因,正如周宪所解释的,是由于消费社会本身所蕴含的范式决定的,"消费社会的理论范式强调的是欲望的文化,享乐主义的意识形态和都市化的生活方式"[2]。这种范式下的城市运转法则就是金钱成为人们划分等级评判价值的唯一标准,没有道德约束,不求深度意义的社会,人的欲望就如脱缰之马,在物质刺激之下欲壑难填,失足迷失成为必然。就像邱华栋小说的女主人公,出场时都是清新可爱的,但是在城市法则的修改和毁坏中,她们不是走向自我毁灭就是无地自容。《手上星光》中的林薇出现在杨哭的老明星联欢活动的时候还是楚楚动人的"一只路上的猫",但是随着在影视圈日益出名,她渐渐成为人尽可夫的"小脏孩"。与其说林薇堕落,不如说她是在适应这个城市的生存法则。不堕落,她就永远会是那个连 300 元房租都交不起,50 块钱就可任人打发的流浪歌女。在《哭泣游戏》中裸死在豪华别墅里的黄红梅,是"我"这个行为艺术家在这个城市进

---

① 格非:《不过是垃圾》,《小说月报》2006 年第 4 期。
② 周宪:《视觉文化与消费社会》,《福建论坛》2001 年第 2 期。

行行为艺术的试验品。"我"要用城市环境来雕刻她,将她从一个小保姆打造成北京城里的女强人,能在城市"盘根错节的人际关系的钢丝网"上游刃有余,左右逢源。可在"我"的行为艺术成功的时候,也是黄红梅在这座城市中香消玉殒的时候。

在物质丰盛背后的精神危机,最终会演化为一种怨怼的情绪。就像邱华栋的城市小说集《手上星光》中几乎神经质地每隔几页都有对北京城的诅咒。他诅咒在商品法则的运转下这座城市俨如"肿瘤繁殖般的速度在扩张与膨胀"①,像老虎机一样吞吃着每一个人。城市吞噬人的办法就是,将所有人美好的梦想在它的游戏法则之下,变成赌注,"我确信我这一刻听到了这座轮盘一样的城市吱吱转动的声音,这种声音在呼唤着人们下注。城市在大地之上旋转,把机会和成功顺便抛给一些幸运的人。城市同时也是一个磨盘,把那些失败的人的梦想一点点碾得粉碎"。② 与其说这种情绪是作家们对这座城市的排拒,笔者更愿意理解为一种怨怼的情绪发泄。这种情绪的成因是复杂而耐人寻味的。

三、 身份认同下的个人危机

消费时代北京遭遇的尴尬还表现在这个城市中对个体身份认同的标准:不是以消费能力或是金钱的多少为标准,而是被传统的价值标准左右。

在北京"工作"和"岗位"是有本质区别的。"没有工作岗位的人即使那么热爱工作,即使不分白昼黑夜地在地下通道忙活,还是免不了被城管逮住的下场"。可是在北京有工作岗位"就像便急的人找到了蹲坑,想怎么拉就怎么拉,即使占着茅坑不拉,心里也踏实。因为有岗位的人是社会承认的人"③。"岗位"和"工作"在北京人的心里是泾渭分明的两个概念。在这个城市"岗

---

① 邱华栋:《手上星光》,华文出版社 2001 年版,第 2 页。
② 邱华栋:《手上星光》,华文出版社 2001 年版,第 35 页。
③ 李师江:《刀刃上》,《花城》2004 年第 3 期。

位"意味着一种身份和地位,而身份地位在北京又不是完全用金钱多少来衡量的,这不同于消费时代用消费能力来评价人的等级。就像徐坤的小说《杏林春暖》中的富婆美惠,虽然民生的年轻、帅气、精力旺盛给她带来了刺激和满足,但是当她发现民生只是 XXTV 的一个打工仔,而不是电视台正式在编人员时,这让她心里多少有些不舒服。因为她的家人把民生当作进京盲流一类。很多"漂"在北京的人都处在个人身份不被认同的焦虑当中。而如民生一样"漂"在北京的有工作没岗位的人,不仅没有享受到在这个城市消费的荣耀,反而时刻生活在不被这个城市认同的尴尬当中。

温亚军的《北京不相信眼泪》中合租在一起的三位女性,都是生活在北京,但由于身份有待认同,而统统陷入能不能被真正接受的焦虑当中。郝倩倩虽然是软件公司的白领,但是在这个城市没有固定的住所,没有真正关心自己的人,还要时刻处在有可能被公司裁员的恐惧之中。齐静梅虽为人世故老练,但是终究在这个城市失去了爱人,想通过出卖自己找到一个留在北京的可能和依靠,最终得来的只是被当作妓女的羞辱。女研究生何婷婷,为了北京的户口和工作,与导师发生关系,希望能用怀上孩子的法子要挟导师离婚,结果却是自己流产、终身不孕,被导师抛弃。这些女性都为能在这个城市合理地生活下去奋斗过,但是现实给予他们的只是在这个城市中遭受永远的尴尬。在荆永鸣的《大声呼吸》中,饭店小老板刘民,在公园里玩音乐,结果不仅交到了一群土著北京歌友,而且作为指挥还被邀请参加社区里退休居民的"激情演唱会"。本来刘民很有参加的热情,甚至以为在北京找到了自信,从而有些自我陶醉。可是当退休干部老胡问他是哪个单位的时候,刘民才清醒意识到自己在北京处于非主流的地位。当得知刘民只是开饭店的,老胡不禁嘲弄:"我干吗尊重他?他是谁呀?啊?我就看他是个掂大勺的。"①刘民在挫败中彻底明白自己在公园里找当年在煤矿搞文艺时候的感觉是错的,在北京你就是个没

① 荆永鸣:《大声呼吸》,《人民文学》2005 年第 9 期。

有岗位,只有工作的外地人。

　　在北京没有被主流认同的身份,你只有生活在这个城市的边缘。因为这个大家都明白的道理,让很多人为了争取在这个城市有尊严地活下去,而不得不背叛自己的道德和良心。徐则臣的小说《啊,北京》中,苏北小镇的中学语文教师边红旗,来到北京有着两重身份:"绝对的民间诗人"和"搞假证的二道贩子"。当他终于放下诗人的身段,干起了骑三轮车赚钱营生的时候,却在天桥下十分难堪地被警察扣留了三轮车。这时边红旗彻底发现北京离自己是那么遥远。"他第一次发现北京实际上一直都不认识自己,他是北京的陌生人,局外人。……他悲哀地蹲在桥底下的柱子旁,有那么一会儿想到,即使他死了也没人会知道……他觉得自己蹲在那儿像猥琐的农民,哼哧哼哧干了这么多天,一辆破三轮车一下子就把他送回了苏北的一个小镇上。"①一旦认识到这一点,改变处境的主意应运而生。他与房东女儿发生关系,并打起了离婚娶房东女儿从而成为真正北京人的主意。夹在北京和家乡之间的边红旗的身份是尴尬的。在北京他没有被人承认的体面身份,想通过出卖自己和家人来换取在北京的身份,融入这个城市,最后却是连曾对他一往情深的房东女儿也抛弃了他。北京文学中的主人公,很多都有着身份的焦虑。因为他们不是这座城市消费的主流,不具备从上往下俯视的资本,所以他们永远都处在从下往上仰视别人的尴尬之中。这种尴尬压迫他们生活的同时也扭曲了他们的人格,最终以"尴尬"的样子完成在这个繁华而陌生的城市背景下的永恒定格。这些北京消费景观下的边缘人,在不知不觉中已经习惯了尴尬的身份,连最初的抱怨都没有了,有的只是习惯和麻木。

　　通过考察对消费景观下城市文学中北京文学的呈现我们会发现,在作家的笔下,文学中的北京遭遇的尴尬实际蕴含着一种深层次的价值维度的原因。一方面可以从北京固有的文化传统的影响中寻找原因。消费时代带来的是后

---

　　①　徐则臣:《啊,北京》,《人民文学》2004 年第 4 期。

现代的多元化冲击,对老成持重的北京超稳定性的文化心理构成了一种冲击和挑衅。但是人们还是沉浸在对老北京的怀念与依恋当中。有人曾经用茶壶比喻北京:"就像一把茶壶,茶叶在茶壶里泡过一段时间,即使茶水被喝光了,即使茶叶被倒出来,茶气还是在的。"①正是这萦绕不散的茶气,让北京人和写北京的作家退守在北京的怀旧中不能自拔,不自觉地对消费时代的种种信息流露出一种抵触的情绪,从而忽视了在过去与现在之间寻求一种平衡的可能。这种忽视导致了北京文学的发展呈现出消极解构多于积极建构的趋向。历史和传统是好的,我们每个人不可逃避传承它的责任,但是这种传承应该具有包容和消化的气魄,而不是以解构当下,张扬假、恶、丑为代价。从文本中看,北京的城市文学缺少这种气魄,与北京城大气磅礴的皇家气象相对比,北京文学中透出的更多的是狭隘、固执的小文人心理。北京作家缺少对自我的冷静反观,将所有城市病都归咎于外部环境的压迫,自然就会像格非小说中的主人公一样厌倦一切,唯独忘了最该厌倦和反省的就是自己。当我们沉浸在对古老北京过往辉煌历史的无限缅怀与想象的同时,也要警惕在这种怀旧下隐藏着的不愿自省的固执与保守,以及对现实的逃避情绪。

另一方面,如果要追问这些以北京生活为创作题材的作家,文学中的北京缺少自我冷静反观的原因何在? 笔者以为可以从北京作家的创作心态中寻找缘由。这里请允许笔者作一个分类,北京土生土长的作家如铁凝、王朔、刘恒、刘一达等对这个城市的表现就有一种知根知底的宽容与沉稳。而如邱华栋、格非、徐则臣等外地入京的作家,对这个城市表现出更多的是一种水土不服的怨怼。如邱华栋来自"大气荒凉""生存条件严酷"②的新疆,徐则臣来自经济较为落后的苏北小城,他们不是地道的北京人,没有如刘恒、铁凝这样地道北京人受到这个城市文化心理的熏陶,对城市的接受自然也不如他们沉稳而从容。这些作家怀揣着美好期望来拥抱北京,但是一旦沉入这个城市现实的生

① 冯唐:《浩浩荡荡的北京》,《人民文学》2005 年第 10 期。
② 邱华栋、马季:《邱华栋:城市感觉中的历史回望》,《青春》2007 年第 3 期。

活中,北京包容性背后的芜杂,消费时代的种种生活惨境,一下子就击碎了他们的美好幻想。诚如邱华栋所说:"我看到了城市地理中的人,我发现城市人多多少少都有一些病,这当然是现代性病症,我开始关注城市病理学……从城市病理学入手,由城市地理学转而进入城市病理学讲述。"①在消费时代,我们的城市的确存在一些人性异化、堕落残酷的因子,它们在腐蚀着城市的表层和肌理。但是如果作家的创作只是停留在"与他们血肉、疼痛、思想、焦虑发生关系的现实"②中,这种现实如徐则臣所说必定只是他个人的现实,是一种狭隘的现实。③ 问题是,文学在描摹北京的时候,很多作家就是沉溺在这种狭隘的现实当中,将小说中人物的种种尴尬遭遇归咎于那个大而无形的城市,小说中的人物缺少自我反省,作家也缺少反省和提升的能力。他们更不能从城市本土历史与传统中寻找城市文化的另外一种可能。只能如井底之蛙般对眼前的现实进行反复的刻画与描摹,宣泄一种浮在表面的情绪。相比之下,作家群体的分化现象在上海就没有那么明显,上海文学的作家大多数都是在上海生活和成长的。他们是伴随着这座城市成长起来的,所以对城市的理解不会有"闯入者"的鲁莽和失态,但也不会有旁观者的冷静和清醒,更多的是自家人说自家话的亲切和护短。

质言之,在消费视阈下,北京在文学中的尴尬一方面是传统文化对消费时代的景象的消化不良,另一方面作家群体的分化也影响了文学对这座城市的理解。如果给北京城市文学提出点建议的话,那就是,我们在进行文学创作时是不是更应该思考如何用传统的城市文化心理来融合消费时代带给人们的精神冲击。唯有如此,北京的尴尬才能消融在其磅礴的城市气象当中,北京的人文精神才能与北京的城市形象浑然一体。

---

① 邱华栋:《我的城市地理学和城市病理学以及其他》,《南方文坛》1997 年第 5 期。
② 盘索、徐则臣、李云雷:《现实主义、底层文学及其他》,《黄河文学》2007 年第 1 期。
③ 盘索、徐则臣、李云雷:《现实主义、底层文学及其他》,《黄河文学》2007 年第 1 期。

第三节　上海：女性镜像中的"她城"

在消费视阈下，与城市外在景观的光怪陆离相对的，是文学描绘的城市内心多半是苍白、焦虑的。大多数城市在消费时代的观照下呈现的都是疲惫与倦怠，正如邱华栋笔下的北京是一个吞吐欲望的老虎机，张欣笔下的广州是市场法则下的生存竞技场，池莉、方方笔下的武汉上演着世俗狂欢的大集市。消费视阈下的城市，生存美学篡改了生活美学，并坦露得赤条条、坦荡荡。但唯有上海在文学中没有呈现出对消费的抵触与排斥，无论是王安忆笔下的来自淮海路的女孩妹头（《妹头》）、扬州乡下来的富萍（《富萍》）、流连在各大高档酒店的阿三（《我爱比尔》）、《慢船去中国》的范家姐妹，还是游荡在孱弱的情人与德国情人之间的文艺小青年COCO，无一不是深深地被这座城市的消费景观所吸引。他们或是引领和编织着这座城市的消费锦缎，或是作为闯入者深深陶醉在消费所带来的快感中。

文学中的上海之所以能够在消费时代表现得如此如鱼得水，源自上海文学中女性与上海之间的镜像关系。所谓镜像，原本是拉康在 1936 年提出的一个理论，"拉康把婴儿生命的头六个月称为'前镜像阶段'，这一时期婴儿没有任何整体感或个体统一感，有的只是支离破碎的身体经验。婴儿成长的六到十八个月为'镜像阶段'，这期间婴儿首次在镜中看见自己的形象，它认出了自己，发现自己的肢体原来是一个完整的统一体，……镜中的形象遂被称为幼儿进行想象认同的理想统一体。"①拉康进一步认为："个人主体并不能自我确立，它只有在另一个对象化了的他人镜像关系中才能认同自己。……这种认同说到底却是以他者的镜像对主体自己的篡位式取代而告终的。"②在本书中，女性与文学中的上海同样也形成了这样一种镜像关系。作为主体的现实

①　陈宇航：《镜像阶段》，《国外理论动态》2006 年第 2 期。
②　张一兵：《不可能的存在之真——拉康哲学映像》，商务印书馆 2008 年版，第 120 页。

中的上海,在女性书写和主导下的文学想象的"镜像"中呈现出了打上深深的女性印记的上海形象。这一形象广为人们所接受和渲染,让文学中的上海俨然成为女性镜像中的"她城"。

一、 镜像的构成:女性与城市的共谋

女性与城市达成共谋关系的原因比较复杂。首先从思潮上来看,就是 20世纪 90 年代女性主体意识的觉醒。20 世纪 90 年代以来消费文化对中国的侵袭,在文学上首先表现为对女性本体意识的唤醒。如戴锦华所说,"置身于90 年代的文化情境之中,一个比所谓'精英文化'更为有力的镜像式询唤,是消费主义文化对女性,其性别身份及女性写作的盘剥、利用与改写","如果说80 年代后期女性的文化位置与性别体验使她们率先窥破了性别与种族间'通用'的权力格局与游戏规则,那么,作为商业化大潮的首当其冲者——女人,她们不仅仍是中国社会现代化的主体与推进者,而且不可避免地成了商业化的对象;商品社会不仅愈加赤裸地暴露了其男权社会的本质,而且其价值观念体系的重建,必然在此以女人作为其必要的代价与牺牲;女性写作因此而成了对这一进程的记述及抗议性的参与"。[1] 20 世纪 90 年代消费文化和商业大潮对女性的召唤和利用,唤醒了女性文学创作的激情,而城市又为女性主体的觉醒和自身体验的展开提供了舞台。"90 年代的女性作品中,都市确乎给女人提供了一个恰当的文化舞台,使女作家们得以在其中展露女性文化经验、性别创伤并再度反观自身。"[2]在众多都市中,上海女性作家和她们笔下的女性尤其能展现消费文化对一个城市的形塑。

其次,上海消费文化传统为女性演绎这座城市营造了良好的文化接受心

---

[1] 戴锦华:《涉渡之舟——新时期中国女性写作与女性文化》,北京大学出版社 2007 年版,第 361、375 页。

[2] 戴锦华:《涉渡之舟——新时期中国女性写作与女性文化》,北京大学出版社 2007 年版,第 375 页。

理。面对并不讨好文学的消费符码,浸淫其中的上海作家为什么能够将之展现得淋漓尽致,驾驭得轻车熟路呢? 从上海近代史看来,上海是一个崇洋的城市,熊月之曾说:"近代上海是中国居住西方侨民最多的城市,移植西方制度最多的城市,西洋建筑最多的城市,西洋生活味最浓的城市,一句话,是现代化程度最高的城市。"①对西方文明的向往,也让这座城市很容易受到消费文化的吸引。因此,在城市精神上上海人具备最早的较为成熟的消费心理,追逐时尚,崇尚奢华,"颇崇华黜素,虽名家右族,亦以侈靡争雄长,往往逾越其分而恬安之",至于沿沙薄海之民,"尤好崇饰其外,以耸观视,而肆然无所惮焉"。②乐正在《近代上海人的社会心态中》有专节分析上海人的消费传统。他说:"就上海来说,疯狂狡诈地赚钱,奢华时髦地消费,这已成为晚清中国内地居民对上海人的基本印象。无疑,上海人的消费方式构成了他们社会性格的一个重要方面。"③不仅如此,上海的消费还打破了尊卑有别的观念,揭开了中国大众消费的帷幕。④ 就像刘士林总结的:"近代海派文明的突出形象是所谓的'十里洋场',它在主体方面最重要的工作就是培养与市场经济相适应的'消费意识形态'。"⑤这种较早觉醒的消费文化心理,让上海以开放的心态迎接西方文明,转接到当下就是上海时时刻刻都紧跟着时代的脚步。"上海对世界主义,或者说普世文明,或者说全球化的渴望,是真正发自内心的……上海向世界飞奔而去,这就是为什么如今上海会惊人发展的原因。"⑥崇洋下的消费欲望,面向世界的全球化渴望,这种城市文化心理早早为上海迎接消费时代的到来做足了前期心理准备。而女性与消费是天然契合的,自然上海会选择女性为主角来演绎这座城市的文化心理。

---

① 熊月之:《上海城市精神述论》,《史林》2003年第5期。
② 《弘治上海志》,卷一,风俗。
③ 乐正:《近代上海人社会心态》,上海人民出版社1991年版,第97页。
④ 乐正:《近代上海人社会心态》,上海人民出版社1991年版,第101页。
⑤ 刘士林:《江南城市与诗性文化》,《江西社会科学》2007年第10期。
⑥ 陈丹燕:《都市渴望》,上海《新闻晨报》2003年11月9日星期日特刊。

　　最后，上海和女性同时选择彼此来承受和演绎这种消费文化。在贾平凹展现的灰突突的乡土西安，邱华栋、徐则臣表现的尴尬北京中，男性话语仍旧主导着城市对消费文化的接受态度。但是在20世纪90年代以来的上海文学中，上海俨然已成为女性镜像下的"她城"。从性别特征上说，女性的写作，女性的气质和心理，完全掌控着这座城市的气象。女人与这座城市天然地形成了一种相互渗透，王安忆在《男人和女人　女人与城市》中将女性与城市的这种"共谋"①解释得最为形象：在农业社会，劳动单一太过狭隘，且苛求体力，在生产方式上给予男人的优势，女性"无法改变必须依附于男人生存的命运"，城市不同于土地，在这坚硬的水泥和金属的世界，"机器代替了繁重的劳动，社会分工全过程解体为琐细的、灵巧的、只需少量体力同智慧便可胜任的工作……女人在这个天地，原先为土地所不屑的能力却得到了认可和发挥。自然给女人的太薄，她只有到了再造的自然里，才能施展。还由于那种与生俱来的柔韧性，使得她适应转瞬万变的生活比刚直的男人更为容易而见成效"，城市有着"太柔软的弹性"给予女人更多的自由和放松，这就让"城市与女人水乳交融地合二而一"。② 上海一直是一个带有浓厚的消费色彩的城市，而女性又是承载这座城市消费文化的主体。她们自然能与这座城市形成共谋。正如学者所说："上海与现代女性具有互相渗透的关系。现代女性的解放从城市开始，女性的物化也在城市中登峰造极。……对于那些上海的解读者，上海多为欲望的空间。他们对于现代性的认知往往通过对现代女性的占有或失控得以表现。"③从历史上看，女性与这座城市的共谋也是有历史渊源的。早在近代，女性已经掌控了这座城市的日常消费文化。据罗苏文在其《女性与近代

---

　　①　"共谋"这个词出自戴锦华：《涉渡之舟》，戴锦华认为"因为王安忆也正以她自己的方式窥破了女人和城市间的共谋，窥破了新女性的现实与可能"，笔者以为不仅是王安忆，在以女性书写为主的上海文学，基本上都在书写这种女人与城市的共谋。详见戴锦华：《涉渡之舟——新时期中国女性写作与女性文化》，北京大学出版社2007年版，第207页。

　　②　王安忆：《疲惫的都市人》，中国文联出版社2008年版，第118—120页。

　　③　杜英：《对于1949年前后上海的想象与叙述》，《文艺争鸣》2005年第2期。

中国社会》中的研究:在近代上海,女性消费就已经成为衡量丈夫赚钱能力、家境档次的尺度和体面人家不可忽视的"门面"。从时装来看,20 世纪 30 年代上海女性消费就已朝着专业化、职业化、高档化的方向发展。①

　　女性书写和掌控下的上海,上海与女性之间形成一种互为镜像的关系。在"与他人统一的自我的幻想"②中,上海在女性的演绎下看到了自己或真实或幻想的形象;而女性在演绎这座城市的过程中,丰富与满足了对自我本体的认知与想象。尽管拉康认为,镜像关系中主体与镜子中的他者之间是虚幻的假象关系,主体在镜子中找到的不是自己的仆人,而是"一系列矛盾的层面,一系列欲望——尚支离破碎的欲望——的异化"。③ 但是在文学的语境中,上海/女性在镜像中互为彼此,在期盼和看到彼此欲望的实现中,得到了和解和共建。女性在这座城市找到了实现自我的母体,上海在女性的代言中展现了自己的风姿。我们毫不惊讶地看到并接受 20 世纪 80 年代以来女性作家对这座城市的开垦和掌控。从王安忆的《长恨歌》《桃之夭夭》《阿三》、卫慧的《上海宝贝》、陈丹燕的《慢船去中国》、程乃珊的《上海探戈》等,到 21 世纪以来滕肖澜的中短篇小说,女性作家笔下的上海已经统领了我们对上海的整体想象。

二、"她城"的真相:女性镜像下的上海

　　女性作家统领的上海文学中,上海作为"她城"展现了怎样的文学景观呢?

　　我们可以从如下几个方面来透视。

1. 阴柔之城:女性在场,男性缺席

　　之所以称上海为阴柔之城,在于文学中呈现的上海在气质上偏于阴柔。

① 罗苏文:《女性与近代中国社会》,上海人民出版社 1996 年版,第 317—325 页。
② [德]格尔达·帕格尔著:《拉康》,中国人民大学出版社 2008 年版,第 32 页。
③ [德]格尔达·帕格尔著:《拉康》,中国人民大学出版社 2008 年版,第 28 页。

主要原因是女性在场,男性缺席。王安忆的几部主要以上海为对象的小说中主人公无一不是女性,如《长恨歌》中的王琦瑶、《妹头》中的妹头、《桃之夭夭》中的郁晓秋。此外,还有陈丹燕的《慢船去中国》的范氏姐妹、卫慧的《上海宝贝》中的COCO……形形色色的女性形象遮蔽了以往文学中男权社会男性的高大、阳刚和光辉,在婉约、坚韧、聪慧抑或是早熟中丰满着这座城市。而上海文学中的男性留给这座城市的,不是躲藏在他们时髦外表下的空洞的躯壳,就是一个纤细身躯包裹的孱弱内心。如《妹头》中,妹头儿时喜欢的美术老师是一个说话声音都有些懒散、"精神略微萎靡的男人"①,妹头的丈夫小白是一个小男生型的男人,见了女生匆匆走开,在充满雄性气息的操场跟前也要自卑地离去。《桃之夭夭》中郁晓秋的父亲郁子涵的出场是一个如深闺小姐般受了惊吓的羞涩逃出的背影。这个逃去的背影也定格了他百业荒废、毫无担当的懦弱无能的一生。《慢船去中国》中的男性中也有如维尼般躲在自己的世界里,对漂亮东西抑制不住欢喜的阴柔男人,或是像女孩子一样将自己的房间打扮成香闺一样的贝贝。

好像上海就是乐于接受这样的散发着阴柔气息的男人。如范妮的父亲,过去顶着飞机头,穿着铜铐钮的小包裤,腋下夹着比利翁乐队的唱片在上海招摇过市。可是在新疆阿克苏待了若干年后,再回上海,上海一下子就无法接受他身上显出的"苍老和局促,还有一股走南闯北的泼辣气"②。可见哪怕本是如假包换的上海男人,一旦沾染上了西北男人的粗糙与强悍的气息,马上就被这座城市踢出了局。这是一座自私的城市,它无法接受任何篡改它的审美取向的异质元素的存在。更不要说《上海宝贝》中那个在性爱上无助,但有着"小海豚般善良而挚爱的天性"③的"泡在福尔马林药水中的胎儿"④般的天

① 王安忆:《妹头》,云南人民出版社2010年版,第25页。
② 陈丹燕:《慢船去中国:范妮》,上海辞书出版社2007年版,第6页。
③ 卫慧:《上海宝贝》,春风文艺出版社1999年版,第5页。
④ 卫慧:《上海宝贝》,春风文艺出版社1999年版,第69页。

天。奇怪的是,上海的女人都很受用这种模式的男人。《妹头》中妹头中意的就是一些略显颓废气的男人,"那种昂首挺胸、理直气壮的男人,会让她觉得有官腔"。①《桃之夭夭》中见多识广的笑明明见到郁子涵第一眼时就惊叹他"真是清秀啊",禁不住地对他心疼,并心甘情愿地承受这个永远长不大的男人的一生。《上海宝贝》中的 COCO 对天天更是一见钟情,钟情的原因在于他"那种捉摸不定的美迷住了我"②。这种女性在场男性缺席的形象具体体现在以下几个方面。

第一,女性的早熟包容着男性的怯懦。正如王安忆所说:"生命是发生在女人身上,在女人的身体中成熟,与女人的血液交流,合着女人脉动的节拍,分享着女人的呼吸与养料。生命在女人的体内给她教育,她是要比男人更深刻地懂得,生命究竟是什么。"③女性的早熟让文学中的上海女性毫无理由地要兜住和承担他们身边男人的人生,包容男性的自私与迟钝。《桃之夭夭》中郁晓秋母女就是这样用女性的博爱与宽容包容和承受着男性的晚熟。母亲笑明明作为旧社会滑稽戏的女演员能够只身前往香港,走投无路仍旧能不卑不亢地成为专门踩人家脚的舞女,后又全身而退地回到上海。这个生存能力极强的女人,偏偏遇到了"娇嫩柔弱"的郁子涵。这一次遇到注定笑明明今生今世都要承担这个只知道享受、不知生计与前程的懦弱男人的一生。笑明明出人出力地帮助郁子涵到立信会计学校学习,但是不知上进的他书没读成,但学会了游山玩水,好吃懒做。笑明明放弃了安稳的婚姻嫁给了一无所有的郁子涵,帮他安排了体面的工作,建立体面的家庭,为他生儿育女。可以说郁子涵的生活在笑明明的打理下是有声有色,但是,郁子涵毕竟骨子里还是一个晚熟的男人。虽为人夫与人父,他仍旧为了一时的口舌之欲,竟然禁不住女同事的诱惑,背叛自己的妻子。直到女同事亏空公款,连累了他,让他面临十二年牢狱

① 王安忆:《妹头》,云南人民出版社 2010 年版,第 26 页。
② 卫慧:《上海宝贝》,春风文艺出版社 1999 年版,第 2 页。
③ 王安忆:《疲惫的都市人》,中国文联出版社 2008 年版,第 116 页。

之灾,笑明明还是在卖掉家什帮他减刑之后,才彻底放弃了这个男人。而此时的郁子涵仍旧天真地"不曾想到笑明明会这般绝情,还以为这个女人是会无限地宽容他下去"①。

作为笑明明的私生女郁晓秋,同样在重复着母亲的命运。因为私生女的身份,冷酷的家庭环境,让郁晓秋比同龄的孩子更加早熟,"那些粗粝的对待,倒是锻炼了她结实的身心,日后可抗衡人生中不期然的遭际"。② 她对不公平的命运和恶意的流言蜚语的中伤有着超强的承受力,并能以德报怨地宽宥人性的恶所带来的无辜伤害。如果论对生活的承受能力,在她的生命中的两个男人何民伟和姐夫都应该是晚熟的。何民伟即使在已多次与郁晓秋发生性关系的情况下,仍旧狠心将她抛弃。原因就是在解决婚房的过程中,看到两人在未来婚姻生活中所必然遇到的实实在在的来自两个家庭之间的矛盾。当看到柯柯家的花园洋房能为他避开生活中的种种矛盾时,他自然地避开了弯道,选择了生活的捷径。面对何民伟的无情伤害,郁晓秋还是原谅了他,因为尽管没有结果,对于从小就没有幸福可言的她来说,与何民伟的一段感情也算得上是幸福的。而在姐姐难产死去之后,变得"枯瘦萎黄"的姐夫对生活和自己的孩子都失去了信心,是郁晓秋让他重新面对自己的生活。而他们最终的彼此接受的契机,是在一夜互诉伤痛中,姐夫在郁晓秋面前终于展露了像"一个孱弱的孩子","不再像是兄长"③本相之后,他们才互相真正地接受彼此。

除此之外,《我爱比尔》中的阿三掏空了自己的身体与人生,承担着两个异国男性在情感上的自私与掠夺。《上海宝贝》中的天天更是像未从母体中脱离出来的婴儿一样沉睡在靠药物和幻想麻痹的世界中。而 COCO 对天天的感情与其说是爱情,倒不如说更多的是一种疼惜,正如 COCO 自己所说:"他

---

① 王安忆:《桃之夭夭》,云南人民出版社 2009 年版,第 30 页。
② 王安忆:《桃之夭夭》,云南人民出版社 2009 年版,第 46 页。
③ 王安忆:《桃之夭夭》,云南人民出版社 2009 年版,第 168 页。

的执拗他的柔弱,始终像谜一样困着我,我无端端地觉得自己对他怀有一份责任。"①上海文学中女性似乎天生有责任去照顾身边的男性,包容了他们的怯懦,这也为女性超离男权世界的权威,在欲望的支配下操纵男性的世界,掌控这座城市提供了契机。

第二,女性的欲望超离了男性的委顿。在上海的两性角力中,男性有着重回"子宫"的俄狄浦斯情结。女性的早熟与宽容,为这个城市的男性提供的庇护之所,让他们逃避本应由男性承受的现实磨砺。男性的让位,也让女性成为城市欲望的展示和实现者。消费时代城市的文化景观升腾的是欲望的符号。在上海,消费景观下这些欲望符号的制造和追逐的主体是女性。女性的欲望补给了这座城市的活力,同时也超离了男性的委顿。卫慧的《上海宝贝》和王安忆的《妹头》就是在女性的欲望中展现这座阴柔城市的独有景观。女主人公 COCO 和妹头的欲望为上海注入了活力,而男主人公天天和小白表现出的却是虚脱的委顿与无能,让上海的色调一下暗淡了下来,点亮这座城市的是女性。

《上海宝贝》中有这样一段对上海的描写:"站在顶楼看黄浦江两岸的灯火楼影,特别是有亚洲第一塔之称的东方明珠塔,长长的钢柱像阴茎直刺云霄,是这座城市生殖崇拜的一个明证。轮船、水波、黑黢黢的草地,刺眼的霓虹、惊人的建筑,这种植根于物质文明基础上的繁华只是城市以自我陶醉的催情剂。"②这个场景典型的是从女性本体的镜像中反观这座城市,镜像中的"他"映衬着女性的欲望。这种欲望包含着性的欲望,也有女性在物质符号诱惑下孜孜以求的欲望。女主人公 COCO 典型地是一个在消费语境中的活生生的欲望化身。在她的镜像中上海应该是一座"寻欢作乐的城市,它泛起的快乐泡沫,它滋长出来的新人类,还有弥漫在街头巷尾的凡俗、伤感而神秘的情

---

① 卫慧:《上海宝贝》,春风文艺出版社 1999 年版,第 22 页。
② 卫慧:《上海宝贝》,春风文艺出版社 1999 年版,第 14 页。

调"①。而那个泡在福尔马林里单纯又无能的天天,正代表着这座城市缺席的男性。他们的无辜与幼稚不能满足女性在性爱上的合法需求,他们给予女性虚无缥缈的精神慰藉最终也证明不过是慢性自杀的鸦片。COCO 的城市欲望,是在德国情人马克那里找到的如排山倒海似的"想跟天底下所有男人做了爱"的性的感觉,是沉醉于 20 世纪 60 年代复古装束,金发洋人、酷毙的工业舞曲的各种派对中的自我升腾的堕落又重生的感觉。对性爱的欲望,对时尚的追求,让她免于陷入天天那种对生活的空虚幻想,欲望激起的诱惑挽救她于虚无。

而来自淮海路的女孩妹头则代表了旧上海的消费传统与现代消费时尚的自然衔接。妹头出生在一个典型的上海中产阶级体面家庭,"男的,穿着浅色的西装,双色相拼接缝的皮鞋,戴一副金丝边眼镜。女的,白色真丝的长袖衬衫,束在西装裙里,臂弯上挽了一件西装外套,玻璃丝袜,高跟鞋,头发是化学电烫的短发,但做得很自然,只在前额上,波浪略大一些,但很快便顺下来,变成小小的一卷,从耳后弯到腮边。小姑娘,则是像天使似的。在邻人们的啧叹声中,他们走出了弄堂"。② 这个从小深谙弄堂中等人家"综合了仪表、审美、做人、持家、谋生、处世等方面的经验和成规"的女孩,注定要主导她身边的男人的人生。从第一次见面排队买油条;到妹头学着"精明厉害的成年女人,撇着嘴"③开导小白如何应对毕业分配;到她张弛有度地为自己与小白的婚礼张罗一切:将一床旧鸭绒被翻新到弄堂里的人都来参观,将小白家的房屋改造成卧室与饭厅、卫生间独立的格局;直到最后,在与阿川下广东做生意出轨离婚。妹头与小白的婚姻一路走来,小白都是被动地接受妹头的安排,而妹头总是能够紧跟着这个城市的消费步伐,将自己的生活经营得有声有色。

妹头作为一个象征,不仅表征了典型上海中产阶级家庭女性在家庭生活

①　卫慧:《上海宝贝》,春风文艺出版社 1999 年版,第 24 页。
②　王安忆:《妹头》,云南人民出版社 2010 年版,第 8 页。
③　王安忆:《妹头》,云南人民出版社 2010 年版,第 57 页。

中凌驾于男性之上的主导地位,更加代表了女性与城市消费之间相互吸引和利诱的关系。正如米卡·那娃所说:"和男性不同,女性将消费当作一件工作,这种工作需要具备实在水平的技能,并且仍然是现代的产品零售循环系统的一部分。"①消费是女性的工作,而这种工作已经成为推动现代城市生活运转的最主要的动力。城市的现代性的表现在更大程度上是通过女性来再现的,"现代性作为一种叙述和体验,更大程度上是被女性的物质和想象的在场意义深远地标示出来"。② 妹头的强势和掌控欲不仅体现在她和小白的小家庭的生活中,作为典型的淮海路女孩的代表,妹头代表了上海女性对这座城市生活无法克制的消费欲望以及对这座城市的操纵能力。相比之下,男性在面对这座城市的消费生活时,表现的无不是一副委顿无能的表情。正如安德里亚·舒森所说:"男性对吞噬一切的女性化的恐惧……投射到对城市大众的恐惧中……在自由主义式微的时代,对大众的恐惧总是某种对女性的恐惧,对脱离控制的本性的恐惧,对无意识、性欲和在大众中稳固的布尔乔亚自我和身份的失落的恐惧。"③面对如此狂热地追逐消费生活的女性,男性感受到的是恐惧,"丧失了女性购物者的控制权,又对她们不受约束的性感欲望非常恐惧"。④ 所以小白在回顾自己的婚姻时,觉得在婚姻中自己只是被妹头肆意地占有,"他的婚姻生活原来是受虐的生活"。⑤

2. 城市的成长:女性—城市互为镜像的成长史

女性镜像下的上海除了表现出男性缺席下的女性在场,还表现出城市的

---

① [美]米卡·娜娃:《现代性所拒不承认的:女性、城市、百货公司》,罗钢、王中忱主编:《消费文化读本》,中国社会科学出版社 2003 年版,第 194 页。
② [美]米卡·娜娃:《现代性所拒不承认的:女性、城市、百货公司》,罗钢、王中忱主编:《消费文化读本》,中国社会科学出版社 2003 年版,第 198 页。
③ [美]米卡·娜娃:《现代性所拒不承认的:女性、城市、百货公司》,罗钢、王中忱主编:《消费文化读本》,中国社会科学出版社 2003 年版,第 198 页。
④ [美]米卡·娜娃:《现代性所拒不承认的:女性、城市、百货公司》,罗钢、王中忱主编:《消费文化读本》,中国社会科学出版社 2003 年版,第 198 页。
⑤ 王安忆:《妹头》,云南人民出版社 2010 年版,第 111 页。

成长是在与女性成长互为镜像的彼此映照中铺陈开来的。前面笔者解释过,女性与上海的互为镜像是一种彼此互动的过程,城市与女性互为镜像的主体和他者。在女性主人公的成长史中,我们看到了这座城市逐渐清晰、成熟的轮廓。在上海文学中演绎着三种女性的成长史。

首先是上海中产阶级女性的成长史。这些女性的成长过程代表上海最为乐于让人想象的一面。《妹头》中妹头出生所占据的空间位置,已经让其阅历了典型的上海生活的方方面面。俗话说"女孩要富养",妹头就是在淮海路上富养出来的弄堂女孩,阅尽了上海繁华的种种风情,为她能在这座城市生活中占据上风抢占了先机。妹头家的弄堂是淮海路上的弄堂,原先是正宗的洋房"红砖的墙面,高高的台阶,石砌的圆拱门,宽大的木楼梯,荸荠色扶手的栏杆雕着花,天花板四周也雕着花,窗是双层的,有一层是木百叶窗……"①妹头家也是按照中产阶级家庭的模式布置的,不仅在局促的房间结构中安排了自家独用的卫生间,房间的布置也看得出这个家庭的品位与格调:有着中产阶级气息的大房间,尽管将卧室客厅做在一起,但不局促反而舒适堂皇,屋里有着一色柚木西洋款的家具,镶有穿衣镜的大衣橱,一张三人长沙发,沙发与五斗橱之间一张独角圆桌,四把高背靠椅,"床上蒙的床罩是垂了流苏的麻织的质地,桌布、沙发套、房间通向内阳台的落地门窗的帘子,都是麻织,扣纱,流苏垂地"。② 在妹头成长的环境中对她言传身教的都是资深的上海女人,这些女人们的生活做派自然非同凡响。母亲对生活精致而严谨地经营,邻家二姐姐的生活格调③,都在深深地熏染着这个小女孩。中产阶级的家庭教育也让妹头

---

① 王安忆:《妹头》,云南人民出版社 2010 年版,第 3—4 页。

② 王安忆:《妹头》,云南人民出版社 2010 年版,第 7 页。

③ 《妹头》里邻家二姐姐尽管是一个国营饮食店的服务员,但是在店堂穿行的她犹如自信的女演员。二姐姐生活讲究,晾衣服都是抹布叠成六叠,扯平衣服的每一个部位,因为缝衣服更容易缩水,而将沿着衣缝掐过去,掐过来,她的装束表明了受教育与经济独立的身份,"她娇小苗条的身材,穿一条花布长裙,系在白衬衫外面,腰上紧紧地箍一根宽皮带。头发是电烫过的……肩上背着一个皮包,带子收得短短的,包正在腰际"。王安忆:《妹头》,云南人民出版社 2010 年版,第 20—21 页。

更早地完成了一个女孩向女人的转变。在这样的家庭中成长的孩子,衣着得体新潮,就连妹头额发和辫梢都让妈妈用火钳卷得蓬松和弯曲。她有着严格的家庭教育:"吃饭嘴里吃出'哑哑'的声音,要挨责打;坐相不好,坐在椅子边上,将椅子朝后翘起来,也要挨责打"①,和弟弟吵嘴,奶奶生了气,将橱里的新毛衣拖了去给楼上玲玲看,都要在家挨责打。责打下的妹头了解了上海中等家庭的人家在仪表、审美、做人、持家、谋生、处世等方面的经验和成规。在这样教养下长大的妹头渐渐变成"聪明、能干、有风度,又有人缘的小女人"。不仅如此,妹头也锻炼出来了往后真正成为上海女人所必备的有承受力、豁得出去的"皮厚"。而邻家二姐姐出挑的生活做派——在当时体面的工作,优雅、精细的生活风格,都是妹头对自己未来生活的榜样。作为淮海路女孩的妹头,很好演绎了一个上海女人在这座城市成长的原生态。她们早熟到很早知道如何安排自己的人生,从选择儿时的玩伴,挑选自己的对象,如年长女人般为自己和另一半选择人生道路,对自己婚姻的打造和经营,无一不是沿着一个上海中产阶级女性的成长路径进行的。

在妹头的成长历程中,上海消费文化的传统得以保留和展示。而卫慧笔下的 COCO 展现的是都市女性在当下消费景观的成长史。如果妹头的淮海路女孩到女人的成长历程折射的是上海消费文化的一种传统本色,那么 COCO 演绎的则是全球化语境中上海中产阶级女性对上海传统家庭的叛逆与对全球化的消费景象的推进。在《上海宝贝》中 COCO 展现的是当代都市女性在城市消费信息的诱惑下如何成长。COCO 的成长是从女性回归自己的身体开始。宗教狂人、性欲超人的初恋情人,带给 COCO 的只是对性爱和矮个子男人的性恐惧。而与天天的爱情是"一种最奇形怪状的结晶,一切来自偶然,一切来自笼罩在命运上而被压抑着的细微气氛"②,他们在性上的融合只限于彼此的抚摸,是一种残缺的性爱。德国人马克则让 COCO 彻底释放了一个女人对

---

① 王安忆:《妹头》,云南人民出版社 2010 年版,第 11 页。
② 卫慧:《上海宝贝》,春风文艺出版社 1999 年版,第 69 页。

身体的欲望,沉迷于想象中那个穿着纳粹制服,阳光色的日耳曼人的裸体,如何给自己的肉体带来兴奋。

COCO 的性爱经历,隐喻着城市的欲望。这座城市期待全球化所包含的西方信息的征服与召唤,就像 COCO 的性幻想:"海水浮上来,月光慢慢地沉下去,我听见自己的心跳,血液流动的声音……舌尖能感觉到一丝甜腥的伤感的味道,那是我身体最真实的味道。"①COCO 性成熟的过程其实也在暗示东方男性的阳痿和病态,无法满足一个开放的肉体迎接西方信息开垦的渴望。COCO 用身体隐喻了上海在面向世界时的成长,展现了它对未来的期待与姿态。在 COCO 背叛下天天陷入了绝望,隐喻了这样一个事实:上海展现出的对全球化未来的热情,最终必然要抛弃以懦弱、精致且脆弱的天天为喻体的上海的过去。这其中隐藏着城市文化转型的阵痛。

女性对身体的回归,她们无法遏制的消费欲望都见证了这座城市从内到外的成长与变化。尽管它赤裸裸、金灿灿,充满着肉欲与物欲诱惑,但这就是消费时代的上海必然背负的光鲜背后的真实。

其次,《桃之夭夭》的弄堂女孩成长史,演绎的是城市底层女孩在城市的暧昧流言私语中如何磨砺出坚韧的内心。这种坚韧是上海阴柔外表下包裹的坚韧。只是这座城市寻找的是女性来演绎它。如果说中产阶级家庭中的女性成长史是在精致的生活、优雅的外表下锻炼出来的对生活经营的心计与成熟,那么《桃之夭夭》中郁晓秋作为私生女,则是在粗糙的环境中磨砺出人性的坚强与宽厚。母亲毫无来头的巴掌和辱骂时时会劈头盖脸而来,永远后背对着她的姐姐,冷不防地狠狠一脚踢走了她想在家里寻找一点温暖的可能的哥哥。在这样的亲情关照下的郁晓秋,以至于若干年后谈起自己的家人竟然好像在讲别人的故事。因为她似乎没有"好好正视过她的兄姐、家庭和生活"②。郁晓秋就在这样一个冷漠的家庭中长大。她的一生都是沉浸在非议当中,儿时

---

①　卫慧:《上海宝贝》,春风文艺出版社 1999 年版,第 41 页。
②　王安忆:《桃之夭夭》,云南人民出版社 2009 年版,第 168 页。

成年的女伴有意无意地用冷眼和流言伤害她。旁边弄堂闯入而来的女孩最终因为哥哥对郁晓秋格外地好,而心生嫉妒地用郁晓秋的出身来打击她。锣鼓队的女孩子们因为怀疑郁晓秋早上和晚上穿的衣服不一样而讥讽她。[①] 甚至还有人用带有狎昵气的"猫眼"的绰号,来暗示郁晓秋暧昧的出身以及在她身上的关于性的想象……虽然是带着非议出生的,又在流言蜚语中长大,但是周遭的伤害与误解并没有让郁晓秋成为一个冷漠孤僻的人,反而愈加合群和宽容。无论是在母亲的剧团、学校的腰鼓队,还是下乡插队,她都是一个能很快融入集体,带来和睦的人。她用自己的单纯和善意来面对流言:"她说不出,但是听得出她们话里有话,这话中话的意思,她既是糊涂的,又是熟悉的,似乎从小到大,就是浸润在这种暧昧的含义里。随她长大,这暧昧里面又注入了敌意。可是,就像方才说的,她惯会择善,天性趋向和暖的成分,填充心里的小世界。"[②]最终在流言中长大的郁晓秋并没有迷失在别人的舌头下面,反而用自己的乐观和善良,最终找到了自己的幸福。

最后,作为侵入者,外地女性对上海的觊觎与占有。上海女性的成长史还表现在外地女性对这个城市的觊觎与占有。滕肖澜的《美丽的日子》就讲述了江西上饶女人姚虹是如何突破上海精明老人卫老太的层层防备,成长为一个真正的上海媳妇。可以说姚虹成为卫老太的媳妇,是精心策划的,而且目的很明确,那就是让自己和十岁的女儿真正成为上海人。姚虹买通媒人,隐瞒自己有过孩子的硬伤,孤零零地来到上海打一个人的战争。卫老太步步为营地考验,姚虹滴水不漏地应对,最终攻陷老太婆的防线。在这两个女人博弈的过程中,姚虹从一个连洗漱用品都没有带全,胸罩都是最原始没有钢圈的确良式的,眉毛画得一高一低的乡下女人,逐渐蜕变成为一个能烧一手上海菜,剪着

---

① 王安忆十分形象地形容上海女性的市井气:这些女生"多半比男生先懂一步,在长舌扎堆的市井中,已学成半个小妇人。她们学也不要学,染就染上了这城市的晦涩气,且又似懂非懂地将某种朦胧的情绪变成阴暗。她们的形象也有改变,一律显得年长,目光犀利,笑容意味深长"。详见王安忆:《桃之夭夭》,云南人民出版社 2009 年版,第 85 页。

② 王安忆:《桃之夭夭》,云南人民出版社 2009 年版,第 85 页。

BOBO 头,按照时装杂志装扮自己,甚至会挺着肚子坐在居委会门口争取拆迁房的上海女人。如果这些外表的改造和赢得卫老太儿子的喜欢,只是姚虹从表面上在与卫老太的博弈中占据了上风,真正让姚虹征服如老猫一样警觉的卫老太的,是她让卫老太彻底看到了自己其实与这个外地女人是同一类人:她们争取命运转机放手一搏时都是那么决绝。也正是做到了这一点,姚虹才彻底征服了这座城市的偏见,成为这座城市的一员。同时她也看穿了这座曾经蒙上遥不可及光环的城市本色:"原先姚虹以为,上海的'日子'是闪着光的,摆在橱窗里的那种,现在看来,好像也是落在实处。撇去表面那层亮晶晶的东西,上海的'日子'其实是咖啡色的,沉甸甸的颜色,沉甸甸的质地,让人屏息凝神,说不出话来。上海的'日子',初尝是有些苦涩的,可慢慢地,有香甜从里面一点点渗出来。这香甜,也是要尝过才能觉出。苦涩落在舌根,香甜源自心底。苦是甜的先导,没有苦,又怎会甜呢——这道理,其实到哪儿都是一样的。"①一个上饶女人用自己的心机和勇气,融化了上海接纳外来者时预设的坚硬的心理障碍,同时也还原了这座城市坚硬外表下的柔软。

王安忆的《富萍》讲述了上海的想象如何开启一个乡下女孩一穷二白的人生,并让她改变了人生方向。扬州女孩富萍本来的人生应该是早早嫁给忠厚老实的李天华,做一个本分的扬州乡下媳妇。或许是婆家为了表示自己在上海还有体面的亲戚,婚前为自己的儿子做足面子,他们送准孙媳妇富萍来到在上海做保姆的奶奶身边。就是这一次出门,结果却让富萍再也无法回到乡下。在上海短短一年多的时间里,富萍迅速成长。刚来上海的富萍还是一个两颊红红、皮肤粗糙,"后衣襟吊在臀部上,后领则向后撅,衣袖抵到腕上一两寸的地方,裤腿也只抵脚踝上一两寸光景"②,行动迟钝,看上去很木的乡下女孩。但是在上海一年多的时光,上海为她敞开了一扇通往更广阔天地的大门。这段时间里,上海弄堂里的生活本相,大世界的繁华交错,棚户区的简陋真实,

---

①　滕肖澜:《美丽的日子》,《人民文学》2010 年第 5 期。
②　王安忆:《富萍》,上海文艺出版社 2005 年版,第 22 页。

这些上海的信息冲击和填补着富萍空白的人生想象,迅速开启了她的心智,让这个木讷的女孩很快对自己的人生有了重新的认识与规划。富萍再也回不去了。奶奶和吕凤仙这样的上海保姆已经教会了她什么是上海的中产生活。舅舅一家的生活,让她看到了另一种与乡下迥然有别的上海底层自食其力的生活。富萍深深地被这座城市吸引,决心成为这个城市的一分子。她选择了嫁到落魄于棚户区的上海嫂嫂家,并用自己所学到的上海生活经验,将这个寡淡的小家庭经营得有声有色。

姚虹是有意识地觊觎这座城市,并成功上位。她之于上海更多的是一种征服;而富萍的人生是在这座城市中丰富起来的,她是这座城市改造的对象。前者是主动的征服,后者是被动的改造,但是最终她们都成功地闯入了上海,且没有选择离开。她们在这座城市的成长史,也在印证上海对女性无可救药的吸引。同时,这两部小说的结尾都定格在这两个女人怀上了带有上海血统的后代:姚虹挺着骄傲而坚实的大肚子,富萍在船上出现了妊娠反应。王安忆安排的意味深长的结尾是在告诉我们,上海对女性进行改造的同时,女性,特别是外来的闯入者,何尝不是在改造这座城市的基因和血统。

作为以女性代言的上海,很好地用女性的成长史来隐喻这座城市的成长。从中产阶级女性的成长中我们看到了这座城市乐于展现在他人面前的光鲜外表;在后弄里底层女孩的被压抑,被损害的人生中我们看到了这座城市最为坚实的内心。这两种女性的成长史共同演绎了上海这座城市稳固的文化内核。但是在外来女性的闯入中我们又看到了这座坚固的城市巨大的吸附力背后,正悄无声息地一步步被解构与攻陷。女性很好地诠释了这座城市成长的张力,它是稳固的但又是变化的,它是炫目的但又是平凡的。这也许就是这座城市愿意与女性达成"共谋"的原因所在。

三、"她城"的错觉:镜像下的上海反思

正如张清华所说:"在某种程度上,上海也许更接近真正现代意义上的城

市经验,它的天然和市民性、自由色彩与'阴性'特质使她保有阴柔与温润、水质与感性的美感质地。"①上海在女性的演绎下,将其媚态与素态表现得淋漓尽致;但是上海这种以女性作家为创作主体,以女性为主人公来演绎的城市书写,还有着很多值得反思的地方。

正如有学者指出:"女性创作的地域文化'柔性化'特征还表现在女作家们往往用'柔性思维'去观照脚下的那片土地,用细腻、温馨的女性眼光选择所要表现的地域风情。原本相对稳定、属于审美客体的地域风情一旦进入女作家的审美视野和情感世界,便沾染了女性特有的审美理想和生命气息,成为女作家个性化的文化载体。"②以王安忆、程乃珊、卫慧等女性作家为创作主体的上海文学,对城市的书写会展露女性在观察城市时独有的敏感与细腻,但同时不可避免地使城市想象狭隘化。这种狭隘主要表现在女性镜像下的上海缺少超越性,也丧失了大格局的城市想象。大多数作品沉溺于上海的日常生活,正如周乐山的散文《上海之春》中所说:住在上海的人,是永远见不着春天的。……住在龌龊弄堂里的穷人,在这种种生的叫喊声中,提着水壶到老虎灶上去泡开水,洗脸,挤上有轨或无轨的三等电车,到了工作目的地,气力或脑力被纳入一定的模型之内。……资产阶级的太太们,不是在高楼大厦的深闺内,就是整晚在看电影、打牌、跳舞。上海报纸的风味走不出几种旧小说的味道。③ 所以张旭东评价说:"上海人根本看不见春天。他们住在城市的封闭体内,这个封闭体使他们浑然不觉,陷于一连串令人眼花缭乱的事物……他们的城市生活仅仅是孤立的个体在与外界冲突时表现出的被动和无能为力,人与城市相互作用的关系濒临瓦解。"④20 世纪 80 年代的上海文学中,大多数城市人也都沉湎于应付和经营在这座城市中的个人生活,看似开放的城市在城

① 张清华:《城市书写:在困境中展开》,《山花》2011 年第 3 期。
② 张岚:《论女性创作的地缘情结》,《山东大学学报》2010 年第 5 期。
③ 周乐山:《上海之春》,马逢洋编:《上海:记忆与想象》,文汇出版社 1996 年版,第 71—78 页。
④ 张旭东:《上海意象:城市偶像批判与现代神话瓦解》,《文学评论》2002 年第 5 期。

市文化心理上却是封闭的。如《妹头》中妹头对人生的满足就能够成为"弄堂里的人尖"。验证的标准之一是将母亲旧的鸭绒被换胆,重新换上缎面,缝线变得富丽堂皇,吸引弄堂里的人都来见证。《我爱比尔》中阿三的人生堕落,在旁观者看来是那么幼稚和不可想象。因为被外交官男友比尔抛弃,她放弃学业和自己的绘画才华,变成一个专门服务于外国人的"白做"①。阿三将自己所有的人生都投注在一场没有结果的跨国恋情上。这样的人生格局设定正印证了吉利根所阐释的在女性的道德模式下才会有的人生选择:"男人和女人的道德推理是不同的,男人对分离和自主性的重视导致他们发展出一种强调正义、公平和权利的道德理性风格。与之对比,妇女重视的是关联和关系,这使得她们发展出另一种强调具体的人的渴求、需要和利益的道德理性风格。女人更愿意将道德看成是关乎性关系和亲密行为的事。吉利根称女性的道德概念为'责任道德',与之相对的是男性的'权利道德'。"②阿三用自己爱情的伤痛替换了人生所有的可能,在她的异国情人看来这只不过是一场情感游戏,而之于她,却成为要深陷其中一辈子的情感牢笼。这就是女性的软肋,女性情感的封闭性让自己的人生格局显得局促,最终她只能囚困在自己编制的重重帷幕中。

而在卫慧的《上海宝贝》中,COCO 和天天仿佛就不是生活在现实世界中的人。他们的人生多少有一些虚幻的城市想象:"某种意义上,我的朋友们都是用越来越夸张越来越失控的话语制造追命夺魂的快感的一群纨绔子弟,一群吃着想象的翅膀和蓝色、诱惑、不惹真实的脉脉温情互相依存的小虫子,是附在这座城市骨头上的蛆虫,但又万分性感,甜蜜地蠕动,城市古怪的浪漫与真正的诗意正是由我们这群人创造的。"③营造这种城市诗意的不过就是消费

---

① 所谓"白做"就是阿三并没有用身体做金钱交易,只是在你情我愿当中,在那些外国人身上她寻找一种情感的补偿。

② 转引自戴雪红:《他者与主体:女性主义的视角》,《哲学研究》2007 年第 6 期。

③ 卫慧:《上海宝贝》,春风文艺出版社 1999 年版,第 234—235 页。

符号堆积的时尚符码和在天天的公寓这个封闭的空间里一个写作,一个画画,享受着衣食无忧的小资生活。他们的生活格局就是在封闭的空间里营造着虚幻的中产阶级贵族生活的想象。

其次,女性镜像下的上海,其阴柔的城市氛围缺少面对消费时代的城市所必需的理性与自觉的反思。齐美尔曾这样解释女性对时尚热爱的原因:"在历史的大部分时期,女性都处于弱势的社会地位,她们总是受制于'惯例',只能做惯例所认为'正确'与'适当'的事,处于一种被普遍认可的生存方式中。弱者回避了个性化……但是在跟随惯例、一般化、平均化的同时,女性强烈地寻求一切相关的个性化与可能的非凡性。时尚为她们最大限度地提供了这二者的兼顾,因为在时尚里一方面具有普遍的模仿性,跟随社会潮流的个体无须为自己的品位与行为负责,而另一方面,又具有一定的独特性,对个性的强调、对个性的个性化装饰。"[1]消费引导下的时尚最能满足女性在弱势的社会地位所需要的普遍认可与对自己个性追究之间寻找平衡的心理。因为女性对消费天然地缺少抵抗力,这也导致女性镜像中的上海很容易沉湎于消费诱惑,展现享乐主义的姿态。

因此,上海文学在描摹上海的过程中有一种非常让人不舒服的拜金、浮夸的倾向。从世纪之交卫慧创作的《上海宝贝》和2004年出版的《我的禅》中,可以看到对物质需求的精细刻画在文学作品中占据了越来越多的版面。《上海宝贝》中主人公住在三居室的大公寓,沿墙放着从 IKEA 买来的布沙发就已经很满足,麦当娜开着桑塔纳就俨然是个富姐。到了《我的禅》中女主人公已经是个在纽约生活得游刃有余的畅销书作家,对衣着的讲究不再以为 ESPRIT 就是国际时装一线品牌。在其笔下上海有品位的生活该是将 GUCCI 的细高跟缎面凉鞋当拖鞋穿,出门要穿着仿 Vera Wang 的纱裙(这裙子应该是登在杂志封面上好莱坞女明星穿过的式样),他们有着自己的发

---

① 　[德]齐奥尔格·齐美尔:《时尚哲学》,罗钢、王中忱主编:《消费文化读本》,中国社会科学出版社2003年版,第253页。

型师、瑜伽老师、网球教练甚至旅游经纪人。当然他们对异性的品位变化不大,其对象仍旧不是时尚另类的艺术家,就是跨国公司富有、帅气的 CEO。有进步的是她们已经能一眼看出这些男人的行头是不是阿玛尼或 GUCCI。《上海宝贝》在当时已经算是有些惊世骇俗的前卫了,可是与《我的禅》相比,则是小巫见大巫了。

到了郭敬明的《小时代 2.0 之虚铜时代》,对上海"80 后"的小孩来说,有品位的生活就是大学的一等奖学金只是意味着稍微结实一点的鞋,已经会在 LV 的包包里呕吐,会为剪一个刘海一掷千金,住在五星级酒店算是过苦日子,喝九十七块钱一杯的豆浆才算酷。丹尼尔·贝尔对消费主义的社会学描述表明,消费主义的发生与人们满足生存的基本要求没有直接关联性。人的欲望,亦即心理欲求,才是消费主义发生的逻辑起点和最终诉求。① 女性镜像下的上海很容易被包装成欲望都市。它只是在女性欲望的支配下被美化为"他者",是毫无免疫力和承载力的虚幻泡影,就像迷失的阿三(《我爱比尔》),在毒品中麻痹的孱弱的天天(《上海宝贝》)。结局就是他们承担这些虚幻泡沫破灭后的虚空。

格尔达曾说:"镜像阶段是一部戏剧,其内在缺陷的矛盾在预想性的基础上被跳过,主体被富有吸引力的空间认同感抓住不放,产生种种幻想,这种幻想从对于身体的支离破碎的图像出发,最终形成我们可以称之为具体矫形作用的完整形式,形成一副甲胄,其僵硬的结构将决定主体整个心理的发展。"② 在此,笔者也希望在文学的语境中,女性镜像下的上海在其阴柔气息中张扬更多的女性的柔韧"甲胄",但要警惕女性的感性本能可能会给这座城市穿上虚幻而缥缈的轻纱。因为前者更加坚实,能够让这座本就有许多消费想象的城市更加沉着稳健,而后者很容易使得女性气质成为人们诟病这座城市的依据,

---

① 详见[美]丹尼尔·贝尔著,赵一凡等译:《资本主义文化矛盾》,三联书店 1989 年版,第 35 页。

② [德]格尔达·帕格尔著:《拉康》,中国人民大学出版社 2008 年版,第 31 页。

然后将上海定义为规避历史与传统,自娱自乐的消费"泡沫"。①

第四节 武汉:在世俗中狂欢的城市

20世纪90年代以来世俗化是文学运动一个非常明显的趋势。正如王德胜所说:"如果说,整个90年代中国社会文化的显著改观,突出表现了那种同最一般的物质利益相一致的大众意志、大众实践的急剧扩张;那么,在社会审美风尚的变革上,'世俗化'的特征正表达了人们的日常生活层面上,对于那些体现最广大群众的基本要求和欲望没有超迈宏大的生活目标,也没有坚忍不拔的精神信仰,有的只是实现人际间脉脉温情的渴望和满足基本生活享受的热情。可以说,这种'世俗化'的审美风尚特征,一方面再现了90年代中国社会进程的基本脉动,另一方面则再现了当前中国社会群体精神的存在情形。"②20世纪90年代以来世俗化倾向的发生与发展是与日常生活交织在一起的。正如波德里亚所说,消费的发生地点是日常生活。③ 根据这种观点,我

---

① 刘禾曾经说,卫慧等女性作家写作所使用的身体意象更多的是对商品利润的经济大潮的谄媚。刘禾说,"也许鲁迅被同时代人更为敏感地意识到性别与阶级的问题,以及作为阶级的性别(gender as class)的问题"与"男性的女性主义观"相对的另一个极端,是女性对自身权限的滥用,甚至导致性别的商业化。卫慧、木子美等女性笔下的身体意象,与其说是对女性的观照,莫如说是对经济大潮下不可抵挡的商品利润的谄媚(详见刘禾:《跨语际实践——文学,民族文化与被译介的现代性(中国,1900—1937)》,宋伟杰等译,三联书店2002年版,第247—250页)。这是刘禾对女性都市写作的质疑,而旷新年、朱晶:《九十年代上海怀旧》中也以上海女性作家创作的女性题材的作品为研究对象,认为上海怀旧将上海的记忆"写在了'家国之外',巧妙回避了'尴尬与耻辱'"(详见《读书》2010年第4期)。尽管刘禾和旷新年是对女性写作和上海怀旧的质疑,但是他们选用的文本和指向上都在提醒消费时代上海的女性书写中所存在的问题。这也是我们在文学塑造上海形象时需要警觉的问题。
② 王德胜:《世俗生活的审美图景——对90年代中国审美风尚变革的基本认识》,《思想战线》1998年第10期。
③ 鲍德里亚说:"借此机会,我们给消费地点下个定义:它就是日常生活。不仅是日常行为举止的总和,平庸和重复的一面是一种诠释体系。日常性是整个生产力在超经验的、独立的、抽象的范畴(政治的、社会的、文化的)以及在'个人'的、内在的、封闭的和抽象的范畴里产生分离。工作、娱乐、家庭、关系:个体重新组织这些时,采用对合的方式,并站在世界与历史的这一

们可知,在日常生活所孕育的世俗性中考察一座城市,可以看到消费时代在这座城市刻下的最为真实的印记。

这里我们理解的世俗化,不是指文学创作的庸俗和媚俗化,甚至低俗化,而是指在具体生活中人们对自己生存欲望的基本要求和合理表达,在审美风尚上更加以人为本。具体来说,应是以"世俗民众的现实需求为基准来建构其人文关怀的价值体系,重建对历史民众的发展具有价值引导意义的人文价值观,一方面,它充分地认识到需求之于历史民众发展的意义;另一方面它又必须认识到历史的发展绝非对世俗需求的简单满足,而是在历史的必然需求维度上寻求价值系统的重构,这一价值的系统结构以历史(民众)发展的必然需求为基础"①。

之所以开篇就试图理清消费与世俗的关系,以及对世俗化的理解,是为了让我们在消费时代的大背景下考察城市文学中世俗景观时能有正确的方向。在城市的世俗景观中,通过人在城市中生存的基本状态和需求的文学再现,让文学回到关注人本身这一文学的最基本的命题当中,而不是从预定的理论出发去格式化城市中普通人的生活。每个城市都有它的世俗景观,可以说只要人活着,就避不了俗,就要在俗世里摸爬滚打,练就一身生存的硬本领。俗人、俗事是每个城市繁衍、生息的根本,但是在城市文学中不同的城市对自己世俗一面的表现又不尽相同。有的城市会掩盖,比如北京,城市的世俗淹没在四合院历史沉淀的雅致里,就是俗,人家也是"京味"的,带着皇家的贵气。有的城市会美化,如程乃珊对上海世俗性的时尚化拔高和美化;王安忆则是对上海的世俗性进行了更加巧妙的虚饰。虽然王安忆深入上海弄堂里的角角落落去再

边,把严密体系的基础放在封闭的私生活、个人的形式自由、对环境占有所产生的安全感以及缺乏了解之上了。从整体的客观角度来看,日常性是可怜的、剩余的,但是在使'内用的'世界完全自治与重释而所做的努力中,它却是起着决定作用的,令人安慰的。个人日常生活的范围与大众交流之间深刻有机联系就在于此。"[法]让·鲍德里亚著,刘成富、全志钢译:《消费社会》,南京大学出版社 2008 年版,第 11—12 页。

① 舒也:《文化转型:世俗化与文学的媚俗》,《社会科学家》2009 年第 6 期。

现实实在在的上海众生相,但也不能完全掩盖掉这个城市给人洋派世俗的印象。总体上来说,上海的城市文学很不愿意将自己世俗的一面展现给人家看,就是看到了也会将自己弄堂里的那点俗事精致化、洋派化。于是即使在龌龊的弄堂里,也有衣着干净的保姆,打扮讲究的母女,还有这样体面、干净的卧房:白府绸底上缝制着红草莓的床罩、定时打蜡的梨木家具、把手上套了豆绿色、红莓花的布饰的冰箱。① 唯有武汉,世俗是这个城市在文学中得以安身立命的根本所在,从不遮掩,它们敞开来全景式地展现这个真真切切、实实在在的世俗人间。

一、　世俗的认同:以方方、池莉为例

无论是作家还是批评家对文学中武汉的世俗性定位已经基本达成共识。就像北京文学里能找出前清的贝勒,如那五(《那五》)、格格如金绮纹(《如意》)作为人证,证明这座城市里的人可都是有名有姓的主,上海文学通过卖弄淮海路红房子里西餐的 N 种吃法,来强调这是一座沐浴在欧风美雨里的城市一样,武汉也可以在历史上找到证据证明,这座城市祖上就有其世俗的基因。从历史上说,武汉的商业特性铸就了武汉的世俗性。汉口的《竹枝词》中曾经这样描绘:"此地从来无土著,九分商贾一分民。"②武汉从历史上考察就是一个以商业和市民文化为基础的对世俗性具有强烈认同感的城市。美国学者罗威廉通过对汉口历史的考察得出这样的结论:"通过对汉口(一个在人口来源和职业方面都无比复杂的城市)的实例研究,势必将得出这样的结论:至少在一些中国城市里,存在着一种作为'市民'的共同身份的强烈意识和独特的城市心态。……汉口最引人注目的第一特性就是极度的世俗化。"③除了历

---

① 王安忆:《闺阁》,《王安忆短篇小说年编》卷四,人民文学出版社 2009 年版,第 37 页。
② 转引自方方:《阅读武汉》,南方日报出版社 2002 年版,第 117 页。
③ [美]罗威廉:《汉口:一个中国城市的冲突和社区(1796—1895)》,露西奇、罗杜芳译,中国人民大学出版社 2008 年版。

史渊源以外,李俊国还以汉口为例,从武汉的地理环境和文化风气来论证武汉的世俗性:"汉口,在近代中国,具有它独特的都市文化品性。地处中原腹地的汉口,以汉川、孝感、黄陂等乡村社区作为它的背景依凭。历次城市沿革又有大量流入这些乡村社区的人群作为汉口的老式居民,从而形成以市民为主体的汉口的老式居民区,渐次形成以市民为主体的汉口文化气质。它缺乏上海、广州这类近海城市作为现代商埠或工业大都市的开阔、迅疾、新奇、时髦的文化个性。商贾市民杂陈,酷热与酷冷的气候、与农业社区过于紧密的亲缘性、小商小贩式的手工业作坊的经济格局,总汇成汉口文化粗俗、世俗、庸俗的人文心态和琐碎、繁复、单调、无聊的生命形态。"①由此可见,武汉的世俗性是有历史、地理和文化渊源的,世俗不仅是浅浮在城市表面的风景,更是深刻在这个城市中的精魂。

再回到作品,我们可以看到,从 20 世纪 90 年代池莉的《烦恼人生》《不谈爱情》和方方的《风景》开始,两位作家都不自觉地将武汉的普通市民生活作为开掘这座城市的切入口。她们以武汉作为城市背景,讲述世俗人生的种种真相,本没有什么预设,只是为了展现人生的一种真实的存在状态。可是这种人人都生活其中的人生状态,在文学的发酵下最后竟然只有在武汉这个酒坛子里才能酿出最正宗、淳厚的真滋味。在以后的文学创作中这种不自觉地感性捕捉,很快变成了有意识地为这座城市在文学中建构其世俗景象的自觉。正如方方所说:"作为一个作家,在武汉生活成长,实际上它是一片土壤,作家内心是文学作品的土壤,可以说我的大部分作品都是和这个城市相关的,有的从面上就可看出来直接是写武汉的,有些虽然不是写武汉的,但它所表达的东西、里面的人物带着强烈的武汉色彩。……我都觉得这个城市对我而言,是我生命中一个重要的组成部分。是它养育了我,给了我们这样一个空间,给了我呼吸的场地,我的作品中到处都散发着这样一种气息。我很愿意我的作品有

---

① 李俊国:《都市烦恼人生的原生态写实——二十世纪中国都市文学视阈中的方方、池莉小说》,《江汉论坛》1992 年第 9 期。

很强烈的地方色彩……"①

　　特别是在 20 世纪 90 年代末的城市文学中,武汉成为最典型的世俗人生的展示空间。只是这两位作家进入这座城市的方式和角度不一样。池莉自始至终都立足于武汉市民阶层生活,以一个参与者的身份,书写着她所熟悉的生活。於可训说池莉是一个"'对过日子比写小说更感兴趣',同时她也是个'会过日子的女人'……池莉小说成功,其得益处就在于她把她的创作和她的为人揉成一个整体,二者互为表里,几至密不可分"。② 在她 20 世纪 90 年代末的作品,如《生活秀》《来来往往》《小姐你早》《托尔斯泰的围巾》以及新作《她的城》中,池莉如打造自己的生活一般打造着武汉的日常生活景观,而且在其笔下武汉被经营得越发成熟老练,自成一体。方方不一样,就像有研究者所说:"池莉代表的是市民价值立场,方方坚持的是知识分子立场。立场在这里意味着作家写作中的视角选择、自我定位、文字风格等。"③

　　方方在文学中塑造武汉时,起先以一个理性的知识分子立场俯视武汉底层的市民生活,如《风景》《日落》《出门寻死》《万箭穿心》等。之后,也如海派文学作家打造海派中的上海一样,她开始重新梳理和挖掘汉派中武汉的传奇。如散文集《汉口的沧桑往事》回顾了武汉的历史,她是从叙述租界商业街的历史开始的,延续到塑造武汉的传奇人物,如两广总督张之洞、汉口租界买办地皮大王刘歆生的一生。如果以上还是方方以历史学的研究方式借助文学的手段在为武汉写史,在《污泥湖年谱》《武昌城》《水在时间之下》等作品中,她则是通过文学的虚构来为武汉作传。她通过一个地域的历史渊源、一个历史事件的始末和一位汉剧名伶的悲喜人生,讲述一座城市。笔者认为,相比池莉而言,方方在塑造武汉这座城市的时候似乎更具匠心。她似乎总有一种向上建构的欲望,希望将这座城市在能指层面上挖掘得更加深刻悠远。而池莉则

---

① 方方:《我的城市　我的文学》,《图书情报论坛》2007 年第 3 期。
② 於可训:《池莉的创作及其文化特色》,《小说评论》1996 年第 4 期。
③ 魏冬峰:《新写实小说脉络中的池莉和方方》,《文艺理论与批评》2005 年第 2 期。

坚定地站在市民立场,以在场者的身份参与到这座城市的生活当中。她只是负责再现自己所熟悉的生活,并没有启蒙或者树立什么价值目标的愿望。因而,池莉塑造的武汉更加真实和从容。这种无所企图的书写正符合了武汉这座城市喧哗纷扰下扎实而厚重的城市品性。而方方的笔触自始至终地展示了知识分子的理性自觉,让她的创作杜绝了浮在城市表面上的无所依傍的危险,而且也迎合了城市文学为城市打造自身品牌的文化诉求,但这也让她的文学创作不像池莉小说那样能与这座城市贴得那么紧且亲近。当然池莉小说中的武汉书写也有局限,她善于从细节入手,在城市民间立得住、坐得稳,但格局偏小。相比之下,方方在对武汉的文学塑造中开口更大,视野更开阔。

无论这两位作家塑造这座城市的区别有多大,但有一点是相同的,那就是她们都认准了武汉这座城市在地域文化特色上的世俗性,并力图形成文学品牌。所以,在她们的作品中越来越有意识地强化这座城市的标志性符号,如池莉《生活秀》中的吉庆街、《不谈爱情》中的花楼街,方方的汉口租界、《风景》里的河南棚子和《万箭穿心》中的汉正街。我们也会对这座城市被打上汉口小市民符号的男男女女们印象深刻:《风景》里的河南棚子里一见男人便作少女状的风骚无比的母亲与打码头、打老婆和孩子都上瘾的父亲;《不谈爱情》中庄建非那个深谙世事、处世老练泼辣的岳母以及《生活秀》"吉庆街风景"中卖鸭脖子的女人来双扬。

作为植根于日常生活的文化倾向,世俗性是城市最为真实的底色和常态。但正如陈丹燕所形容的上海人对自己腌臜世俗一面的隐晦一样:大多数城市都乐于呈现自己向着大街霓虹闪烁,专门接受别人目光考验的一面,这一面里"每个人都收拾得体体面面,纹丝不乱,丰衣足食的样子,看上去,生活得真是得意而幸福";而悄悄隐藏自己的另一面,这一面就像上海藏在弄堂里后门的风景:里面"堆着没有拆包的货物,走过来上班的店员,窄小的过道上墙都是黑的,被人的衣服擦得发亮。小姐还没有梳妆好,吃到一半的菜馒头上留着擦上去的口红印子"。① 可是武汉不同,用武汉话来说,武汉是"敞——的"②城市,啥都亮在台面上。它有一股子决心和狠劲儿,就是要把这种生活底色和常态变成城市表征和符号,而实现这种转化的文学手段就是世俗的狂欢化书写。狂欢化的世俗呈现是这座城市世俗性的非常重要的特征,下面一节我们就主要讨论文学中的武汉是如何将世俗性以狂欢化的形式呈现出来的,并追问在这种独特的城市塑造中留给我们的是什么。

二、 狂欢化的世俗:一座城市的寓言

巴赫金说:"中世纪的人似乎过着两种生活,一种是常规的、十分严肃而紧蹙眉头的生活,服从于严格的等级秩序的生活,充满了恐惧、教条、崇敬、虔敬的生活;另一种是狂欢广场式的自由自在的生活,充满了双重的笑,充满了对一切神圣物的亵渎和歪曲,充满了不敬和猥亵,充满了同一切人一切事的随意不拘的交往。"③巴赫金为我们讲解了在狂欢节中广场上的狂欢能打破一切既定的外在约束,人与人之间能自由开放地展现自己。这种广场上的狂欢"转化为同它相近的(也有具体感性的性质)艺术形象语言,就是我们所谓的狂欢化"④。阅读武汉文学的作品,会发现文学中的武汉在呈现方式上非常具有狂欢化的倾向。之所以这座城市能将民间生活的常态升华为一种生存寓言,就在于它通过狂欢化的文学方式,将武汉城市景观展现在自由开放的广场当中,在世俗的狂欢中人们自觉与不自觉地脱冕,从而看清生活的本相,认同生存的法则。

---

① 陈丹燕:《上海的风花雪月》,作家出版社 2008 年版,第 4 页。
② 敞:武汉话读音为 Ca,三声。作为方言,本意是"张开""打开""没遮拦""没限制"。详见朱建颂:《不是"岔的"是"敞的"》,《楚天都市报副刊》2001 年 10 月 10 日。这个词也可表现武汉城市的一种性格,如《她的城市》中女主人公蜜姐所说:"敞——的! 这就是城市的大气派,许多城市都是没有这份气派。"池莉:《她的城》,江苏文艺出版社 2011 年版,第 78 页。
③ 〔俄〕巴赫金:《巴赫金全集》第五卷,河北教育出版社 1998 年版,第 170 页。
④ 〔俄〕巴赫金:《巴赫金全集》第五卷,河北教育出版社 1998 年版,第 161 页。

1. 吉庆街、花楼街：广场符号下的城市真相

合上武汉文学的文本，脑海里涌动的最痛快淋漓、印象深刻的就是这座城市的喧哗与热闹。作家们为武汉打造了太多具有符号性的广场形式，营造了太多的广场效果，让这座城市的真相在广场的公共空间里展露无遗。如果说上海文学在弄堂和高档公寓中讲究的是私人空间的私语性，那么武汉则在自由开放的广场中，将私人生活公开化。一般而言，要领略武汉人最简单的快乐就去吉庆街。要看武汉人真实的生活，你只要在武汉人家门口一站，不一会儿你就能捕捉到十分典型的武汉人的生活现场。这是个不大会遮掩的城市，人世间的喜怒哀乐，总会很自然地通过狂欢化的展示变得一览无余。

巴赫金一再强调广场是一个令人惊讶的时空体："就其作为一个特殊的时空体而言，广场极具开放性，又极具包容性，所有的人都可在这里随意来往歇息。这里没有中心，没有制高点，它是众多边缘的交汇，它不可能体制化。当广场被赋予文化内涵后，它就会超越其仅仅作为物理空间的狭隘含义，泛化为广场性；广场含义的泛化，使其他一些活动场所，如大街、小酒店、道路、澡堂、甲板及其他能成为形形色色的人们相聚和交往的地方，都带上了狂欢广场的意味。现实的广场通过这种象征性的转化，就形成了狂欢文化中的广场形象。"①作为一个时空体的存在，广场是变幻不拘的。在武汉文学中我们可以看到几个典型的具有广场符号性质的空间存在，吉庆街就是其中之一。在池莉的《生活秀》、邱华栋的《吉庆街小记》、孙雁群的《吉庆街的夜晚》等作品中都提及这条街。这个历史上就是"贩夫走卒，荟萃城乡热闹的地方"②，如今成为武汉市民文化的符号，一个世俗生活与文化的大秀场。这里世俗占据主流，高雅统统退场。来这儿的人就是为了感染这里的人间烟火气、凡人味。这里的世俗气息表现在它给人们带来的自由与解放。在吉庆街人们可以花很少的

---

① 王建刚：《狂欢诗学——巴赫金文学思想研究》，学林出版社 2001 年版，第 92 页。
② 池莉：《生活秀》，江苏文艺出版社 2006 年版，第 16 页。

钱买到最大化的快乐。在这里可以花二三十块钱吃那些不能登大雅之堂、油烟味十足、味道浓重、绝对管饱的家常小炒。再花几十块钱就可以听到吉庆街的艺人们为你展示的绝活儿：有人给你画像，有小姑娘组成乐队给你唱摇滚，有人说笑话、唱小曲。这儿就是土洋、雅俗、老少、唱画集结在一起的文化大混俗。运气好的话，你还能碰上上过电视的艺人"麻雀"为你表演现编的唱词。①

正像池莉所说的，在吉庆街花钱就是为了一个"随便"，在吉庆街吃什么喝什么都不重要，最重要的就是一种感觉，这里就"是一个大自由，是一个大解放，是一个大杂烩，一个大混乱，一个可以睁眼睛做梦的长夜，一个大家心照不宣表演的生活秀。"②人们在这儿能找到生活最单纯、简单的快乐。在吉庆街挣钱与找快乐之间的关系简简单单，"卖唱的和买唱的都无所谓，都乐意扮演自己的角色，因为但凡动脑筋一想，马上就明白：人人都是在这生活的链条中，同时卖唱和买唱，只是卖唱和买唱的对象不同而已……表演者与观看者互动起来，都在演戏，也都不在演戏；谁都真实，谁都不真实。别的不用多说，开心是能够开心的。人活着，能够开心就好。"③就是因为在吉庆街实惠、廉价的快乐，降低了人与人之间的等级门槛，找到了世俗乐趣的可贵之处。世俗的快乐原则可以让无论什么身份、等级的人在这里自愿地脱冕和加冕，享受着简单的开心。你不要吃惊在吉庆街你会碰到卓雄州（池莉《生活秀》）这样的成功人士，花上50块钱让军乐队为自己演奏十次打靶歌，回忆自己在军营的青春岁月；看到几个大学教授模样的人听着湖北大鼓而乐得前俯后仰的失态模样（孙雁群《吉庆街的夜晚》）。唯有在武汉的吉庆街这样一个用世俗风景包装出来的城市空间里，你才能看到人们卸下面具后，在最真实的世俗快乐中享受轻松与自在。

其次，汉口的花楼街也是一个敞开来展现武汉世俗风情的城市空间。

①　邱华栋：《吉庆街小记》，《人民文学》2006年第8期。
②　池莉：《生活秀》，江苏文艺出版社2006年版，第22页。
③　池莉：《生活秀》，江苏文艺出版社2006年版，第67—68页。

《不谈爱情》中这样叙述花楼街："武汉人谁都知道汉口有一条花楼街。从前它曾粉香脂浓,莺歌燕舞,是汉口商业繁华的标志。如今朱栏已旧,红颜已老,瓦房之间深深的小巷里到处生长着青苔。无论春夏秋冬,晴天雨天,花楼街始终弥漫着一种破落的气氛,流露出一种不知羞耻的风骚劲儿。"①小说中有三次庄建非去花楼街场景。作为知识分子家庭出身的庄建非,从被这个世俗的时空场域的浓浓人情味深深吸引,到被这个场域中世俗人间的丑陋所震撼,最后,带着全家(知识分子家庭,他们的别墅生活代表着与花楼街的感性世俗生活完全不同的理性、高雅的生活)来到花楼街求和,让花楼街的狂欢戏码达到高潮。在这个狂欢的广场中,成功地上演了世俗生活如何战胜所谓高雅生活的骄傲与自尊的好戏。

第一次是庄建非婚前不打招呼偷袭花楼街吉玲的家,展现在他眼前的是多么温暖、可爱的生活场景:"向阳门第春常在,善良人家花常开。这是多么浓烈的人间烟火,多么可爱的家庭啊! 尤其是那股热烈奔放的人情味。"②出生在大学教授家庭的他感受到与自己那个充满理智的整洁、冷清的别墅家庭完全不一样的充满人情味的民间家庭的温暖。当然这种温暖是一种假象,是老、胖且邋遢,一向举止凶神恶煞、脏话连篇的吉玲母亲和从来喜欢霸占客人大谈特谈花楼街掌故的吉玲父亲,联合上演的一出家庭温情大戏。第二次,庄建非来花楼街寻找负气回娘家的吉玲。这次庄建非见识到了花楼街真实的人情面目。特别是深谙世故的吉玲母亲充分表现出了她的几种面目变换。之前准女婿第一次上门,吉玲母亲充分发挥了"一旦有了特殊情况,她可以非常敏捷地变换成一副精明利索洁净的模样"③的特长。这一次女婿已经成为既定

① 池莉:《不谈爱情》,《池莉经典文集——烦恼人生》,北京十月文艺出版社 2010 年版,第69—70 页。
② 池莉:《不谈爱情》,《池莉经典文集——烦恼人生》,北京十月文艺出版社 2010 年版,第79 页。
③ 池莉:《不谈爱情》,《池莉经典文集——烦恼人生》,北京十月文艺出版社 2010 年版,第70 页。

事实,丈母娘真实面目没有再掩饰的必要。展现在庄建非面前的岳母是:"这个肥胖女人头发散乱,合拢眼睛打瞌睡,烟灰一节节掉下来,从她油腻腻的前襟几经曲折跌到地上。"①在岳母噼啪拍着大腿山响的责问和一群孩子的津津有味的围观中,庄建非的这次寻妻之行溃不成军,怏怏收兵,并彻底意识到"花楼街这种地方果然名不虚传,在这里,什么事情都可以发生,都不足为怪"②。最后,当庄建非父母终于在他婚后第一次离开别墅坐着小车,提着糕点,来到花楼街当着满满当当的看热闹的邻居,给吉玲母亲致歉的时候,代表知识分子阶层的庄建非一家终于与代表汉口小市民的吉玲一家达成了和解,或者更确切地说是认同。庄建非一家为了儿子的出国来花楼街与亲家和解的世俗目的,本身就让一向以高雅、理智、不屑与小市民为伍的他们主动地脱冕了。"见面"本身蕴含着知识分子对小市民阶层的认同。这种认同的背后隐藏着同样的世俗目的,庄家要接回儿媳,用儿子的家庭和睦来换取儿子出国的机会。吉玲一家要的是面子,硬要撕掉庄家的清高与虚伪,一洗女儿嫁给庄建非而庄家只给了1000元彩礼的耻辱,更是要让花楼街邻里们看到高高在上的教授亲家终于到汉口小市民家里登门谢罪了。此时,文学中的花楼街不再是一个充满暧昧胭脂气息的地理空间,而是一处文学的狂欢场域。在加冕与脱冕的闹剧中,市民的生存伦理战胜了知识阶层的矜持与矫情,让他们的虚伪昭然若揭。

2. 私人生活的狂欢化——喧哗中的城市本相

如果说吉庆街和花楼街仅仅只是以广场时空体的性质为展现武汉的生存寓言提供一个场景,那么在武汉文学中,还有一种狂欢化的城市演绎,那就是私人生活的狂欢化。前面曾经说过武汉是一个不大会遮掩的"敞的"城市,所

---

① 池莉:《不谈爱情》,《池莉经典文集——烦恼人生》,北京十月文艺出版社2010年版,第89页。
② 池莉:《不谈爱情》,《池莉经典文集——烦恼人生》,北京十月文艺出版社2010年版,第91页。

有的喜怒哀乐都容易挂在面子上,这就让文学中的武汉呈现出其他城市所没有的一道独特的风景线。那就是在武汉文学中总有一个特定的狂欢化的公共情境,激化所有的矛盾。在矛盾的激发与宣泄中,私人生活彻底公共化。所有生活的烦恼和矛盾都从私人空间转移到公共空间,私人矛盾蔓延为公共矛盾,最终为这座城市的世俗性增添了最为有力的铁证。如果有公众的参与,那么这种私人的情感很快以集体狂欢的形式,被这个城市普通市民共用的情绪同化,直至最后消解。

武汉文学中精彩的狂欢化的生活场景处处可见。如《小姐你早》中妻子戚润物在大街上对出轨丈夫王自力的长达 6 页文字的开骂;《太阳出世》中赵胜天结婚当天在长江大桥上以一颗门牙为代价上演的一场婚前恶架;《风景》中七哥父母每天在家里进行连平均七分钟一趟的火车都没能压住他们喉咙的吵闹;更不要说《出门寻死》中的何汉晴在晴川桥上表演的跳河秀,《托尔斯泰的围巾》中上演的集体装修的狂欢闹剧;等等。

武汉——这座城市的生存寓言就在于,在这个城市每一次上演的狂欢化的生活秀中,世俗人生都在集体的宣泄中得到了洗礼,让我们对城市的生活有了一次更深刻的认识,被禁锢的情绪也得到一种宣泄和解脱。私人生活的公开狂欢化的意义之一就是还原每一个生活的个体。你发现在生活的天平上,褪去外在的光环回到生存本身,人人都是平等的,都要接受世俗的拷问。如在《小姐你早》中,作为高级知识分子的戚润物是研究所的科研骨干,受过国务院副总理接见的学科带头人。但是一次意外,她在家中撞见丈夫与"耳朵都没有洗干净"的小保姆在床上偷情,之后就发生了她与丈夫王自力的街头骂战。这场骂战被戚润物处理得痛快淋漓。她从揭露丈夫肮脏下贱的血统开始,所谓北京正黄旗的出身不过是"你的曾奶奶不幸被一个好逸恶劳的街头二满子强奸,之后不幸有了身孕"[①];到指责王自力的一口京片子的浅薄,在工

---

① 池莉:《小姐你早》,《池莉经典文集——来来往往》,北京十月文艺出版社 2010 年版,第 181 页。

作中投机与虚荣;最致命一击是戚润物扒出王自力的隐私,无论生理上还是工作上他的龌龊与丑陋:令人恶心的狐臭,一口烂牙齿,藏污纳垢、臭不可闻的包皮,肾衰阳痿,陷害局长,私设小金库,偷税漏税,公款吃喝,最后回到正题——"你下贱无耻,和一个耳朵都没有洗干净的小保姆胡搞"。① 在这场将近5000字的街头夫妻对骂中,戚润物终于明白了一件事,那就是:"一桩别人的故事又要发生在她身上了——她得离婚。"②

其实,戚润物在这场街头骂战中,真正要明白的不是一桩别人的事情又要发生在她身上,而是这次公开场合的夫妻间的隐私的大曝光,让这个在粮食研究所不食人间烟火的高级女知识分子回到了民间,开始正视自己真实的生活。骂战的狂欢性就在于它完成了对戚润物夫妇的一次彻底脱冕。还原了国企老总王自力的自私、虚伪、龌龊,更让科研骨干中性人戚润物彻头彻尾开始正视自己早已忘记的、作为女人所要面对的生活。当然不要忘记,这场狂欢中的旁观者就是那些在这个城市受尽冷落的"扁担"们。他们"饶有兴致"观看着这一城市的风景。因为"他们喜欢交通堵塞,车祸,火灾,打架,斗殴,巡警抓人和夫妻吵架。这些都是当代城市的特殊风景,是'扁担'们的开心一刻"③。在这一狂欢的场景,作为城市底层的"扁担"们得到了一次与作为城市上层的戚润物夫妇进行平等对视的机会。戚润物夫妇的家丑,彻底将这两个平常要"扁担"们仰视的社会角色脱冕成在生活角色与遭遇上与他们无异,但在行为和道德上比他们更猥琐和龌龊的人。高级知识分子戚润物也和"扁担"们的自家女人一样会当街破口大骂,也会遇到中年色衰之际老公出轨的窝心事。更为重要的是,作为国企老总的王自力出轨的对象是自家保姆。这也再一次证明,

① 池莉:《小姐你早》,《池莉经典文集——来来往往》,北京十月文艺出版社2010年版,第183页。
② 池莉:《小姐你早》,《池莉经典文集——来来往往》,北京十月文艺出版社2010年版,第184页。
③ 池莉:《小姐你早》,《池莉经典文集——来来往往》,北京十月文艺出版社2010年版,第179页。

无论什么身份的男人在性上的动物本能和口味是一样的。质言之,《小姐你
早》中狂欢化场景的意义就在于它在世俗的逻辑中还原了所有人的本相。

如果说池莉的《小姐你早》是还原生活,那么方方的《出门寻死》中则是展
现了生活的无奈。这种无奈在狂欢性的宣泄中得到了共鸣和疗救。女主人公
何汉晴平日为家里的老老小小衣食住行日夜操劳。但是,仅仅因为自己多年
的便秘在早上多占用了厕所一会儿,造成了婆婆晕倒在公共厕所里,遭受了全
家的怨恨和丈夫的一记耳光。平日里积攒的所有委屈和此时受到的屈辱让何
汉晴决定不活了,出门寻死。殊不料,何汉晴十分严肃地寻死,在晴川桥上却
变成了一场闹剧。因为还没有等她往桥下跳,好姐妹文三花就已经在桥上闹
自杀了,而且引来了大量围观的人和电视台的现场报道。原来文三花和何汉
晴一样早就活得不痛快了,老公长期在外面有外遇。老公在出了车祸后,三花
到医院探望,看到的是老公毫不掩饰地在她面前与情妇秀恩爱。何汉晴自杀
的场地被人占去不说,还要先救朋友。救下了三花不久,丈夫刘建桥也要抢在
何汉晴前面自杀,而且他想死的念头萌发得比汉晴要早得多,早在他下岗的那
一天他就想死了。

何汉晴寻死的结果却是看到了更多人和自己一样在生活中活厌了、活烦
了。三花丈夫的不忠、自己老公的失业……跟自己便秘和在家不受尊重的窘
境相比,自己死的理由太不充分了,再有,就是自己死后儿子没人管,没人给老
公做饭,没人给公公抓药,小姑子的衣服没人洗……最终结论就是自己这样的
穷人根本没有资格去死。何汉晴在桥头上演寻死,曝光的是沉积在武汉这个
城市中人人都有的生活烦恼。其实,大家都一样,本来悲壮地去寻死,到头来
变成了借劝寻死、看寻死之机,集体发泄了对庸常生活的不满。在人人都参与
的以世俗场景为舞台的集体狂欢中,大家集体脱冕,坦露了内心深处的隐疾,
毫不忌讳地将自家和自己的笑话展现给公众。当然发泄出来了,自然就痛快
了,在同情别人的痛苦同时顺便也聊以自慰一下。因此,在世俗生活中用死来
逃避生本不乐的生活,是毫无意义的。悲壮非但不能引起共鸣,其意义反而很

快会被俗世生活的潜规则消解掉:"一个人的生生死死,真是由不得自己。这世上并没有人真的就把命运捏在自己的手上。"①那些置身于狂欢秀中的参与者或旁观者,不再是一种看笑话的心态,而是一次将心比心的伤痛分享。私人生活的烦恼,在公共场合被激化的同时很快被这个城市普通市民的情感共鸣所消解。

而在池莉的《托尔斯泰的围巾》中上演的狂欢化的装修闹剧,不仅弥合了人与人之间在等级之下的区别,而且还在人性善恶的天平面前甄别出人性的高贵与丑陋。武汉的一场大雨,让花桥苑小区里的居民陷入了劳心劳力、麻烦不断、受气不断的马拉松式的集体装修之中。在这场装修的盛宴中,看自行车的烈士遗孤张华为大家的事情跑前跑后,协调大家各种矛盾,成为花桥苑小区居民解决矛盾的主心骨。大学教授,有身份、地位的王鸿图夫妇,平日里衣冠楚楚,举止文雅,但是为了四毛五还是两毛五的搬运费,不仅可以斤斤计较到小数点后几位的百分比,而且可以立马放下平日的高贵优雅,与搬材料的老"扁担"大打出手。一场装修下来,为了几个小钱失了体面的是平日有身份的教授们,为人坦荡、得了体面的反而是看车棚的寡妇和看似猥琐但内心美好善良的老"扁担"。在世俗的生活场景中我们不仅可以得到简单的快乐,而且在实实在在的生活面前才可以看清楚每个人的本相。深陷烦琐、庸常的生活,即使再高的身份和地位也无法阻挡你在其中煎熬得像是得了失心疯,相反能在其中秉持善良、把持德行、掌握分寸的人,尽管地位卑微,身份尴尬,但是也无妨他们得到生活的尊重。

文学中的武汉通过将私人生活做狂欢化处理,让我们看到了这座城市演绎城市世俗真相的种种方式。无论是对这个城市世俗性地还原本相、展示无奈还是甄别美丑,这种狂欢化的城市书写方式都突破了以往城市自我塑造时的自我掩饰或粉饰的伎俩,而将沉淀在城市最深层的本色呈现在文学的视野中,

---

① 方方:《出门》,《小说月报》2005 年第 2 期。

让我们看到了这座城市最为真切的世俗人心。从这一点上来说,文学中的武汉有着真诚质朴的亲切感。

三、 世俗的心态:苦难的承受与消解

池莉、方方等作家对武汉的书写在方式上是通过对这个城市的世俗性进行狂化化处理,但在这种处理背后,我们还是能够看到这座城市独有的城市心态——这座城市有着一颗坚韧的承受与消解苦难的强大内心。倘若拿北京和上海的文学形象与之作比较,那就可以看出,北京的城市之心是大气的,就像《那五》中早年福大爷家的排场,有着虚张声势的前兆和隐疾;而上海的城市之心带着西方想象的娇媚与动人,但是芯子里总能看到花哨外表包裹下的自娱自乐的虚荣。相比较而言,武汉的城市之心较为真实,也显得厚重些。因为它是在城市最为普遍的市民阶层中提炼出来的,最具有代表性的真实的城市心态。这种心态中包含着直面生活的真、善、美和假、恶、丑,具备应对与消解世俗苦难的博大承受力。从这一点上说,文学中的武汉对世俗人生的反思和提升是比较贴近人心的。

无论是来双扬(池莉《生活秀》)、七哥一家(方方《风景》)、李宝莉(方方《万箭穿心》)还是何汉晴(方方《出门寻死》),他们的人生都在展现武汉人对生活苦难的超强承受能力。譬如池莉笔下的来双扬,她的人生面临种种难题,苦难似乎从一开始就与来双扬(《生活秀》)如影随形,年少丧母,父亲另娶。后来因为意外失火烧掉了开关厂的仓库,让工作没多久的来双扬被厂里除了名。更加不幸的是,自己的婚姻早早解体。自家兄弟姐妹没有一个能撑起门面。哥哥来双元生活乱七八糟不说,还时不时赖到妹妹家里白吃白喝。弟弟来双久徒然生得一副好皮囊,但因为迷恋吸毒基本就是一个废人。才色平平,心比天高的妹妹来双瑗拖欠着原单位的各项管理费,却热衷于在城里文化圈充当着有名无实的"女鲁迅"。家里所有生活重担,都压在日夜颠倒、卖鸭脖子的来双扬身上。此外,对来双扬最为严峻的困难,就是深谙世事的她,因为世

事洞明,让她永远摆脱不了在情感上的自我桎梏。习惯凡事都经过世俗逻辑推理的她,尽管与卓雄洲两情相悦已久,一旦将压抑情感付诸实践,立刻就觉得变了味道。世俗女人来双扬在情感上的现实注定让她会在现实的苦难中永久煎熬。

《风景》中的七哥从一出生到下乡当知青之前,生活就以肉体与精神上的粗暴折磨形式劈头盖脸而来。在 13 平方米的河南棚子里,挤着七哥一家 11 口人。风骚的母亲,粗暴的父亲,对这群儿女的养育就是晚上睡觉前点点数,知道他们都活着就行。在下乡当知青以前,七哥一直没有睡过床。他像小狗一样蜷缩在父母阴暗潮湿的床底下。上至父母,下至兄弟姐妹都以虐待和毒打七哥为生活的乐趣。甚至面对七哥被父亲的毒打,母亲自始至终都低着头剪脚趾甲,"还从脚掌上剪下一条条的破皮"。母亲漠然的原因是"母亲喜欢看人整狗,而七哥不是狗,所以母亲连头都没抬一下"①。但是生活的苦难并没有阻碍七哥像野草一样成长,并成为这个粗暴家庭中走出来的第一个大学生和国家干部。

从李宝莉(《万箭穿心》)搬进新房的第一天开始,生活的饿狼就对她张开了血盆大口。一向对自己顺从的丈夫突然有了外遇,随后又自杀,靠自己在汉正街起早贪黑给人做扁担,甚至卖血赚钱养活公婆和儿子,结果却是在不知不觉中被公婆当作了家里的长工。儿子成才买了豪宅之后,第一件事情就是要把她赶出家门。《出门寻死》中的何汉晴的人生苦难首先就是她的常年便秘,年轻时因为便秘导致了她失去读大学的机会,成家立业后便秘更是严重影响她的正常生活。把何汉晴逼得寻死的缘由是家庭生活对人的压抑,自我尊严与价值被亲人们漠视。在水开了都没人伸手去灌一下的大家庭里,汉晴不仅要照顾公婆、小姑、老公、儿子的所有日常生活,还要为满足上大学的儿子的开销,以及家庭生活能正常运转,而不得不在外给人做钟点工,甚至卖血。所有

---

① 方方:《风景》,浙江文艺出版社 2011 年版,第 26 页。

的付出得来的只是在家里任所有人差遣的保姆地位,公婆对自己没有文化的鄙视,以及丈夫虽不是有心但是长期在情感上的冷漠。

文学中武汉的小市民们没有谁活得很痛快,他们最常说的话不是"活得累""活得烦躁",就是"崩溃"。可以说,武汉的城市文学在挑战人承受苦难的极限。可令人称奇的是,在武汉的世俗生活中,人在种种困难面前表现出了超强的承受能力。来双扬虽然承受着家庭内外众多的压力,但是她还是几经周旋让本来乱如麻的生活,最终运行在正常的轨道上了:"她解决了来家老房子的产权问题;也解决了与卓雄洲的关系问题;还带来金多尔看了著名的生殖系统专家,专家说多尔包皮切口恢复得很好,不会影响只会增强将来的性功能,来双扬高兴地给多尔找了更高级的乒乓球教练。来双扬搞好了与父亲和后母的关系;交清了双瑗她们兽医半年的劳务费;九妹出嫁了;小金也本分了一些;久久似乎也长胖了一点儿,来双扬在逐步地减少他的吸毒量,控制他对戒毒药产生新的依赖;来双扬自己呢,还挤出一点儿钱买了一对耳环,仿铂金的,很便宜,但是绝对以假乱真。"①《风景》中七哥像一只小狗一样,在这个充满暴力的码头工人家庭里默默无声地长大。他承受住了父亲和兄弟姐妹的家庭暴力,目睹哥哥们强奸邻家女孩给自己造成的心理阴影,以及失去儿时唯一给他温暖和关怀的善良女孩够够的情感创伤。虽然是不择手段地上位,但是七哥还是从这个充满罪恶回忆的家庭中走出去了,成为北京的大学生,娶了有背景的老婆,并且在仕途上一片光明。

何汉晴虽然被没有尊严、紧巴巴的家庭生活折磨得想死的心都有,但是她还是没有死。有她在家里,热水总是按时灌到壶里,买给公公的中药总能物美价廉,小姑子的衣服也从没有被洗衣机洗坏,儿子的要求也能逐渐地得到满足。李宝莉再怎么被家庭排斥,也不妨碍她用自己的肩膀挑起一家人生活的重担。儿子虽然对自己不孝,但是李宝莉还是让儿子在早年丧父的情况下没

---

① 池莉:《生活秀》,江苏文艺出版社 2006 年版,第 69 页。

有耽误学习,上了最好的大学。如果不问生活对他们的回馈,这些主人公在世俗生活中都经受住了生活的考验,他们的付出圆满了别人的生活。

是什么支撑这些武汉人在烦恼的人生中坚持把日子过下来? 首先,武汉人对苦难的超承受能力应该与武汉特有的达观、坚韧的人文特性相关。罗威廉在对汉口的研究中发现武汉人不仅有商业冒险精神,而且"当面对生活中的不幸以及生命和财富面临危险时,汉口人相当平静地接受之。……杨格非在卫斯理公会的同事威廉·斯卡伯勒(William Scarborough)则这样描写在同一场洪水中的汉口难民:'这些人陷入窘境:他们的房屋被冲毁,生计被切断,他们拥挤在一起,面临着瘟疫的威胁,处于饥饿的门槛,都表现出一种平和、安宁甚至是满足的心态'"①。这种平和、安宁、满足的心态实际上就是指武汉城市的人文品格中蕴含着的达观与质朴。正如池莉所说:"我们普通人身上蕴藏着巨大的坚韧的生活力量。用'我们不可能主宰生活中的一切,但将竭尽全力去做'的信条来面对烦恼,是一种达观而质朴的生活观。"②这样让武汉人在面对生活的种种遭际时,能够表现出足够的洒脱,"他们一面奋斗,一面把面子、生死这些神圣的东西看得很穿——'汉口街上常能见到那种最不知忧愁的一类人……'对什么都无所谓,什么事都能想得开。怄气永远都怄不长。随和得仿佛没主张。"③

其次,就是武汉人特有的世俗生活哲学——实用主义的生活哲学。这种实用主义的生存哲学首先包含眼光向下的生活态度。所谓眼光向下,就是在俗世生存,没有太多的时间和空间容你对未来去辨析和憧憬,如老牛拉牛车走一步看一步,踏踏实实走你脚下的路,反而能让日子过得踏实,看清楚现实的本质之所在。这种目光向下的实用哲学,会让人们用比较实际的眼光将是非、

---

① [美]罗威廉著,露西奇、罗杜芳译:《汉口:一个中国城市的冲突和社区(1796—1895)》,中国人民大学出版社 2008 年版,第 22—23 页。
② 池莉:《也算一封回信》,《中篇小说选刊》1988 年第 4 期。
③ 方方:《日落》,转引自樊星:《当代文学与多维文化》,武汉大学出版社 2005 年版,第37 页。

善恶相对化。所以七哥会说:"生命如同树叶,所有生长都是为了死亡。殊路却是同归。……谁是好人谁是坏人直到死都是无法判清的。"①就像来双扬,一直看不惯妹妹不安现状地四处跳槽,并非她甘心在吉庆街做一个卖鸭脖子的女人,只是因为她对自己的生活有着非常清晰的认识:"生活这种东西不是说你可以首先辨别好坏,然后再去选择的。如果能够这么简单地进行选择,谁不想选择一种最好的生活? 谁不想最富有,最高雅,最自由,最舒适……人是身不由己的,一出生就像种子落到了一片土壤上,这片土壤有污泥,有脏水,还是有花丛,有蜜罐,谁都不可能事先知道,只得撞上什么就是什么。"②在来双扬看来,对生活不要用太多的奢望,最重要的是走好你现在的路。李宝莉在丧父后不久,毅然放下架子到汉正街做卖苦力的"扁担",就是因为她知道家里老小四口等着兑现的钱吃饭,做"扁担"才能养活一家老小。尽管起早贪黑,跟男人一样卖力气干活,但是效果就是每天有钱拿回家,这不就是应付眼前生活最大的道理吗?

第三,武汉人对生活的运算法则一直遵循的是对等的生活原则。生活再千头万绪,只要在等号两边运用世俗的价值标准加减乘除一番,一切矛盾都可以解决,任何情绪都可以消解。比如《生活秀》中来双扬在解决家里祖传房产的问题上,就成功地运用了这个运算公式,最终达成了三赢。现实摆着三个矛盾:来双扬拿不到祖传房产的房产证、房产科长的花痴儿子找不到老婆、久久饭店的九妹一心想做城里人而不得。来双扬断了九妹对吸毒的来双久的念想,让她安心嫁给了房产科长的花痴儿子,自己顺利地从房产科长那里拿到了房产证,就这样她同时解决了三个矛盾。的确,来双扬是在利用九妹达到自己的目的,可现实却是来双久即使不吸毒也不可能娶九妹,以九妹的条件要想做武汉城里人,能嫁给房产科长有点毛病的儿子已经不错了。再自私自利的想法,只要在世俗生活中经过对等原则推算一下,就会变得合情合理。《出门寻

① 方方:《风景》,浙江文艺出版社 2011 年版,第 114 页。
② 池莉:《生活秀》,江苏文艺出版社 2006 年版,第 14 页。

死》中何汉晴对生活再怎么不满,一想到自己死后老公娶了后母对儿子不好,公公抓药要贵一半的钱,婆婆万一怄气要去医院又要花钱,算来算去死得都不划算,死得也不放心。心中的怨恨也就消解了许多,自然死的决心也没有了。小市民是不会做赔本买卖的。李宝莉从丈夫死的那天开始就把自己与丈夫算了一笔账。丈夫外遇辜负了自己,自己告发他间接导致他的死亡是自己欠他的,现在自己独立赡养公婆和儿子算是与他扯平了。这场四则运算下来不但消化了她的丧夫之痛,而且也成为她能在以后艰苦生活中坚持下来的理由。尽管最终她辛苦了半辈子换来的就是儿子的不孝、公婆的怨恨,她还是想得通,因为她与丈夫扯平了,她对得起自己的人生。

在世俗逻辑中的运算法则和金钱逻辑下的运算法则是不一样的,前者是建立在人与人之间的道义平等的基础上的,而后者则是赤裸裸的利益关系。这也是在世俗景观下考察出的武汉这个城市的可贵之处。总之,在热闹、粗糙的世俗生活当中涌动的是浓浓的人情与人性之美。

第五节 广州、深圳等南方城市:
城市的异形

如前面所分析,大多数城市在消费视阈下都呈现出立体而丰富的文学形象。如北京在传统与现代矛盾之间的徘徊;上海在女性镜像中展现的妩媚与耐人寻味;一头扎进世俗狂欢中的武汉在世俗的喧腾中演绎着生存的寓言。在当下语境中,消费文化给文学的印象多是:人性的异化,享乐主义的泛滥,物欲横流。但是在这些城市,作家能超越人们对消费文化的一般定位展现出更为丰富的文化内涵。其原因不仅在于这些城市深厚的历史文化底蕴和地域文化特色,这些东西赋予各个城市超稳定的文化心理,更在于作家对自己的城市根性的信仰。尽管这种根性在消费时代已经受到了冲击,但他们还是会尽力让自己的城市文学免于流于表面,而力求尽量展现其深刻立体之处。这些城市在文学中的主动性,除了作家的情感取向以外,还在于城市本身的吸附力。无论作家对它们是赞扬还是批评,都不能摆脱这些城市对他们深深的吸引力,但是反观以广州、深圳为代表的南方城市,却可以看出这些城市在文学中呈现出的单向度的城市景观。

南方城市①的城市文学作品不像北京和上海文学那样成熟,但是创作实绩还是可观的。突出的有张欣的《浮华背后》《谁可相依》《爱又如何》等,张梅的《破碎的激情》以及她的系列自传性散文,郑小琼的打工诗歌,刘西鸿的《你不可以改变我》,王小妮的《一个城市的二十六个问题和回答》,还有李兰妮、彭名燕、杨黎光等人的文学作品。总体来说,与其他文学中的城市相比,南方城市在文学中展现的形象是被动的,稍显单薄、刻板。正如张清华所说:"'广州'也许比北京和其他城市更加稀薄。检点当代文学中的'广州书写',只有张欣等少数并不主流的作家,所描写的大都是职场白领的商界生存景观。这些人物也许非常接近现实中的真实,但作为经验主体却不无'空心'色彩,内涵显得不足。这和其他城市书写相较而言,却没有任何优势。但是,另一个更阔大的'广义的广州'——正处于迅速工业化和城市化的广东——也许是另一个好的场域。在最近的一些年中,关于城市与资本的想象,在这里有了新鲜而巨大的空间。"②

---

① 这里作者将广州、深圳、东莞等城市统称为南方城市。这些城市的文学也有不同的称谓,有人总结为广东文学,有人总称为岭南文学。因为这些概念还没有确定,或达成共识。笔者在此处只作一般性的介绍。陈实在《岭南文学:一种解释和推断》中这样定义广东文学和岭南文学:"广义的岭南文化,是指五岭文化,含五岭周围的湘、赣、粤、桂地区的文化。从古文化的角度来看,这是包括吴、越、楚文化的复合文化,在越吞吴、楚灭越的历史过程中,逐渐形成了统一的楚文化,以屈原为其代表,成为整个南方文化和文学的象征,五岭文化实际上是南方文化的一个分支。狭义的岭南文化,主要是指粤、桂地区的文化,这是古代百越(百粤)文化的集中地,至今仍在整个粤西地区保持着原始的影响和魅力。然而,我们讨论的岭南文学、岭南风格、岭南流派,无论是观点的提出者还是讨论者,都无意涉及原生意义上的岭南文化——百越文化乃至楚越文化。它实际上是指明清以来以广州、佛山为中心因商品经济繁荣而发展起来的珠江三角洲文化,即广东文化。我们正是以此域限为基础来讨论岭南文学与北方文学的差距和距离的。"详见陈实:《岭南文学:一种解释和推断》,《学术研究》1989 年第 1 期。

② 张清华:《城市书写:在困境中展开》,《山花》2011 年第 3 期。

无论是张欣笔下浮华的商业城市景象,还是以郑小琼等打工诗人为代表的底层文学所反映的城市血泪史,似乎在消费视阈下这些城市在文学中已经形成一种刻板印象,那就是这些城市最能展现文学对消费主义的批判。作家们对这些城市似乎总是站在批判的角度来书写。这种定位与南方城市本身的城市文化特色有关。正如有学者对广州的评价:"广州是广东开放的标志地,是西方文化最先过境的城市之一,较少受传统文化的束缚。在这个商业气息浓厚的社会中,粤人的典型形象是城市平民,他们不存太多幻想,更多关心吃穿住行、游玩享乐,信奉世俗生活的自在、自足和自娱,所谓'赚钱买 HAP-PY'。"①另一学者也说:"广州是一个形而下的、注重消费的、穿着拖鞋就可以上街的、生活从晚上 10 点半才开始的城市。一句话,广州是个很物质主义的城市,同时,它也给文学观察者提供了思考城市现代性的丰富话题。"②

有这样的城市文化,自然在文学中作家们会将这些城市作为对消费时代进行反面审视的最佳空间。具体说,就是这些城市放纵着金钱的淫威,滋养着拜金主义的情绪,利用金钱的魔力和人的欲望,实施着消费的暴力,摧毁着人性的真、善、美,诱发着人性的假、恶、丑。在被金钱洗脑的城市中,人与城市之间唯一的纽带就是金钱,就像诗歌中描绘的:"我伸出手想接住一片树叶,然而城市却给了我几枚银币。"③城市变异成为欲望膨胀的幻影,是惩罚人类的集中营,"让一群自大的生物在他们的欲望幻影中永受煎熬。一个人占有越多的物质也必然受到更多的煎熬"。④ 这些被施了金钱魔咒的城市,展现的人间图景就是人在膨胀的欲望中变形、扭曲,最后走向自我毁灭。

波德利亚曾经说:"消费社会既是关切的社会也是压制的社会、既是平静的社会也是暴力的社会。"⑤这种如波德莱尔笔下的"恶之花"一样的城市图

---

① 郭亚明:《论张欣小说的叙述选择及其文化意味》,《学术研究》2006 年第 7 期。
② 刘悠扬:《我们的文学如何面对当代都市》,《深圳商报》2005 年 6 月 27 日,第 C02 版。
③ 波黑村:《对白》,《星星》2004 年第 12 期。
④ 波黑村:《对白》,《星星》2004 年第 12 期。
⑤ [法]让·波德利亚:《消费社会》,南京大学出版社 2001 年版,第 197 页。

景,是潜藏在城市浮华表象之下、以无形暴力的形式来形塑城市的异化。以下笔者将从物化的城市法则、被解构的城市情感、反抗的无力——城市之窘三个角度来解析消费视阈下南方的城市。

一、 物化的城市法则

从一定程度上来说,消费时代城市表面上的"平静的繁荣"就是建立在城市的暴力之上的。这种隐藏在平静之下的暴力是无形的,物化的城市法则在这种无形暴力中肆意施虐。对于物化的城市法则的解释,丹尼尔·贝尔的界定发人深省。他认为:"社会结构是一个具体世界,这个结构不是由人,而是由角色构成,它由确定了等级和功能之间关系的组织化图标设计而定。权威在于地位,而不在于人,社会交流(在必须互相配合的工作中)是角色之间的关系。人变成了一样东西或一个'物',这不是因为企业是非人性的,而是因为工作任务的完成必须服从于组织的目的。"①在以消费能力和地位为价值基准的城市中,人以使用价值的形式出现在生活中,因而人往往失去了本体性的地位。这种物化的城市法则首先表现在剥夺了人之所以为人的条件,将人异化为生产工具或符号。

消费时代在欲望消费和制造消费的逻辑下,无形之中漠视着人的生命,让人随时随地成为工业生产过程中的一台机器、一个零件。相信马克思主义的人认为这是资本主义典型的异化法则。对于这种异化表现得最为真实、最为有力的就是 2007 年获得人民文学奖的打工诗人郑小琼。作为曾经是东莞某工厂生产线上工作的打工妹,郑小琼对底层打工者的命运有着刻骨的体认。这座城市的富庶是由无数生活在底层打工者的血肉铸就的。在工业时代的搅拌机下,将分离出的肉体和灵魂与钢铁、塑料、铝块一起搅拌,这是怎样一个血肉沸腾、钢花四溅、粉尘弥漫的场景:"我的肉体像一辆巨大的火车等待出轨,

---

① [美]丹尼尔·贝尔著,严蓓雯译:《资本主义文化矛盾》,江苏人民出版社 2010 年版,第12 页。

它有着地质学的丰饶、结构学的完美、力学的美感,在化学的复制中没有了神学与哲学的幽远,剩下数学的图形被现代工业污染与打磨,钢铁渣样的躯体在枯萎……"①在工业生产线上的人和他们生产的产品一样没有个人身份只有编码:"他们来自河东或者河西,她站着坐着,编号,蓝色工衣/白色工帽,手指头上工位,姓名是 A234、A967、Q36……/或者是插中制的,装弹弓的,打螺丝的……/在流动的人与流动的产品中穿行着,/她们是鱼,不分昼夜地拉动着/老板的订单,利润,GDP,青春,眺望,美梦/拉动着工业时代的繁荣。"②就连他们的疾病:那被各种工业灰尘塞满的肺、被机器咬断的手指和工业废水一样毫无价值地流淌在打工的河流里。消费时代将人工具化,不仅是将人变成生产线上的机器,而且还在更深层次上将人按照程序化来设置,变人的生活为物的运转。如《天堂向左,深圳向右》(慕容雪村著)中的周振兴的生活习性完全像是被电脑改装过的程序,"此人一年四季打着领带,头发永远硬硬地顶在头上,绝不会有一根错乱,每天上班后都有个固定的程序:上厕所、擦桌子、倒水"。③他的笑也是按照程序设置好的,在上厕所、擦桌子、倒水完毕后,他一定会朝对面陆可儿一笑,陆可儿跟他对面坐了两年,每天都会在 8 点 28 分左右收到这个笑容,误差绝不超过一分钟。

卢卡契曾经在总结消费社会的物化后果中说,"在资本主义社会内部,随着商品交换的发展和社会分工日趋细密,人们的职业越来越专门化,他们的生活围于一个十分狭窄的范围,这使他们的目光很难超越周围发生的局部事件,失去了对整个社会的理解力和批判力。"④郑小琼笔下那些早已面目模糊,以编号和利润值来取代人的本体性的打工者和慕容雪村笔下早已被编排为程序

---

① 郑小琼:《挣扎》,发表在《海平面诗刊》2006 年 11 月 30 日,http://my.ziqu.com//bbs/665366/。

② 郑小琼:《流水线》,见《黄麻岭》,长征出版社 2006 年版,第 110 页。

③ 慕容雪村:《天堂向左,深圳向右》,万卷出版公司 2009 年版,第 80 页。

④ 罗钢:《探索消费的斯芬克斯之谜》,罗钢、王中忱主编:《消费文化读本》,中国社会科学出版社 2003 年版,第 19 页。

的深圳白领的生活,正好印证了卢卡契的理论。消费社会就是通过将这些人作为工具进行精细的社会分工和控制,让他们逐渐丧失对社会的理解和判断,从而彻底异化为可以用数字和金钱来等值计算的物。

其次,这种物化的城市法则的暴力性还在于,让人们在无情的生存现实和炫目的消费诱惑面前,认同以消费能力来衡量一切的金钱本位的合理性,从而毫不费力地颠覆既有的价值观。张欣、慕容雪村、郑小琼等作家作品中的主人公,在南方城市打拼、历练之后都不约而同地对自己的人生重新进行洗牌,对已有价值观进行颠覆。颠覆方法就是将一切放在以金钱为砝码的天平上,凡是在金钱的折合下亏本的买卖,无论初衷是多么地崇高,都会被抛弃。在这个天平上曾经光彩夺目的单纯理想统统可以用金钱逻辑来解构。被物化后的人就会心甘情愿地献出自己的灵魂,当然也会麻木地接受以金钱为标准定位人的优劣,任由金钱剥夺和践踏人的自尊与自信。就像大学生陈启明(《天堂向左,深圳向右》)出卖自己的人格,娶了能让自己少奋斗几十年的丑陋、没文化的深圳郊区某村长的女儿。他认定这种自我出卖是在深圳这个地方活下去的硬道理,"在这个年代,谁把自己卖得最彻底,谁就会出人头地,否则,你就没有任何希望。"①《最后一个偶像》(张欣著)中的海涛和于冰,本是军人出身,想在深圳这个地方寻找自己的价值,可是经历了商场的尔虞我诈之后,他们不得不承认最初的理想不过是幼稚的自欺欺人,所有努力的目的,实现自我价值唯一的标准就是挣钱多少。在《浮华背后》(张欣著)中三线小明星莫亿亿只是与海关关长的儿子卓童乘着私人飞机到亚太首屈一指的顶级豪华游轮上参加了一次晚宴,她的人生观就彻底改变了。身着阿曼尼晚装的莫亿亿在千娇百媚、争艳斗奇、珠宝美钻闪耀成辉的消费盛宴中,幸福得"腾云驾雾,体轻如燕"②。这一夜过后,莫亿亿开始重新定义人生的意义:既然能够遇到"英俊、

---

① 慕容雪村:《天堂向左,深圳向右》,万卷出版公司 2009 年版,第 27—28 页。
② 张欣:《浮华背后》,作家出版社 2009 年版,第 13 页。

富有,而又喜欢她的年轻人"①卓童,过上高质量的生活,她为什么要选择就是"脱光了拍三级片,也不及卓童小指一弹"②的兽医剧虎。基于这种"醒悟",莫亿亿十分肯定且毫不心虚地在深爱自己的人面前坦白了自己虚荣的合情合理性,"没错,我就是这么虚荣,做梦都想走红,我想过的好日子不是吃多几份卤肉饭,而是随心所欲地刷金卡,到世界各地旅游,拥有顶尖级的名牌,住花园洋房,开白色跑车……"③

陈启明以婚姻为代价对生活现实的理性分析,莫亿亿在物质诱惑面前的缴械投降,都在印证着消费时代的物化法则对人的无形征服,"这种物化使活生生的历史现实机械化、僵硬化,人们对物(商品)的追求窒息了他们对现实和未来的思考。她们面对的现实不再是生动的历史过程,而是物的巨大累积……它使人丧失了创造性和行动能力,只能消极地'静观'(contemplation)。物、事实、法则的力量压倒了人的主体性。"④

二、　被解构的城市情感

罗钢曾说:"消费所体现的并不是简单的人与物之间的关系,而是人与人之间的社会关系。"⑤消费时代无形的暴力不仅在于用商品社会等价交换的原则来置换传统社会建立在伦理和道德上的社会准则,而且还在于它将这种原则执行到人与人之间的社会关系上。对情感的"物质化解构"就是其最好的证明。

南方文学中,作家们所描写的都市情感都是残缺、变异的。再难以舍弃的爱情也抵挡不了金钱的光芒。为了能出国留学而抛弃自己女朋友的瑞平

① 张欣:《浮华背后》,作家出版社 2009 年版,第 41 页。
② 张欣:《浮华背后》,作家出版社 2009 年版,第 43 页。
③ 张欣:《浮华背后》,作家出版社 2009 年版,第 44 页。
④ 罗钢:前言:《探索消费的斯芬克斯之谜》,罗钢、王中忱主编:《消费文化读本》,中国社会科学出版社 2003 年版,第 17 页。
⑤ 罗钢、王中忱主编:《消费文化读本》,中国社会科学出版社 2003 年版,第 33—34 页。

（《浮世缘》张欣著）在面对背叛爱情的道德谴责与光明前途的诱惑时，用金钱的砝码一折合，他马上就对自己的负心行为释怀了。在此时的他看来，"爱情是一种感觉，无论多么伟大也仅能维持三五年，剩下的是感情、亲情、牵挂、依靠、合作伙伴、撒气、说话、交流、暖脚等，全是泛爱，不再是那种独特的感觉。所以，重要的是把日子过好，人有能力时才能顾及自己所爱的人，这是最简单不过的道理了。"①和实实在在能看得见的前途比起来，靠感觉来把握的爱情显得多么微不足道、虚无缥缈。这个天平下，道德可以任意践踏，善可以为恶让开道路。有钱你可以鄙视一切传统甚至可以另外创造传统，就像《天堂向左，深圳向右》中所说的："如果你有一千万，你可以创造一个传统：一夫一妻制是可鄙的。婚外情是穷人的罪恶，但对亿万富翁来说，即使不是高尚的，至少也是天经地义的。"②

《谁可相依》中商莉莉与杨志南是一对情投意合的恋人。如果说第一次分手是因为身在军界的他们，是父辈权力斗争的牺牲品。那么，时过境迁，进入 20 世纪 90 年代，剩下的则是褪去政治光环的他们，如何应对商品经济的考验。事实证明他们的爱情在物质考验面前"为山九仞，功亏一篑"。当商莉莉决定放弃家庭与杨志南结合的时候，杨志南却选择了外贸公司总经理宋乔娅。在商莉莉、杨志南、宋乔娅之间的情感选择，本来是要受到道德谴责的，但是在商品经济运转法则的解构下，他们的选择又变得合情合理。作为刚从监狱出来的杨志南是一个标准的流氓无产者，根本不能给商莉莉任何生活保障。当一进入宋乔娅豪华装修的三室两厅的居所，杨志南就彻底明白了自己真正需要的是什么。尽管宋乔娅是那种看一眼烦半年的女人，他还是毅然决然地将自己卖给了她。而宋乔娅更明白杨志南娶自己绝对不是爱情，但她不要爱情，只要带着有体面长相的杨志南出席任何场合，能让她大放光彩就已经足够了。不言而喻，杨志南与宋乔娅的情感选择是明码实价的各取所需。而商莉莉在

---

① 张欣：《浮世缘》，华夏出版社 2000 年版，第 4 页。
② 慕容雪村：《天堂向左，深圳向右》，万卷出版公司 2009 年版，第 140 页。

一时痛苦过后也终于明白自己打算离婚嫁给杨志南是一个多么不合算的买卖,原因就是"两个穷光蛋在一起生活又能把爱情持续多久"。① 此时,那曾经包裹着弹壳笔套传递的情感,那坦克里柔软而润泽的初吻,在现实的商品经济法则下很快被消解得干净利落,连块遮羞布都不用留。

当人的生存在消费时代的无形暴力下变成了赤裸裸的金钱交易,当我们曾经认定的美好情感被放在金钱和欲望的放大镜下展现出面目全非的惨相时,这个城市最终留给人的是什么? 那么多的主人公已经告诉了我们答案:永久的孤独。无论是张欣、还是慕容雪村,都不自觉地让他们的主人公在这些城市以一个寂寞的身影谢幕。《天堂向左,深圳向右》中肖然这个拥有千万资产的富翁,投怀送抱的是电视台名记者、港姐等数不尽的美女,出入有别墅、豪车。可是最终他看够了,玩够了,一切都没有意思了。除了死,他想不出还有什么办法能让自己从这些物质极度丰盛下的空虚中解脱出来。刘元用一个妓女就解决了自己的童贞,这也就注定以后在情感世界里他将永远寂寞。项春成(张欣《对面是何人》)坐拥百亿,但是结了三次婚,离了三次婚,他的人生留给他的就是"一世繁华一日散,一杯心血两字全"的总结。所有的孤独源自人本身的变异,否定"人类生存的精神价值,把人变成了没有灵魂的,只知道追求物质生活享受的单向度的人"。② 人被欲望所控制,所有的价值观被颠覆,乘虚而入的就是谎言、怀疑、欺骗。

肖然这一生唯一留恋的,就是他的初恋情人韩灵。在肖然还是推销员,一个月只有一千多元工资的时候,他还会捏着干瘪的钱包为韩灵买两百七十八元的风衣。可是当肖然成为百万富翁时,再次面对陪着自己一路走来的头发稀疏、面目苍老的韩灵,他早已经忘记了她曾经的温柔和体贴。韩灵被人抢劫的时候,他正与性感的女记者在床上鬼混,他再也不会抱着受伤的韩灵说像抱

---

① 张欣:《谁可相依》,文汇出版社 2006 年版,第 282 页。
② 刘启春:《略论法兰克福学派的消费主义文化批判理论》,《马克思主义研究》(年刊)2004 年第 1 期。

着自己的女儿,而是残忍地质问韩灵有没有被人轮奸。他们最初纯洁的爱情在追逐物质富裕的过程中变味,相爱最终变成互相伤害,直到成为习惯,最后解体。肖然唯一留恋的已经离他而去,所以他的自杀成为必然。落虹(张欣《浮世缘》)在广州这个城市自尊、自爱过,可是她的自尊、自爱在一张加拿大大学录取通知书面前一文不值,还没有等你出卖自己的尊严,你最爱的人早就出卖自己的良心和清高背叛你。在这个欲望可以吞噬一切的城市,落虹飞到香港去做富商的一夜情人变得顺理成章、情有可原。消费时代的异化就是什么都可以有价沽,情感与商品无异。在这个城市,人与人之间的爱情是最脆弱的,"再也没有坚不可摧的爱情,山盟海誓太容易被击溃,再坚固的感情也敌不过无处不在的诱惑。……苦苦坚守的青春只换得一纸休书,……你的爱情永远敌不过金钱的勾引,你万般哭诉、百般哀求,你的漂亮女友还是要投身有钱人的怀抱。"①

三、 反抗的无力——城市之窘

消费景观下城市的暴力,不仅展现人在金钱本位的时代中被动地被消费时代的价值标准改造的景象,还展现人们反抗这种城市暴力的无效,或者说这种反抗最终结果就是将人推向更绝望的深渊。在城市文学中有人对抗这种暴力,但你的清醒和觉悟会在所有的集体无意识面前变成另类,结果就是你会死得很难看。这就是消费文化最可怕的地方,就像尤奈斯库的《犀牛》的寓意所暗示的,所有人都变成犀牛了,唯有你不是,早晚一天你会厌恶自己没有长出角的样子。在《对面是何人》中,男主人李希特就是一个对抗时代,结果走向绝路的人。当所有人包括自己贤惠的妻子都为了生活苦苦挣扎的时候,李希特却沉迷在善恶分明、行侠仗义的武侠世界。他视金钱为粪土,为老婆天天只知道挣钱而恼怒不已。殊不知在不知不觉中金钱正利用他的理想和坚持,将

---

① 慕容雪村:《天堂向左,深圳向右》,万卷出版公司 2009 年版,第 111 页。

之玩弄于股掌之中。为了拍自己的武侠电影,他不惜离婚分得妻子中彩票得来的奖金,甚至掐着妻子脖子,夺取了妻子留给儿子最后的钱。为了与这个金钱世界保持最后的距离,他所付出的代价却是让家人饱受经济窘迫的折磨。上大学的儿子因为没有钱不能回家,四处打工,最终最爱的女友也离开了他。妻子为了维持家庭的生活身兼数职,晚上还要到天桥摆摊赚钱。李希特的武侠电影最后以失败告终。他本想以死来表达对这个世界最后的反抗,结果却是半死不活躺在医院,将家人拖向更绝望的深渊。聪明、懂事的儿子为此休学,甚至陷入传销的陷阱。

此外,反抗的无力还表现为在一个没有深度的城市,任何形而上的追寻都必然走向自取灭亡。詹姆逊曾说:"即社会已失去了追求深度、实施影响的可能性,它已沦为纯粹的模仿作品和肤浅的自我评论。我们只剩下一个符号游戏,这些符号除了指向消费品以外,没有任何终极指涉对象。"① 张梅的颇有寓言意味的小说《破碎的激情》正好解释了这种以追求深度为手段的反抗的无效。《爱斯基摩人》杂志可以看作广州这座城市唯一没有被商业气息吞没的精神乌托邦。这块理想阵地的坚守者——圣德,是这座城市的精神教父。他吸引着无数的人来投奔,有抛弃豪宅的诗人,有即将毕业的医科大学的大学生,有长着天使面孔的美女,等等。但是理想的乌托邦最终还是难以逃脱被腐蚀的命运。女神化身的米兰最终沦为男人泄欲的工具,并在沉睡与潸然落泪的怪癖中渐渐枯萎。让圣德为之才华叹服的莫名干的好事,就是在三个月内让两位具有骄娇二气的女撰稿人失去了贞操。所谓的诗人"刚到广州的文雅的气质已荡然无存,他成了一个猜测狂"。② 圣德的追随者们虽然号称在物欲横流的时代要坚持理想,而且"十几年对形而上的探索已使人生中的虚像像

---

① 转引自玛丽·道格拉斯、贝伦·伊舍伍德:《物品的用途》,罗钢、王中忱主编:《消费文化读本》,中国社会科学出版社 2003 年版,第 77 页。

② 张梅:《破碎的激情》,时代文艺出版社 2001 年版,第 16 页。

咖啡因那样使他们上了瘾而无法解脱"①,但是仍旧阻止不了他们在金钱与欲望面前走向堕落。

作为精神教父的圣德似乎一直为在这座城市建立精神绿洲而孜孜以求,从主办《爱斯基摩人》杂志,到建立贵族学校,再到各个学校进行演讲布道。但是小说最后一个反讽的情景彻底颠覆了圣德的所有幻想。"'这一代人完结了',在一次讲课中,他对着下面的学生说。他的话音刚落,台下面传呼机响成一片。圣德这句饱含着痛苦激愤的话就被淹没在现代传呼工具的声音中。"②学生是圣德对这座城市最后的希望,但是当他期望以自己一代人在商业社会追求理想的落败,来警示未来的一代人的时候,现实告诉他作为未来一代人——他的学生,早已被召唤进这个城市滚滚经济大潮之中了。

南方城市文学通过展现市场经济的法则中人无可逃遁的悲剧命运,昭示了消费时代繁荣背后的丑恶与无奈。它通过将人变成物,悄无声息地将你的反抗转化为更大的灾难,让人不得不认同它的淫威,心甘情愿地被由虚假需求而引发的欲望牵着走,出卖自己的尊严,献出自己的灵魂。也许广州、深圳、东莞这些南方城市本身并不是小说中所描写的那样,是赤裸裸的金钱城市,但是这些南方城市为我们对消费时代进行深刻的理性反思提供了一个文学空间。南方城市的文学为时代敲响了警钟:我们在尽情享受物质丰盛的同时,是不是还有更重要的问题需要及时反思? 物质丰富是否一定要以精神的枯竭为代价,享受的背后是不是有一双无形的手在制造和操纵着人们虚假的欲望? 人类如果不知道反思和节制,欲望就是毒品,杀人于快乐之中。这也许正是这些南方城市在文学中如此片面呈现,而背后所要言说的东西却如此意味深长的奥秘所在。

---

① 张梅:《破碎的激情》,时代文艺出版社 2001 年版,第 32 页。
② 张梅:《破碎的激情》,时代文艺出版社 2001 年版,第 221 页。

小 结

本章在消费视阈中考察了文学中的城市所呈现的不同的城市文化景观。写作之前,笔者曾经认为这一章在展现城市样态的时候会很难超越,我们对城市物质化的理解,也很难挖掘出城市在面对消费文化时的多样心理。但事实却是,即使面对强悍无比的消费文化的冲击,不同地域的城市仍旧能展现其完全不同的城市风貌。这一点再一次印证了如下观点:以地域属性为中心考察文学中的城市可以突破文化流行性对文学本体的改造,从而展现文学想象的多样性和丰富性。在分析完这些城市后,回顾这些城市给我留下的最终印象,那就是城市是有生命的,庞大的城市形体可以具化为微小的个体的人。如果以女人的意象作比,那就是文学中的北京更像是一个既有背景、又几经世事沧桑的大家闺秀,她的心理是矛盾而固执的;而女性镜像中的上海是一个风姿绰约的少妇,乐于以女性符号的所指来展现一座城市;武汉是一个心怀坦荡的市井阿嫂,用生活的历练来打造一座城市的底色;而南方城市展现的则是一个久经欢场的红尘女子,在浮华背后演绎着城市的沧桑。

虽然不能以己之长度他人之短地判断哪一座文学中的城市更为优越,但是,我们可以就文学的本体性来说,这些作家在城市塑造的手法上还是有生熟之分的。如北京、上海文学打造的城市消费景象相对来说更为厚重、成熟。文学中的武汉则是找到了在文学中树立自己形象的良好切入点,只是要更趋于成熟还有很长的路需要摸索。就像方方近几年创作的《汉口的沧桑往事》《水在时间之下》等力图为武汉作传的文学作品,在写作手法上与王安忆的《长恨歌》《天香》相比,硬伤还是很明显的。其作传的意图太为显露,反而过犹不及。就像《水在时间之下》希望通过汉剧名伶水上灯的一生来打造武汉的近代历史图景,但是故事的过于戏剧化,城市历史表现单薄,让故事与城市不能水乳交融,有一层"隔"。就像是两张贴不在一起的皮,阅读的过程中,总能看到开裂的地方。相比之下,王安忆的《长恨歌》《天香》无论是以个人历史,还是家族历史来塑造上海,都是较为成熟的。因为王安忆笔下的故事是从这座城市生长出来的,没有太过于刻意拼接的痕迹。而南方城市在文学的书写中还是单薄了,惊心动魄的商战故事、应接不暇的职场俊男美女之间的情感恩怨等,重复占据了言说这座城市的太多话语空间,局限了这座城市的想象。其实在南方城市文学的开山之作 1986 年刘西鸿的《你不可改变我》中,对城市生活的表现与 20 世纪 80 年代同时期的作品相比,还是别具一格的。其塑造的在当时还是具有超前和先锋意识的人物 16 岁少女令凯,洞察世事的早熟,脱离以读书为正途的人生轨迹而以做模特来谋生的人生设计,都是非常具有南方城市的人文精神内涵的。这种精神内涵包含着多元和独立的价值取向。①这种城市品格相比张欣等作家笔下的透着铜臭味的城市文化更具有生命力。可惜,南方城市的这种文化精神在文学中并没有很好地传承下去。

　　以上算是对这些城市在消费视阈下的书写的一点总结。最后要说明的是,我们从消费视阈打量这些城市,同时,也可以从城市的文学再现来反观消费文化,从而打破我们对消费文化的一般意义上的理解。正如阿尔君·阿帕杜莱在《物的社会生活》中所说的:"尽管从理论角度,人类演员给物编织意义,但从方法的角度,正是运动的物体照亮了它们的人类和社会环境。"②虽然消费社会的主要特点之一是物化的符号堆积的社会,但这个物化的社会同时也可以让我们通过城市最为坚硬的外壳,看到城市最为柔软的内心。这种置之死地而后生的两极化透视,才能展现一座城市最为本真的现代化景观,所以消费视阈下的城市是动态且颇具生命力的。

---

　　① 曾镇南在评价《你不可改变我》中的女主人公令凯时说:"但她以自己在生活中的存在,反映着中国处于改革与开放的激动之下的社会生活的新发展,反映着个性的独立意识、价值多元观念,已经扩大到更广泛的青年圈了。"曾镇南:《你不可改变我》序,刘西鸿著:《你不可改变我》,作家出版社 1987 年版,第 4 页。

　　② 转引自威廉·皮埃兹(William Pietz):《物恋问题》,孟悦、罗钢主编:《物质文化读本》,北京大学出版社 2008 年版,第 80 页。

第四章　城市的隐喻：深度质询下的 文学中的城市

本书第二、三章主要是从怀旧和消费两种视阈考察不同地域的城市在文学中的呈像，是在个案研究基础上对地域属性中的城市进行文学反思。但诚如《现代主义》一书的编撰者布雷德伯里曾经说过的："在文学中，城市与其说是一个地点，不如说是一种隐喻。"①的确，不同地域的城市在文学上会有不同的文学书写，可是这些城市书写的背后是否存在一种更深刻的城市隐喻？格尔茨说过："我们需要的是在不同的现象中寻找系统的关系，而不是在类似的现象中寻找实质的认同。"②这句话也适用于接下来的论述。论述从回答这样的问题开始：不同地域的城市横向上有没有共通的审美倾向呢？这种倾向构成的文化隐喻，是对文学中城市的深度质询。这种质询是在不同地域的城市文学书写中挖掘城市深层的审美意蕴。笔者认为是有的，而且坚持认为这些审美倾向也是围绕地域属性下共通的审美文化特征而展开的。本章的两节就是要在文学作品中探究不同地域的城市在文学书写中通过巧妙的隐喻展现不

---

① ［英］马尔科姆·S.布雷德伯里编：《现代主义》，中国社会科学院外国文学研究所译，上海外语教育出版社 1992 年版，第 77 页。

② ［美］克利福德·格尔茨：《文化的解释》，南京凤凰出版集团·译林出版社 2008 年版，第 48—49 页。

同的文学审美倾向。第一节将探讨不同城市书写中所隐喻的江南诗性文化想象,第二节探讨的是城市空间中的身体隐喻。

关于文学隐喻问题,季广茂曾经说:"隐喻不仅是一个语言学和修辞学的问题,还是一个哲学、文化学问题,它关涉到了一切语言学、美学、诗学、哲学、文化学中的知识的坚实性和理论的有效性问题,需要超乎单个学科的视角,以人类全部心智力量破译其奥秘。"①隐喻内涵极为丰富,我们可以从修辞学、诗学、语言学以及哲学等层面上对它进行理解和阐释②,但是在结构上"一切隐喻都具有相似的有机构造,即'主旨'(tenor)、'载体'(vehicle)和'依据'(ground)。作为主旨与载体的复合体,隐喻中结合了所说或所思的'深层观念'(the underlying idea)以及用来比拟的'想象性质'或'相似物'"。③ 在本章中所借用的隐喻概念就是指在城市书写背后,看到其深层意义上的文学想象。具体而言,就是不同的城市在文学上共同的文化指向。正如张沛所说:"隐喻涉及人类感情、思想和行为的表达方式在不同但相关领域的转换生成。"④这种建立在文字表达之上的文化内涵的转换生成,构成了文学隐喻的张力,也体现了文学中的城市在横向研究上的提炼与升华。

第一节　江南隐喻:江南诗性文化的
城市想象

雪莱曾经说过:"语言在本质上是隐喻性的……它标示出从前未被人们所理解的事物之间的联系……直到表征它们的词语变为思想部分的符号。"⑤

---

① 季广茂:《隐喻视野中的诗性传统》,高等教育出版社1998年版,第2—3、115、153页。
② 详见张沛:《隐喻的生命》,北京大学出版社2004年版,第7页。
③ 张沛:《隐喻的生命》,北京大学出版社2004年版,第9页。
④ 张沛:《隐喻的生命》,北京大学出版社2004年版,第3页。
⑤ 转引自[英]戴维·E.库珀著,郭贵春译:《隐喻》,上海科技教育出版社2007年版,第259页。

文学语言隐喻性的魅力也在于此。正如高小康所说:"都市文化不是一个孤立的实体,它是从城市发展的突变中形成的东西。虽然我们能看到很多文化突变的特征,但根本上来说,都市文化带有文化叠压的特征,它是过去的城市在一层层发展中叠压起来的。"①在大量的城市文学作品中,作家们看起来都在书写自己所熟悉和热爱的城市,但是回过头来回味,才发现许多关于城市的文学想象,都隐含着一种共通的思想文化内涵。作家们在不知不觉中用自己个性化的语言表达着他们还没有预期到的共通的审美文化倾向。这种共通的审美文化倾向也就是前面所说的城市在"文化叠压"中积淀下来的文化内涵。江南诗性文化想象就是其中之一。

一、 江南诗性文化之于城市想象

关于江南诗性文化的解释,得先从江南的定义说起。江南是一个可以从地理、文化等多种角度进行阐释的复杂概念。从地域上来说,在众多的江南地域文化变迁的论述中,学界基本认可的是李伯重认定的明清时期江南地域划分上的"八府一州"说。具体指明清时期的苏州、松江、常州、镇江、应天(江宁)、杭州、嘉兴、湖州八府及从苏州府辖区划出来的太沧州。② 此外,刘士林

---

① 高小康:《都市文化研究的基本框架》,《都市文化研究》2005 年第 5 期。

② 在徐茂明的《江南的历史内涵与区域变迁》(《史林》2002 年第 3 期)中对明清以前的江南地域变迁做了详细的梳理,认为"江南"之词始见于春秋时期,时指楚国郢都(今江陵)对岸的东南地段,范围极小。战国时期,楚在长江南岸拓地日广,江南的范围亦随之向东扩展,延及今武昌以南及湘江流域(原出自沈学民《江南考说》,手刻油印稿,约 80 年代初)。秦汉时期,江南主要指长江中游以南的地区,即今湖北南部和湖南全部,南达南岭一线(原出自周振鹤:《释江南》,《中华文史论丛》第 49 辑,上海古籍出版社 1992 年版,第 141 页)。而在实际应用中,"江南"的范围极为宽泛,所用之处已达到"一意之下而形势了然"的程度,……故而可见,秦汉人的观念中,江南包括今天长江下游的江浙地区。……自孙吴立国江东,江东经济文化在经过秦汉数百年的相对沉寂之后,开始得到新的发展,其后历经东晋南朝,都城建康已经成为南方的政治文化中心。随之,"江南"所指的范围也由西向东转移,成为一个意有所属的特指概念(详见徐茂明:《江南的历史内涵与区域变迁》,《史林》2002 年第 3 期,第 52—53 页)。此外,刘士林的《江南与江南文化的界定与当代形态》(《江苏社会科学》2009 年第 5 期)中也对江南的区域概念进行了考察,但笔者认为徐茂明的论证比较翔实,所以补充在此以供参考。不论明清以前的江南地理划

还在广义的江南地域基础之上提炼划分出了江南都市文化的历史形态,认为江南都市文化有三个典型的形态,分别是:(1)以南宋都城临安为代表的江南都市文化形态,这是江南都市文化走向成熟的第一个表现形态。(2)以明清时代的南京为中心的江南都市文化繁盛形态。(3)从近代向现代演变过程中的上海新型都市文化。① 从江南美学上来说,张法又将江南美学划分为前江南美学和后江南美学。②

可以说,江南是一个内涵厚重,又涉及广泛的聚合体。正如周振鹤先生在《释江南》中所说:"江南不但是一个地域概念——这一概念随着人们地理知

分如何复杂具有争议,在明清以后,研究界普遍认可李伯重对江南的"八府一州"(指明清时期的苏州、松江、常州、镇江、应天(江宁)、杭州、嘉兴、湖州八府及从苏州府辖区划出来的太沧州)的认定,李伯重说:这一地区亦称长江三角洲或太湖流域,总面积大约 4.3 万平方公里,在地理、水文、自然生态以及经济联系等方面形成了一个整体,从而构成了一个比较完整的经济区。这八府一州东临大海,北濒长江,南面是杭州湾和钱塘江,西面则是皖浙山地的边缘。这个地域范围,与凌介禧所说的太湖水系范围完全一致:"其南以浙江(钱塘江)为界,北以扬子江为界,西南天目绵亘广宣诸山为界,东界大海。"江海山峦,构成了一条天然的界限,把这八府一州与其毗邻的江北(即苏北)、皖南、浙南、浙东各地分开,这条界线内外的自然条件有明显差异。其内土地平衍而多河湖;其外则非是,或仅具其一而两者不能得兼。……这八府一州在地理上还有一个极为重要的特点,即同属一个水系——太湖水系,因而在自然与经济方面,内部联系极为紧密(详见李伯重:《多视角看江南经济史》,三联书店 2003 年版,第 448—449 页;李伯重:《江南的早期工业化(1550—1850)》,社会科学文献出版社 2000 年版)。

① 刘士林:《江南都市文化的历史源流及现代阐释论纲》,《学术月刊》2005 年第 8 期,第115 页。

② 所谓江南美学,是指江南概念进入江南的地理核心区(太湖流域),而这一核心区在政治或经济或文化或美学(或这四个方面的某几个方面)上成为全国的高级地区或先进地区。前江南美学分为四个阶段:第一阶段,六朝以建康(南京)为中心的政治文化使江南对于整个中国有了决定性的影响。第二阶段,隋唐时代以运河的开通而出现的扬州繁华,标志着中国经济的南移。第三阶段,从南唐到南宋,以杭州为中心的江南地区,它包含了六朝南京的绮丽与悲情,唐代扬州的繁荣与奢华,更有着西湖的美丽与温柔。第四阶段,明清江南地理核心区经济的高度发展和文化发展与全国各地拉开了很大的距离,并把历代江岸美学的内容凝结成更丰富也更精美的美学样态。后江南美学是指中国进入现代以来,以上海为中心的江南美学。包括三个阶段,第一阶段是晚清与民国,第二阶段是共和国前期,第三阶段是改革开放以后。三个阶段中一以贯之的总基调是:具有千年传统的古代江南美学与受世界主流文化(先是西方继是苏联后又是西方)影响的现代美学,在江南地区特别是在上海,呈现出丰富的二元对立、互渗、重组。详见张法:《当前江南美学研究的几个问题》,《中国人民大学学报》2010 年第6 期。

识的扩大而变易，而且还有经济意义——代表一个先进的经济区，同时又是一个文化概念——透视出一个文化发达区的范围。"①人们可以在地理、文化、经济等各个方面对江南进行阐释，本节讨论的江南概念是基于江南的文化内涵进行的讨论，指的是在 20 世纪 80 年代以来文学中的城市上共通的江南诗性文化的想象。格尔茨曾经这样定义文化："所谓文化就是这样一些由人自己编织的意义之网，因此，对文化的分析不是一种寻求规律的实验科学，而是一种探求意义的解释科学。"②作为一种探求意义的解释科学——文化能够超越时间和空间的局限，对人们实现"控制技能"，正如格尔茨所说："文化概念实质上是一个符号学概念。"③而人的思想是"由在被 G.H. 米德和其他人称之为有意义的象征性符号之中进行交流构成的，这些符号……与纯粹的现实脱离并用来将意义赋予经验……他发现这些符号在他出生时的社区中已经流行。当他活着的时候，他使用它们或它们中的一部分，有时候是刻意或小心的，绝大多数时候是下意识的和随意的"④。同样，在我们的城市生活中江南文化作为一种传统文化符号已经深深地影响着我们的生活，特别是城市生活。在文学中，江南文化更为作家们所广泛接受。无论是现实生活还是作家审美倾向，江南文化已经成为我们反观文学中城市的一种重要的审美取向。熊月之曾将江南文化发展分为三个阶段：第一阶段，六朝以前称吴越文化；第二阶段，六朝以降至近代以前，称江南文化；第三阶段，鸦片战争以后，随着上海的开埠与崛起，称上海文化。从长时段来看，作为一种区域文化，江南地区的文化在不同的历史时期既有一以贯之的基因，也有因时而异的特点。⑤

---

①　周振鹤：《释江南》，《中华文史论丛》第 49 辑，上海古籍出版社 1992 年版，第 147 页。

②　[美]克利福德·格尔茨：《文化的解释》，凤凰出版传媒集团·译林出版社 2008 年版，第 5 页。

③　[美]克利福德·格尔茨：《文化的解释》，凤凰出版传媒集团·译林出版社 2008 年版，第 5 页。

④　[美]克利福德·格尔茨：《文化的解释》，凤凰出版传媒集团·译林出版社 2008 年版，第 49—50 页。

⑤　详见熊月之：《上海通史》导论，上海人民出版社 1999 年版，第 54 页。

　　那么,熊月之所说的江南文化一以贯之的基因,特别是落实到江南城市文化上,是什么呢? 这里笔者非常同意刘士林对江南文化的理解,那就是以审美为核心的江南诗性文化。刘士林认为,江南城市中的诗性文化相对于以政治伦理为深层结构的北国诗性文化,江南以审美自由为基本理念的诗性文化①,具体到江南城市的诗性文化有两个核心:"一是不同于北方城市诗性文化,两者在逻辑上主要表现为'政治'与'经济'的对立;二是不同于江南乡镇诗性文化,两者的根本差异在于'伦理'与'审美'的不同;另一方面,'如果说,与北国诗性文化相比,江南诗性文化最明显的是其审美气质,那么与江南乡镇诗性文化相比,江南城市诗性文化则呈现出更加自由、活泼的感性解放意义'"。②

　　刘士林等学者对江南文化本质的提炼是以古代江南文化为载体,那么这种诗性文化在当代文学的城市想象中是否仍旧存在? 事实是不仅存在,而且诗性文化的城市想象还成为不同地域城市想象的共同文化倾向。虽然现实生活中,江南城市的痕迹随着现代化的进程已化为碎片散落甚至消失在城市中,但是渗透在城市气息中的江南诗性文化想象还在。正是因为对审美自由的追求,使作家的思维"总能伴随着诗意,笔下的万物充满灵性,可谓是山水有情,草木有意,一飞一走,一动一植,皆是生机盎然的生命体,如人的生命主体一样,有爱有恨,有血有肉,有神有脉"。③ 文学正是人们寄托这种江南诗性文化想象的载体。在文学观照下,城市对江南诗性文化的审美认同,不仅不再是"八府一州"这种前江南城市或者以上海为中心的后江南城市的文学想象,而是更多城市对以审美为核心的优雅文化的共同追忆和想象。文学中城市对江南的审美认同,呈现出以上海、江浙城市文学为中心,并向其他城

---

　　① 参见刘士林:《在江南发现诗性文化精神》,《文化艺术研究》2008 年第 7 期。

　　② 刘士林:《风泉清听——江南文化理论》,上海人民出版社 2010 年版,第 10—11 页。

　　③ 黄健:《论中国现代文学意义生成中的"江南元素"》,《贵州社会科学》2009 年第 6 期。

市文学辐射的趋势。比如典型的是苏州和上海文学中的江南文化想象，代表作品有陆文夫的《美食家》《小巷人物志》系列、范小青的《裤裆巷风流记》《顾氏后人》等，上海文学中王安忆的《天香》《长恨歌》《富萍》以及陈丹燕、朱文颖等的作品，还有叶兆言笔下的南京城。另外在池莉的《请柳师娘》中的武汉，其他作家笔下的昆明、杭州等城市书写中也都能看到江南诗性文化的痕迹。

二、 江南诗性文化的文学呈像

如前所说，以审美为核心的江南诗性文化，之所以能在当下城市文学中成为文学想象的共通趋向，原因有二。首先，江南诗性文化是中国审美文化的源头之一，早已渗透在人们的日常生活当中。它的生命力如同陈年好酒，历久弥香，绝不会在历史的淘洗中流逝。正如刘士林所说："与中国其他地区相比，江南文化的审美功能发育得最好；另一方面，对个体生命来说，它还最大限度地实现了伦理与审美两种机能的融合，因而，它的审美创造活动，不是反抗或超越政治伦理异化的结果，而是像春蚕吐丝一样源自这个民族与生俱来的艺术天性。……江南诗性文化，代表着这个实用民族异常美丽的另一半。"①在实际的文学创作中，古典的江南诗性文化早已呈现在我们对当下城市的书写当中。其主要通过审美化的生活想象来呈现中国美学最早源头的生命力。其次，随着城市化发展造成人们在审美上的矛盾心理，让人们对传统文化有了自觉的皈依。我们一方面享受着现代化城市生活的方便快捷，另一方面，现代化技术理性也在格式化人们的思维。钢筋水泥铸就的城市剥离了城市历史，同时也让人们对局限在现代化景观中的城市想象产生了审美疲劳。为了规避被格式化的命运，人们自觉或者潜意识里开始在传统文化中寻找一种唯美、自由的因子来稀释被抛离精神家园的乡愁，减淡现代性审美给人们带来的紧张与

---

① 刘士林等著：《风泉清听——江南文化理论》，上海人民出版社 2010 年版，第 4—5 页。

焦虑。因而,江南诗性文化在这种境遇中得以复生。江南诗性文化悠久的历史渊源和顽强的生命力,加上现代人别样的审美渴望……都造就了在城市文化上对江南诗性文化的重思。

1.弱政治化微观人生的打造

无论是王安忆的《长恨歌》《天香》《富萍》、陆文夫的《美食家》、范小青的《裤裆巷风流记》,还是朱文颖的《花窗下的余娜》、池莉的《请柳师娘》,这些作品中都有意地用微观人生的书写来遮蔽政治变迁下的大历史叙事。这也正是江南诗性文化"高度重视个体审美需要的诗性智慧,发之于外则成为一种不离人间烟火的诗意日常生活方式"①的一种体现。这些作品中对个人审美生活的追求热情,远高于一般类似家国想象这样的大历史叙事诉求。这种弱政治,执着于微观人生打造的文学书写,正是江南诗性文化中倾心审美和个体自由的体现。

《长恨歌》故事跨越 20 世纪 40—80 年代整整 40 年的时间。女主人公在这 40 年的时间里经历了改朝换代的历史剧变,"文化大革命"的逆流、改革开放的现代化转型,随便一个时间点拎出来都能让王琦瑶的人生成为一个传奇。然而,在王安忆的处理下,这些宏大的历史叙事的噱头却淹没在对王琦瑶微观人生的雕刻中。这座城市的历史也顺利地弱化在个人的人生中,并没有刻意再现波澜起伏的历史阵痛。正如小说在描述 1948 年上海即将迎来国共改帜的时刻,这座城市却是这样的景观:"这是一九四八年的深秋,这城市将发生大的变故,可它什么都不知道,兀自灯红酒绿,电影院放着好莱坞的新片,歌舞厅里也唱着新歌,新红起的舞女挂上了头牌。"②新中国的到来,旧政权退出历史舞台,李主任也随之离去,但对于王琦瑶来说这只是一次无关史实的情伤。与外面改头换面的轰轰烈烈的喧腾世界相对的是,王琦瑶的世界静下来了,而

---

① 刘士林等著:《风泉清听——江南文化理论》,上海人民出版社 2010 年版,第 8 页。
② 王安忆:《长恨歌》,人民文学出版社 2010 年版,第 112 页。

且"这静是一九四八年代的上海的奇观。在这城市许多水泥筑成的蚁穴一样的格子里,盛着和撑持着这静"。爱丽丝公寓和程先生的顶楼这样的格子如同海绵一般,稀释着这座城市的纷扰,把持住这座城市稳定的内心。时光荏苒,当外面世界还是人人自危的反右、阶级斗争为纲的时候,王琦瑶、康明逊、严师母还有萨沙却围在炉边打牌喝茶,开着四人小沙龙,体味着精雕细琢的人生快乐。当"文化大革命"来临的时候,王琦瑶和程先生组成了临时家庭,王琦瑶正孕育着新的生命,怀念着他们过去的生活,心情仍旧宁静,"一生再无所求,照眼下这情景也就够了"。[1] 20 世纪 80 年代,时代风气逐渐开放,王琦瑶仍旧有条不紊地继续自己的生活,盘算着女儿的嫁妆,优雅地参加各式怀旧舞会。总之,不管外面世界的主题曲如何变奏,始终没有影响和打乱王琦瑶的生活节奏和方向。

如果说王安忆只是用微观人生的精雕细刻规避了上海风云变幻时历史起伏,那陆文夫和范小青笔下的苏州就是一个自古远离政治中心过小日子的城市。范小青就说:"大家说苏州是个过小日子的地方,不是干大事业的地方;大家说在苏州的小巷里日子住久了,浑身自会散发一股小家子气。……似乎苏州人津津乐道于小康。"[2]而陆文夫对苏州的认知是:"近百年上海崛起,在十里洋场上逐鹿的有识之士都在苏州拥有宅第,购置产业,取其进可以攻,退可以守。苏州不是政治经济的中心,没有那么多的官场倾轧和经营的风险;又不是兵家的必争之地,吴越以后的两千三百多年间,没有哪一次重大的战争是在苏州发生的;有的是气候宜人,物产丰富,风景优美。历代的地主官僚,官商大贾,放下屠刀的佛,怀才不遇的文人雅士,人老珠黄的一代名妓等,都喜欢到苏州来安度晚年。这么多有钱有文化的人集中在一起安居乐业,吃喝和玩乐是不可缺少的……"[3]

---

① 王安忆:《长恨歌》,人民文学出版社 2010 年版,第 214 页。
② 范小青:《裤裆巷风流记》,作家出版社 1987 年版,第 407—408 页。
③ 陆文夫:《陆文夫全集》第二卷,古吴轩出版社,第 11—12 页。

　　如果说王琦瑶是上海这座城市的活化石,展现了这座城市最深处的固有本色,她将自己封闭在微观的个人生活中,抵挡了世事变幻的沧桑和风蚀,体现了江南文化诗性文化的坚固与柔韧,同样作为过小日子的苏州,由于地理和人文环境决定了它远离政治风暴,自然就能孕育出朱自治《美食家》这样的人物。一生对吃得好、吃得精、吃得美地孜孜以求,不仅让朱自治在历次的劫难中转危为安,并最终成为他的生活资本。朱自治的美食人生本身就是一个江南诗性文化的符号。它是以审美为核心的生活方式,但是也不可避免地带有不劳而获的奢靡、无用的弊病。但是不论怎样,比起朝令夕改的政治时尚来说,它的生命力是历久弥新的。朱自治的微观人生就是品尝美食。这个嗜好帮助他逃离了历次政治磨难。抗日战争时期,为了到苏州外婆家吃喜酒,他逃过了落在自己屋顶上的炸弹;解放了,禁鸦片、反霸、镇反到"三反""五反"都没有擦到他的皮,原因是:"他不抽鸦片,不赌钱,对妓女更无兴趣,除掉好吃以外什么事儿也没有干过。"①"文化大革命"时,他成了"吸血鬼",在居委会门口请罪,但还是除了好吃,人们仍旧抓不到他有什么罪大恶极的问题,只不过扫了几年三十米不到的死弄堂而已。朱自治的美食人生背后,隐喻着江南审美文化强韧的生命力。看似朱自治逃避了历次的政治运动,实际是文化的超越性规避了历史潮流的跌宕。政治能够扫荡一切伦理、道德话语下的有形意识形态,却无法涤荡尽人们对美的保留和追求。就像高小庭将苏州名菜馆改造成小饭铺,将苏州名菜改装成贫下中农都吃得起的大众菜。这非但得罪了饭店里的名厨和美食家们,同样也得罪了慕名而来品尝苏州美食的贫下中农们,原因就是"那资产阶级的味觉和无产阶级的味觉竟然毫无区别"②,文化能够穿透一切人为的阶级和政治区别,成为人们自觉的选择。

　　城市书写中对江南诗性文化超越政治叙事、执着于微观人生的例证还有

---

　　①　陆文夫:《陆文夫全集》第二卷,古吴轩出版社,第 16 页。
　　②　陆文夫:《陆文夫全集》第二卷,古吴轩出版社,第 43 页。

很多。王琦瑶是用一种恒定的生活状态反拨政治历史的变更,朱自治则是将一种审美生活变成了自己的保护伞。还有横跨明清的《天香》中申氏家族的传人深感"高处不胜寒! 还是在家自在啊"①,在天香园里营造着天香记桃酱、柯海墨、天香园绣这样的自家乐子。朱文颖的《花窗里的余娜》中余娜家洋楼里的那令人羡慕的时髦生活,以及尽管经历世事变迁,余娜身上永远定格的淡定与优雅,都是有心经营微观人生的精华写照。甚至池莉的《请柳师娘》中,汉口大街上正在举行着青年学生轰轰烈烈的游行示威,而李裕璧则在家里精心为未来亲家母柳师娘准备一次盛满歉意的宴席(因为女儿移情革命男青年,而要与柳家年轻有为的柳书城退婚)。撇开这顿退婚宴从准备到开席如何精益求精,退婚二字虽未出口但却已了然于心的默契不说,柳师娘一句话道出了宴席背后,世故人家对生活的认识:"虽说世道在变,可日子总是流水一样的长啊! 将来的结果,大家也是看得见的。好人家总是好人家,好日子总是好日子。"②世事变幻,唯一不随波逐流的是微观人生中积淀下来的良好家风与家世渊源。

2. 审美化的人生书写

江南诗性文化流淌在城市想象中,除了对政治规避以外,还表现在对日常生活的审美化书写。日常生活审美化也是建立在江南一贯富庶的经济基础之上的。"富裕的江南地区不仅在经济上支持着整个国家机器的现实运转,同时它在意识形态、精神文化、审美趣味、生活时尚等方面也开始拥有'文化的领导权'。在这一时期的都市文化中,它所呈现出的许多新特点与现代都市文化在内涵上都十分接近。"③所以,经济上的富庶决定了江南地区在文化上

---

① 王安忆:《天香》,人民文学出版社 2011 年版,第 84 页。
② 池莉:《请柳师娘》,《池莉经典文集—— 一夜盛开如玫瑰》,北京十月文艺出版社 2010 年版,第 74 页。
③ 刘士林等著:《风泉清听——江南文化理论》,上海人民出版社 2010 年版,第 13 页。

的吸附力,人们对城市的想象也展现了对这种地域文化的向往。

第一,人物形象:阴柔,唯美化。古希腊的医学家希波克拉底在《论空气、水和环境的影响》中曾经说:"人的身体和性格大部分随着自然环境的不同而有所不同,不同的民族的人性特征在很大程度上是由自然环境造成的。"①同样江南一方水土也养育了具有江南风格的人物。在江南城市文学中,人物形象都是以精细、唯美为审美标准的。从语言上来看,无论是上海话、苏州话、无锡话还是宁波话,都脱不了吴侬软语的糯和软。在人物形象上,如苏州女子应是"娴静清秀,常在鬓边插几朵小而白的茉莉花;她和夫婿住在沧浪亭的爱莲居;她喜欢用麻油加些白糖拌卤腐"②;上海女人"就是水做的女人。水土湿润,气韵就调和,无论骨骼还是肌肤,都分量相称,短长相宜。……江南人,却是调和了南北两地的种相,上海呢,又调和了江南地方的种相"。③ 在文学作品中时常会出现这样的江南女子的形象,甚至会无意识地用这些江南女子的样板来检讨和批评现在的女性形象。其中的潜台词是,女人就应该是江南女人这样如水一般的温婉、柔美。

不仅是女子,就是男人,在江南地区的城市文学中也不禁沾染了阴柔气。作家的记忆中江南的男子都应如昆曲中的柳梦梅温柔而多情,"男人们读书,就着月光饮酒/用朗朗的声音吟诗,而后,把精巧的纸鸢植在/邻家的荷田中央,被风儿一吹/就近在那无语的白色中,并且陈旧的有些远了"。④ 朱文颖《繁华》中的王莲生沉默、文雅、有教养,爱美、懦弱、有教养,典型的集江南男子个性特征于一身。这是活在唐诗宋词中的江南男子的形象。就是到了近代上海先生们虽然早早就西装加身,配上 ARROW 衬衫还有叫"积架"的英国牌

---

① 转引自刘承华:《文化与人格——对中西文化差异的一次比较》,中国科学技术大学出版社 2002 年版,第 2 页。
② 朱文颖:《亮缎锦袍与虱子》,《美文》2003 年第 7 期,第 14 页。
③ 王安忆:《发廊情话》,《王安忆短篇小说年编》(卷四),人民文学出版社 2009 年版,第143 页。
④ 龚学敏:《苏州》,《星星》2007 年第 12 期。

子的袜子,但是骨子里他们还是江南男人。他们衣着讲究,事事考虑周到。"白领穿布鞋,只穿这种鞋子,不穿呢子面,更加不会穿直贡呢,就是因为这种缎面鞋子难伺候,越难伺候就越显身价……他们一年四季下身永远只穿一条白纺绸或白绢丝纺单裤,寒冬外加一件丝绵袍或皮袍,进出有汽车,室内有火炉、水汀,自然寒冬腊月也冷不着"①,越是讲究就越表现出他们江南男人的精致与细腻。正因为如此,钱谷融先生才会说:"俗话说:'一方水土养一方人',一方水土的特点,一方水土的味道,只有在那方土地上所培育、熏陶出来的人身上才最能显示出来,所以要领略江南味道,你当然最好是能到江南来实地体会、亲身感受一下。如果无缘亲临其境,那么,从土生土长的江南人的言谈举止上,从久受江南水土浸染的江南人的风神气度上,或许也可以仿佛体味其一二。"②

第二,城市意象:江南小桥流水人家的江南梦幻意象的铺陈。学界一直以来都力图区别江南都市文化与江南乡镇文化,但在城市文学的实际创作中,江南城市的整体形象始终脱不了小桥流水人家的温婉、典雅的整体印象。即使在 20 世纪 80 年代以来的城市文学中对江南的文学想象,随处可见的仍旧是小桥流水人家的文学意象。如龚学敏的《苏州》集中国古典气质的诗词语言风格与江南柔美景象于一体,熔炼出了一个永远活在我们记忆中的苏州。这首诗以"水"的意象为线索,不留痕迹地串联起苏州的地理、人文、历史风貌,可以说是诗歌怀旧城市的作品中很出彩的一篇。他的诗歌中苏州是一滴雨幻化而成的水墨风景,"一滴雨,悠长而典雅的中央,是那叶从琴声的氤氲里泛出/的扁舟。茉莉们摇曳的身姿,纷纷绽开/把如玉的手和他们透明的心扉,沿着昆曲的小河/开放成一水粉墙了。苏州,是那一串浸在水中的唱腔中/最圆润的珠,向着荷叶状的雾/逝去。花径的深处,是蛇的声音们些许

---

① 程乃珊:《上海 TASTE》,上海辞书出版社 2008 年版,第 78 页。
② 钱谷融:《江南味道》,钱理群、王栋生主编:《江南读本》,华东师范大学出版社 2010 年版,第 3 页。

古老的/戏台,谁在斑驳的花影中,舒展开/水梦境的长袖。让女人蜕化成身材清瘦的仙的那滴水,就是/苏州。……苏州。所有的鸟,都要把羽毛最后的影子/播在园子中央那片可以濯缨的水中。/来世最后的那滴雨,栖在昆腔悠长的枝上。那些在明朝摇着折扇写诗的声音,途经/青石小桥轻轻的风雅时,被风/植成一株散发着药香的庙,然后,把蕾伸进词典/开出一朵茉莉般洁净的成语:苏州。"①

此外,城市地理景观中江南印记还在于城市的一街一景所记载的江南才子佳人的风流往事。如南京的沉香街源于明代名士项子京,因为妓女香娘的移情别恋,而在此地焚起沉香木床,故而得名;秦淮河上的桃叶渡让人怀古凭吊的是东晋大书法家王献之和美女桃叶的风流佳话;鸡鸣寺景阳楼下的胭脂井的井栏上至今还留着南朝陈后主宠妃张丽华和龚贵嫔千年抹不掉的脂粉痕迹。② 杭州的怀旧同样脱不了西湖垂柳的柔情"楼外高楼山外山/西湖碧于天/风啊,不知往哪方吹/人啊,不知醉也不醉/树是树,花是花/枝枝叶叶三红七绿/街街巷巷七新三旧/柳浪闻不闻莺随它去/灵者隐,隐者灵/非佛非神非仙"。③

最后,还有诗人索性就将具有江南印象的城乡联结起来构成一整个江南图景:江南的流水承载着缠绵的柔情:"江南,缓慢、扬州慢、扬州般的慢……而夜乘航船需通宵达旦/但可与流水隔一层木板缠绵偎依……";只有竹箫琴瑟,才能配得上这雨巷流水:"春阴湿透管弦——/湿透幽深街巷、细密柳丝/风声鸟语便有了一些微寒和恍惚……要有流水纵横/桨,捣乱液态的树木、石桥、天空/潺潺,绵绵,安慰阿炳等等盲目的琴师";小桥流水,洞箫管瑟,记载着多少风流佳话:"关于江南以外的尘世,以及/小镇内部雕花屏风一样繁复幽曲的恩怨/还要有若干文人隐居/结社,雅集,在茶楼内/窥探京城里的动

---

① 龚学敏:《苏州》,《星星》2007年第12期。
② 代薇:《南京的风花雪月》,《美文》2006年第9期。
③ 宫玺:《又回杭州》,《长江文艺》2004年第4期。

静,吟诵吴越秘史/顺便遭遇若干鲜艳女人和水粉般的事情/四散而去,一路好风。"①汗漫的这首《江南,海上》动静结合、虚实相应,整体呈现了一个梦幻中的江南。

在所有文体中也许只有诗歌才最适合用来描摹江南诗性文化的内涵与外延。自古以来江南都是文人心目中的精神向往,对江南的记忆与认同是不会随着时间的流逝而冲淡。时间只会融化、丰厚人们对江南的无限向往与想象:"时间,在别的地方,可能是一道火焰,但在江南,却是一滴水——慢慢地渗透你,慢慢地让所有事物发生霉变,然后,再次开出令人心颤的花骨朵。"②

第三,江南人家:精致、优雅之美的营造。江南诗性文化的审美认同不仅停留在人们对江南的整体想象,还渗透在每个江南人的特有的气质与生活细节上。比如安妮宝贝的散文《南方》中展现了江南人特有的诗情画意的生活场景,门前"河流纵横穿梭,家家户户水边洒住,打开后门,拾级而上",人们"在水中淘米洗菜浣衣,空气中充溢水草浮游的清淡腥味,船只来往,人声鼎沸,两岸南方小城的市井生涯如水墨画卷悠扬铺陈。"③最为典型的就是王安忆《天香》中申氏家族后人对美的极致化追求。王安忆近几年来对上海文化的寻根,一方面通过中短篇小说如《厨房》《黑弄堂》等对城市微观景象进行片段性的截取;另一方面,从《长恨歌》开始到《天香》,她开始在历史的纵深处对上海文化进行寻根。

就《天香》而言,王安忆对上海文化寻根的归结点可以说就是回归江南诗性文化。王安忆曾经说:她就是要表现小说中的主人公很有意思地将一份家业折腾完了,"我的小说主要任务之一,是如何花钱"。④ 所以在《天香》中王安忆刻意用"典丽"的语言来打造天香园里精致优雅的审美风尚。申家从申

---

①　汗漫:《江南,海上》,《星星》2007 年第 7 期。
②　邹汉明:《江南字典》(后记),湖南文艺出版社 2007 年版,第 232 页。
③　安妮宝贝:《南方》,《收获》2007 年 4 月。
④　王安忆、钟红明:《访问〈天香〉》,《上海文学》2011 年第 3 期。

明世开始,到了柯海、阿潜以及申家女眷,对生活的打造无一不围绕着一个"美"字。柯海为了迎接同学游园,不计银子,在方圆数百里的人家征买莲花,打造"一夜莲花"的盛景。父亲申明世为了庆祝天香园的落成迎接宾客,仅是一顿夜宴的灯光效果就大有讲究:要的是明澄的亮,但蜡烛的味道还能扰了花草的清香,为的是合上"天香"的夜宴主题,所以用的是清江的白纯无杂质的蜡烛,并用广信的乌桕子和磨石为工具,请园林师傅做模子,做成的蜡烛不仅纤巧可爱而且每一支中嵌入一株花蕊,烛光一亮,花香飘然而出。当天的宴席是:"枝上,叶下,石头眼里,回字形的窗棂上;美人靠隔几步一盏,隔几步一盏;亭台翘檐,顺了瓦行一路又一路;水榭和画舫,是沿了墙角勾了一遍;桌上与案上的蜡烛有碗口大,盈尺高,外面刻着桃花,里面嵌的桃叶"①,宾客入座,水面一池烛光下亮起一朵朵荷花,从宴席分三处,主宾在碧漪堂,女眷在画舫,小辈在阜春山馆,每一处的安排都大有讲究。吃已经不是宴席的正题,真正享用的是他们营造的"天香"氛围,看到的是带有桃香的蜡烛营造的万点星光,闻到的是满池莲花的清香,一切安排合的是"天香"的正题。无论是之后柯海的制墨,小稠、闵女儿设立的绣阁中出品的天香园绣,乃至申家的羊肉暖锅,希昭探访惠兰时下轿的那一身行头,都能看到将日常生活审美发挥到极致的用心。

除了《天香》,再想想《裤裆巷风流记》中范小青用了 1000 多字描绘当年吴家大宅,八扇头的墙门,大宅东西两落的,东落六进,西落三进,更不消说纱帽厅、鸳鸯厅、花园假山荷花鱼池,九曲小桥,长廊花窗,仅是牡丹花就有 35 墩之多。可见江南城市在住这一项上的讲究。《美食家》中朱自治仅仅是一个南瓜盅、头汤面的讲究就让我们大开眼界,更无法想象,他与孔碧霞在 54 号里的私家宴会中展现的美食文化了。所以,江南诗性文化是渗透在人们衣食起居中,是流露在人们对日常生活审美化营造当中的。

---

① 王安忆:《天香》,人民文学出版社 2011 年版,第 14 页。

　　最后,江南诗性文化还表现在从容优雅的人生态度上。毫无疑问,《长恨歌》中王琦瑶的人生尽管几经落魄和尴尬,但是她在人生的面子上始终维持着优雅。这种优雅从一进入她的房间里就可以嗅到,就像萨沙在王琦瑶房间体味到的"精雕细作的人生快乐"①。王琦瑶的优雅还在于在生活的坎坷面前的从容淡定,即便是怀上了康明逊的私生子,面对康明逊的退缩,她也没有撕破脸皮歇斯底里,而是不留痕迹地给对方留下余地,独自承担着生活的负累。即便周旋于与程先生的尴尬关系中,王琦瑶也要掌控有度,绝不失了分寸。在程先生发现康明逊是孩子亲生父亲的难堪的事实面前,她没有表现出失去一根救命稻草的落寞,而是从容地接受了人生最后一次幸福也将逝去的现实。

　　池莉的《请柳师娘》中,柳师娘的优雅是久经世故的温婉与熟稔。尽管,一进李家的门,她就已经知道了即将面对被李家退亲的尴尬局面,但是她仍旧从容地接受和享用了李家精心准备的宴席和烟榻。这种从容背后的心智是领了对方的歉意。临出门,李家要将"退婚"事实摆出的时候,柳师娘轻言细语即时打住,最终保住了两家的颜面。同时也意味深长地摆明退婚之于柳家无甚损失,但是之于李家却是一步错棋。整个请柳师娘的家宴,虽为退婚而设,却未言退婚一字。这既源自李家用心良苦的诚意安排,更来自柳师娘从容淡定的气度。这正是一种优雅文化中积蓄出来的个人魅力的体现。再看看《天香》中,即使申家已经败落到靠女眷刺绣来维持生活,但是女眷出门时的气派和风度仍旧是应了王安忆的那句话"有的花,开相和败相都好"②,沈希昭到张家看望蕙兰时"身穿绽青裙衫,裙幅上是同色线绣木槿花,冷眼看不出花样,但觉着丝光熠熠,倏忽间,那花朵枝叶便浮凸出来,华美异常……发髻上的凤头钗摇曳一下,发出清冷的叮当声。就有一种窈窕,不是从她身上,而是在她周遭的空气里,生出来"。③ 这些城市生活中的人物从古到今的优雅、从容是

---

① 王安忆:《长恨歌》,人民文学出版社 2010 年版,第 171 页。
② 王安忆、钟红明:《访问〈天香〉》,《上海文学》2011 年第 3 期。
③ 王安忆:《天香》,人民文学出版社 2011 年版,第 390—391 页。

江南诗性审美文化熏陶,淬炼出来的底气,是退去功利追求之后,自在自为的人生修为。

三、 世家、保姆: 江南诗性文化的传承

"江南诗性文化是中国人文精神的最高代表"[1]成为人们日常生活审美的方向和模板。那么这种文化又是如何传承下来的呢? 笔者认为,一种是以世族传统的方式加以传承,这种传承是从上而下的家学渊源的熏陶;另一种是以保姆为典型的,自下而上的传承。这是江南文化在民间普及之后的反哺。最后,是经济文化的交流与融合,促成以上海为中心的江南文化核心区,向四周地区文化辐射的局面。

首先,世族文化的传承。20 世纪 80 年代以来的城市文学中,很多文学作品都在渲染世族文化对城市生活的影响。陈寅恪先生曾经说:"所谓士族者,其初并不专用其先代之高官厚禄为其唯一之表征,而实以家学及礼法等标异于其他诸姓。……凡两晋、南北朝之士族盛门,考其原始,几无不如是。魏晋之际虽一般社会有巨族、小族之分,苟小族之男子以才气著闻,得称为'名士'者,则其人之政治及社会地位即与巨族之子弟无所区别,小族之女子苟能以礼法特见尊重,则亦可与高门通婚,非若后来士族之婚宦二事专以祖宗官职高下为唯一之标准者也。……夫士族之特点既在其门风之优美,不同于凡庶,而优美之门风基于学业之因袭。"[2]这种基于学业之上的优雅门风,对后世的文化影响极其深远,"东汉以后的学术文化,其重心不在政治中心之首都,而分散于各地名都大邑。是以地方之大族盛门乃为学术文化之所寄托"。[3] 即使在 20 世纪 80 年代以来的城市文学中,江南文化的传承与世袭仍旧可以看到世

①　刘士林等著:《风泉清听——江南文化理论》,上海人民出版社 2010 年版,第 11 页。
②　陈寅恪:《政治革命与党派分野》,《唐代政治史述论稿》,台湾商务印书馆 2009 年版,第 79—81 页。
③　陈寅恪:《崔浩与寇谦之》,《金明馆丛稿初编》,三联书店 2009 年版,第 147 页。

族文化的强大魅力。

范小青就很擅长在苏州撰写世族传奇。《顾氏后人》中作为苏州大家的顾家是"父子会状""兄弟叔侄翰林"①,做个州官都不稀罕的家族。这样的家族后人"自幼时起即练小楷,作八股文,试帖诗,父以此教,兄以此勉"。②顾家四位小姐,未及成年,其内慧外秀的名声已经在外。后来虽经历世事变幻,人生起伏:大小姐兰芝早年丧父,形影相吊;二小姐芸香丈夫去了台湾,孤单一人;做了南下首长的夫人的三小姐芬菲,在"文化大革命"中失掉丈夫,辗转改嫁;四小姐蔓菁以貌取人改嫁了三任丈夫。可是无论岁月如何蹉跎,她们身上的风范与气度仍旧保存。虽然年近50,四小姐为顾家的事出头露面,"往人前一立,风度气韵,绝对是顾家的传统"。③长年背负着男人在台湾的二小姐,在邻居老汪眼中仍旧是金枝玉叶,大户人家出身,"老虽老了,风度还是一等的"。④《裤裆巷风流记》中裤裆巷3号状元府里虽然如今夹塞的是杂七杂八不搭界的住户,但吴家的门风还是口口相传。如吴家正宗第六代后人吴老太的仁义善良,"文化大革命"之前"有叫花子上门,剩粥冷饭不施的,全是好饭好菜招待,吃饱了还要送几张票子给人家开路"。⑤

此外,王安忆《天香》中铺排、展现的是申家如何在造园、种桃、制墨、刺绣的追求、玩味中集美之大成,勾连起来的是以申家为核心的上海早期世族之间的交往风范。申家接纳的是有家世渊源的人家,而自家典丽优雅的门风又吸引着周边有家学教养的名门世族。柯海娶的七宝徐家小姐小绸是宋康王南渡的后人,申家看中的是这家人的"正统",而镇海娶的泰康桥计氏也是家世门风极好的家族。再如,柯海求佛途中只是在杭州沈家住了两三天,沈家老爷就认准申家人的"性情"有"天籁",定要将孙女嫁给阿潜。阿昉娶妻是彭氏家族

① 范小青:《顾氏后人》,《范小青》,人民文学出版社2000年版,第207页。
② 范小青:《顾氏后人》,《范小青》,人民文学出版社2000年版,第208页。
③ 范小青:《顾氏后人》,《范小青》,人民文学出版社2000年版,第219页。
④ 范小青:《顾氏后人》,《范小青》,人民文学出版社2000年版,第222页。
⑤ 范小青:《裤裆巷风流记》,作家出版社1987年版,第40页。

的女儿,源于父辈官至尚书的彭家与申家在上海成就造园上的两大奇迹。而彭家也是从申家女眷的刺绣中,看中这家人的家事和门风。正如有学者所说:"江南文学艺术与世家之间的血脉联系,可以算得上是江南家族文化的一个重要表征。"①这种世家之间的通婚交融,也成就了家族优秀基因的延续。申家虽然男丁败落,但是女眷们融会了来自徐氏家族小绸的书法,苏州胥口闵氏家族闵女儿的织工,杭州沈氏家族沈希昭的画艺,自成了天香园绣,将申家日渐败落的审美风尚流传下来。可以说,江南世族的血缘与文化传承,让江南诗性文化成为中国城市文化想象基因中重要的一部分。

其次,江南诗性文化在城市想象中得以流传的另一个重要途径就是保姆的文化输入。江南城市文学中有一个十分特殊的人物形象,那就是保姆。表面上保姆仅是为家庭琐事服务,但是更大程度上她们担负起哺育家庭后代的重担。所以,保姆的文化传承在培育和改良城市文化基因中也起着非常重要的作用。王安忆的《富萍》中的保姆们就是其中的代表。《富萍》中那些来自扬州和苏州的保姆照料着上海人家的生活,抚养着上海人家的后代,同时她们将江浙人的江南生活习惯输入上海人家,与上海人的江南情结相融合。她们用江南人精致、细腻、诗性的生活方式感染和改造那些从不同地方汇入上海的外地人,让他们粗糙的生活变得细致而讲究。如奶奶最终做保姆的一家,是来自解放军的干部,是奶奶的细心调教才让他们"供给制的生活"逐渐过渡到上海人的生活。奶奶慧眼识金才让东家师母攒下了第一份家底,奶奶的扬州菜提高了他们的口味。连家里的孩子习性上也随了她"喜欢粉粉的,鲜嫩的颜色;喜欢花;喜欢花露水的香味;喜欢带珠子的化学发卡;喜欢越剧"。② 而苏州保姆吕凤仙更是弄堂里江南生活习俗的活教材。弄堂里的重要事情都要请教她,"请客,要弄个鱼翅羹,或者奶油布丁;嫁女儿,要置办嫁妆,绣品花样,

---

① 刘士林等著:《风泉清听——江南文化理论》,上海人民出版社 2010 年版,第 67 页。
② 王安忆:《富萍》,上海文艺出版社 2008 年版,第 17 页。

针法,几式几样;发送老人,装裹的规矩,大殓的程序……吕凤仙都是最懂的"。① 苏州、扬州的保姆给上海人的生活定下了江南人生活的样板,并让这些样板融入上海人的生活当中,成为他们生活的一种习惯。同时,她们在潜移默化中让上海人在生活上认同了江南的审美情趣。正因为如此,王安忆才会说:"走入婆娑扬州,那过往的人事忽就显现出它的色泽和情调,我甚至于觉得,钢筋水泥的上海,因有了扬州人的乡俗,方才变得柔软,有了风情。"②

　　世家文化保持着江南文化的高雅与纯正,经由保姆的传承又让江南文化在民间得以流传与普及。最终,一种共通的审美倾向成为江南和江南以外的城市审美的共同追求。这种共通的审美追求形成的动力是江南地区间经济与文化的交流,加速了对江南诗性文化的认同与融合。以上海为例,在李伯重勘定的"八府一州"的前江南文化时期,上海还只是八府中松江一个小地区,它只是在吸收江浙地区江南经济和文化的营养。在《天香》中申家能在上海过上逍遥自在的生活源自苏州上倾棉田、松江稻麦、浙江一带的桑林与竹山等物质和经济的保障,才得以造就天香园。接着与江浙世家通婚,也在家族文化上补充了新的江南血液。苏州胥口闵家刺绣、小绸带来的古墨,甚至杭州希昭陪嫁中那十六箱八橱四桌的妆奁,更不消说柯海随阮郎远游所见识到的江南文化精华,都可见上海如何吸收江南文化营养。所以上海人早期的生活格局是一个江南文化逐渐成熟、定型,甚至辐射的过程:"那时的上海,虽然已经是一个繁荣的沙船港,可到底没有从江南市井的格局里挣脱出来,河道两边杨柳依依,城隍庙外的集市里卖着农家用青竹片编的长长的扁篮子,夏天没吃完的饭菜就放在里面,吊到屋顶通风的地方去。"喝茶还是江南人的讲究:到城隍庙九曲桥茶楼临窗坐下,为自己叫上一壶江南新采的绿茶,点上一些茶食,五香豆,还有一种笋烤青豆,都是茶食里的一种,放在青花的小碟子里。喝着"少

---

① 王安忆:《富萍》,上海文艺出版社 2008 年版,第 33 页。
② 王安忆:《水色上海》,《长篇小说选刊》,2006 年特刊 1 卷。

女用牙齿一叶一叶采下来"的茶,"讲究的是那种若有若无的清香和像少女纯洁的恬然"。①

自"19 世纪 60 年代开始,上海迅速走向繁荣,并取代苏州和杭州,成为江南新的中心城市和长江三角洲地区社会经济发展的龙头"。② 这也进入了张法所说的"后江南美学"时代。"所谓后江南美学,是中国进入现代以来,以上海为中心的江南美学。上海首先在晚清以口岸、租界的方式崛起,继而在民国时期成为江南的也是全国的最大城市,远远领先于杭州、苏州、扬州、徽州、泉州,并且在经济、文化、美学上也领先于民国首都南京,成为江南地区的中心。"③所以,江南文化在此以上海为中心辐射各地,成为人们在书写城市时文化想象的源头。就像武汉这样,在文学中一直以保持原汁原味的世俗形象著称的城市,也忍不住透着点对江南文化的神往。池莉的《请柳师娘》中,如果没有出现汉口的字眼,小说中流淌的语言,小说中的人和事活脱脱是从江南的诗情画意中走出来的。完全看不出来是那个写《生活秀》的作家池莉写出来的。所以江南的富庶与诗情画意,不仅已经在江南地区无可争议地成为作家们怀旧的精神归宿,而且生活在周边城市的文人们也在不知不觉中对它投出了仰慕的目光。

文学中城市的江南想象,给我们带来的启示不仅是对先进文化的趋同,更为重要的是它在提示我们该如何对中国城市进行本土化想象。当我们习惯以现代性想象来囊括对城市的所有想象时,是不是可以考虑跳出现代性的思维框架,回到中国城市历史的纵深处,挖掘中国城市本土的文化根源。笔者以为江南诗性文化就是其源头之一,并且这种文化源头不仅没有停留在历史深处被人遗忘;相反,它已经流淌在我们的文化血液中,不时地会在文学的想象中

① 陈丹燕:《上海色拉》,作家出版社 2001 年版,第 28 页。
② 周武:《从江南的上海到上海的江南》,熊月之主编:《都市空间、社群与市民生活》,上海社会科学出版社 2008 年版,第 247 页。
③ 张法:《当前江南美学研究的几个问题》,《中国人民大学学报》2010 年第 6 期。

重现。关于中国城市想象的源头问题,笔者还会在结语中详述,这里不再赘述。

第二节 空间中的隐喻:城市空间中的身体

谁来演绎钢筋水泥铸就的城市现代化的外衣,谁来承受城市永不疲惫的跳动的脉搏,谁来表演闪耀在霓虹灯下城市午夜的妖媚? 正如赵立行所说:"我们现在的城市理念却在造成文化的缺失和人们心灵的麻木。人类只有重新回归身体,回归感觉,才能真正恢复被现代城市文明所排挤掉的人的身体和文化。"①身体是城市生活和城市文化的承受者和表现主体。唯有回归人类的身体,在人类身体的隐喻中我们才能看到城市的真相。

一、 空间中的身体: 一种隐喻的形成

齐格蒙特·鲍曼曾说,在被消费生活围困的社会里,我们几乎无法找到"赋予我们当下那时刻更加深刻和持久的意义的参照点。……恰恰是我的身体才是唯一永恒的因素"。② 首先,身体的永恒性在于它的生理结构,"各种器官、组织特别是大脑、神经不仅为主体提供了维持生命的基本保障,也提供了形成理性思维的感觉信号等生理机能。……身体是建构主体自我的动力和基石"。③ 其次,身体是人生命和社会活动的载体,"没有身体的在场,人们的生命和社会活动根本就不可能发生、维系、传承,就会沦为虚无缥缈的幻影的舞蹈"。④ 最后,身体在承载生命活动的过程中,以发生关系的形式完成了所有

---

① 赵立行:《忧思现代文明的另类视角——读理查德·桑内特的〈肉体与石头〉》,[美]理查德·桑内特著,黄煜文译:《肉体与石头——西方文明中的身体与城市》(前言),译文出版社2011年版,第4页。
② [英]齐格蒙特·鲍曼:《被围困的社会》,郇建立译,江苏人民出版社2006年版,第182页。
③ 刘举:《消费语境下的身体解放与审美救赎》,《北方论丛》2011年第4期。
④ 王宏图:《都市日常生活、身体神话中的欲望书写》,《当代作家评论》2005年第5期。

意义的生成和传递。正如梅洛-庞蒂所说,身体把意义"投射到它周围的物质环境和传递给其他具体化的主体"①当中,以"原初的,生发意义的存在场域"的方式"与周围世界发生关系"。② 所以在文学观照下的城市中,身体同样也是一个非常可靠和基本的参照物,来揭开城市的面纱。身体作为构建人主体的承载物和作为与周围世界发生并传递关系的场域,凭借自身在知觉上的丰富与复杂性,可以用来隐喻不同地域城市在与人的互动中所呈现的文学多样性的想象。

在此,我们需要对身体做一个概念上的梳理。身体是一个非常复杂的概念,很多社会学家、哲学家对之进行了多视角的阐释。很多论著③都在试图对身体理论进行概念上的梳理,所言各不相同。笔者十分认同彭富春在《身体与身体美学》一书所作的归纳和总结。在彭富春的阐述中,无论是中国传统思想所强调的"性与神俱""形神合一"的身体的整体性,还是在西方语境中柏拉图主义与基督教思想中身体所包含的肉体与精神的二元对立,抑或是马克思、尼采和海德格尔所代表的现代思想中认为的"存在或生命规定人的身体",乃至后现代思想中,回到身体的自身,"人的身体就是其肉体性,……因此人的身体实际上是一个欲望机器,是由欲望而来的不断地生产和消费"。④身体最终都是一个"被话语建构的活生生的身体"⑤。

在"身体"如此众多的内涵与流变中,我们要弄清楚的是,城市文学的语境中,该从什么样的角度来解析身体与城市之间的隐喻关系呢? 梅洛-庞蒂

---

① [法]莫里斯·梅洛-庞蒂:《知觉现象学》,姜志辉译,商务印书馆 2001 年版,第 230—231 页。

② 李蓉:《身体阐释和新的文学史空间的建构》,《天津社会科学》2007 年第 6 期。

③ 对身体理论进行考察的论著很多,如[法]大卫·勒布雷东的《人类身体史和现代性》(上海文艺出版社 2010 年版)中的第 1—3 章中就有讲述,唐健君的《"身体"概念的梳理:语词的充溢与磨损》(《文艺争鸣》2011 年第 5 期),陶东风编译的《身体意象与文化规训》(《文艺研究》2003 年第 5 期),王晓华的《西方主体论身体美学的诞生踪迹》(《文艺研究》2009 年第 11 期),这些著作和文章都对身体理论的脉络有过梳理。

④ 详见彭富春:《身体与身体美学》,《哲学研究》2004 年第 4 期。

⑤ 彭富春:《身体与身体美学》,《哲学研究》2004 年第 4 期。

在《知觉现象学》中说到,"之所以我们能理解主体,是因为我们不是在其纯粹的形式中,而是在其各个维度的相互作用中研究主体"。① 同样,在城市与身体互为隐喻的关系中,笔者认为,以空间为维度来考察这种隐喻的深刻内涵比较合适。因为身体概念虽然复杂变动,但是无论从什么角度来解析,它始终有着最为核心的组成部分:肉体和精神。② 只是在这两者的关系上,有的人认为是对立的,并为肉体和精神谁决定谁各执一词,而有的人认为两者关系是统一的。不论这两者关系如何,从身体在城市空间的展现中,我们可以看到身体如何通过灵与肉的诉说,成为一种隐喻性的城市景观。同样,城市也在见证着身体作为"一种不断生成性的存在"如何在城市中完成"变形"与"过渡"。③

对于"空间"的概念讨论很多,但是建立在文学语言之上的城市空间,其内涵已经超越了地理学意义的物质空间的意义,而更趋向于列斐伏尔、福柯所定义的社会和文化学意义上的空间。而这个空间是颇具隐喻特性的,正如罗兰·巴特所说的:"城市就是一个话语。"④那么作为话语的城市"天然地就成为一个巨大的隐喻场。原来单纯地理学意义上的空间被后现代意义上的都市空间所取代,而都市空间就其实质来说则是一种'意指空间',同样具备能指(物理空间)和所指(意义空间)两种要素"。⑤ 而承担生产和丰富城市空间的能指和所指意义的载体,就是人的身体,通过人身体中肉体和精神的演绎,我

---

① [法]莫里斯·梅洛-庞蒂著,姜志辉译:《知觉现象学》,商务印书馆 2001 年版,第514 页。

② 对于身体的组成部分在唐健君的《"身体"概念的梳理:语词的充溢和磨损》(《文艺争鸣》2011 年第 5 期)中认为,在西方语境中身体是在"肉体"与"灵魂"两个部分的胶着关系中建构的。而在彭富春的《身体与身体美学》(《哲学研究》2004 年第 4 期)中认为,身体(人)可以划分为:肉体、灵魂和精神,但是他认为灵魂是肉体和精神的过渡要素。所以概括来说,身体其实就可以分为肉体和精神两个部分。

③ 张尧均在《隐喻的身体:梅洛·庞蒂身体现象学研究》中说,"在梅洛·庞蒂看来,'肉是一种不断生成性的存在',肉的隐喻性内涵意味着'变形'、'过渡'"。详见张尧均:《隐喻的身体:梅洛·庞蒂身体现象学研究》,中国美术学院出版社 2006 年版,第 201 页。

④ [法]罗兰·巴特:《符号学历险》,李幼蒸译,中国人民大学出版社 2008 年版,第164 页。

⑤ 韩伟:《都市空间与文学意义生成》,《文艺理论研究》2010 年第 4 期。

们可以看到城市空间中所有隐喻所具备的丰富的社会与文化内涵。以下笔者将从空间这个维度来解析空间与身体的相互依存中所产生的巨大隐喻场。

二、 标志性空间：人文、历史建构的图腾

不可否认，20 世纪 80 年代以来的城市文学中不同地域的城市都有着它们标志性的城市空间。文学中，作家们也乐于营造和展现这些标志性的城市空间，来为自己笔下城市的地域性作佐证。笔者将目前城市文学中书写的比较成熟的城市空间作如下梳理。

首先是城市民居。不用说，弄堂是上海文学中最乐于展现的城市民居。从王安忆的《长恨歌》中的平安里、俞天白的《大上海沉没》中的吉庆里 36 号，到程乃珊在《海上萨克斯风》中写到的申家姆妈们穿行的"后巷"里的弄堂风景，不知为什么上海弄堂里给人留下的感觉永远都是笼罩在昏暗的路灯下，弥漫着各种私语的暧昧和浑浊。也许是里面藏着太多王琦瑶这样有来历的女人，也许上海人家的精明和世故，封闭了小市民们普遍具有的琐碎但又敞亮的内心。而北京的民居胡同是敞亮和豁达的。正如铁凝在《永远有多远》中讲述如白大省这样的胡同女孩，她们之所以如阳光下叶脉一样晶莹透亮，是因为"北京若是一片树叶，胡同便是这树叶上蜿蜒密布的叶脉。……胡同为北京城输送着她们，她们使北京这座精神的城市肌理清明，面庞润泽，充满着温暖而可靠的肉感"。①

上海弄堂是封闭的，里面的故事都是悄无声息的，流言也是只可意会不可言传地靠生活的阅历来领悟的。《长恨歌》中平安里的私人沙龙，单身女人可以毫无迹象地怀孕生子。《慢船去中国》中范家儿女在弄堂里隐藏着买办家庭的沧桑和酝酿着全球化梦想，都能在弄堂里悄无声息地隐藏和完成。这一点在北京的胡同里是不可想象的。正如刘心武的《钟鼓楼》中，四合院里薛大

---

① 铁凝：《永远有多远》，解放军文艺出版社 2000 年版，第 3—4 页。

娘家的小儿子薛纪跃和潘秀亚结婚这一件事,就闹得左右邻居齐齐出动。薛大娘精心安排,处处为了讨吉利,但是很快发现这胡同里到处都有不吉利的事。红案师傅陆喜纯的身世,京剧演员澹台智珠的家庭矛盾,国务院某情报部门"一把手"张奇林的女儿张秀藻在人生和爱情上的矛盾,等等。一场婚宴抖开了这个钟鼓楼下胡同人家的所有人生烦恼。但是这些人生烦恼又在这场并不完美但最终完成的婚宴中得到了消化。因此,北京胡同的故事是敞亮的,不可能藏着掖着。就像张大民要占一米公共地盘为自己盖私房这样不地道的事,也要弄得声势浩大,左右邻居来参观。最后以一个被拍花的脑袋为代价,事情不但得到了解决,而且解决得十分完满和仗义。这就是北京的胡同景观。

此外,苏州的小巷也是苏州民居的代表。无论是陆文夫的《小巷人物志》《美食家》,还是范小青的《裤裆巷风流记》,都在浓浓的江南风情中打造最具苏州地域风味的城市景观。阿城小说中哈尔滨的俄式单体住宅、迟子建《起舞》中的棚户区的"老八杂",都在书写着属于哈尔滨的民居故事。甚至贾平凹的《老西安》也弄出一个四合院来,讲讲西安城民居是什么样的。

其次,正如邱华栋所说:"一座城市,它的标志,就是进入一座城市的钥匙,是一座城市的象征性符号,是一座城市内涵的表征。"[1]一些地标性的城市建筑已经与城市的历史与文化融为一体,建构为历史空间的图腾,以供人们展开无限的想象。在北京文学中,紫禁城、天坛、故宫和那些散落在胡同深处的王府别院建构的是深厚的历史文化空间。这些建筑物是这座城市往日辉煌的唯一见证,只是不同的作家面对它的情感不一样而已。

邓友梅、周汝昌等老一代京味作家在这些空间建筑中想象的是历史故事,寻觅的是历史的痕迹。对此,我们不会怀疑他们的虔诚。邓友梅笔下的老北京人物无论是那五、乌世宝都是这些老宅子里走出来的"文物"。他们用自己的人生、做派复原着自己所代表的那个阶层的生活。周汝昌在《北斗京华》中

---

① 邱华栋:《印象北京》,广西师范大学出版社 2010 年版,第 4 页。

寻寻觅觅北京九门风光和早已在北京城垣中颓败了的"太平湖"。这些城市空间成为这些老作家们与北京历史进行对话的场域。唯有在这里才能打破时空界限,一睹他们永远怀念的北京城旧有的模样。

而在史铁生的《我与地坛》中,他将地坛与自己的人生作了时空对照,在灵犀相通中,看到了生命的意义。正如他所说:"仿佛这古园就是为了我,而历经沧桑在那儿等待了四百多年。……他等待我出生,然后又等待我活到最狂妄的年龄上忽地残废了双腿。四百多年里,它一面剥蚀了古殿檐头浮夸的琉璃,淡褪了门壁上炫耀的朱红,坍圮了一段段高墙又散落了玉砌雕栏,祭坛四周的老柏树愈见苍幽,到处的野草荒藤也都茂盛得自在坦荡。……在满园弥漫的沉静光芒中,一个人更容易看到时间,并看见自己的身影。"①

而邱华栋、徐则臣这样的作家对当下北京城的浮躁、虚幻吞吐了太多的抱怨、牢骚和不满。可是那些老北京的建筑却让他们对这座城市充满了敬畏。就像徐则臣《啊,北京》中的边红旗揣着对北京城雍容华贵的繁华想象来到北京,尽管北京迎接他的是沙尘暴,但他还是激动得哭了,站在天安门前他哭了,哭得那么真诚,因为他看到了从小唱的歌《我爱北京天门》中的天安门。

上海城市地标当然就是外滩、淮海路、南京路这样的空间符号。上海的文学想象大都是在这些地标性的地域空间孕育出来的。比如陈丹燕《黑白马赛克》就在外滩某幢灰色大楼里讲述了一个女孩寻找父亲的故事。父亲的身份自然是典型的上海先生的身份—— 一个从事海外贸易的高级职员。王安忆在《妹头》中打造了淮海路中产阶级人家的形象。正像《发廊情话》中所说的"淮海路的女孩子,走到哪里都看得出来不一样。不是长相,不是说话……主要的,大约是气质"。② 就拿淮海路女孩妹头来说,气质就是从规矩中沉淀下来的,从吃饭的声音、坐相,到与人相处的尺度等等,都是有规矩的。"这规矩不是深宅大院里的教养,也不是小户人家的带有压迫性质的戒约,而是这样弄

---

① 史铁生:《我与地坛》,人民文学出版社 2008 年版,第 1 页。
② 王安忆:《发廊情话》,《王安忆短篇小说编年》卷四,人民文学出版社 2009 年版,第 139 页。

堂里人家,综合了仪表、审美、做人、持家、谋生、处世等方面的经验和成规。既是开放,又是守旧的一点原则。"①《妹头》这部小说在一定程度上是王安忆有意以淮海路为空间,打造典型上海中产阶层生活的模板。在陈丹燕的《慢船去中国》中范妮一家,在淮海路充满怀旧气息的红房子里的一顿钱行饭,充分展现了红房子在上海上流社会中的标志性意义。

除了地标性的建筑和散落在城市角落的城市民居,文学中城市空间的标志还有很多。比如曾一智《城与人》和殊娟《摇曳的教堂》书写的哈尔滨的教堂,史铁生的《庙的回忆》中所书写的宗教场所,还有方方的《万箭穿心》中的武汉汉正街,刘一达笔下的北京古董市场等都是城市最为热闹的商业场所,也是最充满人情味的地方。作家可以在这些城市空间中找到这个城市最具类型意义的人物。这些空间也凭借独有的文化内涵,源源不断地打造他们各自城市的故事。

三、 微观空间：家庭空间中的身体演绎

诚然,标志性的城市空间已经成为这些城市的固定文化符号,并以刻板印象的形式长驻读者的心目中。虽然是城市的标志性空间,但是已经被程式化、固定化。在文学的书写中他们被牢牢地作为一种一成不变的背景,展现在文学中的城市书写中。诚如罗兰·巴尔特所说:"城市对其居民说话,我们通过居住、穿行、注视来谈论着我们身处的城市。"②基于这一立场,笔者要找到更加鲜活的、有生命力的空间意象来,看看在这些空间中,作为实践者的人是如何与社会环境发生活生生的关系的。③

---

① 王安忆:《妹头》,云南人民出版社 2010 年版,第 11 页。
② [法]罗兰·巴尔特:《符号学历险》,李幼燕译,中国人民大学出版社 2008 年版,第 164 页。
③ 吴庆军说:"列斐伏尔在其 1974 年出版的《空间的生产》一书中,率先提出了'空间是一种(社会)生产'的观点。他认为空间不是被动地容纳各种社会关系,空间本身是一种强大的社会生产模式、一种知识行为;空间是实践者同社会环境之间活生生的社会关系。"详见吴庆军:《社会·文化·超空间——当代空间批评与文学的空间研究》,《广西社会科学》2010 年第 10 期。

桑内特曾经说:"我曾主张城市空间的形式应该取决于人们是如何感受自己身体的。"①从这个意义上来说,没有什么空间能比家庭空间更能真切而集中地反映人的身体感受。正如汪民安所说:"居住空间及其功能在大幅度地锻造今日中国家庭的神话……空间在对家政的生产中越来越具有一种主动性。它在塑造着家庭。实际上,在任何一个历史时刻,家庭首先总是以一种空间的形式出现:没有一个固定的居住空间,就不存在着牢不可破的家庭,居住空间是家庭的坚决前提。……80 年代以来,家庭居住空间,在内部,生产着家庭的伦理关系;在外部,则再生产着社会关系。"②在城市生活中家庭的空间生产尤其能表现城市人生活的真实。虽然不能完全说家庭空间关系取代了家庭伦理关系③,但是家庭的空间容纳和上演着最真切的城市人内在的伦理生活及外在社会生活的真相,"不是家庭成员之间的伦理关系,而是家庭房屋本身的几何空间关系,在书写着家史,宰制着家庭结构,创造着新的家庭政治。家庭,在某种意义上,是空间生产的效应。"④同样在 20 世纪 80 年代以来的城市文学中对家庭空间的微观透视,也能看到城市空间隐喻的城市生活的真相。在方方的《风景》、刘恒的《贫嘴张大民的幸福生活》和王安忆的《桃之夭夭》《妹头》《闺房》中,作家们都截取了家庭空间来展现城市人的生存处境。

这些作品描摹着作为个体生存的最基本单位家庭空间的局促,对这些城市底层人们的压抑。比如《贫嘴张大民的幸福生活》中,张大民的那个像"掉在地上的汉堡包"一样的家庭结构分三层。第一层是一个填满了的院子,里面左边支着油毡棚,摞满蜂窝煤,右边支着、挂着自行车和蒜瓣,并且还搁着一

---

① [美]理查德·桑内特著,黄煜文译:《肉体与石头——西方文明中的身体与城市》,上海译文出版社 2011 年版,第 494 页。

② 汪民安:《身体、空间与后现代性》,江苏人民出版社 2006 年版,第 155—156 页。

③ 汪民安说:"家庭空间和家庭伦理的结构关系发生了颠倒:空间关系取代了伦理关系,成为家政和生活的第一要务。"详见汪民安:《身体、空间与后现代性》,江苏人民出版社 2006 年版,第 156 页。

④ 汪民安:《身体、空间与后现代性》,江苏人民出版社 2006 年版,第 156 页。

个装满垃圾的油漆桶。第二层，是一头宽一头窄的像个酱肘子的厨房。第三层是一个总共10.5平方米的客厅兼主卧室。摆了单双各两张床，还塞满了三抽屉桌、折叠桌、脸盆架和折叠凳。最后一层的里屋共6平方米，像卧铺铺位一样摆着一张单人床和一张双层床。这样一个总共二十来平方米的家庭空间里挤着张大民夫妇和张二民夫妇两家人，另外兄弟姐妹三人，外加张大民的妈。虽然张大民绞尽脑汁像搭积木一样摆弄着这二十几平方米的房子，但最终狭隘的空间还是对家庭成员的伦理关系带来了冲击。母亲不得不睡在由两只箱子搭建的临时床上。而两对夫妇只能挤在由一张三合板隔开的5平方米的小房间里，张大民夫妇和他们腹中的孩子不得不听着张二民夫妻故弄玄虚的房事。不仅如此，狭小的生活空间对家庭的成员造成了一种无形的压抑。因为没有私人空间，弟弟张五民考大学远走新疆，就是因为"受够了"，他毕了业要"上内蒙古、上新疆，我种苜蓿、种向日葵去！我上西藏种青稞去！我找个宽敞地方住一辈子！我受够了！蚂蚁窝憋死我了。我爬出来了。我再也不回去了"①。最乖巧沉默的妹妹张四民身处拥挤、龌龊的家庭环境，反而得了"下水道里蹦出了个卫生球儿"②的毛病："洁癖"。直到她生命最后的时刻，一家人才发现拥塞的家庭生活对于四民是多么的压抑：爱干净的她只能与兄弟姐妹和母亲挤在十几平方米的蜗居里，当了医院九年的先进工作者，她却没有一个男朋友。

但是，在这个北京底层人家的狭小生活空间里，拥挤和贫困的生活并没有消解这个家庭的人情温暖，反而，拥塞的空间堆积出来人与人之间可贵的亲情。张大民用一张贫嘴缓解了家庭种种生活危机。比如他摆积木一样对家里空间的调度，用自己被拍花的脑袋换来一间长树的房间，从而解决了与弟弟一家同处一室的尴尬。他还为妹妹和妹夫解决了生育难题。在医院当了九年先进工作者的张四民，是这个家庭永远沉默的付出者。她支持弟弟上大学，尽自

①　刘恒：《贫嘴张大民的幸福生活》，《刘恒精选集》，北京燕山出版社2006年版，第224页。
②　刘恒：《贫嘴张大民的幸福生活》，《刘恒精选集》，北京燕山出版社2006年版，第245页。

己最大的能力满足侄子的愿望。张大民老婆云芳在这个简陋得不能再简陋的家庭,陪伴张大民度过了人生起起伏伏,不离不弃。小说最后定格在,张大民背着患老年痴呆症的母亲爬香山,恍惚看到父亲和四民在云影里的问候。这个场景隐喻着不管生活如何贫困,这个普通的北京人家的亲情是永远稳固的。生活绝境中沉淀的牢固情感和永远乐观的生活态度,正是北京这个城市最为稳定的城市品格。

与之形成对比的是方方《风景》中七哥一家的生活。《风景》中汉口河南棚子一个 13 平方米的板壁屋子里,住的是七哥一家 11 口人。小屋里只能装下一张大床和一张矮矮的饭桌,女儿们睡在极小的阁楼里,其余七个儿子"排一溜睡在临时搭的地铺上"①,作为夫妇,只要临睡前点点数,知道儿女们都活着就行了。菲利普·韦格纳曾说,"空间被看成是一个空空荡荡的容器,其本身和内部都了无趣味,里面上演着历史与人类情欲的真实戏剧"。② 这句话非常适合用在七哥一家所住的河南棚子。这里上演的人性的真实戏剧是怎样的呢? 首先,就是父母权威的颠覆。毫无疑问,《风景》中的父亲是粗鲁、暴力的,母亲是粗俗、无知而又风骚的。父母之间的情感靠受虐与被虐来维系。结婚四十多年,母亲挨打次数逾万次,但是她乐在其中。母亲享受着挨完打后父亲的低三下四,卑微无比而又极其温存的举动,而父亲在打母亲的过程中树立着自己是河南棚子一条响当当的好汉的形象。他们像猪猡一样饲养着自己的儿女,母亲无动于衷地看着被父亲和兄弟姐妹虐待的第七个儿子。原因就在于她更喜欢看人整狗,而自己的儿子不是狗,所以没有什么看头。而父亲强迫自己的孩子年复一年听自己当年打码头的血腥历史。他对孩子们的唯一教诲和期望就是"儿子们你们什么时候能像老子这样来点惊险的事呢"③。父母

---

① 方方:《风景》,浙江文艺出版社 2011 年版,第 11 页。

② Julian Wolfreys.*Introducing Criticism at The 21ˢᵗ Century* [M].Edinburgh University Press, 2002,p.179,转引自刘进:《"空间转向"与文学研究的新观念》,《兰州大学学报》2007 年第 5 期。

③ 方方:《风景》,浙江文艺出版社 2011 年版,第 17 页。

对儿子们在家里强奸女孩,女儿们在外淫荡未婚生育毫无感觉,甚至为自己大儿子让邻居家有夫之妇怀孕而深感自豪。原因就是自己的儿子能让邻居家妖娆的女人乖得像一只猫。他们漠视长年睡在阴暗、潮湿的床底下的七哥的伤口溃烂、长蛆。他们嘲笑二哥上大学的愿望和对未来光明生活的畅想。可以说《风景》中方方在这个阴暗的家庭中十分彻底地完成了对这对底层夫妇在人情和人性上的颠覆。

其次,从这个拥挤的家庭空间中滋长出来的人性的丑恶。在没有父权和母爱的家庭中,孩子们在如此粗糙的环境中磨砺出的是更为粗糙且坚硬的扭曲人性。这种扭曲首先是手足亲情的瓦解。作为像狗一样被虐待的对象,七哥受尽了兄弟姐妹的侮辱。姐姐们想起七哥就是七哥倒霉的时候。她们利用父亲对七哥出身可疑的忌讳,挑拨父亲打他。而哥哥也乐于为父亲效劳表演如何抽打七哥。这是兄弟姐妹之间的互虐。此外,哥哥们人性上的丑恶更造成了七哥幼小心灵的创伤。睡在床底的七哥目睹五哥六哥如何在床上对一个无辜女孩实行性侵犯。女孩发出的"只有眼见着世界灭亡的人才能发出"[1]的痛苦之声,留给七哥的启示就是"得让他仇恨的人,他的母亲和他的姐姐们也这么痛苦一次"。[2]　最终,怀揣这一颗僵死、阴鸷内心的七哥成为这个家庭最成功的人。他在这个家庭里学会了仇恨,学会了压抑与克制,看到了美与善的脆弱,恶与丑的顽强。七哥是这个粗糙家庭中开出来的恶之花。

与《风景》中家庭单位的道德的沦丧、伦理的崩塌相对比的是,《贫嘴张大民的幸福生活》中,同样是面对艰苦而残酷的生活现实,张大民的家庭非但没有让伦理关系在现实的冲击中涤荡殆尽;相反,我们总能看到从屋缝中露出的阳光,看到人性的美与善,看到家庭伦理的坚不可破。《风景》中展现的是一个家庭伦理关系的瓦解,是城市内心的晦暗。这两部作品中,在家庭微观空间

---

① 方方:《风景》,浙江文艺出版社 2011 年版,第 64 页。
② 方方:《风景》,浙江文艺出版社 2011 年版,第 64 页。

中,身体的灵与肉都备受煎熬,但破茧而出的人生样态却如此不同。这种不同的背后除了人性的复杂多变,人生际遇的坎坷不平以外,更多的应该是不同的城市所孕育的不同文化心理对人的形塑。

四、 碎形空间:动态空间中的身体演绎

回顾 20 世纪 80 年代以来城市文学的空间变化,会发现在城市的后现代景观中,空间呈现出一种碎形化趋势。爱德华·W.索亚(Edward·W.Soja)曾经说过:"与全球化后福特方式扩散型城市混乱的空间性同时出现的,正是重构后的类似于流动化、破碎化和离心化的社会性,并以一种人们刚刚认识、理解并对其进行研究的复杂模式进行重新排列。"[1]在文学文本中,后现代的大城市的确呈现出爱德华·W.索亚所概括的碎形的空间地理形势。只是索亚更多的是在种族文化的基础上讨论这种空间文化样态。回到中国城市文学的文本,笔者认为,城市空间的碎形化更多地源自"现代大城市划分标志的阶层、收入、职业、技能、种族、民族和性别等绝对概念和社区边界的广泛重构"。[2] 无论是邱华栋的《城市战车》《城市中的马群》,徐则臣的《跑步穿过中关村》,还是卫慧的《上海宝贝》,我们都可以随着主人公的城市游走,将城市或私人或公共的城市空间,肢解成流动的景观和碎片化的片段。在这些动态城市空间中,可以看到城市个体的分层与重构。

城市碎形化的空间中,个体的分层、重构背后,要言说的是现代城市只能容纳被欲望掌控的肉体,剔除的是任何身体对精神的渴望。邱华栋的《城市中的马群》通过一个在城市中茫然寻找着丢失了马群的"我"的经历,告诉读者在城市的中心地带活跃的永远是为欲望支配的人的肉体。"我"在高档酒

---

[1] 爱德华·W.索亚著,李均等译:《后大都市——城市和区域的批判性研究》,上海教育出版社 2006 年版,第 348 页。
[2] 爱德华·W.索亚著,李均等译:《后大都市——城市和区域的批判性研究》,上海教育出版社 2006 年版,第 349 页。

店遇到宁愿将自己当作马来发泄兽欲的妓女,在旅馆里见到的是一心想让自己的公司膨胀起来的所谓经理,在大使馆门口徘徊的是随时准备献身给外国人,好一圆出国梦的中国姑娘们。这些人在城市中彻底地完成了肉体与灵魂的分离,心甘情愿地做着体面的行尸走肉。而在城市的角落,"我"遇到的是正在被城市分割的人,地铁站里来自西北带着三个像梯子一样高低错落的孩子上访的妇女,斗志昂扬想用音乐来征服城市的乐队⋯⋯小说的最后"我"找到了"马群",而所谓的"马群"就是还有精神追求的思想者、画家、诗人,等等。

尽管小说中乐观地表示,这些怀着疯狂想法的艺术家、诗人们期望这座城市能有更好的草地来饲养自己,但是,不要忘了"我"是在城市的郊区找到了他们。这里隐喻的是城市中心地带容纳的只是活在物质世界的肉体,而所谓的精神追求者们,只能被抛弃在城市的边缘地带,自吟自唱。邱华栋的《城市战车》就写出了这些聚集在城市边缘地带的流浪艺术家们的下场。"我"作为画家还算是在理想与现实中寻找过平衡的人,最终是自我的堕落,连累爱自己和自己所爱的人。"我"的下场就是从这座城市落荒而逃。作为最纯洁的诗人周瑟瑟,也被文学投机者弄得身败名裂。为了艺术可以抛弃一切世俗干扰的行为艺术家夫妇最终分道扬镳。邱华栋在流动的城市空间中,表达了自己对城市物化的深切忧虑。那些他最为钟爱的追求精神的城市流浪者们,纷纷败落在这座城市中。

如果说邱华栋的城市空间的言说还带有启蒙的性质,表现作为城市最敏感的神经——诗人和艺术家们的身体如何在城市被剥离的话,那么徐则臣的《跑步穿过中关村》就并没有什么启蒙的意图,通过描写城市中的底层民众是如何被压榨和肢解,展现活生生的残酷的底层现实。小说中主人公敦煌是以贩卖假证和盗版光碟为生。由于这种上不了台面的灰色职业,让敦煌以"跑"的形式穿梭在大学、高档公寓、胡同出租屋、国家机关等场所,贩卖着盗版光碟。他、夏小容、七宝作为这个城市的边缘人,隐藏在这座城市之下,干的是见不得光的城市工作。他们像地沟里的老鼠,只能停留在这座城市最阴暗的角落。敦煌流浪在废弃的报亭中,租住在老式胡同临时的棚子里,随时等着房东的讹诈。七宝在夜总会出卖着自己的身体,换取对城市生活的虚荣满足。夏小容最后当街流产,见证了城市底层人生活的悲惨。《跑步穿过中关村》中没有理想的破灭,因为主人公们疲于应付现实的窘境,他们的问题是生存而不是生活。在城市黑暗的空间中,他们展现的姿态永远都是求生者的挣扎。卡斯特尔(castells)在《信息化城市》中曾说:"流动空间的出现,取代了位置空间……流动空间的出现表达了对来源于以位置为基础的、持续支配社会的权力组织和生产社会、文化的脱离。"①在这种空间中"必然会产生全新的权力关系和生活体验"。② 流动的空间定格了置身其中的人们必然的状态,那就是"跑"。徐则臣笔下人物的"跑"颇有意味,这个动态的生存状态,隐喻着这座城市的权力与生活规则。没有足够的能力和物质基础,你留给城市的永远是一个"跑"的动态身影。这个"跑"意味着你在城市为生存而永远的奔波,作为这个城市最为可疑的人群,为了防止被城市抛弃和禁锢,随时要保持"逃离"的姿态。

除了徐则臣、邱华栋笔下边缘人群在碎形空间中的挣扎,还有卫慧的《上海宝贝》中 COCO 在城市中滞留的空间碎片,如大使馆的宴会、嘈杂忘我的酒吧、马克那充满东方迷幻的公寓,还有天天的小屋,都在隐喻所谓真正的都市人在城市中的分裂。因为在第二章第二节中已经以此文本为例,用很大篇幅详细论述过这种分裂的生活状态,所以在此不再赘述。唯一要强调的是,在城市碎形的空间呈现中,无论是城市的边缘人,还是 COCO 这样的城市宝贝,在现代城市景观中都是一个焦虑的身体在挣扎与煎熬。虽然这个身体的背景和境遇不同,但是都代表了当下城市隐喻中身体遭遇的困顿。

从城市标志性的空间、微观空间到碎形空间,本节已经将文学中对城市空

---

① M.castells, *The informational city*: *informational technology*, *Economic Restructuring and and the Urban-Regional process*, Oxford: Blackwell, 1986, p.82, 转引自韩伟:《都市空间与文学意义的生成》,《文艺理论研究》2010 年第 4 期。

② 韩伟:《都市空间与文学意义的生成》,《文艺理论研究》2010 年第 4 期。

间的主要形态进行概括和归纳。正如列斐伏尔所说:"空间不仅仅是社会关系演变的静止的'容器'或'平台'"①,而且"空间里弥漫着社会关系;它不仅被社会关系支持,也生产社会关系,被社会关系生产"。② 空间的生产性让我们从空间的角度来解读文学中城市的隐喻,能够看到人的身体所引发的种种社会关系,从而对文学中的城市有了更为深入的认识和理解。

小　结

　　本书的第二、三章详细地从怀旧和消费视阈考察了文学中城市的种种样态,但这些都是个案的研究,虽然其中笔者也穿插了不同城市在同一视角下的对比,而这种对比还是停留在表面的。笔者需要更为深入的挖掘,来对文学中的城市进行深入质询。而城市的"隐喻"则是这种质询最佳的角度。唯有以个案的文学中城市的再现为基础,看到他们背后所隐喻的城市文化上共同的诉求,才能对本论题进行形而上的拔高,从而强化理论的深度。所以,笔者选择了江南诗性文化的隐喻和空间隐喻两个方面来完成这次深入质询。前者,是从中国传统地域文化的源流中,看到城市在文学中自觉皈依的审美取向。这个提炼也是基于大量城市文学文本所呈现的共同文化特征而总结出来的。后者,是在城市空间的书写中,看到人的身体如何演绎和分裂的。它们共同构建了文学中城市的深度象征。

　　其实,在文学中城市的隐喻还有很多,但是基于时间和精力的有限,笔者只能将自己考虑比较成熟的两种隐喻写下来。其实,笔者原先打算这一章写三节,第二、三节从空间和性两个方面来阐述城市的身体隐喻,但是因为精力

---

　　①　The Production of Space,Henri Lefebvre,Blackwell,1991,p.86,转引自包亚明编:《现代性与空间生产》,上海教育出版社 2003 年版,第 8 页。
　　②　[法]亨利·列斐伏尔:《空间:社会产物与使用价值》,包亚明编:《现代性与空间生产》,上海教育出版社 2003 年版,第 48 页。

有限只写了前一节而放弃了从性方面来解读城市的身体隐喻。虽然没有写，但是这里还是简单地交代一下笔者最初的设想，期望在以后的修改过程中能弥补这一缺失。梅洛-庞蒂曾经说："性欲的正常延伸应该建立在有机主体和内部能力的基础上。应该有使原始世界具有活力，把性的价值或意义给予外部刺激、为每一个主体描绘如何使用其客观身体的性欲（Eros）或力比多（Libido）。"①性是非常奇妙的，它是本能的，是人最原始的冲动。它也是被建构的，外部世界的刺激能不断丰富和篡改它的价值和意义。因此，从性隐喻的角度来解读城市，不仅能看到城市之于人的身体之间互动的关系，更能挖掘出这种关系背后隐喻的深刻文化内涵。基于此，笔者认为从性的角度来解读城市的身体隐喻是一个非常重要且有趣的命题，但解析起来也很有难度。没有写完这一节，是一个遗憾，但是也给本书的后续研究留下了充足的空间。

---

① ［法］莫里斯·梅洛-庞蒂：《知觉现象学》，姜志辉译，商务印书馆 2001 年版，第 206 页。

第五章　反思：城市如何被文学观照

　　本书的第一章到第四章笔者以地域属性为中心,从文学中城市的个案研究到文学中城市的总体特征的把握,对 20 世纪 80 年代以来文学中的城市进行了宏观概括和深度挖掘。在此之上,笔者还是要从城市在文学中呈像的不平衡现状、中国城市文学本土想象的可能以及对城市未来想象的缺失三方面进行反思。

第一节　文学中城市的失衡现状:城市文学中
落寞的身影

　　从文学的创作实绩和笔者以上的论述中,我们可以很清楚地看到,即使中国有那么多有着丰富的历史文化底蕴的城市,可是在文学中,无论是从近现代还是当代来看,能在文学中立得起来的城市唯有北京和上海。它们有着以自己的城市特色而命名的文学流派京派、海派。它们有着响当当的作家队伍,如提起北京文学远的有老舍、邓友梅,近的有刘心武、王朔、徐坤、徐则臣、邱华栋、刘一达等。上海文学除了现代文学中的新感觉派作家,还有当代文学中的名家王安忆、陈丹燕、程乃珊甚至滕肖澜等。这些作家有着明确的城市意识,并有意识地要为自己的城市著书立传。北京、上海在他们笔下实现了时空的文学建构,成为一种可以不断生产的文学想象园地。谈到北京,人们会想到王朔笔下的"顽主"们的调侃,邓友梅笔下的老北京人的做派和传说,想到徐则臣和邱华栋笔下外地人眼睛里的北京魅影。说到上海,王安忆笔下的千万个王琦瑶婀娜多姿地诉说着旧上海的风情,陈丹燕的上海传奇也在不断追忆这座城市的古今浪漫,而从卫慧笔下全球化的上海更是看到了这座城市永不蜕变的西方想象与现代性姿态。所以说,北京、上海在文学中已经树立了自己的品牌,并有信心在文学中为自己的城市建构更美好而丰富的形象。

相比之下,除了第一章笔者挖掘的在文学中复活的城市西安、哈尔滨以外,还有难得的武汉等城市以外,中国更多的城市在地域属性的识别度上是暧昧模糊的。文学中城市的厚此薄彼是与中国城市的数量以及丰富而复杂的地域属性资源不相称的。这种不相称首先表现在一些本来在文学中很有潜力的城市如天津、南京日渐没落。与北京、上海一样,天津和南京在中国城市史上都应该算得上是有名有姓的大户,但是在城市文学中这两个城市形象一直不能给读者留下深刻的印象。不像北京,对自己的城市历史虔诚地维护、忠实地打造;天津和南京对自己城市历史似乎不是很上心,因此让这两个本来很有资本的可能在城市文学中扬名立万的城市,在文学中仅留下了落寞的身影。

其实在 20 世纪八九十年代年代,天津有一批很好的作家在打造这座城市的文学想象。如林希的《天津闲人》系列,冯骥才的《神鞭》等都在讲述着天津这座城市的传奇。但是近些年来,特别是 21 世纪以来,城市文学中的天津是寂寞的。天津是一个非常有历史有传统的城市,冯骥才说:"一百年来,天津有两个截然不同的'文化入口'。一个是传统入口——从三岔口下船,举足就迈入了北方平原那种彼此大同小异的老城文化里;另一个是近代入口——由老龙头车站下车,一过金刚桥,满眼外来建筑,突兀奇异,恍如异国,这便是天津最具特色、最夺目的文化风光。"①但是 21 世纪以来,文学中的天津就像祝

---

① 冯骥才:《小洋楼的未来价值》,《中华读书报》2005 年 5 月 18 日。

勇所说,像是走错了时间的老钟表,总是搞不清楚自己的时间标准该停留在哪个阶段。① 对历史的追忆它回不去,就是对现代化天津的文学再现,它也找不到自己的感觉。唯一值得一提的是张仲的《天津的早年的衣食住行》算是对天津的历史以及风土人情做了一个详细的梳理,但顶多是一部天津生活的百科全书,谈不上在文学中有什么突破。陈平原曾说,天津与北京在地域、文化、历史上是有密切关系的,两座城市可以以"双城"的形式互相合作,彼此映衬。② 然而实际上,目前北京在文学中的呈像已经遮蔽了天津在文学中的识别度。虽然事实上,天津在地域属性和文学特性上与北京文学有很大区别,这种遮蔽对于文学中的天津来说是十分可惜的。

如果是因为地域上的相邻、城市文化风格上的相近让文学中的北京遮蔽了文学中的天津,尚情有可原,那么,在文学中还有一个城市是没有理由为自己的没落找借口的。南京自古是"六朝金粉"帝王之都,论贵气怎么也跟北京有的一比,可事实上风头却总是让北京抢了去。相比北京,南京有毫不逊色的文化底蕴,更为重要的是,它有一大批如今还活跃在文坛上且梯队整齐、结构合理的创作者,如叶兆言、毕飞宇、韩冬、鲁羊,等等。叶兆言为此还专门写了一篇文章《南京的城市性格与作家群体的繁荣》。但是似乎除了叶兆言以外,其他作家对这座城市并没有多大的文学兴趣,更没有上海作家那样有雄心和霸气要为自己的城市诉说和建立些什么。文学对南京这个城市的历史似乎不会用,也用不好。最终的结果就是让南京城不仅比不过北京,更镇不住在历史上曾经是自己下属的上海,沦为了名副其实的"破落户"(叶兆言语)。按理说,堕落到这个份儿上,在文学上怎么也该绝地反击,搬出金陵的王气来重整一下南京的威风。可是叶兆言,这个土生土长的南京作家正是在南京城市形

---

① 祝勇说:"那个先于钟表出生的时间此刻正逗留在什么地方? 连钟表自己都对那个'正确时间'毫无知觉,因而,在核对时间的问题上,似乎没有少数服从多数的理由。"详见祝勇:《天津:夜与昼》,《人民文学》2005 年第 5 期。

② 参见陈平原:《都市文学研究的可能性》,华东师范大学演讲(2011 年 3 月 16 日),http://ecnuzw.5d6d.com/thread-4373-1-1.html。

象的一片衰败气中发掘了南京城市最根本的精神特质:中庸。叶兆言对"中庸"的解释,算是为这座城市在文学中的低调找到了辩护词。它的"中庸"在于老祖宗留下来的"自由散漫,做事不紧不慢"的"六朝烟水气"。① 南京的中庸之气影响到南京人的吃穿住行,为人处世,就是不穷讲究,什么都能凑合;这种中庸之气使得整个南京的城市节奏显得"慢悠悠",这个城市没有太大压力:"南京人没有太强的竞争意识,就是有,也往往比别人慢半拍。南京人不仅宽容,而且淳朴……天生地从容,也不知道什么叫着急,也不知道什么叫要紧。即使明天天要塌下来,南京人也仍然可以不紧不慢,仍然可以在大街上聊天,在床上睡觉,在电视机前看电视,在麻将桌上打麻将。"②这种"不着急"影响到了南京人的战斗力:南京男人都有老祖宗身上继承下来的闲适气。③ 南京女人"想怎么就怎么,老娘天下第一"④,最终就是"南京人散漫惯了,结不了帮也成不了派,思想一向不统一"⑤,最终大家都快快乐乐地做着南京的"大萝卜"。⑥ 南京的中庸让这座古老的城市必然在热闹的城市文学中留下的只是一个与世无争的印象,但就是与世无争也不妨碍它成为一处独特的城市风景。

笔者反思城市在文学中的呈像的不平衡状态,不是有意地在抬高或贬低哪座城市的文学创作,更不是要指导作家该往哪个方向创作,因为文学创作是作家自己的选择,批评者是没有权利干涉他们的审美取向的。笔者只是建议,我们生活的城市是如此丰富和美好,特别是地域属性上的丰富性,让这些城市孕育出了多少与众不同、耐人寻味的故事。这些都是文学的土壤,作家应该重

---

① 叶兆言:《南京人》,南京大学出版社 2007 年版,第 69 页。
② 叶兆言:《南京人》,南京大学出版社 2007 年版,第 144 页。
③ 叶兆言:《南京人》,南京大学出版社 2007 年版,第 170 页。
④ 叶兆言:《南京人》,南京大学出版社 2007 年版,第 188 页。
⑤ 叶兆言:《南京人》,南京大学出版社 2007 年版,第 140 页。
⑥ 南京大萝卜是对南京人一种善意的讥笑,说明了南京人淳朴、热情、保守等"实心眼"的特点。详见叶兆言:《南京人》,南京大学出版社 2007 年版,第 68—69 页。

视这些土壤,不要让它们荒废了才好。所幸的是,如笔者在"文学中复活的城市"一节中所谈到的,一些作家已经发现了城市土壤的重要性,如以成都为城市背景的作品有慕容雪村的《成都,今夜请将我忘记》、罗国雄的《成都痛》、赵剑锋的《成都的桥》以及尘洁关于成都的专栏散文;描写昆明的作品有祝勇的《昆明:最后的顺义街》、泉溪的《我与昆明》。虽然从文学创作的数量和质量上来看,没有能够让这些城市成为文学中的典型,但是至少让我们看到了未来城市文学发展的新空间和新元素。

第二节 文学中的城市本土想象:传统诗性 文化的城市想象

笔者在第一章中就提到一个观点,那就是中国的城市文学研究乃至文学中的城市想象主要遵循的是西方现代性统领下的城市想象。这种想象让我们的城市越来越失去中国的本土性,迎合着西方城市的预期。当然,有人会说城市本来就是一个现代性的结果。笔者认为,这个结论可能适用于西方城市,并且也不一定可靠。① 中国的城市是由"城"和"市"发展而来的。从"城"上来讲,中国城市起源于政治功能,为了防御。傅崇兰在《中国城市发展史》中认为,中国最早的原始城市是"中国龙山文化时期的城堡",这些原始城市有早期城市的城墙、街道、陶窑和排水设施。其中最为显著的特征是"城",这些城在"神农氏时代还只是用来防御野兽侵袭。到了黄帝时代,氏族部落之间有了互相侵犯的战争,'城'的作用便从防御野兽和侵害而转变成主要用于防御

---

① 芒福德在《城市发展史——起源、演变和前景》中就认为城市首先是起源于圣地,是具有宗教性质的;其次是村庄、驯化动植物、制陶和改造大地;最后是具有政治意识的城堡和要塞。所以,就宗教起源一项来说,笔者以为不可以将城市简单地认为就是一个现代性的后果。详见[美]刘易斯·芒福德:《城市发展史——起源、演变和前景》,宋俊岭、倪文彦译,中国建筑工业出版社 2005 年版,第 1—26 页。

外族的入侵"。① 所以"防御设施的这种'城',是城市产生的因素之一"。② 而"市"是商业功能,是为了生产交换。"城市的前身是'市'。在神农时代的'日中为市'的'市',最初是固定居民点的劳动者交换产品的地方,随后成为手工业者逐渐聚集、商人逐渐集中的场所。'市'是城市最初的、最原始的雏形。它是城市一开始起源,就与乡村居民点相区别的主要标志。"③

因此,中国的城市从起源上来说就有着自己的产生过程,中国的城市文化也与西方城市文化有着完全不同的特性。同样,文学关于中国的城市想象,也应该有着完全不同的想象资源。那么,中国城市文学想象的本土资源在哪里呢?

笔者以为,中国传统诗性文化至少是这种本土资源之一。刘士林曾经说,中国传统诗性文化有两种资源:一是北方诗性文化,它是以"政治—伦理"为原则,另一种是江南文化,它是以"审美—诗性"为精神。④ 这也决定了江南城市与北方城市在文化形态上是不同的。正如刘士林所说:"如果说,中国南北文化的根本差别在于政治与审美、实践理性与诗性智慧的二元对立,那么也可以说,江南城市与北方城市的本质区别正是从这个深层结构中转换出来的。"⑤

在中国城市文学的地域属性中江南文化和北方诗性文化其实已经渗透在文学的书写当中。诸如北京、西安、哈尔滨的文学中的城市书写,从文学语言、城市空间到城市人的塑造,都具有一种大叙事的气魄,具有内在重伦理道德,外在对意识形态敏感的特征。而上海、苏州、南京包括武汉在内的城市文学中,就很明显地受到江南文化的影响。这一点在第四章,第一节中有详细的论

---

① 傅崇兰、白晨曦等著:《中国城市发展史》,中国社会科学文献出版社 2009 年版,第 35 页。
② 傅崇兰、白晨曦等著:《中国城市发展史》,中国社会科学文献出版社 2009 年版,第 35 页。
③ 傅崇兰、白晨曦等著:《中国城市发展史》,中国社会科学文献出版社 2009 年版,第 35 页。
④ 刘士林等著:《风泉清听——江南文化理论》,上海人民出版社 2010 年版,第 7 页。
⑤ 参见刘士林等著:《风泉清听——江南文化理论》,上海人民出版社 2010 年版,第 141 页。

述,这里就不再赘述。相对而言,南方诗性文化想象已经在文学的书写中得到了重视,甚至是倚重。特别是上海文学中对上海江南文化的中心地位是十分在意的,也有意识地塑造和丰富这种文化想象。不论是王安忆对上海的怀旧,还是程乃珊上海模式的塑造,都可以看到作家们对这种以审美为中心,富庶、高雅、精致的文化的喜爱和精心呵护。

相比之下,北方文化并没有如江南文化那样得到一致的认同。北京文学中北方文化的因子一方面自始至终得以贯彻,从邓友梅开始,到王朔、刘恒、刘一达等,虽然作品风格不一样,但是北方文化的酣畅、大气、开阔还是贯穿在他们的作品中。另一方面,北京文学又有一种趋向就是对这种北方文化的背离。比如张承志就说自己通过忌讳用"京腔"来让北京文化与自己保持一定的距离。他说:"我生在北京,却不喜欢京腔。我常说我只是寄居北京。我常常不无偏激地告诫自己:京腔不同于任何幽默,若使用北京方言而缺乏控制的话,会使文章失了品位。由于这个偏颇的观点,我有意节制北京话的使用,更不让京油子的俚语流词,进入自己的作品。"①此外,如邱华栋、徐则臣、李师江等非北京人、但生活在北京的作家,对这座城市的情感总是不那么美好的。所以,他们在文化上是很难与这座城市取得共鸣的。他们不能像土生土长的北京人那样生根于这座城市,只能以外来者的姿态审视这座城市,身为不能被这座城市兼容的外地人,书写他们的愤懑。笔者忧虑的是,北方诗性文化是否能十分亲切地呈现在他们的笔下。目前看来是很少的。这一点,上海文学作家们就表现得十分默契。他们对上海的情感依赖和自豪是如此的一致,虽然有表现城市生活的艰辛与痛苦,但更多的是对生活本身的反思和追问,而不会质疑城市本身;也看不到如邱华栋的《城市战车》、徐则臣的《跑步穿过中关村》等作品中那样,十分酣畅地、大量直指城市本身的质问和唾骂。

对于北方诗性文化在文学中城市的再现,笔者比较看好西安、哈尔滨等城

① 张承志:《都市的表情》,见邹仲之编:《抚摸北京——当代作家笔下的北京》,生活·读书·新知三联书店2005年版,第22页。

市的文学创作。作为很有潜力的文学中的城市,虽然作品并不丰厚,但是从已有的文学作品,如贾平凹的《废都》《高兴》,迟子建的《白雪乌鸦》、殊娟的《摇曳的教堂》中,已经看到了一种独特的文化风格在这些文学中的城市孕育和升腾。这些城市在文学中是年轻的、充满希望的,同时更是可塑的。北方诗性文化能够让这些城市在文学中扎下深厚的根基,为它们提供充分的营养,让它们在文学中日渐清晰,独树一帜。

第三节　没有未来的城市:文学中城市
未来的畅想缺失

论文的开始,笔者就说过,文学中的城市是建构在文学想象的基础之上的。文学的魅力也在于此,想象是无界限的,是天马行空的。但是中国的城市文学对城市的想象却过于拘泥现实的刻画,而缺少对城市的畅想。笔者以为畅想包含着对城市现状的反思,对城市未来的期许。卡尔维诺就说他的《看不见的城市》是"在越来越难以把城市当做城市来生活的时刻,献给城市的最后一首爱情诗歌"。① 卡尔维诺在《看不见的城市》中书写的是建构在记忆和想象中的城市,这些城市早已不存在现实的生活中,但是却寄予着作家对城市的美好想象和深刻反思。可是在我们的城市文学中却没有一部这样的作品能够对我们的城市给予形而上的反思和想象。

虽然在这里谈对城市未来的文学想象与本书的主题有些偏离,但是笔者坚持认为这是我们的城市文学应该反思。笔者不赞同用西方现代性的理论来固定我们对文学中的城市想象,但是西方一直以来在文学中不断地进行着对自己理想城市的畅想,却是十分值得我们学习的。如《圣经》中对"圣城"景象的描绘:"《启示录》'新耶路撒冷'一章用伟大辉煌的词语描绘了重建后的

---

① ［意］伊塔洛·卡尔维诺:《看不见的城市》,译林出版社 2006 年版,第 7 页。

'圣城'景象。'方圆 4000 里的城,形状呈四方形,高大的城墙用碧玉造城,城墙的根基用各种各样的宝石修饰……其几何学上的完美象征着物质与精神的完美。'"①而"犹大——基督教的'圣城'思想,作为西方乌托邦城市思想的源头影响了 16、17 世纪以来的乌托邦著作中对理想城市的设想"。② 之后"莫尔(Tomas More)、康博内拉(T. Campanella)、安德里亚(J. V. Andreae)和培根(Francis Bacon)等思想家在他们的乌托邦小说中所表达的思想、方案,描绘的美好国家和有序和谐的城市的布局"。③ 到了 19 世纪,西方在文学领域出现了正面描绘未来城市理想的小说。美国作家贝拉米(Edward Bellamy)在《回顾》中表现他关于对未来美好社会的梦想,小说通过梦境的形式,叙述了一个19 世纪的波士顿人在 2000 年庞大美丽的新波士顿的梦游经历。小说中写道:"宽阔的街道一眼望不见尽头,两旁绿树成荫,排列着精致玲珑的房屋。每个建筑群都有广场,栽满树木,树丛中的铜像和喷水池在落日的余晖中闪闪发光。四周尽是宏伟壮丽的公共建筑物,一层层高楼巍然耸立。"④他山之石可以攻玉,笔者也希望在我们的文学想象中,也能有此类的城市想象,来不断地丰富我们对城市的美好想象,也有如"新波士顿"这样对当下城市的美好畅想。在现实中这些城市不可能随心所欲地拥有,但至少在文学中,它们可以存在于我们的想象当中。如果我们的文学想象连这些对人类美好居住环境的想象都没有,那么这是文学的悲哀,也是人类的悲哀。

笔者从文学中城市再现的失衡现状、文学想象本土化的两种资源以及城市未来想象的缺失三个方面对 20 世纪 80 年代以来中国文学中的城市进行了

①　详见陈晓兰:《城市意象:英国文学史中的城市》,广西师范大学出版社 2006 年版,第229 页。

②　详见陈晓兰:《城市意象:英国文学史中的城市》,广西师范大学出版社 2006 年版,第195 页。

③　赵晶辉:《文学中的城市空间寓意探析——莱辛的五部曲〈暴力的孩子〉释读》,《当代外国文学》2011 年第 3 期。

④　详见陈晓兰:《城市意象:英国文学史中的城市》,广西师范大学出版社 2006 年版,第35 页。

反思。当然,这种反思是不够的,还可以从其他角度让我们更深入地思考文学中城市的书写,比如从作家的创作心态等方面,但是因为在前面笔者已经论述过这方面的内容,这里就不再重复论述了。

参考文献

一、作品目录

北岛:《城门开》,三联书店 2011 年版。

冯唐:《浩浩荡荡的北京》,《人民文学》2005 年第 10 期。

格非:《不过是垃圾》,《小说月报》2006 年第 4 期。

烘烛:《北京的梦影星尘》,海南出版社 2000 年版。

烘烛:《大院与小院》,海南文艺出版社 2000 年版。

洪烛、邱华栋:《北京的前世今生》,中国文联出版公司 2002 年版。

韩少华:《东单三条》,《收获》1986 年第 6 期。

荆永名:《大声呼吸》,《人民文学》2005 年第 9 期。

邱华栋:《印象北京》,广西师范大学出版社 2010 年版。

邱华栋:《邱华栋:城市感觉中的历史回望》,《青春》2007 年第 3 期。

邱华栋:《北京的斑驳》,《海上文坛》2005 年第 7 期。

邱华栋:《手上的星光》,华文出版社 2001 年版。

邱华栋:《蝇眼》,长春出版社 1998 年版。

邱华栋:《城市战车》,作家出版社 1997 年版。

邓友梅:《邓友梅小说选》,人民文学出版社 2008 年版。

邓友梅:《寻访画儿韩》,作家出版社 1994 年版。

邓友梅:《京城内外》,人民文学出版社 1985 年版。

刘绍棠:《京门脸子》,北京十月文艺出版社 1996 年版。

刘绍棠:《刘绍棠京味小说选》,大众文艺出版社 1998 年版。

刘心武:《如意》,中国青年出版社 2008 年版。

刘心武:《公共汽车咏叹调》,《人民文学》1985 年第 12 期。

刘心武:《钟鼓楼》,人民文学出版社 1985 年版。

刘心武:《如意》,北京出版社 1985 年版。

刘心武:《刘心武侃北京》,上海文艺出版社 2000 年版。

刘心武:《风过耳》,时代文艺出版社 2001 年版。

刘恒:《贫嘴张大民的幸福生活》,北京燕山出版社 2006 年版。

刘一达:《门脸儿》,中国工人出版社 2002 年版。

刘一达:《凭市临风》,中国社会出版社 1998 年版。

刘一达:《有鼻子有眼儿》,北京出版社 2004 年版。

刘一达:《画虫儿》,《小说月报》(原创版)2008 年第 1 期。

刘一达:《人虫儿》,中国文联出版公司 1995 年版。

刘瑞芸:《住在恭王府》,《天涯》2000 年第 2 期。

李师江:《刀刃上》,《花城》2004 年第 3 期。

史铁生:《关于庙的回忆》,《人民文学》1999 年第 10 期。

史铁生:《想念地坛》,海南出版公司 2003 年版。

史铁生:《我与地坛》,人民文学出版社 2008 年版。

铁凝:《永远有多远》,解放军出版社 2000 年版。

王军:《城记》,生活·读书·新知三联书店 2003 年版。

王朔:《王朔文集》第 10 册,天津人民出版社 2009 年版。

王小妮:《我就在水火之间》,《星星》2003 年第 7 期。

徐坤:《杏林春暖》,《小说月报》(原创版)2007 年第 1 期。

徐坤:《春天的二十二个夜晚》,天津人民出版社 2010 年版。

西川:《想象我居住的城市》,《人民文学》2000 年第 9 期。

徐则臣:《啊,北京》,《人民文学》2004 年第 4 期。

张辛欣、桑晔:《北京人——一百个普通人的自述》,上海文艺出版社 1986 年版。

周昭奋:《大楼与书桌》,《读书》2001 年第 9 期。

周汝昌:《北斗京华》,辽宁教育出版社 2001 年版。

邹仲之编:《抚摸北京》,生活·读书·新知三联书店 2005 年版。

陈丹燕:《上海的风花雪月》,作家出版社 1998 年版。

陈丹燕:《上海的红颜遗事》,作家出版社 2000 年版。

陈丹燕:《上海的金枝玉叶》,作家出版社 2000 年版。

陈丹燕:《上海色拉》,作家出版社 2001 年版。

陈丹燕:《都市渴望》,《上海新闻晨报》2003 年 11 月 9 日星期日特刊。

陈丹燕:《黑白马赛克》,《上海文学》2006 年第 12 期。

陈丹燕:《慢船去中国》,上海辞书出版社 2007 年版。

程乃珊:《金融家》,上海文艺出版社 1990 年版。

程乃珊:《上海探戈》,学林出版社 2003 年版。

程乃珊:《上海 TASTE》,上海辞书出版社 2008 年版。

程乃珊:《上海先生》,文汇出版社 2008 年版。

程乃珊:《上海萨克斯风》,文汇报出版社 2004 年版。

郭敬明:《小时代 2.0 之虚铜时代》,《人民文学》2008 年第 9 期。

棉棉:《声名狼藉》,珠海出版社 2009 年版。

滕肖澜:《美丽的日子》,《人民文学》2010 年第 5 期。

王安忆:《流逝》,《钟山》1982 年第 6 期。

王安忆:《窗前搭起脚手架》,《人民文学》1983 年第 1 期。

王安忆:《我爱比尔》,《收获》1996 年第 1 期。

王安忆:《我不像张爱玲》,《语文世界》(初中版)2003 年第 Z1 期。

王安忆:《富萍》,上海文艺出版社 2005 年版。

王安忆:《长恨歌》,人民文学出版社 2010 年版。

王安忆:《水色上海》,《长篇小说选刊》2006 年特刊 1 卷。

王安忆:《疲惫的都市人》,中国文联出版社 2008 年版。

王安忆:《短篇小说编年》四卷,人民文学出版社 2009 年版。

王安忆:《桃之夭夭》,云南人民出版社 2009 年版。

王小妮:《我就在水火之间》,《星星》2003 年第 7 期。

王小鹰:《长街行》,上海文艺出版社 2009 年版。

卫慧:《像卫慧一样疯狂》,《钟山》1998 年第 2 期。

卫慧:《上海宝贝》,春风文艺出版社 1999 年版。

卫慧:《我的禅》,上海文艺出版社 2004 年版。

于是:《戏说京沪流行地带》,《海上文坛》2000 年第 7 期。

张爱玲:《流言》,北京十月文艺出版社 2009 年版。

池莉:《池莉文集》(九册),北京十月文艺出版社 2011 年版。

池莉:《她的城》,江苏文艺出版社 2011 年版。

池莉:《生活秀》,江苏文艺出版社 2006 年版。

方方:《行为艺术》,人民文学出版社 1995 年版。

方方:《推测几种》,云南文艺出版社 1996 年版。

方方:《乌泥胡年谱》(上、下),《钟山》1999 年第 3、4 期。

方方:《风景》,浙江文艺出版社 2011 年版。

方方:《阅读武汉》,南方日报出版社 2002 年版。

方方:《祖父在父亲心中》,江苏文艺出版社 2003 年版。

方方:《出门寻死》,《人民文学》2004 年第 12 期。

方方:《风景深处》,学林出版社 2009 年版。

方方、叶兆言等:《闲说中国人》,中国文联出版社 2001 年版。

邱华栋:《吉庆街小记》,《人民文学》2006 年第 8 期。

阿成:《哈尔滨的故事》,昆仑出版社 2004 年版。

阿成:《和上帝一起流浪》,重庆出版社 2008 年版。

迟子建:《起舞》,《收获》2007 年第 5 期。

迟子建:《白雪乌鸦》,人民文学出版社 2010 年版。

卢国惠、陈明:《百年哈尔滨剪影》,《人民文学》2003 年第 6 期。

殊娟:《摇曳的教堂》,作家出版社 2002 年版。

陈忠实:《陈忠实散文》,文化艺术出版社 2009 年版。

贾平凹:《老西安》,《钟山》1999 年第 5 期。

贾平凹:《贾平凹长篇散文精选》,陕西人民出版社 2003 年版。

贾平凹:《贾平凹文集》20 册,陕西人民出版社 2008 年版。

贾平凹:《高兴》,作家出版社 2011 年版。

贾平凹:《废都》,作家出版社 2009 年版。

朱鸿编:《中国西部人文地图》,四川文艺出版社 2002 年版。

陆文夫:《陆文夫文集》(5 卷),古月轩出版社。

范小青:《裤裆巷风流记》,作家出版社 1987 年版。

范小青:《范小青》,人民文学出版社 2000 年版。

范小青:《城市表情》,作家出版社 2004 年版。

冯骥才:《三寸金莲》,《收获》1986 年第 3 期。

冯骥才:《阴阳八卦》,《收获》1988 年第 3 期。

冯骥才:《市井人物》,《收获》1994 年第 1 期。

冯骥才:《神鞭》,文汇出版社 2003 年版。

冯骥才:《小洋楼的未来价值》,《中华读书报》2005 年 5 月 18 日。

林希:《天津扁担》,《人民文学》1998 年第 8 期。

林希:《天津闲人》,北京出版社 1998 年版。

祝勇:《天津:夜与昼》,《人民文学》2005 年第 5 期。

代薇:《南京的风花雪月》,《美文》2006 年第 9 期。

贺景文:《瓷癖——金陵往事之一》,《钟山》1986 年第 3 期。

江锡民:《金陵梦》,《钟山》1987 年第 3 期。

王火:《白下旧梦》,《收获》1983 年第 3 期。

叶兆言等:《闲说中国人》,中国文联出版社 2001 年版。

叶兆言:《南京人》,南京大学出版社 2007 年版。

安妮宝贝:《南方》,《收获》2007 年第 4 期。

陈继光:《江南,迷濛的烟雨》,《人民文学》1985 年第 9 期。

储金福:《寻找如水》,《钟山》1995 年第 5 期。

车前子:《江南话本》,花城出版社 2003 年版。

宫玺:《又回杭州》,《长江文艺》2004 年第 4 期。

龚学敏:《苏州》,《星星》2007 年第 12 期。

汗漫:《江南,海上》,《星星》2007 年第 7 期。

刘恪:《南方雨季》,《钟山》1996 年第 1 期。

潘军:《南方情结》,《收获》1988 年第 6 期。

钱理群、王栋生主编:《江南读本》,华东师范大学出版社 2010 年版。

沙白:《江南烟雨》,《人民文学》1985 年第 4 期。

沙白:《江南丝竹》,《人民文学》1992 年第 12 期。

沙白:《江南》,《人民文学》1994 年第 12 期。

唐文颖:《浮生》,《收获》1999 年第 3 期。

张翎:《江南篇》,《收获》1999 年第 4 期。

朱文颖:《亮缎锦袍与虱子》,《美文》2003 年第 7 期。

邹汉明:《江南字典》,湖南文艺出版社 2007 年版。

波黑村:《对白》,《星星》2004 年第 12 期。

慕容雪村:《天堂向左,深圳向右》,万卷出版公司 2009 年版。

王小妮:《放逐深圳》,《人民文学》1997 年第 7 期。

张欣:《浮世缘》,华夏出版社 2000 年版。

张欣:《谁可相依》,文汇出版社 2006 年版。

张欣:《浮华背后》,作家出版社 2009 年版。

张梅:《破碎的激情》,时代文艺出版社 2001 年版。

郑小琼:《黄麻岭》,长征出版社 2006 年版。

张梅:《讲什么身世飘零》,海南出版社 1999 年版。

郑小琼:《流水线》,长征出版社 2006 年版。

刘西鸿:《你不可改变我》,作家出版社 1987 年版。

白沙:《成都,说爱嘴烫》,网络小说。

春绿子:《空城》,湖南文艺出版社 2010 年版。

荒煤:《与雾重庆永诀》,《收获》1983 年第 1 期。

何小竹:《女巫制造》,华夏出版社 2007 年版。

何大草:《刀子与刀子》,十月文艺出版社 2008 年版。

虹影:《饥饿的女儿》,中国妇女出版社 2008 年版。

慕容雪村:《成都,今夜请将我遗忘》,百花文艺出版社 2003 年版。

深爱金粉:《成都粉子》,网络小说。

伍江陵:《成都记忆》,《花城》1996 年第 5 期。

二、理 论 文 献

国内理论著作

巫仁恕、康豹、林美莉:《从城市看中国的现代性》,中央研究院近代史研究所,中华民国九十九年版。

李欧梵:《上海摩登》,人民文学出版社 2010 年版。

焦雨虹:《消费文化与都市表达——当代都市小说研究》,学林出版社 2010 年版。

刘士林等:《风泉清听——江南文化理论》,上海人民出版社 2010 年版。

《2010 年中国人口年鉴》,《中国人口年鉴》杂志社 2010 年版。

陈寅恪:《唐代政治史述论稿》,台湾商务印书馆 2009 年版。

陈寅恪:《金明馆丛稿初编》,三联书店 2009 年版。

吴福辉:《都市旋流中的海派小说》,复旦大学出版社 2009 年版。

张鸿声:《都市文化与中国现代都市》,河南大学出版社 2009 年版。

罗苏文:《一座近代都市小传》,上海人民出版社 2009 年版。

傅崇兰、白晨曦等:《中国城市发展史》,社会科学文献出版社 2009 年版。

姜德明编:《梦回北京》,三联书店 2009 年版。

景秀明:《江南城市:文化记忆与审美想象——中国现代散文中的江南都市意象》,中国社会科学出版社 2009 年版。

胡惠林主编:《中国都市文化研究》,上海人民出版社 2009 年版。

赵静蓉:《怀旧——永恒的文化乡愁》,商务印书馆 2009 年版。

杨扬主编:《中国新文学大系(1976—2000)》第 29 集(史料·索引卷一),上海文艺出版社 2009 年版。

赵学勇、孟绍勇:《革命·乡土·地域——中国当代西部小说史论》,中国人民大学出版社、山西教育出版社 2009 年版。

吴秀明主编:《江南文化与跨世纪当代文学思潮研究》,浙江大学出版社 2009 年版。

凤媛:《江南文化与中国现代文学》,文化艺术出版社 2008 年版。

王恩涌、胡兆量等编著:《中国文化地理》,科学出版社 2008 年版。

程菁:《消费镜像——女性都市小说与消费主义文化研究》,中国社会科学出版社 2008 年版。

[美]罗威廉著,鲁西奇、罗杜芳译:《汉口:一个中国城市的冲突和社区(1796—1895 年)》,中国人民大学出版社 2008 年版。

熊月之主编:《都市空间,社群与市民生活》,上海社会科学出版社 2008 年版。

陈平原:《北京记忆与记忆北京》,三联书店 2008 年版。

聂伟:《文学都市与影像民间——1990 年以来都市叙事研究》,广西师范大学出版社 2008 年版。

孟悦、罗钢主编:《物质文化读本》,北京大学出版社 2008 年版。

杨剑龙、孙逊主编:《都市空间与文化想象》,上海三联书店 2008 年版。

张一兵:《不可能的存在之真——拉康哲学映像》,商务印书馆 2008 年版。

张英进著,秦立彦译:《中国现代文学与电影中的城市》,江苏人民出版社 2007 年版。

邹汉明:《江南词典》,湖南文艺出版社 2007 年版。

陈惠芬、马元曦主编:《当代中国女性文学文化批判文选》,广西师范大学出版社 2007 年版。

熊月之:《上海—— 一座现代都市的编年史》,上海三联书店 2007 年版。

戴锦华:《涉渡之舟——新时期中国女性写作与女性文化》,北京大学出版社 2007 年版。

杨宏海主编:《全球化语境下的当代都市文学》,社会科学文献出版社 2007 年版。

孙逊、杨剑龙主编:《阅读城市——作为一种生活方式的都市生活》,上海三联书店 2007 年版。

陈晓兰:《文学中的巴黎与上海》,广西师范大学出版社 2006 年版。

陈晓兰:《城市意象英国文学中的城市》,广西师范大学出版社 2006 年版。

杨东平:《城市季风——北京和上海的文化精神》,星星出版社 2006 年版。

陈惠芬:《想象上海的 N 种方式》,上海人民出版社 2006 年版。

朱鸿:《西部心情》,山西人民出版社 2006 年版。

汪民安:《身体、空间与后现代性》,江苏人民出版社 2006 年版。

蒋建国:《广州消费文化与社会变迁(1800—1911)》,广东人民出版社 2006 年版。

张尧均:《隐喻的身体:梅洛-庞蒂身体现象学研究》,中国美术学院出版社 2006 年版。

杨大春:《杨大春讲梅洛-庞蒂》,北京大学出版社 2005 年版。

周宪:《审美现代性批判》,商务印书馆 2005 年版。

樊星:《当代文学与多维文化》,武汉大学出版社 2005 年版。

包亚明:《游荡者的权力——消费社会与都市文化研究》,中国人民大学出版社 2004 年版。

王干、苏童等:《文学对话录》,漓江出版社 2004 年版。

张沛:《隐喻的生命》,北京大学出版社 2004 年版。

蒋述卓:《城市的想象与呈现》,中国社会科学出版社 2003 年版。

陈晓明主编:《现代性与中国当代文学转型》,云南人民出版社 2003 年版。

罗钢、王中忱主编:《消费文化读本》,中国社会科学出版社 2003 年版。

李伯重:《多视角看江南经济史》,三联书店 2003 年版。

包亚明主编:《现代性与空间生产》,上海教育出版社 2003 年版。

韩小蕙编:《城市批评·北京卷》,文化艺术出版社 2002 年版。

刘承华:《文化与人格——对中西文化差异的一次比较》,中国科学技术大学出版社 2002 年版。

刘禾:《跨语际实践——文学,民族文化与被译介的现代性(中国,1900—1937)》,宋伟杰等译,三联书店 2002 年版。

王建刚:《狂欢诗学——巴赫金文学思想研究》,学林出版社 2001 年版。

罗钢、刘象愚主编:《文化研究读本》,中国社会科学文献出版社 2000 年版。

李今:《海派小说与现代都市文化》,安徽教育出版社 2000 年版。

李伯重：《江南的早期工业化(1550—1850)》，社会科学文献出版社 2000 年版。

戴锦华、李陀：《隐形书写——九十年代中国文化研究》，江苏人民出版社 1999 年版。

许道明：《海派文学论》，复旦大学出版社 1999 年版。

洪子诚：《中国当代文学史》，北京大学出版社 1999 年版。

熊月之：《上海通史·导论》，上海人民出版社 1999 年版。

季广茂：《隐喻视野中的诗性传统》，高等教育出版社 1998 年版。

王安忆：《重建象牙塔》，上海远东出版社 1997 年版。

杨斌华主编：《几度风雨海上花》，三联书店 1996 年版。

马逢洋主编：《记忆与想象》，文汇出版社 1996 年版。

罗苏文：《女性与近代中国社会》，上海人民出版社 1996 年版。

《1994 年中国人口年鉴》，经济管理出版社 1994 年版。

陈伯海、袁进主编：《上海近代文学史》，人民出版社 1993 年版。

周振鹤：《释江南》，《中华文史论丛》第 49 辑，上海古籍出版社 1992 年版。

赵园：《城与人》，上海人民出版社 1991 年版。

乐正：《近代上海人社会心态》，上海人民出版社 1991 年版。

胡式钰：《窦存》卷三，北京市中国书店 1985 年版。

北京市社会科学研究所城市研究室选编：《国外城市科学文选》，宋峻岭等译，贵州人民出版社 1984 年版。

沈榜：《宛署杂记》(民风一)，北京古籍书店出版社 1983 年版。

国外理论著作

[美]理查德·桑内特著，黄煜文译：《肉体与石头——西方文明中的身体与城市》，上海译文出版社 2011 年版。

[美]理查德·舒斯特曼著，程相占译：《身体意识与身体美学》，商务印书馆 2011 年版。

[法]让·鲍德里亚著，刘成富、全志钢译：《消费社会》，南京大学出版社 2010 年版。

[美]罗伯特·M.福格尔森著，周尚意、至丞、吴莉萍译：《下城——1880—1950 年间的兴衰》，上海人民出版社 2010 年版。

[美]大卫·哈维著，黄煜文译：《巴黎城记——现代性之都的诞生》，广西师范大学出版社 2010 年版。

[英]克里斯·希林著，李康译：《身体与社会理论》，北京大学出版社 2010 年版。

[法]大卫·勒布雷东著,王圆圆译:《人类身体史和现代性》,上海文艺出版社2010 年版。

[加]诺斯洛普·弗莱著,孟祥春译:《世俗的经典——传奇故事结构研究》,上海人民出版社 2010 年版。

[美]理查德·利罕著,吴子枫译:《文学中的城市——知识与文化的历史》,上海人民出版社 2009 年版。

[美]刘易斯·芒福德著,宋峻岭译:《城市文化》,中国建筑工业出版社 2009 年版。

[英]大卫·哈维著,初立忠、沈晓雷译:《新帝国主义》,社会科学文献出版社 2009 年版。

[美]迪克·赫伯迪格著,陆道夫、胡疆锋译:《亚文化——风格的意义》,北京大学出版社 2009 年版。

[美]爱德华·希尔斯著,傅铿、吕乐译:《论传统》,上海人民出版社 2009 年版。

冯亚琳、克里斯托弗·乌尔夫等著:《感知、身体与都市空间》,安徽教育出版社2009 年版。

[法]罗兰·巴尔特著,李幼蒸译:《罗兰·巴尔特文集》,中国人民大学出版社 2008 年版。

[法]亨利·勒菲弗著,李春译:《空间与政治》,上海人民出版社 2008 年版。

[美]布赖恩·贝利著:《比较城市化》,商务印书馆 2008 年版。

[美]罗威廉著,鲁西奇、罗杜芳译:《汉口:一个中国城市的冲突和社区(1976—1895 年)》,中国人民大学出版社 2008 年版。

[美]克利福德·格尔茨著,韩莉译:《文化的解释》,译林出版社 2008 年版。

[加拿大]查尔斯·泰勒著,韩震等译:《自我的根源——现代认同的形成》,译林出版社 2008 年版。

[德]格尔达·帕格尔著,李晖昭译:《拉康》,中国人民大学出版社 2008 年版。

[法]让·鲍德里亚著,刘成富、全志钢译:《消费社会》,南京大学出版社 2008 年版。

[法]居伊·波德著,王召凤译:《景观社会》,南京大学出版社 2007 年版。

[法]居伊·波德著,梁虹译:《景观社会评论》,广西师范大学出版社 2007 年版。

[英]安东尼·吉登斯著,郭忠华译:《批判的社会学导论》,上海译文出版社 2007 年版。

[美]南·艾琳著,张冠增译:《后现代城市主义》,同济大学出版社 2007 年版。

[美]卡尔·休斯可著,李锋译:《世纪末的维也纳》,江苏人民出版社 2007 年版。

[英]戴维·E.库珀著,郭贵春、安军译:《隐喻》,上海科技教育出版社 2007 年版。

[美]爱德华·W.索亚著,李均等译:《后大都市城市和区域的批判性研究》,上海教育出版社 2006 年版。

[德]瓦尔特·本雅明著,刘北城译:《巴黎,19 世纪的首都》,上海人民出版社 2006 年版。

[意]伊塔洛·卡尔维诺著,张宓译:《看不见的城市》,译林出版社 2006 年版。

[加拿大]简·雅各布斯著,金衡山译:《美国大城市的死与生》,译林出版社 2006 年版。

[英]齐格蒙特·鲍曼著,郇建立译:《被围困的社会》,江苏人民出版社 2006 年版。

[美]刘易斯·芒福德著,宋峻岭、倪文彦译:《城市发展史——起源、演变和前景》,中国建筑工业出版社 2005 年版。

[德]马克斯·韦伯著,康乐、简惠美译:《非正当性的支配——城市的类型学》,广西师范大学出版社 2005 年版。

[美]爱德华·W.索亚著,陆扬等译:《第三空间——去往洛杉矶和其他真实和想象地方的旅程》,上海教育出版社 2005 年版。

[英]迈克·克朗:《文化地理学》,南京大学出版社 2005 年版。

[美]彼得·布鲁克斯著:《身体活——现代叙述中的欲望对象》,新星出版社 2005 年版。

[法]莫里斯·梅洛-庞蒂著,姜志辉译:《知觉现象学》,商务印书馆 2005 年版。

[美]Michael J.Dear 著,李小科等译:《后现代都市状况》,上海教育出版社 2004 年版。

[美]韩南著,徐侠译:《中国近代小说的兴起》,上海教育出版社 2004 年版。

[英]西莉亚·卢瑞著,张萍译:《消费文化》,南京大学出版社 2003 年版。

[法]米歇尔·昂弗莱著,刘汉全译:《享乐的艺术——论享乐唯物主义》,三联书店 2003 年版。

[美]詹明信著:《晚期资本主义的文化逻辑》,三联书店 2003 年版。

[德]让·波德里亚著,刘成富、全志刚译:《消费社会》,南京大学出版社 2001 年版。

[法]莫里斯·梅洛-庞蒂著,姜志辉译:《知觉现象学》,商务印书馆 2001 年版。

[英]迈克·费瑟斯通著,刘精明译:《消费文化与后现代主义》,译林出版社 2000 年版。

[美]克利福德·吉尔兹著,王海龙、张家瑄译:《地方性知识——阐释人类学论文集》,中央编译出版社 2000 年版。

［德］本雅明著,孙冰编:《本雅明:作品与画像·论历史哲学》,文汇出版社 1999 年版。

［俄］巴赫金著:《巴赫金全集》第五卷,河北教育出版社 1998 年版。

［美］布尔迪厄著,包亚明译:《文化资本与社会炼金术——布尔迪厄访谈录》,上海人民出版社 1997 年版。

［英］马尔科姆.S.布雷德伯里编:《现代主义》,中国社会科学院外国文学研究所译,上海外语教育出版社 1992 年版。

［德］G.齐美尔著,涯鸿、宇声译:《桥与门——齐美尔随笔集》,三联书店上海分店 1991 年版。

［美］约翰·奈斯比特、［美］帕特里丽亚·阿伯丹著:《90 年代世界十大发展趋势》,中国人民大学出版社 1991 年版。

［德］奥斯瓦尔德·斯宾格勒著,吴琼译:《西方的没落》,商务印书馆 1991 年版。

［美］丹尼尔·贝尔著,赵一凡等译:《资本主义文化矛盾》,三联书店 1989 年版。

［美］R.E.帕克等著,宋峻岭等译:《城市社会学——芝加哥学派城市研究文集》,华夏出版社 1987 年版。

［美］赫根汉:《人格心理学导论》,海南人民出版社 1988 年版。

［美］R.E.帕克 E.N.伯吉斯 R.D.麦肯齐著,宋俊岭、吴建华、王登斌译:《城市社会学》,华夏出版社 1987 年版。

《简明大不列颠百科全书》(第 2 卷),中国大百科全书出版社 1985 年版。

［美］保罗·S.芮恩施:《一个美国外交官使华记》,商务印书馆 1982 年版。

《马克思恩格斯全集》第 42 卷,人民出版社 1982 年版。

Williams.Raymond, *The Country and City*.New York,Oxford University Press,1973.

三、报纸、期刊等文献资料

王纪人:《文学城市与城市文学——兼谈对文学未来发展的一点思考》,《文学报》2012 年 4 月 12 日。

陆扬:《城市的体验》,《杭州师范大学学报》2011 年第 6 期。

唐健君:《"身体"概念的梳理:语词的充溢与磨损》,《文艺争鸣》2011 年第 5 期。

凤媛:《作为一种"地方性知识"的地域文化》,《文艺理论研究》2011 年第 5 期。

刘举:《消费语境下的身体解放与审美救赎》,《北方论丛》2011 年第 4 期。

章建刚:《通往城市批评的美学之路——当代城市景观美学的三种资源》,《世界哲学》2011年第4期。

杨扬、谈瀛洲等:《新世纪城市文学创作的危机与出路》,《探索与争鸣》2011年第4期。

王安忆、钟红明:《访问〈天香〉》,《上海文学》2011年第3期。

张清华:《城市书写:在困境中展开》,《山花》2011年第3期。

赵晶辉:《文学中的城市空间寓意探析——莱辛的五部曲〈暴力的孩子〉释读》,《当代外国文学》2011年第3期。

魏晓燕:《早期鲍德里亚生产——消费伦理思想解读及评析》,《江苏社会科学》2011年第3期。

陶东风、朱国华:《关于消费主义与身体问题的对话》,《文艺争鸣》2011年第3期。

沈小勇:《传统叙事与文化认同——基于世俗人文主义的阐释》,《当代文坛》2011年第3期。

陈平原:《都市文学研究的可能》,华东师范大学讲座(2011年3月16日),详见http://ecnuzw.5d6d.com/thread-4373-1-1.html。

白欲晓:《"地域文化"内涵及划分标准探析》,《江苏社会科学》2011年第1期。

周利敏:《"全球地域化"思想对区域发展的意义》,《人文地理》2011年第1期。

迟子建:《文学是艺术,更是灵魂》,《中华读书报》2010年10月20日。

吴庆军:《社会·文化·超空间——当代空间批评与文学的空间研究》,《广西社会科学》2010年第10期。

陈来:《北京现代城市文化的传统与变迁》,《读书》2010年第9期。

谷鹏飞:《西安文学作品形象与西安城市文化形象的悖谬性》,《唐都学刊》2010年第7期。

张晓红:《旧秩序衰解前的内陆重镇——晚清西安城市意象解读》,《陕西师范大学学报》2010年第7期。

朱大可、张柠、白烨等:《谁写当下城市》,《江南》2010年第6期。

徐松兰:《扛起"新城市文学"的大旗》,《深圳商报》2010年6月8日,第C03版。

张法:《当前江南美学研究的几个问题》,《中国人民大学学报》2010年第6期。

卢桢:《现代中国诗歌"城市书写"的审美特质》,《内蒙古社会科学》2010年第5期。

张端芝:《"三化"背景下的湖南城市文学》,《湖南城市学院学报》2010年第5期。

栾梅健:《重论上海现代文学中的现代主义文艺思潮》,《社会科学》2010年第

5 期。

　　韩伟：《都市空间与文学意义的生成》，《文艺理论研究》2010 年第 4 期。

　　旷新年、朱晶：《九十年代的"上海怀旧"》，《读书》2010 年第 4 期。

　　韩伟：《都市空间与文学意义生成》，《文艺理论研究》2010 年第 4 期。

　　陈丹：《寻找城市的精神——以成都为例探讨中国当代文学中城市书写的得与失》，《当代文坛》2010 年第 3 期。

　　周韵：《空间乌托邦的现代性建构——以城市空间的先锋派试验为例》2010 年第 3 期。

　　李敬泽：《在都市书写中国——在深圳都市文学研讨会的发言及补记》，《当代文坛》2010 年第 3 期。

　　朱晓彧：《西安城市文化形象符号的影响化传播》，《当代电影》2010 年第 3 期。

　　谢廷秋：《新时期城市文学研究综述》，《贵州师范大学学报》2010 年第 2 期。

　　张鸿声：《十七年与"文革"时期文学中上海的城市空间叙述》，《文学评论》2010 年第 2 期。

　　韩秉方：《民间信仰的和谐因素》，《中国宗教》2010 年第 2 期。

　　张晓红、张海涛：《揭开全球化的真实面纱——透过西方文化视角》，《河北师范大学学报》2010 年第 1 期。

　　王晓华：《西方主体论身体美学的诞生踪迹》，《文艺研究》2009 年第 11 期。

　　张颐武：《从"新中国文学"到"新世纪文学"》，《山花》2009 年第 9 期。

　　徐志伟：《阿成的"另类"都市空间》，《文艺报》2009 年 8 月 6 日。

　　刘士林：《大城市发展的历史模式与当代阐释——以芒福德〈城市发展史〉为中心的构建与研究》，《江西社会科学》2009 年第 8 期。

　　陈竞：《当下城市文学："看不见"的城市》，《文学报》2009 年 8 月 20 日，第 3 版。

　　张俊：《都市生活与城市空间关系的研究》，《同济大学学报》2009 年第 8 期。

　　张鸿声：《传统城市性的延续与现代性的建立——老舍话剧中的"新北京"》，《福建论坛》2009 年第 7 期。

　　黄健：《论中国现代文学意义生成中的"江南元素"》，《贵州社会科学》2009 年第 6 期。

　　舒也：《文化转型：世俗化与文学的媚俗》，《社会科学家》2009 年第 6 期。

　　叶中强：《民国上海的"城市空间"与文人转型》，《史林》2009 年第 6 期。

　　刘宁、李继凯：《文化名人与西安城市文化发展初探——以当代三位西安作家为中心》，《人文杂志》2009 年第 6 期。

刘士林:《江南与江南文化的界定与当代形态》,《江苏社会科学》2009 年第 5 期。

小川:《"城市文学"的命名与创作模式——以哈尔滨为例》,《文艺评论》2009 年第 5 期。

徐志伟:《迟子建、阿成创作研讨会在哈尔滨举行》,《文艺理论与批评》2009 年第 4 期。

沈杏培:《论儿童视角小说的文体意义与文化意味》,《当代作家评论》2009 年第 4 期。

张鸿雁:《"中国式城市文艺复兴"新论——布尔迪厄"社会炼金术"的启示》,《社会科学》2009 年第 3 期。

刘勇、许江:《20 世纪中国文学进程中的"北京"》,《北京师范大学学报》2009 年第 3 期。

张涵:《波德的"景观社会"理论评析》,《山东大学学报》2009 年第 3 期。

刘士林:《文化城市与中国城市发展方式转型及创新》,《上海交通大学学报》2010 年第 3 期。

申霞艳:《消费社会的文学生产》,《文艺争鸣》2009 年第 2 期。

杜云南:《城市·消费·文学·欲望——城市文学的叙事特征》,《理论与创作》2009 年第 2 期。

思郁:《作为文化怀旧的上海》,《中国图书商报》2009 年 2 月 24 日,第 5 版。

黄道友:《现代性视阈下的 17 年城市文学》,《武汉理工大学学报》2009 年第 2 期。

赵雪晶:《城市与人》,《创作评谭》2009 年第 1 期。

曾一果:《论一种文学的"城市叙述史"》,《文学评论》2009 年第 1 期。

杨扬:《南移与北归——从文学视角看城市文化的变迁》,《中文自学指导》2009 年第 1 期。

张鸿声:《海派文学的"小叙事传统"》,《郑州大学学报》2009 年第 1 期。

刘士林:《在江南发现诗性文化精神》,《文化艺术研究》2008 年第 7 期。

樊星:《新时期湖北文学的传统略论》,《扬子江评论》2008 年第 6 期。

杨扬:《城市空间与文学类型——论作为文学类型的海派文学》,《学术月刊》2008 年第 4 期。

罗慧林:《都市景观:西方想象和现实消费的缝合体——中国当代文学"都市怀旧"现象反思》,《天津社会科学》2008 年第 4 期。

张凤琦:《"地域文化"概念及其研究路径分析》,《浙江社会科学》2008 年第 4 期。

徐敏:《都市中的人群:从文学到影像的城市空间与现代性呈现》,《文艺研究》

2008 年第 3 期。

卢桢、罗振亚:《"城市诗学"理论范式的构筑》,《中国诗歌研究动态》2008 年第 2 期。

黄发有:《90 年代小说的城市焦虑》,《渤海大学学报》2008 年第 1 期。

张柠:《城市与文学的恩怨》,《南方文坛》2008 年第 1 期。

王安忆、栾梅健:《谈话录(六):写作历程》,《西部》2008 年第 1 期。

张柠:《城市与文学的恩怨》,《南方文坛》2008 年第 1 期。

梁振华:《从"盲点"到"盲从"——当代文学书写中的都市文化经验》,《南方文坛》2008 年第 1 期。

陈惠芬:《空间、性别与认同——女性写作的"地理学"转向》,《社会科学》2007 年第 10 期。

刘士林:《江南城市与诗性文化》,《江西社会科学》2007 年第 10 期。

刘士林:《"江南城市社会与文化研究"笔谈》,《河南大学学报》2007 年第 9 期。

熊唤军:《九市携手打造武汉城市文化圈》,《湖北日报》2007 年 9 月 18 日,第 4 版。

张鸿声:《从启蒙现代性到城市现代性——中国新文学初期的上海叙述》,《郑州大学学报》2007 年第 7 期。

戴雪红:《他者与主体:女性主义的视角》,《哲学研究》2007 年第 6 期。

李蓉:《身体阐释和新的文学史空间的建构》,《天津社会科学》2007 年第 6 期。

刘进:《"空间转向"与文学研究的新观念》,《兰州大学学报》2007 年第 5 期。

单霁翔:《关于"城市"、"文化"与"城市文化的思考"》,《文艺研究》2007 年第 5 期。

冯骥才:《天津城市文化建设整体格局中的滨海新区》,《天津师范大学学报》2007 年第 5 期。

魏耀武、毕娟:《20 世纪 90 年代中国城市小说中的怀旧书写》,《文史博览》(理论)2007 年第 4 期。

李欧梵:《上海的摩登与怀旧》,《中国图书评论》2007 年第 4 期。

管宁:《都市消费文化与文学的时尚审美》,《学术界》2007 年第 4 期。

钱文亮:《都市文学:都市文化语境中的文学变革》,《求是学刊》2007 年第 3 期。

方方:《我的城市 我的文学》,《图书情报论坛》2007 年第 3 期。

单霁翔:《从"功能城市"走向"文化城市"发展路径辨析》,《文艺研究》2007 年第 3 期。

王红:《上海与巴黎:两座城市的对话——评陈晓兰〈文学中的巴黎与上海——以左拉和茅盾为例〉》,《中国比较文学》2007年第3期。

贺绍俊:《新世纪文学的社区共同性》,《文艺争鸣》2007年第2期。

傅汝新:《城市文学不是城市作家的文学》,《鞍山日报》2007年2月3日,第A03版。

盘索、徐则臣、李云雷:《现实主义、底层文学及其他》,《黄河文学》2007年第1期。

陈思和:《观念中的城市》,《中华新闻报》2007年1月17日。

叶从容:《岭南都市文学的后现代话语》,《广州大学学报》2007年第1期。

张鸿声:《"文学中的城市"与"城市想象"研究》,《文学评论》2007年第1期。

张太原:《20世纪90年代中国城市居民的文化消费——以北京为例》,《当代中国史研究》2007年1月。

郭亚明:《论张欣小说的叙述选择及其文化意味》,《学术研究》2006年第7期。

周宪:《文学与认同》,《文学评论》2006年第6期。

许嘉璐:《什么是文化—— 一个不能思考的问题》,《中国社会报》2006年6月2日,第2版。

包亚明:《消费文化与城市空间生产》,《学术月刊》2006年第5期。

刘士林:《小引:在江南城市发现诗性文化》,《浙江学刊》2006年第5期。

刘影:《城市文学的"上海怀旧"之旅》,《北方论丛》2006年第5期。

陈国庆:《别人的城市》,《人文新刊》2006年第5期。

冯保善:《六朝烟水气:南京的城市文化品格》,《浙江学刊》2006年第5期。

郑崇选:《文学叙事的"非消费性"》,《文艺理论研究》2006年第5期。

包亚明:《消费文化与城市空间的生产》,《学术月刊》2006年第5期。

隋清娥:《消费时代文学的历史场景》,《文艺争鸣》2006年第4期。

严明:《苏州城市文化心态的传承与变迁》,《江苏社会科学》2006年第4期。

叶从容:《后现代城市背景下都市文学的困境与超越》,《海南师范学院学报》2006年第4期。

格非:《不过是垃圾》,《小说月报》2006年第4期。

胡铁强:《中国文学中的怀旧情结及其价值评判》,《文学理论与批评》2006年第3期。

程相占:《城市的文化功能与城市文化研究》,《人文杂志》2006年第2期。

任云兰:《近代城市贫民阶层及其救济探析——以天津为例》,《史林》2006年第2期。

张大伟:《城市文化与身份认同》,《甘肃社会科学》2006 年第 2 期。

陈宇航:《镜像阶段》,《国外理论动态》2006 年第 2 期。

陈晓明:《城市文学:无法现身的"他者"》,《文艺研究》2006 年第 1 期。

施战军:《论中国式城市文学的生成》,《文艺研究》2006 年第 1 期。

刘士林:《江南诗性文化:内涵、方法与话语》,《江海学刊》2006 年第 1 期。

杨剑龙:《探究都市文化与都市文学之间的关联》,《当代作家评论》2006 年第 1 期。

陶东风:《文学的祛魅》,《文艺争鸣》2006 年第 1 期。

陈继会:《关于"新都市小说"》,《文艺报》2005 年 12 月 8 日。

刘士林:《江南都市文化的历史源流及现代阐释论纲》,《学术月刊》2005 年第 8 期。

蒋道超:《消费社会》,《外国文学》2005 年第 7 期。

马卫华:《被压抑的城市灵魂——20 世纪 50—70 年代城市文学论》,《广西民族学院学报》2005 年第 7 期。

李琴:《先锋对话:中国没有城市文学》,《东方早报》2005 年 6 月 15 日。

李雁:《叹不完的悲情——论方方笔下的几种悲剧爱情模式》,《当代作家评论》2005 年第 6 期。

陈思和:《关于"都市文学"的议论兼谈几篇作品——"三城记"之上海小说卷序》,《当代作家评论》2005 年第 6 期。

刘悠扬:《我们的文学如何面对当代都市》,《深圳商报》2005 年 6 月 27 日,第 C02 版。

王宏图:《都市日常生活、身体神话中的欲望书写》,《当代作家评论》2005 年第 5 期。

冯骥才:《小洋楼的未来价值》,《中华读书报》2005 年 5 月 18 日。

祝勇:《天津:夜与昼》,《人民文学》2005 年第 5 期。

高小康:《都市文化研究的基本框架》,《都市文化研究》2005 年第 5 期。

管宁、巍然:《后现代消费文化及其对文学的影像》,《文艺理论研究》2005 年第 5 期。

陈平原:《想象北京城的前世今生——答新华社记者刘江问》,《北京师范大学学报》2005 年第 4 期。

贺桂梅:《三个女人与三座城市——世纪之交"怀旧"视野中的城市书写》,《南方文坛》2005 年第 4 期。

张鸿声、赵卫东：《回到文学史现场"关于萧也牧事件"的再反思》，《郑州大学学报》2005年第4期。

陈思和：《城市文化与文学功能》，《毛泽东邓小平理论研究》2005年第4期。

马卫华：《世俗社会的喧嚣与温情——20世纪80年代城市文学论》，《南方文坛》2005年第3期。

赵静蓉：《怀旧文化事件的社会学分析》，《社会学研究》2005年第3期。

杜英：《对于1949年前后上海的想象与叙述》，《文艺争鸣》2005年第2期。

魏冬峰：《新写实小说脉络中的池莉和方方》，《文艺理论与批评》2005年第2期。

高磊：《〈家与弄堂〉〈传奇〉与〈长恨歌〉意象生成比较》，《文艺争鸣》2005年第1期。

王岳川：《迁徙的城市和变迁的文化》，《杭州师范学院》2004年第11期。

张鸿声：《城市文化与城市文学》，《文艺报》2004年10月19日，第2版。

张卫平：《90年代中国城市小说的现代性》，《华中师范大学学报》2004年第5期。

费振钟：《城市：现代化政治与文化命运》，《当代作家评论》2004年第5期。

成秀萍：《都市话语与城市女性的孤独漂泊感写作——张爱玲、王安忆小说文本比较》，《江苏社会学》2004年第5期。

依玫：《成都—— 一座来了就不想离开的城市》，《民族论坛》2004年第5期。

阎崇年：《北京文化的历史特点》，《北京师范大学学报》2004年第5期。

王文胜：《城市隐匿："十七年文学"的文化选择》，《粤海风》2004年第4期。

彭富春：《身体与身体美学》，《哲学研究》2004年第4期。

宋晓英：《当代城市消费与文学叙事策略》，《齐鲁学刊》2004年第4期。

张景兰：《都市文化与文学：问题与阐释——全国"都市文化与都市文学学术研讨会综述"》，《文艺理论研究》2004年第1期。

黄俊业：《当下城市文学发展面临的困境及出路》，《当代文坛》2004年第1期。

彭斯远：《建设重庆城市文学的策略初探》，《重庆社会科学》2004年第1期。

樊星：《20世纪中国城市文学的风景》，《湖南城市学院学报》2004年第1期。

吴宏岐、严艳：《古都西安历史上的城市更新模式与新世纪城市更新战略》，《中国历史地理论丛》2003年第12期。

刘中顼：《充满活力的城市文学》，《文艺报》2003年12月6日，第2版。

陈惠芬：《"到底是上海人"与上海城市认同》，《社会科学》2003年第10期。

赵汀阳：《认同与文化自身认同》，《哲学研究》2003年第7期。

陶东风编译：《身体意象与文化规训》，《文艺研究》2003年第5期。

熊月之:《上海城市精神述论》,《史林》2003 年第 5 期。

陈惠芬:《"文学上海"与城市文化身份建构》,《文学评论》2003 年第 3 期。

[加]G.斯蒂尔特著,冷毅等译:《西方城市史的理论研究》,《史学理论研究》2003 年第 3 期。

王彬彬:《城市文学的消亡与再生——从〈我们夫妇之间〉到〈美食家〉》,《小说评论》2003 年第 3 期。

陈惠芬:《"文学上海"与城市文化身份构建》,《文学评论》2003 年第 3 期。

王钧:《现象与意象:近现代时期北京城市的文学感知》,《中国历史地理论丛》2002 年第 6 期。

张旭东:《上海的意象:城市偶像批判与现代神话的消解》,《文学评论》2002 年第 5 期。

乔世华:《摹写城市生活的多样性》,《文艺报》2002 年 4 月 23 日,第 2 版。

徐茂明:《江南的历史内涵与区域变迁》,《史林》2002 年第 3 期。

魏李梅:《飞向记忆的花园——浅谈王安忆小说中的怀旧母体》,《当代文坛》2002 年第 3 期。

李洁非:《都市文学游走在中国现实中》,《社会科学报》2002 年 2 月 7 日,第 8 版。

叶立新:《20 世纪 90 年代城市文学的发展》,《广东社会科学》2002 年第 2 期。

朱建颂:《不是"岔的"是"敽的"》,《楚天都市报副刊》2001 年 10 月 10 日。

葛红兵:《构建都市精神与发展城市文学》,《文艺报》2001 年 8 月 14 日,第 2 版。

李洁非:《城市文学及其意义》,《文艺报》2001 年第 3 期。

蒋述卓、王斌:《论城市文学研究的方向》,《学术研究》2001 年第 3 期。

田冲:《黄土高原能否出现城市文学力作》,《文艺报》2001 年 3 月 6 日,第 1 版。

周宪:《视觉文化与消费社会》,《福建论坛》2001 年第 2 期。

蒋述卓、王斌:《城市与文学关系初探》,《广东社会科学》2001 年第 1 期。

黄发有:《九十年代小说与城市文化》,《当代作家评论》2001 年第 1 期。

刘正刚:《粤人与近代上海城市的变化》,《学术月刊》2000 年第 12 期。

杨经建:《90 年代"城市小说":中国小说创作的新视角》,《文艺研究》2000 年第 4 期。

蒋述卓:《城市文学:21 世纪文学空间的新拓展》,《中国文学研究》2000 年第 4 期。

王瑞鸿:《试探神秘主义的不衰之谜》,《社会科学》1999 年第 2 期。

蒋旭东:《世纪末的怀旧情绪——当代中国文化保守主义的再思考》,《人文杂志》1999 年第 6 期。

谭桂林:《从脱魅到迷魅——20世纪中国神秘主义文学思潮的演变》,《社会科学辑刊》1999年第4期。

王德胜:《世俗生活的审美图景——对90年代中国审美风尚变革的基本认识》,《思想战线》1998年第10期。

《南方都市:专论与笔谈》,《学术研究》1998年第8期。

何兹全:《中国城市的复兴与文艺复兴》,《中国文化研究》1998年夏之卷,总第20期。

姚望、黄振荣:《城市人格初探》,《学术研究》1998年第6期。

葛红兵:《在主流与非主流之间》,《广州文艺》1998年第5期。

李洁非:《初识城市》,《当代作家评论》1998年第4期。

叶中强:《想象的都市和经济话语的都市》,《上海社会科学院学术季刊》1998年第4期。

李洁非:《城市文学之崛起:社会和文学背景》,《当代作家评论》1998年第3期。

张柠:《睡眼惺忪的张梅和一座忧郁的城市》,《南方文坛》1998年第1期。

李广霈:《城市文学的诞生》,《文学自由谈》1997年第4期。

胡良贵:《当代都市文学的形态》,《小说评论》1996年第5期。

於可训:《池莉的创作及其文化特色》,《小说评论》1996年第4期。

陶东风:《世俗化时代文艺的消遣娱乐性》,《文艺争鸣》1996年第3期。

舒敏:《北京新生代作家正在崛起》,《北京社会科学》1996年第1期。

邹平、杨扬、杨文虎等:《城市化与转型期文学》,《上海文学》1995年第5期。

戎东贵、陆跃文:《新时期都市文学的发展和走向》,《当代文坛》1995年第1期。

陈辽:《城市文学的可能与选择》,《唯实》1994年第8期。

应光耀:《论海派文学的弄堂文化景观》,《当代文坛》1994年第5期。

金用:《激战秦淮状元楼——'94中国城市文学国际学术研讨会札记》,《钟山》1994年第5期。

治玲:《〈废都〉几乎废了贾平凹》,《今日名流》1994年第4期。

何青:《其实是一种文学精神》,《特区文学》1994年第3期。

张颐武:《对"现代性"的追问》,《天津社会科学》1993年第4期。

张旭东:《文化中的都市与都市小说——论中国现代都市小说的文化品性》,《湖北大学学报》1993年第2期。

杨帆:《市场经济一周年》,《战略与管理》1993年创刊号。

李俊国:《都市烦恼人生的原生态写实——二十世纪中国都市文学视阈中的方方、

池莉小说》,《江汉论坛》1992 年第 9 期。

蔚蓝:《城市文学的二度空间》,《文学自由谈》1992 年第 4 期。

王少杰:《文学的城市与城市的文学——中国现代都市文学研究之二》,《新疆大学学报》1992 年第 2 期。

陈晓明:《末路寻踪:在都市与历史之间——1990 年〈花城〉》,《花城》1991 年第 5 期。

杨秀实:《试论古代武汉城市发展的阶段性》,《中南民族学院学报》1991 年第 3 期。

朱双一:《八十年代台湾都市文学》,《福建论坛》1991 年第 1 期。

李书友:《论江南文化》,《江苏社会科学》1990 年第 4 期。

成中:《近代中国城市研究学术讨论综述》,《四川大学学报》1990 年第 1 期。

徐明旭:《观照上海的一面镜子——〈大上海沉没〉纵横谈》,《社会科学》1989 年第 5 期。

陈实:《岭南文学:一种解释和推断》,《学术研究》1989 年第 1 期。

赵园:《京味小说中的北京商业文化建筑文化》,《中国文学研究》1988 年第 4 期。

池莉:《也算一封回信》,《中篇小说选刊》1988 年第 4 期。

谭继和:《成都城市文化的性质及其特征》,《四川大学学报》1988 年第 3 期。

丘峰:《都市文学的新拓展——程乃珊小说创作探踪》,《花城》1988 年第 2 期。

蒋守谦:《城市文学:一个有意义的命题》,《文学自由谈》1988 年第 1 期。

张韧:《现代都市意识与城市文学》,《开拓》1988 年第 1 期。

曾凡:《现代文明的自我意识——对"城市文学"的一种理解》,《文论报》1987 年第 8 月 1 日。

吴亮:《对城市生活的文学反思》(2—6),《文艺评论》1987 年第 2、3、4、5、6 期。

汪政、晓华:《一种文学两种文化——论城市和乡村两种文化意识》,《文艺争鸣》1987 年第 4 期。

王群:《一段十九年的对白》,《上海文学》1986 年第 12 期。

李彬勇:《历史、城市及城市诗》,《上海文学》1986 年第 9 期。

陈旭麓:《说"海派"》,《解放日报》1986 年 3 月 5 日。

李天纲、苏勇:《现代城市文化断想》,《复旦学报》1986 年第 3 期。

陈诏:《写出有"上海味"的城市文学》,《上海文学》1985 年第 8 期。

吴亮:《城市人:他的生态与心态》,《上海文学》1985 年第 2 期。

《与时代同步——城市改革题材创作座谈会侧记》,《清明》1985 年第 1 期。

《文学如何适应经济改革的新形势——文学界经济界部分同志座谈会发言摘要》，《当代作家评论》1985年第1期。

幽渊：《城市文学理论笔谈会在北戴河举行》，《光明日报》1983年9月15日。

四、硕博士学位论文

李冬梅：《地域文化中的90年代女性小说》，吉林大学现当代文学专业博士学位论文，2011年。

赵欣：《上海都市文化与上海作家写作》，上海师范大学现当代文学专业博士学位论文，2010年。

尹莹：《小说中的重庆——国统区小说研究的一个视角》，华中师范大学现当代文学专业博士学位论文，2009年5月。

焦雨虹：《消费文化与20世纪90年代的都市小说》，复旦大学现当代文学专业博士学位论文，2007年。

邱月：《都市文化语境下90年代都市小说的审美研究》，吉林大学现当代文学专业博士学位论文，2008年。

华宵颖：《市民文化与都市影像——王安忆上海书写研究》，华东师范大学文艺学专业博士学位论文，2007年。

张鸿声：《文学中的上海想象》，浙江大学现当代文学专业博士学位论文，2006年。

赵艳：《小说上海（1976—2004）：世俗精神的传承与嬗变》，武汉大学现当代文学专业博士学位论文，2006年。

巫晓燕：《审美现代性视野下的中国当代都市小说》，山东师范大学现当代文学专业博士学位论文，2005年。

王宏图：《都市叙事的欲望与意识形态》，复旦大学比较文学专业博士学位论文，2003年。

程箐：《20世纪90年代都市小说与消费文化研究》，华东师范大学现当代文学专业博士学位论文，2004年。

黄发有：《90年代小说与城市文化》，复旦大学现当代文学专业博士学位论文，1999年。

陈颖：《新时期以来广东城市小说中的女性书写》，暨南大学美学专业硕士学位论文，2010年5月。

姜丽:《小说中的武汉——论池莉和芳芳小说中的城市书写》,华中师范大学现当代文学专业硕士学位论文,2009 年 6 月。

伍施乐:《论现代文学中的北京形象——以四合院和北大为中心》,湖南大学现当代文学专业硕士学位论文,2008 年 4 月。

胡昊:《城市的人和人的城市——论当代中国城市文学中新兴人物的生存诉求》,安徽大学现当代文学专业硕士学位论文,2007 年 4 月。

宋冰:《九十年代以来小说中的城市书写与想象——以北京和上海为例》,暨南大学现当代文学专业硕士学位论文,2007 年 4 月。

张胜群:《文化叙事中的背景想象——论当代京味小说》,河南大学现当代文学专业硕士学位论文,2006 年 9 月。

佘姝姝:《想象广州——广州城市文化品格的符号呈现》,暨南大学文艺学专业硕士学位论文,2006 年 5 月。

刘颖:《池莉笔下的城市书写》,广西师范大学现当代文学专业硕士学位论文,2004 年。

刘影:《九十年代以来城市文学中的"上海怀旧"现象研究》,南京师范大学现当代文学专业硕士学位论文,2003 年 4 月。

后　记

　　8 年前在写博士毕业论文后记的时候,曾说:值得怀念的美好时光会沉淀为脑海中最深刻的记忆,等待着在我未来人生中慢慢回味。事实上,来到杭州工作近 8 年,樱桃河畔的生活从来没有离开过我。在"闵大荒"与师友们谈天说地、肆无忌惮的日子,是人生再不会有的抒怀与畅意。当年的单纯美好亦是我应对日后繁杂人生的底气与格局。谨以本书纪念我的学术起点。至今都庆幸,那些机缘巧合的研究方向选择,让我这么多年得以保持纯粹与自在的状态。2015 年开始,我转向当代城市文学人物与本土化问题的研究,是当年选题的深化与拓展。希望以我有限的学力和精力,在博大而鲜活的中国现代文学研究领域,留下深浅不一的足迹。

　　当年樱桃河畔的老博士们一直好奇:华东师范大学闵行校区的樱桃河为啥没有流向? 瞬时联想自己做博士论文的种种艰辛,戚戚焉! 幸运的是,我的博士学习流向非常明确。这要感谢我的恩师杨扬教授,因为杨老师带博士以严格出名。时至今日,杨门弟子在一起聊天,都会说到为了应对下周他课上的作业,焦虑到失眠是常态。杨老师对学生的严格传承了钱谷融先生的风格。他与钱先生感情笃厚,情同父子。杨老师常跟我们讲钱先生门下的学生是如何历练出来的。杨老师做学术讲求正道,"论从史出"是他一再强调的原则。

其次,他非常在意学生的眼光与格局。当年老师给的经典命题就是:最近读了什么书。书的品位决定了你的眼光与视野。为此,我们没少被批评过。老师治学做人,不喜欢圆滑投机。他喜欢倾听我们读书的体会,也交流自己最近读的书,思考的问题。思想的自由与独立,做人的正直与纯善,一直为他所推崇。所以,他推荐我们读余英时的文章、吴宓的日记、商务印书馆的往事……

这本书起源于杨老师的一次作业。博士一年级入学不久,杨老师就给我布置了"城市类型与新世纪文学"这个题目。我记得那半年自己过得相当辛苦。我几乎翻阅了全国主要文学类期刊所刊登的近 10 年的作品。现在回顾起来,这是杨老师给我们上的第一课:端正与务实的研究态度。在博士论文的选题上,他也很尊重我们的选择。他反复教导我们,做学术一要严谨、扎实;二要有学术自信。我还记得他那句话:"如果选定了方向,即使碰得头破血流,也要坚持下去。"杨老师是不会轻易夸赞谁的,但是批评意见一定是毫不留情地当面给出,怕日后我们会为自己的错误付出更大的代价。

杨老师的温情是我毕业后才知道的。他乐于把美的、诗意的生活方式和态度传递给自己的学生。老师每天都会在杨门微信群推荐高品质的书目和好文章。他喜欢瓷器和花草,每看到心仪的瓷器或者淘到心头好物,都会传到群里,让我们一起欣赏。品位跟得上的同门,还能帮他鉴定鉴定,参谋一下价格是否合适。其他围观的,也会凑个热闹,猜猜什么窑出来的。不管猜对猜错,杨老师都会最后揭晓"小玩意儿"背后的出处和故事。我们总能第一时间欣赏,他家的兰草、多肉植物最灿烂的瞬间。跟着杨老师久了,粗鄙之人,也会有闲情逸趣。

读博期间,不能忘怀殷国明、陈子善、刘晓丽、方克强等老师对我的言传身教。殷老师对我们总是很宽容。他不走寻常路的教学方式,总是让我们在激烈的辩论中思路豁然,上他的课是我们一群学生最快乐的时光。陈子善老师的幽默和勤勉,让我知道看似刻板的史料学研究可以做得这么生动有趣。上了整整半年方克强老师的课,他给我的印象就是,这是一位连手机都没有的教授。每次上课的教学讲义,都是他上课前一天刚备好的课。这在一片浮躁的学术圈里是多么可贵。刘晓丽老师永远是那么优雅、可亲。作为华东师范大学中文系为数不多的女性博士生导师,她是我的榜样。我还要感谢我的硕士生导师贺仲明教授。尽管离开南京多年,但他一直关注我的成长。他的睿智与深刻,平息了我许多焦躁的情绪与治学的迷茫。当年答辩委员会上,年近九十岁的钱谷融先生,端坐在主席位上,完全看不出历史风云在这位老人身上留下的印记。答辩委员会的郜元宝教授、殷国明教授、王纪人教授和王铁仙教授,对论文的批评与建议,一直铭记于心。

这些年,陆续收到了当年博士好友李长生、张雨、夏开丰的大作,终于有机会回赠他们了。这本书背后有我亲爱的博士同学三年的相伴,雍容华贵型杨向奎、睿智的祁永芳和张艳燕、知心的汪娟、语言学专家宗宏和佳璇、正直的朱宏伟和正伟、才高八斗的怀义、谦谦君子从辉、可爱的月琴、万能的朱军、善解人意的魏策策,等等。我的研究生李丽、曾晓蕾、项方勋、占晓梅、沈江宇、胡小莲同学,为本书做了细致的校对工作,一并致谢。

最后,感谢我的家人。我的先生董山民,从南京—上海—长沙—杭州,一路与我们相依相伴到儿子"甜瓜"长大。虽然先生与我所学专业相差甚远,但是我的每一篇文章他都是第一个读者与校对者。没有他的认定,我是不敢将论文拿出来示人的。他总是兴致勃勃地看完我的每一篇"大作",然后仔细帮我挑出每一个错别字,并哈哈大笑地将其中好玩的地方大声念出来。我也习惯心安理得地接受他"言不由衷"的夸赞。我的研究就是在自家人的"吹捧下"坚持下来的。最后留一笔给儿子"甜瓜":因为你,妈妈更懂得珍惜与坚持。

张惠苑

2020 年 5 月于桃花河畔

责任编辑：宰艳红
封面设计：姚　菲
版式设计：胡欣欣
责任校对：张红霞

图书在版编目（CIP）数据

20世纪80年代以来中国文学中的城市研究：以地域文化为考察中心/
　张惠苑 著.—北京：人民出版社，2020.11
ISBN 978－7－01－022559－3

Ⅰ.①2… Ⅱ.①张… Ⅲ.①中国文学-当代文学-文学研究 Ⅳ.①I206.7

中国版本图书馆 CIP 数据核字（2020）第 198322 号

20 世纪 80 年代以来中国文学中的城市研究
20 SHIJI 80 NIANDAI YILAI ZHONGGUO WENXUE ZHONG DE CHENGSHI YANJIU
——以地域文化为考察中心

张惠苑 著

人民出版社 出版发行
（100706 北京市东城区隆福寺街 99 号）

天津文林印务有限公司印刷 新华书店经销

2020 年 11 月第 1 版 2020 年 11 月北京第 1 次印刷
开本：710 毫米×1000 毫米 1/16 印张：17.75
字数：240 千字

ISBN 978－7－01－022559－3 定价：62.00 元

邮购地址 100706 北京市东城区隆福寺街 99 号
人民东方图书销售中心 电话 （010）65250042 65289539